MINETTE WALTERS

LA MUSELIÈRE

STOCK

Titre original :
THE SCOLD'S BRIDLE
(Macmillan, London)

TRADUIT DE L'ANGLAIS PAR
PHILIPPE BONNET

ISBN : 2-266-14888-5

À Jane, Lisanne, Maria et Hope.

S'il faut qu'elle engendre, crée son enfant de fiel en sorte qu'il vive et lui soit un tourment pervers et dénaturé ! Qu'il imprime des rides sur son jeune front, qu'il creuse des chenaux dans ses joues à force de larmes ! Qu'il tourne en dérision et en moquerie toutes les souffrances et tous les bienfaits de sa mère, afin qu'elle puisse éprouver combien plus cruellement que la dent du serpent déchire l'ingratitude filiale !

William SHAKESPEARE,
Le Roi Lear.

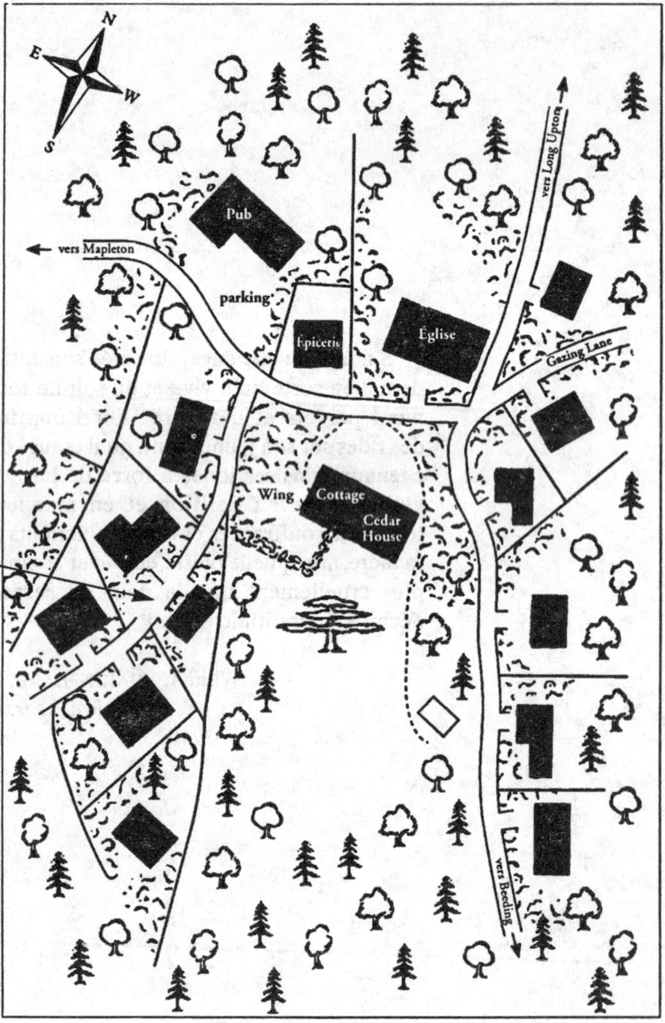

VILLAGE DE FONTWELL

MINETTE WALTERS

Anglaise, Minette Walters a été élevée à Salisbury. Au terme de ses études de français à l'université de Durham, elle travaille pour un magazine féminin dont elle devient rédactrice en chef, puis écrit dans divers journaux. Après avoir interrompu pendant sept ans son activité professionnelle pour se consacrer à l'éducation de ses deux fils, elle se lance dans l'écriture et choisit d'inscrire son premier livre dans la plus pure tradition du roman noir britannique : *Chambre froide* (1993) est immédiatement salué par la critique. *Cuisine sanglante* (1994), lauréat du Edgar Allan Poe Award aux États-Unis, et *La muselière* (1995), qui obtient le Gold Dagger Award, connaissent un très large succès. Dans son œuvre, qui se poursuit avec *Lumière noire* (1996), *Résonances...* (1997), *Lame de fond* (1999), *Ni chaud ni froid* (2000), *Un serpent dans l'ombre* (2001) et *Intime pulsion* (2002), Minette Walters fait reposer l'énigme sur un réseau enchevêtré de relations humaines, tout en levant le rideau sur les multiples facettes de la société anglaise. Projetant ainsi une lumière contrastée et insolite sur ses contemporains, elle apporte une contribution magistrale au genre du roman policier.

DU MÊME AUTEUR
CHEZ POCKET

CHAMBRE FROIDE
CUISINE SANGLANTE
LUMIÈRE NOIRE
RÉSONANCES...
LAME DE FOND
NI CHAUD NI FROID
UN SERPENT DANS L'OMBRE
INTIME PULSION

Je me demande si je ne devrais pas mettre ces carnets en lieu sûr et sous verrou. Jenny Spede les a encore déplacés et je n'aime pas ça. Elle a dû en ouvrir un par mégarde en faisant la poussière et se mettre à les lire avec une sorte de curiosité lascive. Que peut-elle bien comprendre au strip-tease qu'une vieille femme, déformée par l'arthrose, exécute devant un jeune homme ? Luxure par procuration, je suis sûre, car il est impossible de croire que quiconque, mis à part sa brute de mari, l'ait jamais regardée avec autre chose que de la répulsion.

Mais non voyons, ça ne peut pas être Jenny. Elle est bien trop paresseuse pour faire le ménage avec autant d'application et bien trop stupide pour trouver le moindre intérêt à ce que je peux dire ou faire. Ce sont les derniers carnets qui semblent attirer le plus l'attention, mais, jusqu'à présent, je n'ai pas réussi à comprendre pourquoi. Moi, seuls les premiers m'intéressent, ils sont si riches d'espoir. La fin n'a de mérite que parce qu'elle prouve à quel point les espoirs étaient mal fondés.

« Au cœur des profondeurs immenses et immobiles de la nuit… Que les coutumes de ce monde m'ennuient et me semblent éculées, insipides, néfastes. »

Alors qui ? James ? Est-ce que je deviens gâteuse au point d'imaginer des choses ? Hier, j'ai retrouvé la proposition de

Howard sur mon bureau alors que j'aurais juré l'avoir dans le classeur. « Ô raison, pourquoi m'as-tu abandonnée ? »

Les cachets me préoccupent davantage. Il en manque très exactement dix… ce n'est pas un hasard. Je me demande si Joanna n'a pas encore fait des siennes et, pire encore, je crains que Ruth ne lui emboîte le pas. La voix du sang ! On n'y échappe pas…

er d'eux depuis que Mrs Spede a décou-
oute façon, nous irons interroger les gens
à son tour un regard vers la chambre. « Il
mnifères posé sur la table de nuit, à côté
ontenu du whisky. Du travail soigné. Le
ner du courage, les cachets pour dormir
achever le tout. Vous pensez réellement
du genre à se suicider ?
je n'en sais rien ! » Sarah passa une main
veux bruns. « Jamais je ne lui aurais pres-
si j'avais supposé un instant qu'elle pou-
is, dans ce domaine, il est difficile d'être
ela faisait longtemps qu'elle en prenait :
isait un usage courant. Aussi, d'après ce
e serais tentée d'exclure le suicide, mais
itaient au plan thérapeutique. Elle souf-
de ses rhumatismes et il lui arrivait, cer-
pas pouvoir dormir. Quoi qu'il en soit,
vec un froncement de sourcils, il lui res-
peu de cachets. Je devais renouveler son
emaine.
tockait-elle, suggéra-t-il, impassible. Est-
ait parfois des confidences ?
qu'à qui que ce soit d'autre, je présume.
s son caractère. Elle était très réservée. »
eut un geste vague. « En outre, je la
– quoi ? – un an. Et, comme j'habite Long
twell, nous n'avions guère l'occasion de
Elle secoua la tête. « Non, rien dans ses
quait une personnalité dépressive. Sauf
e tut.
Blakeney ?
s que je l'ai vue, nous avons discuté de la
dait que ce n'était qu'une illusion. Que
dans le monde moderne. Elle a cité la
Rousseau qui servait de slogan à la
te à la fin des années 1960 : "L'homme
t il est dans les fers." D'après Mathilda,
liberté, celle de choisir l'heure et les

1

Comment pouvait-on considérer la mort comme une libération ? se demanda, debout à côté de la baignoire, le docteur Sarah Blakeney. Il n'y avait rien de réjouissant dans le spectacle qui s'offrait à elle, aucun signe permettant de croire que Mathilda avait troqué sa triste condition terrestre contre un sort meilleur, ni même qu'elle eût trouvé la paix. Et la mort, contrairement au sommeil, est irrévocable.

« Vous voulez vraiment mon avis ? » dit-elle lentement, en réponse à la question du policier. « Eh bien, non, jamais je n'aurais imaginé que Mathilda Gillespie était du genre à se suicider. »

Ils contemplaient la silhouette grotesque, rigide et glacée, immergée dans l'eau croupie. Des orties et des asters s'échappaient de l'horrible engin qui enfermait la face décolorée, la pointe de métal rouillée immobilisant encore la langue flasque dans la bouche béante. Des pétales racornis et gluants adhéraient aux épaules décharnées et aux parois de la baignoire, tandis qu'un voile brun sous la surface de l'eau laissait à penser que d'autres pétales avaient coulé au fond. Sur le plancher gisait un couteau de poche taché de sang, apparemment tombé des doigts inertes qui pendaient juste au-dessus. La scène n'était pas sans évoquer Marat dans sa baignoire, mais en beaucoup plus sinistre. Pauvre Mathilda, songea Sarah, combien elle aurait détesté cela, si elle avait pu se voir.

L'inspecteur désigna la misérable tête grise.

«Bonté divine, qu'est-ce que c'est que ce truc?» demanda-t-il d'une voix rauque, étouffée par le dégoût.

Sarah attendit d'avoir retrouvé la maîtrise de ses propres cordes vocales.

«Un bride-langue, répondit-elle. Un instrument de contention assez primitif. On s'en servait au Moyen Age pour réduire les mégères au silence. Il est depuis longtemps dans la famille. Vu ainsi, cela semble plutôt hideux, mais Mathilda l'avait placé en bas, dans l'entrée, sur un pot de géraniums. Comme décoration, ce n'était pas mal.» Elle porta une main à sa bouche en un geste de désarroi et le policier lui tapota gauchement l'épaule. «Les géraniums étaient blancs et dépassaient du cadre métallique. Elle appelait ça son "trophée herbeux".» La jeune femme s'éclaircit la voix. «C'était une personne raffinée, vous savez. Fière, pleine de préjugés et pas très aimable, mais remarquablement intelligente pour quelqu'un auquel on avait seulement inculqué les vertus domestiques, et possédant un grand sens de l'humour. Très caustique.

– "Son trophée herbeux", répéta le médecin légiste d'un air songeur. Comme dans : "C'est là qu'elle est venue, portant de bizarres guirlandes de renoncules, d'orties blanches, de pâquerettes et de ces digitales pourprées auxquelles nos bergers libertins donnent un vilain nom mais que nos chastes filles appellent doigts de morts. Vers les rameaux inclinés, elle se haussait pour y suspendre ses trophées herbeux..." *Hamlet*, conclut-il d'un air penaud à l'intention du policier. La mort d'Ophélie. J'ai appris ça au lycée. C'est drôle comme les souvenirs vous reviennent à mesure qu'on prend de l'âge.» Il jeta un coup d'œil à la baignoire. «Est-ce que Mrs Gillespie avait lu *Hamlet* ?»

Sarah hocha tristement la tête.

« Elle m'a dit un jour qu'elle s'était fait son éducation en apprenant par cœur des passages de Shakespeare.

– Ma foi, nous n'en saurons guère plus en restant plantés là devant cette malheureuse, lança avec brusquerie le policier. À moins qu'Ophélie n'ait été assassinée.»

Le docteur Cameron secoua la tête.

«Elle est morte noyée, répliqua-t-il d'un ton absorbé.

Dans un mon
«Mrs Gillespi
– C'est po
montré.»
Le policier
d'un cadavre
palier.
«Merci pou
de vous avoir i
cin personnel
ment mieux q
vieillards vivan
de parias. Il s'
trouve.» Les co
sion de dégoût.
nous avons eu
de quarante he
remonter le déc
Sarah s'adossa
palier, vers la cham
laissait voir le vieu
d'oreillers. On y sen
pante, comme si les
que la chair avait lais
«Elle n'était p
Soixante-cinq an
– Elle en par
Sans doute à
consulta son c
vivant à Lond
– Mr et M
elle les avait
curieusemen
enfants pét
viennent de
elle du mé
qui.»
Il hoch
«Malh

n'avons rien pu ti
vert le corps. De t
du village.» Il jeta
y a un flacon de s
d'un verre ayant
whisky pour se do
et le couteau pou
qu'elle n'était pas
– Grands dieux
fébrile dans ses ch
crit de somnifères
vait en abuser, ma
certain. De plus,
autrefois, on en f
que je sais d'elle,
nos relations se li
frait énormément
taines nuits, de n
poursuivit Sarah
tait sûrement très
ordonnance cette
– Peut-être les
qu'elle vous fai
– Pas plus à m
e n'était pas da
a jeune femme
nnaissais depuis
Upton et non Fo
nous rencontrer.»
antécédents n'ind
peut-être...» Elle s
«Quoi, docteur
– La dernière fo
liberté. Elle préten
rien de tel n'existai
fameuse phrase de
contestation étudia
est né libre et partou
il ne restait qu'une

circonstances de sa mort. » Son visage s'était assombri. « Mais nous avions fréquemment des conversations semblables. Il n'y avait aucune raison de penser que celle-ci était différente des autres.

– Quand cette conversation a-t-elle eu lieu ? »

Sarah poussa un long soupir.

« Il y a trois semaines, lors de ma dernière visite mensuelle. Le pire, c'est que je me suis mise à rire. Je lui ai répondu que l'on ne possédait même plus cette liberté, dans la mesure où les médecins ont bien trop peur des poursuites judiciaires pour laisser le choix à leurs patients. »

L'inspecteur, un homme corpulent proche de la retraite, posa sur le bras de Sarah une main paternelle.

« Allons, vous n'avez pas à vous inquiéter. Ce sont les entailles à ses poignets qui l'ont tuée, pas les somnifères. Et il y a de grandes chances pour qu'il s'agisse d'un meurtre. » Il secoua la tête. « J'ai vu bon nombre de suicides, mais aucun où une vieille femme s'ornait de fleurs dans son bain. C'est probablement une histoire de gros sous. Nous vivons trop longtemps et cela rend les jeunes cinglés. »

Sarah crut déceler une légère émotion dans sa voix.

Une heure plus tard, le docteur Cameron semblait carrément plus sceptique.

« Si elle ne s'est pas tuée, vous aurez un mal de chien à le prouver. »

Des agents avaient sorti le cadavre de la baignoire et l'avaient déposé, la muselière toujours en place, sur une feuille de plastique recouvrant le sol.

« Mis à part les incisions aux poignets, elle ne porte aucune marque, sauf celles auxquelles on pouvait s'attendre. » Il désigna du doigt une zone blafarde au-dessus et tout autour de la poitrine desséchée. « Sans doute une hypostase post mortem, là où du sang s'est accumulé, mais pas d'ecchymoses. Pauvre vieille ! Elle n'a opposé aucune résistance. »

L'inspecteur Cooper s'appuya au montant de la baignoire, le regard comme aimanté par la forme grisâtre malgré la profonde répugnance qu'elle lui inspirait.

« Si elle avait avalé des somnifères, elle en était bien incapable », murmura-t-il.

Cameron ôta ses gants.

« Je verrai au labo ce que je peux dénicher, mais, à votre place je ne me réjouirais pas trop vite. Je doute que votre patron ait envie de mettre le paquet là-dessus. Cette affaire n'a rien d'extraordinaire, pas plus que des centaines d'autres que j'ai connues. Franchement, à moins que l'autopsie révèle un détail tout à fait anormal, je serai forcé de conclure au suicide.

– Mais vous avez bien votre petite idée, docteur ? Ces orties tendraient plutôt à faire croire qu'il s'agit d'un meurtre. Pourquoi se serait-elle infligé un tel supplice avant de mourir ?

– Elle avait sans doute des raisons de s'en vouloir. Voyons, mon vieux, il n'y a pas de logique à ce genre de choses. Les candidats au suicide ont rarement tout leur bon sens quand ils s'envoient dans l'autre monde. Cependant, ajouta-t-il d'un ton pensif, je suis surpris qu'elle n'ait pas laissé de lettre. L'idée du couvre-chef a quelque chose de si bizarre qu'on aurait pu s'attendre au moins à une explication. » Il se mit en devoir d'envelopper le corps dans la feuille en plastique. « Lisez *Hamlet*, suggéra-t-il. Vous y trouverez peut-être la réponse. »

Mr et Mrs Spede erraient dans la bibliothèque tels deux petits spectres grassouillets, si laids et agités que Cooper se demanda s'ils étaient tout à fait normaux. Ils semblaient incapables de le regarder en face et n'ouvraient la bouche qu'après s'être consultés en catimini.

« Le docteur Blakeney m'a dit que Mrs Gillespie avait une fille demeurant à Londres et une petite-fille en pension. Pourriez-vous me donner leurs noms et m'indiquer un moyen de les contacter ?

– Elle rangeait soigneusement tous ses papiers, finit par répondre Mrs Spede avec l'accord muet de son mari. C'est sûrement dans ses papiers. » Elle hocha la tête en direction du bureau et d'un placard en chêne. « Quelque part là-dedans. Elle était très ordonnée. On ne peut pas dire le contraire.

– Vous connaissez le nom de sa fille ?

– Mrs Lascelles », déclara l'homme au bout d'un moment. Joanna.

Il tira sur sa lèvre inférieure, qui s'abaissa curieusement en un mouvement devenu sans doute habituel. Avec un froncement de sourcils courroucé, sa femme lui donna une tape sur le poignet et il fourra la main coupable dans sa poche. Tous deux donnaient une telle impression d'immaturité que Cooper pensa que Mrs Gillespie les avait engagés par compassion.

« Et le nom de sa petite-fille ?

– Miss Lascelles, répondit Mrs Spede.

– Prénom ?

– Ruth. » Elle jeta un coup d'œil interrogateur à son mari. « Plutôt mal embouchées, l'une et l'autre. Quand c'est pas la mère qui se plaint que Mr Spede ne s'occupe pas assez du jardin, c'est la fille qui râle sur la façon dont Jenny fait le ménage.

– Jenny ? interrogea le policier. Qui est-ce ?

– Mrs Spede.

– Je vois, dit aimablement Cooper. Cela a dû vous faire un choc, Jenny, de découvrir Mrs Gillespie dans sa baignoire.

– Oh, ça oui ! glapit-elle en agrippant le bras de son mari. Un choc terrible, terrible ! » Elle se mit à gémir.

À regret, craignant de nouvelles manifestations d'hystérie, Cooper tira de sa poche le sac en plastique qui contenait le couteau de poche et le posa dans sa large paume.

« Je ne veux pas vous tourmenter, mais connaissez-vous cet objet ? Avez-vous déjà vu ce couteau ? »

Elle pinça les lèvres en une expression tragique, mais interrompit brusquement sa lamentation et donna un coup de coude à son mari pour l'inviter à répondre.

« C'est le couteau de la cuisine, répondit-il. Celui qu'on range dans le tiroir. » Il toucha le manche à travers le sac en plastique. « Dessus, j'ai gravé un M, pour "maison". Celui de la remise porte un J, pour "jardin". »

Cooper examina le M grossièrement taillé et acquiesça, tout en faisant disparaître le sac dans sa poche.

« Merci. J'aurai besoin de celui du jardin afin de les comparer. Je demanderai à un agent de vous accompagner quand nous en aurons fini. » Il les gratifia d'un sourire cordial. « Bon, vous possédez probablement les clés de la maison. Puis-je les voir ? »

Mrs Spede tira un cordon attaché à son cou, révélant une clé qui reposait l'instant précédent au creux de sa poitrine.

« Je suis la seule à l'avoir. Mr Spede n'en a pas besoin pour le jardin. »

Elle remit la clé à Cooper, qui sentit en la prenant la chaleur qu'y avait laissée le corps de son interlocutrice. Le contact de l'objet, graisseux et moite de transpiration, lui souleva le cœur et il eut honte de son aversion irraisonnée à l'égard des deux domestiques. À la place de Mrs Gillespie, il ne les aurait pas tolérés plus d'une demi-heure chez lui.

Les plus proches voisins de Mathilda Gillespie vivaient dans une aile contiguë. Jadis, Cedar House avait dû former une seule et même propriété. À présent un écriteau discret indiquait l'entrée de Wing Cottage, à l'extrémité ouest de la bâtisse. Avant d'aller frapper à la porte, Cooper suivit une allée de gravier menant à l'arrière et jeta un coup d'œil au patio, bordé de bacs où poussaient des pensées et séparé de la vaste pelouse plantée d'arbres dépendant de Cedar House par une haie taillée au carré. Il se mit brusquement à envier les habitants. En comparaison, son propre logement lui parut encore plus sinistre, mais c'était sa femme qui l'avait choisi. Il aurait bien aimé, lui aussi, habiter une construction ancienne avec une vue dégagée ; elle avait préféré un « pav. mod. » entouré d'une myriade de voisins auxquels on se heurtait à chaque heure du jour. Malheureusement, c'était le lot de tout policier que de céder aux desiderata de sa tendre épouse. Il avait des horaires trop imprévisibles pour imposer son goût de la solitude à une femme qui avait supporté pendant trente ans, avec une stoïque bonne humeur, ses absences répétées.

Il entendit la porte s'ouvrir derrière lui et se retourna,

puis tira sa carte de sa poche de poitrine à l'intention du vieil homme ventripotent qui s'approchait de lui.

« Inspecteur Cooper, de la police du Dorset.

– Orloff, Duncan Orloff. »

Il leva une main inquiète vers son visage rond à l'expression plutôt sympathique.

« On vous attendait. Mon Dieu ! mon Dieu ! J'avoue que les cris de Jenny Spede ont de quoi vous détraquer les nerfs. La pauvre. C'est une excellente femme aussi longtemps que rien ne vient la contrarier. Je ne vous dis pas la séance que ça a été quand elle a trouvé Mathilda ! Elle est sortie de la maison en hurlant comme une folle, tant et si bien que son mari s'est mis à l'imiter. J'ai compris qu'il s'était passé quelque chose de grave, aussi j'ai prévenu vos collègues et appelé une ambulance. Grâce au ciel, ils sont venus rapidement et ont eu la bonne idée d'amener une femme avec eux. Une vraie fée, elle a réussi à calmer les Spede en un rien de temps ! Mon Dieu, mon Dieu ! fit-il à nouveau, nous menons une existence si paisible. Nous n'avons pas l'habitude de ce genre de choses.

– Ni vous ni personne, murmura Cooper. On vous a dit ce qui s'était passé, je présume. »

Il se tordit les mains de désarroi.

« Seulement que Mathilda est morte. J'ai gardé les Spede ici jusqu'à l'arrivée de la police. Ça me paraissait encore la meilleure solution. Ils étaient complètement effondrés et je ne voulais pas laisser descendre ma femme avant que tout danger soit écarté. On ne sait jamais. Après ça, un type en uniforme m'a dit d'attendre ici qu'on vienne m'interroger. Vous devriez entrer. Violette est dans le living-room à présent, un peu patraque, étant donné les circonstances, mais ça se comprend. À vrai dire, je ne me sens pas tout à fait dans mon assiette non plus. »

Il s'effaça pour laisser pénétrer Cooper.

« La première porte à droite. »

Il escorta le policier jusqu'à une pièce confortable mais encombrée, où une télévision marchait tout bas dans un coin, tandis que, sur le canapé, se tenait une forme recroquevillée.

« L'inspecteur est venu nous voir », déclara-t-il à sa

femme, qu'il força doucement à se redresser en lui posant les pieds sur le sol. Il se laissa aller lourdement à côté d'elle et désigna un fauteuil à Cooper. « Jenny n'arrêtait pas de hurler en parlant de sang. De sang et d'eau rougie. C'est tout ce qu'elle arrivait à dire. »

Son épouse fut parcourue d'un frisson.

« Et aussi de Jésus. Je l'ai entendue. Elle prétendait que Mathilda était comme Jésus. » Elle porta une main à ses lèvres décolorées. « Morte comme Jésus dans de l'eau rougie de sang. » Ses yeux s'emplirent de larmes. « Que s'est-il passé ? Est-elle vraiment morte ?

– J'en ai bien peur, Mrs Orloff. Ce n'est qu'une hypothèse, mais le médecin légiste pense que le décès a eu lieu samedi, entre neuf heures et minuit. »

Il les regarda tour à tour.

« Étiez-vous ici durant ces trois jours ?

– Nous n'avons pas bougé de la soirée », répondit Mr Orloff.

Manifestement il hésitait, par décence, à poser des questions, tout en brûlant du désir de satisfaire sa curiosité.

« Vous ne nous avez toujours pas dit ce qui s'était passé, laissa-t-il échapper. C'est encore plus éprouvant de ne pas savoir, vous comprenez. Nous n'avons pas arrêté d'imaginer des choses horribles.

– Elle n'a pas été crucifiée ? interrogea d'une voix tremblante Violette Orloff. J'ai pensé qu'on l'avait crucifiée, sinon pourquoi Jenny l'aurait-elle comparée à Jésus ?

– Et moi, qu'on avait ensuite essayé de nettoyer, ce qui expliquerait qu'il y ait eu de l'eau rougie partout. Des vieux qu'on assassine pour leur argent, on entend ça tous les jours. Même qu'avant de les tuer, on leur fait parfois subir des tortures atroces.

– Mon Dieu, j'espère qu'ils ne l'ont pas violée, gémit son épouse. Ce serait abominable ! »

Cooper éprouva un brusque élan de pitié pour cet homme et cette femme âgés qui, comme tant d'autres, vivaient le reste de leur existence dans la terreur, convaincus par les médias de constituer des victimes potentielles. Il était mieux placé que quiconque pour savoir que, d'après les statistiques, c'étaient parmi les jeunes ayant entre quinze et vingt-cinq ans qu'on trouvait le plus de morts violentes. Et il était intervenu dans trop de querelles d'ivrognes, avait ramassé dans les caniveaux trop de quidams poignardés ou roués de coups pour ne pas en être intimement persuadé.

« Elle est morte dans sa baignoire, prononça-t-il, impassible. Les poignets tailladés. Le médecin légiste penche pour un suicide et nous voulons nous assurer qu'elle a réellement mis fin à ses jours.

– Mais Jésus n'est pas mort dans une baignoire ! s'exclama avec ahurissement Mrs Orloff.

– Elle portait une muselière contenant des fleurs. Mrs Spede a peut-être cru qu'il s'agissait d'une couronne d'épines. »

Autrement, songea-t-il, cela n'aurait eu aucun sens.

« Je... détestais cette chose. Pour ça, Mathilda était... bizarre. » Cooper nota qu'elle avait la manie de détacher les mots qu'elle jugeait importants. « Elle s'est sans doute suicidée. Elle la mettait quand elle avait des crises de rhumatismes. Paraît-il que cela chassait la douleur. Elle disait toujours qu'elle se tuerait si les crises empiraient au point de devenir insupportables. » Elle tourna vers son mari des yeux embués de larmes. « Pourquoi ne nous a-t-elle pas appelés ? Nous aurions certainement pu faire... quelque chose.

– L'auriez-vous entendue ? demanda Cooper.

– Oh oui, surtout si elle se trouvait dans la salle de bains. Il lui aurait été facile de taper contre les tuyaux. Cela nous aurait alertés. »

Cooper se tourna vers Mr Orloff.

« Avez-vous distingué des bruits ce soir-là ? »

Orloff réfléchit un long moment.

« Nos journées sont plutôt calmes, répondit-il en manière d'excuse. En tout cas, nous aurions réagi si nous avions entendu quoi que ce soit d'anormal – il leva les mains au ciel en un geste d'impuissance –, comme ce matin lorsque Jenny s'est mise à crier. Il n'y a rien eu de semblable samedi.

– Pourtant, vous avez pensé tous les deux qu'elle avait été tuée par plusieurs personnes. C'est du moins ce que votre femme a laissé entendre.

– Il est difficile de raisonner alors que les gens poussent des cris, répondit-il d'un ton penaud. Du reste, je n'étais même pas sûr que les Spede y soient pour rien. Comme vous avez dû vous en rendre compte, ce ne sont pas des aigles. Oh, ils ne l'auraient pas fait exprès. Ils ont beau avoir un grain, ils ne sont pas dangereux. Cela aurait pu être un accident. » Il posa ses mains à plat sur ses genoux charnus. « Je m'en suis voulu de ne pas m'être trouvé là-bas pour intervenir, qui sait, la sauver, mais si elle est morte samedi… » Il s'interrompit sur cette déclaration dubitative.

Cooper secoua la tête.

« Vous n'auriez rien pu faire pour elle. Et durant la journée ? Avez-vous entendu quelque chose ?

– Samedi ? » Il secoua la tête. « Non, rien. Du moins, rien de spécial. » Il regarda son épouse comme pour chercher l'inspiration. « Quand on sonne à Cedar House, on le remarque toujours. Mathilda reçoit si rarement des visites. Mais à part ça… » Il eut un haussement d'épaules. « Il se passe bien peu de chose, inspecteur, et nous regardons beaucoup la télévision.

– Vous ne vous êtes pas demandé, dimanche, où elle était ? »

Mrs Orloff se tamponna les yeux.

« Mon Dieu, murmura-t-elle, aurions-nous encore pu la sauver ? Duncan, c'est… affreux !

– Non, répliqua Cooper d'un ton ferme. Elle était sûrement morte à trois heures du matin.

– Nous étions bons amis, vous savez. Duncan et moi la connaissions depuis cinquante ans. Elle lui a vendu la maison quand il a pris sa retraite. Cependant, elle était loin d'avoir un caractère facile. Elle pouvait même être très dure avec les gens qu'elle n'aimait pas. Elle avait horreur de l'hypocrisie. Nous n'avons jamais cherché à profiter d'elle, mais… d'autres avaient moins de scrupules. »

Cooper lécha la pointe de son crayon.

« Qui, par exemple ? »

Violette Orloff baissa la voix.

« Joanna et Ruth, sa fille et sa petite-fille. Elles ne cessaient de la… harceler, de se plaindre et de lui demander de l'argent. Et le pasteur ne se comportait pas mieux.» Elle lança un regard coupable à son mari. «Duncan a horreur des ragots, n'empêche que le pasteur était toujours à lui faire de grands discours sur le sort des déshérités, histoire de lui donner mauvaise conscience. Elle était... athée, n'est-ce pas, et elle ne ménageait pas Mr Matthews chaque fois qu'il venait. Elle le traitait de sangsue. Devant lui.

– Et comment réagissait-il ?»

Mr Orloff éclata d'un grand rire.

«C'était une plaisanterie. Quand elle était de bonne humeur, elle pouvait se montrer extrêmement généreuse. Une fois, elle lui a remis cent livres pour un centre antialcoolique en déclarant que, par la grâce de son métabolisme, cette épreuve lui avait été épargnée. Elle buvait pour atténuer la douleur que lui causaient ses rhumatismes, du moins c'est ce qu'elle prétendait.

– Mais sans excès, précisa sa femme. Elle n'était jamais... ivre. Elle avait bien trop d'éducation pour ça.»

Mrs Orloff renifla bruyamment.

«Voyez-vous quelqu'un d'autre qui aurait essayé de l'exploiter ? demanda Cooper après un moment.»

Mr Orloff haussa les épaules.

«Il y a bien le mari de la doctoresse, Jack Blakeney. Il était souvent fourré dans le coin, mais cela n'avait rien d'intéressé. Je les entendais parfois rire dans le jardin.» Il s'arrêta pour réfléchir. «Elle avait très peu d'amis, inspecteur. Comme vous l'a dit Violette, ce n'était pas une femme au caractère facile. Les gens l'aimaient ou la détestaient. Vous vous en apercevrez rapidement si vous allez leur poser des questions.

– Et vous, vous l'aimiez ?»

Le regard de Mr Orloff se mouilla soudain.

«Oui, répondit-il avec brusquerie. Autrefois, elle était très belle, vous savez, très belle.» Il tapota la main de sa femme. «Comme nous tous, il y a longtemps. L'âge ne procure guère d'avantages, inspecteur, sauf peut-être une certaine sagesse : on apprend à se contenter de ce qu'on a.» Il resta un instant à méditer. «On prétend que, lorsqu'on se coupe les veines, on ne sent pas la mort venir, encore que je me demande qui peut le savoir. Vous croyez qu'elle a souffert ?

– Je suis incapable de vous répondre, Mr Orloff », avoua Cooper.

Les yeux humides de son interlocuteur s'accrochèrent aux siens, et Cooper crut y lire une profonde tristesse mêlée de désespoir. Il avait le sentiment que l'homme n'avait jamais éprouvé à l'égard de sa femme, ni même montré à celle-ci, d'affection semblable. Il aurait voulu trouver des paroles de réconfort, mais qu'aurait-il pu dire qui n'aggravât pas les choses ? Il doutait que Violette Orloff fût au courant et se demanda une nouvelle fois, même si cela n'avait en réalité rien de bien nouveau, pourquoi l'amour était plus souvent synonyme de souffrance que de joie.

En regardant Duncan tailler la haie cet après-midi, il m'était difficile de retrouver le bel homme qu'il fut. Si j'avais été une femme charitable, je l'aurais épousé voici quarante ans, le sauvant ainsi de Violette et de lui-même. Elle a transformé mon Roméo en un Pickwick aux yeux tristes et sa passion en un clin d'œil bonasse lancé à la dérobée. Hélas, qui eût pu croire que sa chair, un jour si ferme, dût s'amollir à ce point ! À vingt ans, il avait la silhouette du David *de Michel-Ange, aujourd'hui, on le prendrait plutôt pour une de ces sculptures de famille à la Henry Moore.*

Jack n'en finit pas de m'enchanter. Quelle tragédie de ne pas l'avoir rencontré, lui ou quelqu'un comme lui, dans « ma verte jeunesse ». Je n'ai appris qu'à survivre, Jack, lui, m'aurait certainement appris à aimer. Quand je lui ai demandé pourquoi Sarah et lui n'avaient pas d'enfants, il a répondu qu'il n'avait jamais été tenté par le rôle de Dieu. Je lui ai répliqué que la procréation ne comportait rien de divin – une animalité tout au plus – et qu'il faisait preuve d'une vanité extraordinaire en décidant à la place de Sarah si elle pouvait ou non être mère. « Le pasteur dirait que vous jouez avec le diable, Jack. Notre espèce ne survivra que si les gens comme vous se reproduisent. »

Mais l'homme manque de souplesse et je ne l'en apprécie que davantage. « Mathilda, vous qui avez passé tant d'années à vous substituer à Dieu, cela vous a-t-il donné le moindre plaisir, en êtes-vous plus satisfaite ?

– Non, en toute honnêteté, non. Je mourrai nue comme un ver ainsi qu'au jour de ma naissance. »

2

Une semaine plus tard, la réceptionniste faisait sonner le téléphone du bureau du docteur Blakeney.

« J'ai l'inspecteur Cooper en ligne. Je lui ai dit que vous étiez avec une patiente, mais il insiste. Pouvez-vous lui parler ? »

C'était un lundi après midi et Sarah Blakeney assurait la permanence au cabinet médical de Fontwell.

Elle adressa un sourire d'excuse à la femme enceinte allongée, telle une offrande sacrificielle, sur la table de consultation et masqua de sa main libre le combiné.

« Cela ne vous ennuie pas que je réponde ? C'est assez important. Je vais faire le plus vite possible.

– Ne vous gênez pas. Je profite du répit. Cela n'arrive pas si souvent quand on en est à son troisième. »

Sarah Blakeney lui sourit à nouveau.

« Passez-le-moi, Jane. Oui, inspecteur, que puis-je pour vous ?

– Nous avons reçu les résultats de l'autopsie de Mrs Gillespie. J'aurais aimé savoir ce que vous en pensiez.

– Je vous écoute. »

Elle l'entendit remuer des papiers à l'autre bout du fil.

« La mort a été provoquée par la perte de sang. On a relevé dans son organisme des traces de barbituriques, mais à une dose trop faible pour avoir été fatale. On en a aussi trouvé dans le verre de whisky, ce qui signifie qu'elle a dissous les comprimés avant de les absorber. Un peu d'alcool.

Pas d'ecchymoses. Des lacérations sur la langue provoquées par la pointe rouillée de la muselière. Rien sous les ongles. Quelques piqûres d'orties aux tempes et sur les joues, et une légère irritation de la peau causée par l'armature de la muselière, probablement quand elle l'a mise, puis quand elle y a introduit les orties et les asters. Rien n'indique qu'elle se soit débattue. La muselière n'était pas attachée et elle aurait pu l'ôter aisément. Les blessures aux poignets ont bien été faites à l'aide du couteau découvert sur le sol de la salle de bains, celle du poignet gauche par un coup donné de la main droite et celle du poignet droit par un coup donné de la main gauche. Le couteau est tombé dans l'eau, sans doute après une des incisions, mais le manche portait encore, à un centimètre et demi de la lame, l'empreinte d'un index de Mrs Gillespie. Conclusion : suicide. » Il marqua un temps d'arrêt. « Vous êtes toujours là ? demanda-t-il au bout d'un moment.

– Oui.

– Eh bien, qu'en dites-vous ?

– Que je me suis trompée la semaine dernière.

– Cela ne vous surprend pas, ces barbituriques dans un verre de whisky ?

– Mathilda n'avalait jamais un cachet en entier, expliqua-t-elle avec embarras. Il fallait qu'elle l'écrase ou le fasse fondre. Elle avait terriblement peur de s'étrangler.

– Pourtant, votre première réaction en la voyant a été de dire qu'elle n'avait pas un tempérament à se suicider. Vous avez donc changé d'avis. »

Cette dernière phrase sonnait comme une accusation.

« Qu'essayez-vous de me faire dire, inspecteur ? Mon impression demeure la même. » Elle jeta un regard à la femme qui commençait à s'impatienter. « Pas un instant je n'aurais imaginé qu'elle pouvait mettre fin à ses jours. Seulement, de simples impressions ne sauraient rivaliser avec des vérités scientifiques.

– Cela reste à voir. »

Elle attendit, mais il garda le silence.

« Avez-vous autre chose à me demander ? Je suis occupée avec une patiente.

– Non, fit-il d'un ton où perçait une certaine lassitude. C'est tout. Il est possible qu'on sollicite votre témoignage lors de l'enquête, mais ce ne sera qu'une formalité. Nous avons obtenu un délai, afin de vérifier encore un ou deux points, mais nous avons renoncé pour l'heure à tout interrogatoire. »

Sarah Blakeney lança à Mrs Graham un sourire d'encouragement.

« *Je suis à vous dans une minute*, prononça-t-elle tout bas. Et vous pensez que c'est une erreur.

– Dr Blakeney, j'ai appris mon métier dans un monde simple, où les intuitions avaient une certaine importance. Aujourd'hui, on s'en méfie comme de la peste. » Il eut un rire sans conviction. « On ne jure plus que par les expertises médico-légales. Malheureusement, ce genre d'indices n'ont que la valeur qu'on accorde à celui qui les interprète, et j'aimerais bien savoir pourquoi les mains de Mrs Gillespie ne portaient aucune trace de piqûre d'ortie. Le docteur Cameron a d'abord expliqué qu'elle devait avoir mis des gants, puis, comme il n'y avait pas un seul gant maculé de sève dans toute la maison, que l'eau avait neutralisé les piqûres. Tout cela ne me dit rien qui vaille. Mon sentiment est que Mrs Gillespie a été assassinée, mais ce n'est pas moi qui commande et le patron est partisan de laisser tomber. J'espérais que vous me fourniriez des arguments.

– Désolée », fit Sarah.

Elle murmura un vague au revoir et raccrocha, l'air soucieux.

« La vieille Mrs Gillespie, je suppose », dit Mrs Graham d'un ton prosaïque.

C'était une épouse de fermier pour laquelle la naissance et la mort n'avaient pas grand mystère. Cela faisait partie, qu'on le veuille ou non, des choses de la vie, et s'interroger sur le pourquoi et le comment n'avait guère de sens. Mieux valait s'en accommoder.

« On ne parle que de ça au village. Curieuse façon d'en finir, vous ne trouvez pas ? » Elle frissonna de façon éloquente. « Se trancher les veines et regarder son sang couler dans l'eau. Moi, je ne pourrais pas !

– Oui, approuva Sarah en se frottant les mains pour les réchauffer. Vous dites que le bébé est déjà descendu ?

– Hum, ça ne va plus tarder. »

Mais Mrs Graham n'était pas du genre à se décourager facilement et ce qu'elle avait entendu de la conversation du docteur au téléphone l'avait mise en appétit.

« C'est vrai qu'elle avait une cage sur la tête ? Jenny Spede en est complètement malade. Une cage avec des ronces et des roses dedans. La couronne d'épines de Mrs Gillespie, qu'elle appelle ça ! »

Sarah ne voyait aucune raison de se taire. La plupart des détails de l'histoire avaient déjà circulé et la vérité était sans doute préférable aux récits horrifiques colportés par la servante de Mathilda.

« C'était un objet de famille, une sorte de muselière. » Elle posa les mains sur l'abdomen de la femme et s'efforça de localiser la tête de l'enfant. « Et il n'y avait ni ronces ni roses, rien avec des épines. Seulement quelques fleurs des champs. » Elle omit sciemment les orties. Ces orties avaient quelque chose de si absurde, songea-t-elle. « C'était plus triste qu'effrayant. » Elle relâcha la pression de ses doigts. « Vous avez raison, cela ne saurait tarder. Vous vous êtes sûrement trompée sur la date de vos règles.

– Comme d'habitude, répondit la femme sans se troubler. Celles des vaches, je les connais par cœur, à la minute près, mais, quand il s'agit de moi – elle se mit à rire –, je n'ai même pas le temps de faire une croix sur le calendrier. » Sarah lui donna le bras pour l'aider à se redresser. « Une muselière », poursuivit-elle d'une voix songeuse.

Sarah acquiesça.

« On s'en servait il y a encore deux ou trois siècles pour empêcher les femmes de parler, et pas seulement les pipelettes. N'importe quelle femme. Toutes celles qui défiaient l'autorité du mâle, dehors comme à la maison.

– Et pourquoi croyez-vous qu'elle a fait ça ?

– Je l'ignore. Peut-être en avait-elle assez de vivre. Elle n'avait pas votre énergie, Mrs Graham, ajouta Sarah avec un grand sourire.

– Oh, je comprends très bien qu'on ait envie d'en finir. Je

ne vois pas pourquoi on devrait lutter, si l'on estime que cela n'en vaut pas la peine.» Elle boutonna sa chemise. «Je voulais dire, pourquoi l'a-t-elle fait avec cette muselière sur la tête ?

– Je l'ignore aussi, répondit Sarah.

– C'était une vieille snob, déclara sans ménagements Mrs Graham. Elle a presque toujours vécu ici, elle connaissait nos parents et elle nous a vus naître, mais elle ne nous a même jamais adressé la parole. Nous étions trop ordinaires à son goût. Des métayers aux souliers crottés. Par contre, elle était comme cul et chemise avec le vieux Wittingham, ce fainéant auquel appartient la ferme du père. Avec tous ses placements et ses rentes, il n'a jamais eu à se salir les mains, ce qui, pour elle, en faisait un individu fréquentable. Mais des gueux comme nous, obligés de gagner leur pain à la sueur de leur front – elle secoua la tête –, ça ne méritait même pas son mépris !» Elle eut un petit rire en voyant l'expression de Sarah. «Ce que je dis vous choque ? Bah, j'ai une grande gueule et je n'ai pas peur de m'en servir. Allez, inutile de vous mettre martel en tête à cause de la mort de Mrs Gillespie. Les gens ne l'aimaient pas beaucoup et ce n'est pas faute d'avoir essayé, croyez-moi. Par ici, on n'est pas plus mauvais qu'ailleurs, mais il y a une limite à tout, et quand une femme fait mine d'essuyer son manteau parce que vous l'avez frôlée par mégarde, alors vous vous dites que ça dépasse les bornes !» Elle posa les pieds par terre et se leva. «J'ai beau ne pas aller souvent à l'église, je crois tout de même à certaines choses, et notamment au repentir. Que cela vienne de l'âge ou de la foi. À la fin, chacun reconnaît ses fautes, et c'est ce qui rend la mort paisible. Peu importe qu'on les confesse à un prêtre, à Dieu ou à son entourage, il suffit de le faire pour se sentir soulagé.» Elle enfila ses chaussures. «J'imagine que Mrs Gillespie a été soudain prise de remords en repensant à toutes les rosseries qu'elle avait pu dire. Et elle s'est mis cette muselière sur la tête pour se présenter devant son Créateur.»

Mathilda Gillespie fut enterrée trois jours plus tard à côté de son père, Sir William Cavendish, ancien membre du

Parlement, au cimetière du village de Fontwell. Même si l'enquête du coroner n'avait pas encore eu lieu, le suicide semblait la conclusion la plus probable, sinon dans l'esprit de Polly Graham, du moins au regard du simple fait que la police du Dorset avait retiré les scellés de Cedar House et réintégré son quartier général de Learmouth, à quelques kilomètres le long de la côte.

L'assistance était peu nombreuse. Polly Graham n'avait pas menti en affirmant que Mathilda Gillespie n'était guère aimée de la population : rares étaient ceux qui avaient jugé utile de délaisser leurs affaires afin de rendre un dernier hommage à une vieille femme surtout connue pour son caractère revêche. Le pasteur eut beau faire, compte tenu des circonstances délicates, c'est avec un profond soulagement que les participants se détournèrent de la fosse ouverte et gagnèrent les grilles à travers l'étendue de gazon.

Jack Blakeney se serait volontiers dispensé de cette corvée si sa femme, qui jugeait de son devoir d'assister à la cérémonie, n'avait insisté pour qu'il l'accompagne.

« Quelle bande de faux culs ! souffla-t-il à l'oreille de Sarah. Pas seulement le curé, les autres aussi, avec leur envie de se donner bonne conscience. Tu as vu leurs bobines quand il l'a appelée "notre sœur bien-aimée" ? Ils ne pouvaient pas la piffer ! »

Elle lui toucha le bras pour le faire taire.

« On va t'entendre.

– Et alors ? »

Ils se trouvaient à la fin du cortège et son regard parcourait nerveusement les têtes inclinées devant lui.

« La blonde, c'est probablement la fille, Joanna. »

La désinvolture avec laquelle il avait prononcé ces mots fit sourire Sarah.

« Probablement. Et la plus jeune, la petite-fille. »

Joanna se tenait à présent tout près du pasteur. Elle avait de grands yeux gris au regard doux et un visage aux traits finement ciselés que couronnait une masse de cheveux blonds étincelant au soleil. Une belle femme, se dit Sarah, avec un détachement forgé par l'habitude. Il lui arrivait rarement d'éprouver encore de l'agressivité à l'égard des objets de convoitise de son mari, dans la mesure où elle avait fini par les considérer comme ce qu'ils étaient : de simples objets. Les engouements de Jack, comme tout ce qui ne concernait pas sa peinture, duraient peu. Un élan d'enthousiasme aussitôt apparu aussitôt disparu. Elle avait compris depuis longtemps que l'attirance qu'il ressentait pour d'autres femmes ne constituait pas une remise en cause de leur mariage, même si elle ne se faisait aucune illusion sur le rôle qui lui était dévolu. Elle procurait à Jack Blakeney, artiste méconnu, une aisance matérielle, tout en lui permettant de satisfaire ses besoins les plus élémentaires. Mais, comme l'affirmait Polly Graham, il y a une limite à tout.

Ils échangèrent une poignée de main avec le pasteur.

« C'est très aimable à vous d'être venus. Vous connaissez la fille de Mathilda ? » Le révérend Matthews se tourna vers celle-ci. « Joanna Lascelles, Sarah et Jack Blakeney. Sarah était le médecin de votre mère. Elle s'est installée l'année dernière, quand le docteur Hendry a pris sa retraite. Elle habite à Long Upton, dans la vieille maison de Geoffrey Freeling. »

Joanna Lascelles leur serra la main et indiqua l'adolescente à côté d'elle.

« Ma fille Ruth. Nous tenons à vous remercier, docteur Blakeney, pour le dévouement dont vous avez fait preuve. »

La jeune fille devait avoir dix-sept ou dix-huit ans. Elle avait les cheveux aussi foncés que ceux de sa mère étaient clairs et un physique sans grand attrait. Elle paraissait très affectée, du moins c'est l'impression qu'elle donna à Sarah.

« Savez-vous pourquoi mamie s'est suicidée ? demanda-t-elle d'une voix basse. Tout le monde a l'air de l'ignorer. » Son visage s'assombrit.

« Ruth, je t'en prie, répliqua en soupirant sa mère. Les choses sont suffisamment difficiles comme ça. »

De toute évidence, ce n'était pas la première fois qu'elles avaient cette discussion.

Joanna approchait de la quarantaine, mais, dans son manteau noir, elle avait seulement l'air jeune et vulnérable. Sarah sentit croître l'intérêt de Jack et fut soudain prise du désir de lui dire, publiquement et une fois pour toutes, le fond de sa pensée. Combien de temps encore croyait-il pouvoir abuser de sa patience ? Blesser son amour-propre par une indifférence méprisante et cynique ? Elle n'en fit rien, naturellement. Son éducation l'en empêchait, tout comme les exigences de sa profession. *Mais un de ces jours...* se promit-elle. En fin de compte, elle se tourna vers l'adolescente.

« J'aimerais pouvoir vous fournir une réponse, Ruth, mais cela m'est impossible. La dernière fois que j'ai vu votre grand-mère, elle allait très bien. Évidemment, elle souffrait de ses rhumatismes, mais cela n'avait rien d'inaccoutumé ni d'intolérable pour elle. »

La jeune fille lança à sa mère un regard venimeux.

« Il s'est sûrement passé quelque chose qui l'a bouleversée. Les gens ne se suicident pas sans raison.

– Était-elle facilement impressionnable ? demanda Sarah. Elle ne m'a pas donné ce sentiment. » Elle esquissa un sourire. « Au contraire, je trouvais que votre grand-mère était plutôt du genre coriace et je ne pouvais pas m'empêcher de l'en admirer.

– Alors, pourquoi s'est-elle tuée ?

– Peut-être la mort ne l'effrayait-elle pas. Le suicide ne revêt pas toujours un caractère négatif. Dans certains cas, il est l'affirmation d'un désir authentique. Mourir à tel moment et de telle façon. “Être ou ne pas être.” Pour Mathilda, “ne pas être” fut sans doute une décision mûrement réfléchie. »

Les yeux de Ruth s'emplirent de larmes.

« *Hamlet*, c'était sa pièce favorite. »

Elle était aussi grande que sa mère, mais avec un visage froid et maussade auquel manquait le regard saisissant de celle-ci. Ses larmes ne faisaient qu'accentuer sa laideur, alors que celles de Joanna Lascelles, simple scintillement au bord des paupières, renforçait l'impression d'une beauté fragile.

S'animant soudain, la femme regarda Sarah puis Jack.

« Accepteriez-vous de prendre le thé à la maison ? Nous ne serons pas nombreux.

– Je regrette, mais je ne peux pas, s'excusa Sarah. J'ai une consultation à Mapleton à 16 h 30. »

Jack ne semblait pas du même avis.

« Merci, c'est très aimable à vous. »

Il y eut un silence.

« Comment vas-tu rentrer ? lui demanda Sarah en tirant ses clés de voiture de sa poche.

– On me ramènera. Je trouverais bien quelqu'un qui aille dans ma direction. »

Un des confrères de Sarah passa la voir comme elle finissait sa journée. Ils étaient trois pour un secteur d'une quinzaine de kilomètres carrés de côtes et de campagne, englobant quelques bourgs, des hameaux et des fermes éparpillées. La plupart des villages disposaient d'un petit cabinet médical, installé dans la maison du docteur ou loué à un habitant, et chaque médecin devait se charger des zones intermédiaires, selon une rotation qui n'allait pas toujours de soi. Robin Hewitt résidait à Mapleton, ce qui ne l'empêchait pas, tout comme Sarah, de passer à peu près autant de temps sur place qu'à l'extérieur. Jusque-là, ils avaient résisté à la tentation de mettre leurs ressources en commun et d'ouvrir une clinique moderne dans un des principaux villages. Ils estimaient, à juste titre, que leur clientèle se composait en majorité de personnes âgées ou de gens ne disposant d'aucun moyen de transport. Mais, dans le domaine de la santé comme ailleurs, l'heure était aux restrictions et à la rentabilité.

« Tu as l'air vanné, fit remarquer Robin en se laissant tomber sur le siège de l'autre côté du bureau de Sarah.

– C'est vrai.

– Des problèmes ?

– Comme d'habitude.

– Personnels, hein ? Envoie-le paître ! »

Elle se mit à rire.

« Et si je te disais, à brûle-pourpoint, d'envoyer paître Mary ?

– Sauf qu'il y a une légère différence : Mary est un ange, pas Jack. »

Malgré tout, l'idée n'était pas inintéressante. Au bout de dix-huit ans, le flegme de Mary, toujours sereine et satisfaite d'elle-même, avait nettement moins de sel que les frustrations de Sarah et sa soif de vérité.

« Qu'est-ce qu'il a encore fait ?

– Rien, à ma connaissance. »

Ce n'était pas difficile à croire, pensa Robin. Jack Blakeney se targuait de ne rien faire, tandis que sa femme mettait un point d'honneur à le conforter dans sa paresse. La longévité de leur mariage demeurait pour lui un mystère. Ils n'avaient pas d'enfants, pas d'attaches, Sarah était une femme indépendante, gagnant bien sa vie, de plus c'était elle qui payait le loyer. Il aurait suffi d'un serrurier pour débarrasser définitivement le plancher de ce parasite.

Elle l'observa avec amusement.

« Pourquoi ris-tu ? »

Il s'arracha à la vision enchanteresse d'une Sarah seule chez elle.

« J'ai vu Bob Hughes aujourd'hui. Il était très déçu que tu ne sois pas de service. » Il se mit à imiter l'accent du vieil homme. « "Où qu'elle est, la petite mignonne ? Je préfère que ce soit elle qui le fasse."

– Qui fasse quoi ?

– Examiner le furoncle qu'il a aux fesses. Le vieux vicieux ! Si tu avais été là, il s'en serait inventé un sous le scrotum et, pendant que tu l'aurais palpé, il aurait pris un pied d'enfer. »

Les yeux de Sarah se mirent à pétiller.

« Avec ça, c'est remboursé par la sécu. Que veux-tu, les salons de massage sont devenus onéreux.

– Une honte ! Ne me dis pas qu'il t'a déjà fait le coup. »

Elle éclata de rire.

« Bien sûr que non. Il vient uniquement pour discuter le bout de gras. Il avait sans doute quelque chose à te montrer. Je parie que tu l'as envoyé paître.

– Parfaitement. Tu es beaucoup trop charitable.

– Mais certains se sentent si seuls. Nous vivons dans un monde terrible. Personne n'a le temps d'écouter personne. »

Elle joua un instant avec son stylo.

« Ce matin, je suis allée à l'enterrement de Mathilda Gillespie. Sa petite-fille m'a demandé pourquoi elle s'était tuée. Je lui ai répondu que je l'ignorais, et depuis je n'arrête pas d'y penser. Je devrais pourtant le savoir. C'était une de mes patientes. Si je m'étais un peu plus intéressée à elle, je le saurais sûrement. » Elle lui jeta un regard en biais. « Tu ne crois pas ? »

Il secoua la tête.

« Tu as tort de prendre les choses ainsi, Sarah. Cela ne mène à rien. D'accord, tu la voyais de temps à autre, mais pas plus qu'un tas de gens, moi y compris. Tu n'étais pas seule responsable vis-à-vis d'elle. Je dirais même que tu ne l'étais pas du tout, hormis sur un plan strictement médical, et rien de ce que tu lui as prescrit n'a contribué à sa mort. Elle a succombé à une hémorragie.

– Mais où places-tu la frontière entre le devoir et l'amitié ? Nous plaisantions ensemble. J'étais une des rares personnes à apprécier son sens de l'humour, probablement parce qu'il ressemblait tellement à celui de Jack. Mordant, souvent cruel, mais toujours plein d'esprit. Digne d'une Dorothy Parker.

– C'est d'un sentimentalisme ridicule ! Mathilda Gillespie était un chameau de première, et ne va pas t'imaginer qu'elle te considérait comme son égale. Pendant des années, jusqu'à ce qu'elle vende Wing Cottage pour récupérer de l'argent, médecins, notaires, intendants étaient tenus d'emprunter l'entrée de service. Cela rendait dingue Hugh Hendry. Il prétendait n'avoir jamais rencontré de femme aussi désagréable. Il la détestait. »

Sarah éclata de rire.

« Évidemment, elle l'appelait docteur Dolittle. Y compris en sa présence. Je lui ai demandé si elle lui reprochait son attitude professionnelle. Elle m'a répondu : "Pas seulement. Il tenait plus de l'animal que de l'être humain. C'était un âne bâté !" »

Robin fit la grimace.

« J'avoue que, dans le genre ignorant et cossard, il méritait la palme. J'ai suggéré qu'on vérifie ses diplômes, tellement j'avais de doutes sur leur existence, mais il est toujours délicat de mettre en cause un collègue, surtout s'il a plus d'ancienneté. Il a fallu se faire une raison et attendre son départ à la retraite.» Il inclina légèrement la tête. «Et toi, comment t'appelait-elle si elle l'appelait docteur Dolittle?»

Ignorant la question, elle pressa un instant son stylo contre ses lèvres. L'inquiétude avait réapparu dans son regard sombre.

«Elle n'arrêtait pas de penser à cette maudite muselière. À vrai dire, ce n'était pas très sain. Elle m'a demandé un jour si je voulais l'essayer, pour connaître mon impression.

– Et tu l'as fait?

– Non.» Elle se tut, puis reprit soudain : « Elle affirmait que son arthrite était son "joug intérieur", parce que la souffrance ne la quittait jamais – elle se tapota les dents avec son stylo – et, pour l'atténuer, elle se servait de la muselière en guise de révulsif. C'est pour cela que je disais que ce n'était pas très sain. Elle se l'imposait comme une pénitence, une sorte de cilice. Quoi qu'il en soit, lorsque j'ai pris la suite de cet imbécile de Hendry et que j'ai pu ramener la douleur à un degré acceptable, elle s'est mise à m'appeler, sur le ton de la plaisanterie, sa petite muselière.» Elle vit qu'il avait l'air perplexe. «Oui, parce que j'avais réussi à alléger le poids de son joug intérieur, expliqua-t-elle.

– Et qu'est-ce que tu penses?

– Qu'elle a essayé de me dire quelque chose.»

Robin secoua la tête.

«Comment ça? Parce qu'elle portait cette muselière au moment de sa mort? C'était un symbole, rien de plus.

– Un symbole de quoi?

– Des illusions de la vie. De notre aliénation. Ou peut-être était-ce une ultime facétie. Du genre, j'ai avalé ma langue pour toujours.» Il eut un haussement d'épaules. «Tu en as parlé aux flics?

– Non. J'étais tellement bouleversée sur le moment que j'ai oublié.» Elle leva les mains en un geste d'impuissance. «De plus, l'inspecteur et le médecin légiste ont sauté à pieds joints sur ce que je leur ai dit de prime abord, à savoir que cet instrument barbare servait d'habitude à décorer un pot de géraniums. Son "trophée herbeux", comme elle disait. C'était une allusion au récit de la mort d'Ophélie et, avec la baignoire pleine d'eau et les orties, j'ai pensé qu'ils avaient raison. Mais je n'en suis plus aussi sûre maintenant. » Elle se tut et se mit à contempler son bureau.

Robin l'observa quelques secondes.

« À supposer qu'elle ait effectivement voulu dire qu'elle avait perdu l'usage de sa langue, tu comprends bien que cela peut signifier deux choses ?

– Oui, fit Sarah d'un air malheureux. Que quelqu'un l'a fait taire. Mais cela n'a guère de sens. Si Mathilda s'était doutée qu'on cherchait à l'assassiner, elle n'aurait pas perdu du temps à aller prendre la muselière, il lui aurait suffi d'ouvrir la porte d'entrée et de se mettre à hurler. Tout le village l'aurait entendue. Et le meurtrier aurait déguerpi sans demander son reste.

– Peut-être est-ce le meurtrier lui-même qui a voulu dire : "Ainsi, elle ne pourra plus parler" ?

– Mais c'est tout aussi absurde. Pourquoi aurait-il fait ce cinéma autour de son crime après s'être donné un mal de chien à le maquiller en suicide ? » Elle frotta ses yeux las. « Sans la muselière, l'affaire était claire comme de l'eau de roche. Avec, cela ressemble à tout ce qu'on voudra. Et pourquoi ces fleurs, au nom du ciel ? Que sont-elles censées indiquer ?

– Tu dois absolument avertir la police, décida soudain Robin en empoignant le téléphone. Voyons, Sarah, qui d'autre savait qu'elle t'avait surnommée sa muselière ? Il ne t'est pas venu à l'esprit que le message t'était adressé ?

– Quel message ?

– Je n'en sais rien. Que tu étais menacée. Que Sarah Blakeney serait la suivante. »

Elle se mit à rire, d'un rire forcé.

« J'ai plutôt pris ça pour une sorte de signature. » Elle traça du doigt une ligne sur le bureau. « Comme la marque laissée par Zorro sur ses victimes.

– Oh, Seigneur ! s'exclama Robin en reposant le combiné. Il vaut peut-être mieux ne rien dire. De toute façon, c'était manifestement un suicide... Tu as dit toi-même qu'elle éprouvait une fascination morbide pour ce maudit bout de ferraille.

– Mais je la trouvais sympathique.

– Tu trouves tout le monde sympathique, Sarah. Il n'y a pas lieu d'en être fier.

– Je croirais entendre parler Jack. »

Elle lui prit le téléphone des mains, composa le numéro du commissariat de Learmouth et demanda l'inspecteur Cooper.

Robin la regarda faire avec une morne résignation – elle n'avait pas idée des commérages que cela déclencherait quand on saurait le surnom que lui avait donné Mathilda –, tout en se demandant, non sans une certaine perfidie, pourquoi elle avait choisi de lui raconter tout ça. Il avait l'étrange impression qu'elle l'avait manipulé. Pour mesurer les réactions des autres ? Se soulager la conscience ?

L'inspecteur Cooper était déjà parti et la voix ronchonne à l'autre bout du fil consentit seulement à noter l'appel et à lui en faire part le lendemain matin. Après tout, il n'y avait pas d'urgence. Le dossier était clos.

Que je hais ces rhumatismes et la cruelle immobilité qu'ils m'imposent ! J'ai vu un fantôme aujourd'hui, mais n'ai rien pu faire. J'aurais dû le frapper à terre et le renvoyer aux enfers, mais je n'ai pu que le cingler de mes paroles. Joanna l'aurait-elle amené pour me hanter ? C'est tout à fait possible. Depuis qu'elle a trouvé cette maudite lettre, elle manigance quelque chose. « Ingratitude, démon au cœur de pierre, plus abjecte encore lorsque tu parais sous les traits d'un enfant que sous ceux d'un monstre surgi des flots. »

Se servir de James, entre tous, ça, je ne le lui pardonnerai jamais. À moins que ce soit lui qui se serve d'elle ? Quarante années ne l'ont guère changé. Quel plaisir exécrable n'a-t-il pas éprouvé à Hong-Kong où, d'après ce que j'ai lu, les garçons habillés en filles donnent aux pédérastes des frissons d'une prétendue normalité en affichant leur perversion écœurante devant un public de naïfs. Il a l'air malade. Tiens, tiens, sa mort ne pourrait pas mieux tomber.

J'ai conclu là « un marché des plus sordides ». De nos jours, on parle avec désinvolture du cycle infernal des répétitions dans lesquelles sont enfermés les enfants battus et maltraités ! Et, cependant, la complexité de ces cercles vicieux dépasse de loin la simple brutalité d'un parent envers son enfant.

Tout vient à point à qui sait l'entendre…

3

Jack travaillait dans son atelier quand, vers onze heures du soir, la clé de Sarah tinta enfin dans la serrure. Il leva la tête comme elle passait devant la porte ouverte.

« Où étais-tu ? »

Elle se sentait épuisée.

« Chez les Hewitt. Ils m'ont gardée à dîner. Tu as mangé ? »

Elle n'entra pas et se contenta de l'observer depuis le seuil.

Il acquiesça de façon machinale. La nourriture n'occupait qu'une place tout à fait secondaire dans la vie de Jack. D'un signe de tête, il lui désigna la toile posée sur le chevalet.

« Qu'en penses-tu ? »

Comme les choses auraient été plus simples si elle avait été totalement hermétique à ce qu'il s'efforçait d'exprimer à travers sa peinture. Et si elle avait eu le courage d'accepter les jugements formulés par un ou deux critiques, pour qui tout cela n'était qu'un barbouillage prétentieux et dénué d'intérêt.

« Je suppose que c'est Joanna Lascelles. »

Une Joanna Lascelles difficilement reconnaissable, sinon à la masse noire de ses habits de deuil et à la blondeur de sa chevelure, car, pour Jack, formes et couleurs servaient à rendre une réalité intérieure, et ce portrait, bien qu'à peine ébauché, révélait déjà une extraordinaire tension. Pendant des semaines, il allait, par touches successives, tenter de mettre au jour la personnalité complexe de son modèle.

Sarah, qui connaissait ce code pictural presque aussi bien que lui, devinait l'essentiel de ce qu'il avait déjà fixé sur la toile : la tristesse de Joanna (à cause de sa mère ?), son dédain (à l'égard de sa fille ?), et, comme de bien entendu, sa sensualité (éveillée par le peintre lui-même ?).

Jack la dévisagea.

« Une femme intéressante.

– On dirait. »

Il plissa les yeux, soudain en colère.

« Tu ne vas pas remettre ça. Je ne suis pas d'humeur à supporter une scène. »

Elle eut un haussement d'épaules.

« Moi non plus. Je vais me coucher.

– Je m'occuperai de cette couverture demain », promit-il à contrecœur.

Il s'assurait quelques revenus en dessinant des couvertures de livre, mais les commandes n'abondaient pas, car il n'avait presque jamais fini à temps. Il avait horreur de travailler sous la contrainte et ces tâches mercantiles l'exaspéraient.

« Je ne suis pas ta mère, Jack, déclara-t-elle calmement. Ce que tu feras demain ne regarde que toi. »

Contrairement à ses allégations, il semblait disposé à relever le défi, probablement, se dit Sarah, parce que Joanna Lascelles avait flatté son ego.

« C'est plus fort que toi, hein ? Non, tu n'es pas ma mère, mais tu commences fichtrement à lui ressembler.

– Comme c'est curieux, répliqua-t-elle avec une lourde ironie. Moi qui croyais que tu ne t'entendais pas avec elle parce qu'elle n'arrêtait pas de te dire ce que tu devais faire. Et voilà que je me retrouve dans le même panier, alors qu'au contraire, je t'ai toujours laissé agir à ta guise. Tu n'es qu'un gamin, Jack. Il te faut absolument une femme à qui tu puisses reprocher tout ce qui ne va pas dans ta vie.

– Comme de te priver des joies de la vie de famille ! lança-t-il d'un ton rageur. Bon sang, Sarah, tu connaissais le topo avant qu'on se marie et tu étais d'accord. Souviens-toi, la carrière avant tout. Rien n'a changé. Pour moi, du moins. Ce n'est pas ma faute si tes hormones te tourmentent à cause du temps qui passe. Nous avions conclu un pacte. Pas d'enfants. »

Elle l'observa avec attention. Après tout, Joanna ne s'était peut-être pas montrée aussi accommodante qu'il l'aurait souhaité. Tiens donc !

« En l'occurrence, Jack, le seul pacte que nous ayons conclu était que je t'aiderais jusqu'à ce que tu te sois fait une réputation. Après cela, il y avait toutes les options possibles. Ce que je n'avais pas prévu, et j'ai commis, je l'avoue, l'erreur de me fier à mon propre jugement, c'était que tu ne te ferais jamais une réputation. Dans ces conditions, j'ai bien peur que le marché soit nul et non avenu. J'ai subvenu à tes besoins durant six ans : deux ans avant notre mariage, quatre ans ensuite, et tu avais autant que moi le désir de te marier. Si je me souviens bien, nous célébrions alors ta première grande vente. La première et la seule, ajouta-t-elle. C'est un peu mince, non ? Je n'ai pas souvenir que tu aies vendu une seule toile depuis.

– La mesquinerie ne te va pas, Sarah.

– Pas plus qu'à toi de te comporter comme un enfant gâté. Tu penses que rien n'a changé, mais tu te trompes, tout a changé. Je t'admirais. Maintenant, je te méprise. Je te trouvais drôle. Maintenant, tu m'ennuies. Je t'aimais. Maintenant je n'éprouve plus pour toi que de la pitié. » Elle lui sourit comme pour s'excuser. « De plus, je croyais que tu réussirais. Maintenant, je suis persuadée du contraire. Et ce n'est pas à cause de ta peinture, mais à cause de toi. Tu n'as ni l'énergie ni la discipline nécessaires, Jack, et tu as oublié que le génie est fait de un pour cent d'inspiration et de quatre-vingt-dix-neuf pour cent d'efforts acharnés. Si je suis devenue un bon médecin, ce n'est pas grâce à je ne sais quel don exceptionnel, mais au fait que je n'hésite pas à me servir de mes mains. Tu es un artiste raté, non que tu manques de talent, simplement tu es bien trop paresseux et imbu de ta personne pour accepter l'idée de te faire une place au soleil en transpirant comme tout le monde. »

Une moue sardonique apparut sur le visage de Jack.

« Je dois remercier les Hewitt, je présume. Un gentil petit dîner chez ce brave Robin et sa femme, et voilà que j'ai droit à un savon. Bon sang, ce type n'est qu'un sale lèche-bottes ! Il serait déjà dans ton lit s'il n'avait pas la douce Mary et les mioches sans arrêt sur le dos.

– Ne sois pas stupide, répondit-elle d'une voix glaciale. C'est entièrement ta faute. J'ai cessé d'avoir le moindre sentiment à ton égard le jour où j'ai dû envoyer Sally Bennedict se faire avorter. Pour moi, ça a été fini. Que je doive, en plus du reste, cautionner le meurtre de tes bâtards, surtout s'agissant d'une garce pareille ! D'ailleurs, l'ironie de la situation ne lui a pas échappé, crois-moi. »

Il se troubla et elle vit que, cette fois, le coup avait porté. Il ne semblait pas au courant, ce qui était au moins un point en sa faveur.

« Tu aurais dû m'avertir », répliqua-t-il de façon absurde.

Elle rit avec un amusement sincère.

« Pour quelle raison ? C'est Sally qui m'avait consultée, pas toi. Et il était clair qu'elle n'avait aucunement l'intention de mener à terme ta progéniture et de risquer de se faire virer de la Royal Shakespeare Company. Il est difficile de jouer une Juliette enceinte de six mois, ce qui aurait été le cas quand la tournée aurait débuté. Oh, j'ai fait tout ce qu'il fallait : je lui ai dit d'en parler avec toi, d'aller voir un psychologue, mais j'aurais aussi bien pu garder mes conseils, pour ce qu'elle en avait à faire. À mon avis, elle aurait préféré un cancer à un enfant non désiré. » Son sourire se changea en un pli amer. « Il est vrai que nous savions toutes les deux comment tu réagirais. C'est même la seule fois de ma vie où je n'ai pas douté un instant du sort du malheureux fœtus s'il avait vu le jour. J'ai passé le dossier à l'hôpital et, en deux semaines, l'affaire était réglée. »

Il promena distraitement son pinceau sur sa palette.

« Est-ce pour cela que tu as brusquement décidé de t'installer ici ?

– En partie. J'avais le fâcheux pressentiment que Sally n'était que la première d'une longue liste.

– Et à part ça ?

– J'ignorais que tu serais séduit par les rudes paysages du Dorset. Je pensais que tu resterais à Londres.

– Tu aurais dû me le dire, répéta-t-il. Je n'ai jamais été très doué pour les devinettes.

– Non, en effet. »

Il posa palette et pinceau sur un tabouret et s'essuya les mains avec un torchon imbibé de white-spirit.

« Et qu'est-ce qui m'a valu cette année de sursis ? Ta philanthropie ? Ou ton machiavélisme ? Peut-être trouvais-tu plus cocasse de me balancer en pleine cambrousse, plutôt qu'à Londres où j'étais assuré de retrouver un toit ?

– Ni l'une ni l'autre. L'espoir. Un espoir bien mal placé, comme d'habitude. »

Elle considéra la toile. Il suivit son regard.

« J'ai pris le thé avec elle. C'est tout.

– Je te crois.

– Alors, pourquoi es-tu aussi en colère ? Je ne te reproche pas d'avoir dîné avec Robin.

– Je ne suis pas en colère, Jack. Seulement fatiguée. Fatiguée de servir de public à ton monstrueux ego. Il m'arrive même de penser que c'est la seule raison qui t'a fait m'épouser : parce que tu avais besoin, non de sécurité, mais de l'admiration de quelqu'un pour stimuler ta créativité. » Elle eut un rire contraint. « Dans ce cas, tu n'aurais pas dû choisir un médecin. C'est déjà bien assez de se dévouer toute la journée sans avoir à recommencer le soir. »

Il la regarda attentivement.

« Alors c'est ainsi ? Tu me donnes mon congé ? Fais tes paquets et ne remets plus les pieds ici. »

Elle lui sourit, de ce sourire à la Mona Lisa qui l'avait séduit tout au début. Il avait l'impression de savoir exactement ce qu'elle allait dire : *Il s'agit de ta vie, Jack, prends tes responsabilités.* Car c'était la force, et la faiblesse, de Sarah d'imaginer que chacun pouvait être aussi volontaire et déterminé qu'elle-même.

« Oui. J'ai décidé que, si tu allais encore une fois retrouver Sally, nous en resterions là. Je souhaite divorcer. »

Il la scruta.

« Si c'est à cause de Sally, tu aurais aussi bien pu me donner cet ultimatum il y a quinze jours. Je n'ai pas essayé de te cacher où j'allais.

– Je sais, répondit-elle d'un ton las, les yeux à nouveau fixés sur le tableau. À présent, même tes trahisons exigent un public. »

Quand elle descendit le lendemain matin, il était parti. Il y avait une feuille de papier sur la table de la cuisine.

Envoie les papiers du divorce à Keith Smollett. Tu te trouveras bien un autre avocat. J'accepterai un partage à cinquante, cinquante, aussi ne t'attache pas trop à la maison. Je débarrasserai l'atelier dès que je me serai procuré un autre endroit. Si tu ne veux pas me revoir, évite de changer les serrures. Je laisserai la clé après avoir récupéré mes affaires.

Elle lut le mot deux fois, puis le jeta à la poubelle.

La secrétaire du cabinet médical de Fontwell leva la tête comme Sarah pénétrait dans la salle d'attente vide. Sarah effectuait son service à Fontwell le lundi après midi et le vendredi matin, ce qui n'était pas une sinécure, dans la mesure où on la trouvait généralement plus aimable que ses collègues masculins.

« Il y a deux messages pour vous, lui dit Jane. Je les ai posés sur votre bureau.

– Merci. » Elle s'immobilisa près du bureau. « Quel est le premier rendez-vous ?

– Mr Drew à 8 h 45. Puis c'est la cohue jusqu'à 11 h 30. Après quoi, malheureusement, vous avez deux visites à domicile, mais j'ai prévenu que vous ne seriez pas libre avant midi.

– Parfait. »

Jane Marriott, une institutrice à la retraite d'une soixantaine d'années, enveloppa Sarah d'un regard maternel.

« Je suppose qu'une fois de plus, vous n'avez pas pris de petit déjeuner. »

Sarah sourit malgré elle.

« Cela ne m'est pas arrivé depuis que j'ai quitté l'école.

– Ma foi, vous avez l'air complètement lessivée. Vous

travaillez beaucoup trop. Un médecin est un être comme les autres. Vous devriez apprendre à vous reposer. »

Sarah se tint les coudes sur le bureau, son menton dans les mains.

« Dites-moi, Jane. Si le paradis existe, où est-ce au juste ? »

À cet instant, elle ressemblait étrangement à une de ces gamines de huit ans auxquelles Jane Marriott faisait jadis la classe et qui, timides et mal à l'aise, s'enhardissaient parfois à l'interroger, convaincues que l'adulte qui se trouvait devant elles détenait la clé de tous les problèmes.

« Grands dieux ! Cela fait bien longtemps qu'on ne m'avait pas posé une question pareille. »

Elle brancha la bouilloire et mit du café dans deux tasses.

« Aux enfants je disais qu'il réside dans le souvenir qu'on laisse aux autres. Plus ils vous ont aimé, plus vous continuez d'exister dans leurs cœurs. C'était un truc pour les empêcher de se chamailler. » Elle laissa échapper un gloussement. « Je croyais que vous étiez athée. Pourquoi ce soudain intérêt pour l'au-delà ?

– Je suis allée, hier, à l'enterrement de Mrs Gillespie. C'était déprimant. Je me demande bien à quoi rime tout ça.

– Eh bien, si vous commencez à faire de la métaphysique à huit heures et demie du matin ! » Elle posa une tasse de café fumant devant Sarah. « En ce qui concerne Mathilda Gillespie, il est possible que l'utilité de son existence n'apparaisse que dans quatre ou cinq générations. Elle appartient à une lignée. Qui sait quelle importance aura cette lignée dans le futur ?

– Alors c'est encore plus déprimant, déclara Sarah d'un ton lugubre. Cela signifie qu'il faut avoir des enfants pour donner un sens à sa vie.

– Bien sûr que non. Je n'ai pas d'enfants et je ne me sens pas moins utile pour autant. Notre vie est ce que nous en faisons. »

Tout en parlant, elle regardait ailleurs et Sarah eut l'impression que c'étaient seulement des phrases en l'air.

« Hélas, continua-t-elle, il est vrai que Mathilda Gillespie n'a pas fait grand-chose de la sienne. Elle ne s'est jamais consolée du départ de son mari et cela lui a aigri le caractère. Elle devait s'imaginer que les gens se moquaient d'elle dans son dos. Ce dont ne se privaient pas la plupart d'entre eux, reconnut-elle.

– Je croyais qu'elle était veuve, rétorqua Sarah en songeant qu'elle savait décidément bien peu de chose de son ancienne patiente. »

Jane secoua la tête.

« À supposer qu'il soit encore en vie, le veuf, à présent, c'est lui. À ma connaissance, ils n'ont jamais pris la peine de divorcer.

– Que lui est-il arrivé ?

– Il est parti à Hong-Kong, travailler dans une banque.

– Comment le savez-vous ?

– Il y a une dizaine d'années, Paul et moi avons passé des vacances en Extrême-Orient et nous sommes tombés sur lui dans un hôtel de Hong-Kong. Nous étions très amis, jadis. Paul et lui avaient fait la guerre ensemble. » Elle eut un petit sourire. « Il se portait comme un charme, vivant au milieu des autres expatriés, et se souciait comme d'une guigne du sort de sa femme et de sa fille.

– Qui subvenait à leurs besoins ?

– Avec ce que son père lui avait laissé, Mathilda n'avait pas de souci à se faire, même si, comme il m'arrive de le penser, ça ne lui a pas forcément rendu service. Elle n'aurait sans doute pas été la même si elle avait dû se creuser la cervelle pour gagner son pain. Allons, ça ne vous arrange pas le tempérament, que les choses vous tombent toutes cuites dans le bec ! »

Sarah n'avait qu'à songer à Jack pour en être persuadée. Cinquante, cinquante, songea-t-elle avec irritation. Il pouvait toujours courir !

« Quand l'a-t-il quittée ? Récemment ?

– Oh, non ! Peut-être un an et demi après leur mariage. Dans tous les cas, il y a bien trente ans de ça. Il nous a écrit pendant un certain temps, puis n'a plus donné de ses nouvelles. À vrai dire, nous le trouvions assez fatigant. Quand nous l'avons rencontré à Hong-Kong, il s'était mis à boire comme un trou, et, comme chaque fois qu'il avait un verre dans le nez, il devenait très agressif. Nous avons été plutôt soulagés qu'il ait cessé toute correspondance. Ensuite, il a totalement disparu de l'horizon.

– Mathilda savait qu'il vous écrivait ? demanda avec curiosité Sarah.

– Je ne pourrais pas vous le dire. Nous nous étions installés à Southampton et nous n'avions plus l'occasion de la voir. De temps à autre, des amis communs mentionnaient son nom, autrement nous n'avions aucun contact avec elle. Nous sommes revenus voilà cinq ans, lorsque la santé de mon pauvre mari s'est brusquement dégradée et que j'ai décidé que l'air vivifiant du Dorset était préférable pour lui à toutes ces saletés qu'on respire en ville. »

Paul Marriott souffrait d'emphysème chronique, ce qui inquiétait énormément sa femme.

« C'est ce que vous pouviez faire de mieux, approuva Sarah d'une voix ferme. Il m'a dit qu'il ne s'était jamais aussi bien porté que depuis qu'il a regagné ses pénates. »

Sarah savait d'expérience qu'une fois lancée sur ce terrain, Jane refuserait d'en sortir, aussi s'empressa-t-elle de changer de sujet.

« Vous connaissiez bien Mathilda ? »

Jane réfléchit un instant.

« Nous avons été élevées ensemble : mon père a été médecin ici pendant pas mal d'années et Paul a travaillé pour le sien – Sir William était le député local –, mais je mentirais en disant que je la connaissais. En vérité, je ne l'aimais pas beaucoup. » Elle paraissait gênée. « C'est horrible à dire, s'agissant d'une morte, mais je m'en voudrais d'être hypocrite. De ma vie, je n'ai connu de créature plus désagréable. Je n'ai jamais pu blâmer James de l'avoir quittée. La seule question que je me pose, c'est pourquoi il l'a épousée.

– À cause de son argent, répondit aussitôt Sarah.

– Oui, probablement, convint Jane. Il venait d'un milieu très pauvre, ne possédait en tout et pour tout que son nom et Mathilda, bien sûr, était belle, aussi belle que Joanna. Ça a été un désastre. James a très vite compris qu'il y a des choses pires que la pauvreté. Et notamment d'être commandé par une virago qui tient les cordons de la bourse. Il la détestait cordialement. »

Un des messages posés sur le bureau de Sarah provenait de Ruth Lascelles. C'était un bref billet, qu'on avait dû glisser sous la porte d'entrée du cabinet médical la veille au soir. Pour une adolescente, l'écriture était étonnamment juvénile. « Chère docteur Blakeney, pourriez-vous venir me voir chez mamie demain (vendredi). Je ne suis pas malade mais j'aimerais vous parler. Je dois être de retour à l'école dimanche soir. Merci d'avance. Bien à vous, Ruth Lascelles. »

Le second message informait Sarah que l'inspecteur Cooper avait été prévenu le matin de son coup de téléphone et qu'il rappellerait plus tard dans la journée.

Il était trois heures passées quand Sarah trouva enfin le temps de se rendre à Cedar House. Elle remonta la courte allée de gravier et se gara sous les fenêtres de la salle à manger qui faisaient face à la route sur le côté gauche de la maison. C'était un bâtiment du XVIIIe siècle en pierre jaunâtre, composé de pièces immenses aux vitres épaisses. Des pièces beaucoup trop incommodes, avait toujours pensé Sarah, pour une femme qui, dans ses périodes de crise, se voyait quasiment réduite à l'état d'infirme. La seule concession faite à la maladie avait été l'installation d'un ascenseur communiquant avec le premier étage. Sarah avait un jour suggéré à Mathilda de vendre la demeure pour acheter un cottage, et celle-ci lui avait répondu qu'une telle félicité lui était interdite. « Ma chère Sarah, seuls les gens du commun peuvent se permettre d'habiter un cottage, avec de charmants noms comme "Beauséjour" ou "Mon repos". Quoi que vous fassiez dans la vie, il ne faut jamais oublier les convenances. »

Comme elle descendait de voiture, Ruth s'avança à sa rencontre.

« Allons dans le pavillon d'été », lança-t-elle d'une voix brusque.

Sans attendre la réponse, elle tourna le coin de la maison, son corps mince, seulement vêtu d'un tee-shirt et d'un caleçon, penché dans le vent du nord qui soulevait les feuilles jaunies de l'allée.

Sarah, plus âgée et donc plus sensible au froid, prit sa veste sur le siège arrière et lui emboîta le pas. Du coin de l'œil, elle aperçut la silhouette de Joanna dans l'ombre de la salle à manger. Ruth avait-elle informé sa mère de leur rendez-vous ? se demanda-t-elle en traversant la pelouse dans le sillage de l'adolescente. Et pourquoi tant de mystère ? Le pavillon d'été se trouvait à environ deux cents mètres, autrement dit suffisamment loin pour que Joanna ne puisse rien entendre.

Lorsque Sarah la rejoignit, au milieu d'un amoncellement de chaises et de tables en rotin, vestiges d'un ancien – et heureux ? – temps, Ruth allumait une cigarette.

« Je suppose que vous allez me faire la morale, dit-elle d'un air renfrogné en repoussant la porte et en s'affalant sur une chaise.

– Pour quelle raison ? » Sarah s'assit également et serra sa veste contre elle. Il faisait terriblement froid, même avec la porte fermée.

« Parce que je fume.

– Je n'ai pas l'habitude de jouer les moralistes », répliqua Sarah avec un haussement d'épaules.

Ruth lui jeta un regard farouche.

« D'après votre époux, mamie vous avait surnommée sa muselière. Pourquoi l'aurait-elle fait si vous ne lui aviez pas reproché d'être mauvaise langue ? »

Sarah regarda par la fenêtre, là où le grand cèdre du Liban, qui avait donné son nom à la propriété, formait une ombre sur la pelouse. À ce moment, un nuage poussé par le vent qui soufflait en rafales masqua le soleil et l'ombre s'effaça.

« Nous n'avions pas ce genre de relations, répondit-elle en se tournant vers la jeune fille. J'appréciais la compagnie de votre grand-mère. Je ne me souviens pas d'avoir jamais eu de reproches à lui faire.

– Moi, je n'aurais pas aimé être traitée de muselière. »

Sarah sourit.

« Je trouvais ça plutôt flatteur. Dans sa bouche, c'était un compliment.

– J'en doute, laissa tomber la jeune fille. Vous n'ignorez pas, je suppose, qu'elle mettait cette muselière à ma mère quand celle-ci était enfant. » Elle fumait avec nervosité, tirant rapidement de petites bouffées qu'elle exhalait par le nez. Elle vit l'expression dubitative de Sarah. « C'est la vérité. Mamie me l'a avoué un jour. Elle avait horreur des cris et, chaque fois que maman se mettait à hurler, elle l'enfermait dans un placard avec ce machin sur la tête. Son père agissait de la même façon à son égard, aussi trouvait-elle ça normal. »

Sarah attendit, mais la jeune fille garda le silence.

« C'était une punition cruelle, murmura-t-elle.

– Oui. Mais mamie était beaucoup plus dure que maman et, de toute façon, dans sa jeunesse, on n'hésitait pas à brutaliser les enfants, si bien que porter une muselière ou recevoir des coups de ceinturon ne devait pas changer grand-chose pour elle. Sauf que, pour maman, c'était un supplice. » Elle écrasa sa cigarette avec son pied. « Et il n'y avait personne pour la protéger ni prendre son parti. Mamie pouvait faire d'elle ce qu'elle voulait comme elle voulait. »

Sarah se demandait où la jeune fille voulait en venir.

« Hélas, c'est un problème de plus en plus fréquent. Le mari stressé s'en prend à son épouse, laquelle, excédée, se défoule sur ses enfants et il n'y a rien de plus angoissant pour une femme que d'être abandonnée par son conjoint.

– Vous excusez mamie pour ce qu'elle a fait ? »

Elle la considéra avec une expression circonspecte.

« Non. J'essaie seulement de comprendre. Généralement, les enfants qui se retrouvent dans la situation de votre mère sont en butte à de constantes agressions verbales, ce qui ne vaut guère mieux que les agressions physiques, simplement les traces ne se voient pas et personne hors de la famille ne les remarque. » Elle haussa imperceptiblement les épaules. « Mais les conséquences sont les mêmes : traumatisme et refoulement de la personnalité. Rares sont les enfants qui parviennent à résister à une attitude perpétuellement critique de la part des adultes dont ils dépendent. On se soumet ou on se révolte. Il n'y a pas de demi-mesure.

– Ma mère a eu droit aux deux, les agressions verbales et les agressions physiques, répliqua Ruth d'un ton irrité. Vous n'imaginez pas tout ce que ma mamie lui a fait subir !

– J'en suis navrée, murmura Sarah. Cependant, Mathilda a elle aussi souffert de mauvais traitements et elle n'était pas plus responsable que votre mère. Mais cela ne doit pas beaucoup vous consoler. »

Ruth alluma une nouvelle cigarette.

« Oh, ne vous y trompez pas, dit-elle avec une petite moue ironique, j'adorais mamie. Elle au moins avait du cran. Ma mère est une chiffe molle. Il m'arrive de la haïr. La plupart du temps, je me contente de la mépriser. » Elle baissa les yeux et se mit à remuer de la poussière avec la pointe de sa chaussure. « C'est elle qui l'a tuée et je ne sais pas quoi faire. D'un côté je lui en veux et de l'autre non. »

Sarah laissa ces mots flotter un instant dans l'air tout en réfléchissant à une réponse. Quel sens avaient-ils au juste ? Fallait-il véritablement les prendre comme une accusation de meurtre ? Ou seulement comme une insinuation perfide lancée sous l'effet du dépit par une gamine capricieuse ?

« La police est convaincue qu'il s'agit d'un suicide, Ruth. Elle a d'ailleurs classé l'affaire. D'après ce que j'ai pu comprendre, personne ne saurait être tenu pour responsable de la mort de votre grand-mère.

– Je ne dis pas que maman l'a fait réellement, en se servant d'un couteau ou de Dieu sait quoi. Mais elle l'a poussée à se tuer. Ce qui revient exactement au même. » Elle leva vers Sarah des yeux pleins de méfiance. « Vous ne croyez pas, docteur ?

– Peut-être. À supposer que ce soit possible. Et, d'après ce que vous m'avez dit des relations de votre mère avec Mathilda, cela paraît assez peu vraisemblable. Le contraire aurait été plus plausible : que Mathilda ait acculé votre mère au suicide. » Elle esquissa un sourire. « Mais, même alors, ce genre de chose se produit très rarement, et seulement lorsque la personne pour qui le suicide devient le seul moyen d'échapper à des difficultés relationnelles possède un passé témoignant d'un déséquilibre psychique. »

Mais Ruth n'était pas prête à renoncer aussi facilement.

« Vous n'avez pas compris. Quand bien même elles se seraient crêpées le chignon toute la journée, l'important n'est pas là. Maman pouvait être aussi désagréable que mamie, sauf qu'elle s'y prenait autrement. Mamie disait ce qu'elle pensait, tandis que maman n'arrêtait pas de faire des petites réflexions sournoises. J'avais horreur de me trouver avec elles deux. » Elle pinça les lèvres de façon disgracieuse. « La pension m'a au moins permis d'échapper à ça. Par la suite, maman est allée habiter à Londres, et, pendant les vacances, j'avais le droit ou bien de rester avec elle ou bien de venir ici. Maintenant, au moins, je ne serai plus une balle de ping-pong. »

Comme Sarah connaissait peu la vie de ces trois femmes. Ainsi, où était Mr Lascelles ? Avait-il filé comme James Gillespie ? Ou Lascelles était-il un nom fictif qu'avait adopté Joanna pour conférer une légitimité à sa fille ?

« Combien de temps avez-vous vécu ici en compagnie de votre mère avant qu'on vous envoie en pension ?

– De ma petite enfance jusqu'à l'âge de onze ans. Mon père est mort en nous laissant sans le sou. Ma mère a alors rappliqué à Fontwell, sinon nous aurions crevé de faim. En tout cas, c'est ce qu'elle prétend. Pour ma part, je pense qu'elle était bien trop snob et flemmarde pour chercher un emploi. Elle aimait mieux se faire insulter par grand-mère que de se salir les mains. » Ruth se croisa les bras autour de la taille et se mit à se balancer. « Mon père était juif. »

Elle avait prononcé le mot avec une pointe de mépris. Sarah en resta interdite. « Pourquoi dites-vous cela ainsi ?

– Grand-mère le désignait toujours ainsi : "le Juif". Elle était antisémite. Vous ne le saviez pas ? »

Sarah secoua la tête.

« On voit que vous ne la connaissiez pas beaucoup. » Ruth poussa un soupir. « Il était musicien, guitariste basse, et travaillait pour des maisons de disques. Il effectuait les raccords quand les groupes en étaient incapables et possédait une petite formation avec laquelle il se produisait de temps à autre. Il est mort en 1978 d'une overdose d'héroïne. Je n'ai aucun souvenir de lui, mais mamie prenait un malin plaisir à me répéter que c'était un bon à rien. Il s'appelait Steven, Steven Lascelles. » Elle se tut.

« Comment votre mère l'a-t-elle rencontré ?

– Dans une soirée à Londres. Elle aurait dû se retrouver dans les bras d'un chevalier servant et a échoué dans ceux du guitariste de service. Mamie n'en a rien su jusqu'à ce que maman lui avoue qu'elle était enceinte, et ça a été le scandale ! Vous imaginez un peu : Joanna Gillespie mise en cloque par un rocker juif, drogué de surcroît ! » Elle eut un rire forcé. « Quelle revanche ! » Ses bras étaient bleus de froid, mais elle ne semblait pas s'en apercevoir. « Quoi qu'il en soit, ils se sont mariés et elle est allée vivre avec lui. Il est mort six mois après ma naissance en ayant dépensé tout l'argent pour se payer sa came. Cela faisait des mois qu'il ne réglait plus le loyer. Maman était veuve – à moins de vingt-trois ans –, au chômage et avec un bébé sur les bras.

– Alors elle n'avait sans doute pas d'autre solution que de revenir ici. »

Le visage de Ruth se renfrogna.

« Vous ne l'auriez certainement pas fait si vous aviez su qu'on ne cesserait de vous jeter à la figure vos erreurs passées. »

C'est probable, se dit Sarah. Elle se demanda si Joanna avait aimé Steven Lascelles ou si, comme sa fille le laissait entendre, elle avait vu en lui uniquement un moyen de faire enrager Mathilda.

« Les choses semblent toujours plus simples quand on les considère après coup. »

L'adolescente continua comme si elle n'avait pas entendu.

« Grand-mère a essayé de changer mon prénom contre un plus sélect, et surtout qui ne fasse pas juif. Pendant un certain temps, elle m'a appelée Elizabeth, mais maman l'a menacée de me ramener à Londres et elle a dû céder. À part ça et son refus que mamie me mette la muselière quand je criais, maman lui laissait faire ses quatre volontés. » Elle eut une expression de dédain. « Vous parlez d'une dégonflée ! Pourtant, ce n'était pas difficile de tenir tête à grand-mère.

Je n'arrêtais pas de la contredire et nous nous entendions comme larrons en foire. »

Sarah n'avait aucune envie d'arbitrer une querelle domestique entre une mère et une fille dont elle ignorait presque tout. Elle vit l'ombre du cèdre s'allonger à nouveau sur la pelouse à mesure que le soleil émergeait de derrière un nuage.

« Pourquoi m'avoir demandé de venir, Ruth ?

– Je ne sais pas quoi faire. J'espérais que vous pourriez me le dire. »

Sarah scruta le visage mince à l'air revêche et se demanda si Joanna se doutait des sentiments que sa fille nourrissait à son égard.

« Ne faites rien. Pour dire les choses carrément, même si votre mère est pour quelque chose dans le suicide de votre grand-mère, ce qui me paraît inconcevable, elle n'a certainement rien commis d'illégal.

– N'empêche qu'elle l'a tuée, répliqua Ruth d'une voix sévère. Elle a trouvé une lettre dans la maison la dernière fois qu'elle est venue. Et elle a déclaré à mamie qu'elle n'hésiterait pas à s'en servir si celle-ci ne modifiait pas sur-le-champ son testament et ne débarrassait pas le plancher. C'est pour ça que mamie s'est suicidée. Elle me léguait tous ses biens, comprenez-vous. Du moins en avait-elle l'intention. » Les traits juvéniles de Ruth avaient pris une expression franchement malveillante.

Mon Dieu ! Qu'avez-vous essayé de me dire, Mathilda ? songea Sarah.

« Avez-vous vu cette lettre ?

– Non, mais mamie m'a écrit pour m'informer de ce qu'elle contenait. Elle ne voulait pas que je l'apprenne par maman. Vous voyez bien que c'est sa faute. Mamie aurait tout fait pour qu'on n'étale pas son linge sale en public, conclut-elle d'une voix âpre.

– Vous avez toujours sa lettre ? »

Ruth fit la grimace.

« Je l'ai déchirée. Mais ce qui compte, ce n'est pas celle-là, c'est celle que maman a trouvée. Elle va vouloir l'utiliser pour attaquer le testament de mamie.

– Dans ce cas, vous devriez consulter un avocat, répondit Sarah d'un ton ferme, tout en se préparant à se lever. Je n'étais que le médecin de votre grand-mère, Ruth. Je n'ai aucunement le droit de m'interposer entre vous et votre mère, et je suis sûre que Mathilda ne l'aurait pas souhaité.

– Au contraire ! s'écria la jeune fille. Elle affirmait dans sa lettre que, s'il lui arrivait quelque chose, je devais m'adresser à vous. Que vous sauriez comment agir au mieux.

– Cela m'étonnerait beaucoup. Votre grand-mère ne me faisait pas de confidences. Tout ce que je connais de votre famille, je le tiens de vous. »

Une main frêle s'empara des siennes. L'atmosphère était glaciale.

« C'était une lettre écrite par Gerald Cavendish, l'oncle de mamie, à son notaire. Il déclarait que la totalité de sa fortune devait revenir à sa fille. »

La main de l'adolescente tremblait, mais Sarah n'aurait su dire si c'était de froid ou d'énervement.

« Continuez, lui intima-t-elle.

– La maison et tout l'argent lui appartenait. Il était l'aîné. »

Sarah eut un froncement de sourcils.

« Que voulez-vous dire ? Que Mathilda n'aurait pas dû toucher cet héritage ? Écoutez, Ruth, tout cela dépasse mes compétences. Une fois encore, je vous conseille d'aller voir un avocat et d'en discuter avec lui. Sincèrement, je n'ai aucune idée de ce que peut être votre situation légale. » Elle eut une hésitation. « Tout de même, c'est étrange, vous ne croyez pas ? Si sa fille était sa légataire universelle, elle aurait dû hériter automatiquement.

– Personne ne savait qu'elle était sa fille, prononça Ruth d'une voix morne, excepté mamie, qui racontait à tout le monde que le père était James Gillespie. C'est ma mère, docteur Blakeney. Mamie se faisait baiser par son oncle. C'est dingue, non ? »

Joanna est venue me voir aujourd'hui. Durant presque tout le repas, elle m'a dévisagée avec ce regard particulièrement désagréable qui lui est propre. (Elle me fait penser au fox-terrier de père qu'une correction avait rendu méchant et qu'il avait fallu endormir; il avait la même lueur mauvaise dans le regard, juste avant d'enfoncer ses crocs dans la main de père et de lui arracher la chair jusqu'à l'os). Elle a ensuite passé le reste de l'après-midi à fouiller dans la bibliothèque. Elle prétendait chercher le livre de ma mère sur l'art du bouquet, pur mensonge, bien sûr. Je me souviens de le lui avoir donné au moment où elle est retournée s'installer à Londres. Je n'ai rien dit.

Elle avait l'air d'une cocotte : des tartines de maquillage pour une visite à la campagne et une jupe bien trop courte, ridicule pour une femme de son âge. Je la soupçonne de s'être fait accompagner par un homme et de l'avoir abandonné à son triste sort au pub du coin. Le sexe est pour Joanna une monnaie d'échange à utiliser sans vergogne contre un service rendu.

Oh, Mathilda, Mathilda ! Que d'hypocrisie !

Je me demande si tous ces hommes sont conscients du peu d'affection qu'elle leur porte. Je ne pense pas qu'il s'agisse de mépris, non, plutôt d'une totale indifférence aux sentiments de quiconque, les siens exceptés. J'aurais dû suivre les conseils de Hugh Hendry et insister pour qu'elle voie un psychiatre.

Elle est absolument folle, mais, après tout, Gerald l'était aussi. « La boucle est bouclée. »

Elle a fait irruption de la bibliothèque, tenant cet absurde testament devant elle comme une sorte de relique, et s'est mise à m'insulter de la manière la plus infantile qui soit, m'accusant de lui avoir volé son héritage. Je me demande qui a bien pu lui en parler…

4

De retour chez elle, ce soir-là, Sarah se rendit directement dans l'atelier de Jack. Elle fut soulagée de voir que rien n'avait bougé. Sans prêter attention au tableau toujours posé sur le chevalet, elle se dirigea vers les toiles entassées contre le mur du fond. Elle se mit à les manipuler fébrilement, alignant de face celles qu'elle ne connaissait pas et laissant les autres. Elle en trouva trois en tout, trois portraits dont elle ne gardait aucun souvenir. Elle recula de quelques pas et les contempla tout en s'efforçant de discerner la forme des visages. Ou, plus précisément, d'un visage familier.

Elle aurait mieux aimé ne pas y parvenir. Mais, bien sûr, ce fut le contraire qui se produisit. La vérité lui apparut en un éclair fulgurant. Comment n'aurait-elle pas reconnu cette image vivante de l'amertume, de l'intelligence brutale et de l'intolérance, que symbolisait à lui seul le casque d'acier rongé par la rouille, dont l'identité ne faisait aucun doute. Abasourdie, le souffle coupé, Sarah se sentit soudain prise de panique. Elle s'affaissa sur le tabouret de Jack et ferma les yeux, sous le regard hargneux et sarcastique de Mathilda. *Qu'avait-il fait ?*

En entendant la sonnette de la porte d'entrée, elle se redressa comme un pantin. Elle resta immobile, les yeux écarquillés, puis, sans en avoir clairement conscience, prit le tableau, le retourna et le replaça parmi les autres contre le mur.

L'inspecteur Cooper crut un instant que le docteur Blakeney n'allait pas bien. Elle paraissait très pâle en ouvrant la porte, mais elle l'accueillit avec un sourire, s'effaça pour le laisser entrer et, lorsqu'ils furent installés dans la cuisine, elle avait déjà repris des couleurs.

« Vous m'avez téléphoné hier soir. Vous aviez des renseignements à me communiquer concernant Mrs Gillespie.

– Oui. » Elle se mit à réfléchir à toute allure. *Mamie affirmait que vous sauriez comment agir au mieux.* Sauf que je ne le sais pas ! Que je n'en sais rien du tout ! « Je me suis demandé pourquoi elle portait cet instrument étrange. Et j'en suis arrivée à la conclusion qu'elle cherchait à me dire quelque chose. » Aussi clairement que possible, elle lui répéta ce qu'elle avait confié le soir précédent à Robin Hewitt au sujet du surnom que lui avait donné Mathilda. « C'est probablement un effet de mon imagination », acheva-t-elle sans beaucoup d'assurance.

L'inspecteur fronça fortement les sourcils.

« Elle devait penser que vous feriez le rapprochement. Aurait-elle pu éventuellement vous accuser ? »

Contre toute attente, Sarah parut soulagée.

« Je n'y avais pas songé, admit-elle. Elle aurait cherché à m'infliger une sorte d'humiliation. Il est des maux que même un médecin ne saurait guérir, ou quelque chose de ce genre ? »

La réaction de son interlocutrice ne manqua pas de le surprendre.

« Peut-être, répondit-il. Qui d'autre savait qu'elle vous appelait ainsi, docteur Blakeney ? »

Sarah joignit ses mains sur ses genoux.

« Je l'ignore. Les gens auxquels elle l'a raconté, je suppose.

– Vous en avez parlé à quelqu'un ? »

Elle secoua la tête.

« Non.

– À personne ? Même pas à vos collègues ni à votre mari ?

– Non. » Elle eut un petit rire forcé. « Je n'étais pas très sûre qu'il s'agissait d'un compliment. Je préférais le prendre ainsi pour ne pas gâter nos relations, mais peut-être était-ce une façon de me laisser entendre que j'étais aussi odieuse et tyrannique que l'instrument en question. »

Il acquiesça d'un air méditatif.

« Si elle s'est suicidée, vous et moi pouvons bien nous interroger sur le sens de ce geste jusqu'à la fin de nos jours. » Il la regarda droit dans les yeux. « Mais si elle a été assassinée, et si l'assassin savait qu'elle vous avait surnommée sa muselière, alors le message me paraît clair : j'ai fait cela pour vous, docteur Blakeney, ou bien : à cause de vous. D'accord ?

– Non ! répliqua-t-elle d'un ton irrité. Certainement pas. Rien ne vous permet de faire de telles suppositions ! Depuis le début, il m'a semblé que les résultats de l'enquête n'étaient que trop prévisibles. Cela m'a tracassé et c'est pourquoi je me suis sentie obligée de vous mettre au courant, mais il est probable qu'à force de retourner les choses dans tous les sens, j'ai fini par prêter à Mathilda des intentions qu'elle n'avait pas. Je ne serais pas surprise que le médecin légiste ait raison et qu'elle ait simplement voulu se donner une mort à la Ophélie. »

Il lui adressa un sourire aimable.

« Et, naturellement, vous n'étiez peut-être pas la seule à qui elle donnait ce surnom.

– Tout à fait. » Elle ôta un cheveu de sur sa veste. « Puis-je vous poser une question ?

– Je vous en prie.

– Le médecin légiste est-il catégorique ?

– Quasiment. Il regrette seulement l'absence de lettre d'explication, compte tenu de la manière particulièrement spectaculaire dont elle a choisi d'en finir, et il est assez perplexe quant à la couronne de fleurs.

– À cause des piqûres que lui auraient occasionnées les orties ?

– Non. Si elle était vraiment décidée à mourir ainsi quelques piqûres d'orties ne devaient pas beaucoup la déranger. » Il tapota le rebord de la table avec son crayon. « J'ai demandé au médecin légiste de procéder à une expérience. Il a été incapable de réaliser la même disposition sans une aide extérieure. » Il traça un rapide croquis sur son calepin. Si vous vous en souvenez, les asters étaient glissés verticalement sous la lame frontale, qui, soit dit en passant, est tellement rouillée qu'on ne peut pas la resserrer, tandis que les orties pendaient comme une voilette sur les cheveux et les joues. Les plantes étaient réparties alternativement, un aster en haut, une ortie en bas, avec une régularité parfaite sur toute la circonférence. Or il est impossible d'y arriver soi-même. On peut, d'une main, maintenir les tiges en place sur à peu près la moitié de la circonférence, mais, au-delà, elles tombent inéluctablement. C'est seulement lorsqu'elles occupent déjà les trois quarts de la circonférence que le jeu entre l'armature métallique et la tête se trouve suffisamment réduit pour que les tiges du dernier quart ne tombent pas, et encore, à condition que le tour de tête de Mrs Gillespie soit le même. Vous saisissez ? »

Sarah eut un froncement de sourcils.

« Je crois. Mais n'aurait-elle pas pu utiliser un morceau de coton ou un bout d'étoffe en guise de tampon pour supprimer le jeu le temps de disposer les tiges ?

– Certainement. Sauf que, dans ce cas, il aurait porté des traces de rouille et que nous l'aurions retrouvé dans la maison. Or nous l'avons passée au peigne fin, de la cave au grenier. Sans succès. Qu'est devenu le tampon ? »

Sarah ferma un instant les yeux et s'efforça de revoir en pensée la salle de bains.

« Il y avait une éponge sur le rebord de la baignoire. Peut-être s'en est-elle servie et l'a-t-elle ensuite nettoyée dans l'eau.

– Elle contenait effectivement des particules de rouille, admit-il, mais la baignoire en était pleine. L'éponge a très bien pu les absorber en se gorgeant d'eau. » Il se mordit les lèvres en une expression frustrée. « À moins que, comme vous le dites, elle ait servi de tampon. Nous n'en savons rien, mais il y a autre chose qui m'ennuie : si c'est Mrs Gillespie qui a arrangé les fleurs, elle a dû, pour le faire, s'installer à sa table de toilette. C'est le seul endroit qui portait des traces de sève. » Il eut un geste vague. « Voilà comment nous nous représentons les choses : elle a posé les fleurs sur la table, s'est assise devant le miroir, la muselière sur la tête, et a commencé à introduire les tiges dans l'armature. Mais, au milieu de l'opération, elle s'est rendu compte qu'elle avait besoin d'un tampon, et il aurait été normal qu'elle emploie pour cela des Kleenex ou du coton, car elle en avait sous la main. Pourquoi diable se serait-elle embêtée à aller prendre l'éponge dans la salle de bains ? » Il resta un instant silencieux. « Par contre, si quelqu'un l'a tuée et a disposé les fleurs alors que le corps gisait dans la baignoire, l'éponge constituait un moyen évident. C'est un scénario beaucoup plus logique et qui expliquerait l'absence de piqûres d'orties sur les mains de Mrs Gillespie.

– Vous avez dit que le médecin légiste en avait trouvé sur les joues et les tempes, objecta Sarah avec l'air de s'excuser. Mais, pour qu'une telle réaction se produise, il aurait fallu que Mathilda soit encore en vie.

– Cela ne fait guère de différence, répliqua-t-il. D'après moi, son assassin n'a pas attendu qu'elle ait rendu l'âme – il n'avait sans doute pas très envie de se morfondre sur place – et il ou elle a mis les orties alors qu'elle agonisait. »

Sarah hocha la tête.

« Oui, cela paraît plausible, dit-elle, à part... » Elle n'acheva pas sa phrase.

« À part quoi, docteur Blakeney ?

– Pour quelle raison aurait-on voulu la tuer ? »

Il eut un haussement d'épaules.

« Sa fille et sa petite-fille avaient de solides motifs. D'après le testament, elles héritent à parts égales. Mrs Lascelles reçoit l'argent et Miss Lascelles Cedar House.

– Elles le savaient ? »

Il acquiesça.

« Mrs Lascelles, sûrement. C'est elle qui nous a indiqué où se trouvait le testament – Mrs Gillespie était une femme d'ordre : elle classait lettres et papiers dans des dossiers qu'elle rangeait dans un placard de la bibliothèque –, quant à Miss Lascelles, j'ignore si elle en avait une connaissance précise. Elle prétend que sa grand-mère avait l'intention de tout lui léguer et elle a l'air assez contrariée de ne recevoir que la maison. » Une expression quelque peu ironique se peignit sur son visage. « Cette gamine a les dents sacrément longues. Je ne connais pas beaucoup d'adolescentes qui feraient la fine bouche devant une pareille manne.»

Sarah eut un léger sourire.

«Je suppose que vous avez vérifié leurs emplois du temps lors de la fameuse soirée ?»

Il acquiesça à nouveau.

«Mrs Lascelles était à un concert à Londres avec un ami ; Miss Lascelles à une cinquantaine de kilomètres, sous le regard vigilant d'un de ses professeurs.

– Ce qui les met hors de cause.

– Peut-être, ou peut-être pas. Les alibis ne m'inspirent qu'une confiance limitée et il a bien fallu que quelqu'un pénètre dans le manoir.» Il fronça les sourcils. «Hormis Mrs Spede et Mrs Gillespie elle-même, les Lascelles étaient les seules à avoir les clés.

– Vous tenez vraiment à ce que ce soit un meurtre», protesta timidement Sarah.

Il fit comme s'il n'avait pas entendu.

«Nous avons interrogé tout le monde dans le village. Mrs Spede était au pub avec son mari. Quant à d'éventuelles relations, personne ne connaissait suffisamment Mrs Gillespie pour lui faire ouvrir sa porte un samedi de novembre à neuf heures du soir, alors qu'elle se trouvait toute seule.» Il haussa imperceptiblement les épaules. «Et, de toute façon, Mr et Mrs Orloff, ses voisins, affirment qu'ils auraient entendu le timbre de la porte d'entrée si elle avait eu de la visite. Lorsqu'elle leur a vendu une partie de la maison, elle n'a eu qu'à faire ôter la sonnette de la cuisine, qui leur appartient désormais, pour la mettre dans le couloir contigu dont elle conserve la jouissance. J'ai essayé. Si quelqu'un avait sonné ce soir-là, ils l'auraient forcément remarqué.

– Dans ce cas, répliqua Sarah, le suicide est évident.

– Ce n'est pas mon avis, docteur Blakeney. D'une part, j'ai bien l'intention de passer leurs alibis au crible. D'autre part, si le meurtrier de Mrs Gillespie était quelqu'un de sa connaissance, il a très bien pu frapper à une des fenêtres ou à la porte de derrière sans que les Orloff l'entendent.»

Il referma son calepin et le glissa dans sa poche.

« Alors vous continuez l'enquête ? Je croyais que votre chef avait décidé d'y mettre un terme.

– Nous avons relevé dans la maison un certain nombre d'empreintes n'appartenant ni à Mrs Gillespie ni aux trois femmes qui possédaient les clés. Nous allons demander aux gens du village, ainsi qu'aux personnes extérieures qui, comme vous, la connaissaient de nous laisser prendre leurs empreintes afin de les comparer avec celles que nous avons. J'ai persuadé le patron de la nécessité de procéder à cette identification avant de clore le dossier.

– La mort de Mrs Gillespie semble vous tenir très à cœur.

– Le métier de policier n'est pas différent d'un autre, docteur. Plus vous grimpez d'échelons, meilleure est la retraite. » Une moue sardonique apparut soudain sur son visage affable. « Hélas, les appuis comptent souvent davantage que le talent et, jusqu'ici, mes mérites n'ont jamais été reconnus à leur juste valeur. La mort de Mrs Gillespie m'importe effectivement. J'en fais une affaire personnelle. »

Sarah ne put s'empêcher de sourire intérieurement à l'idée que la mort de Mathilda risquait de profiter à un fonctionnaire de police, à supposer, bien sûr, qu'il parvienne à établir le meurtre et à découvrir le meurtrier. Elle aurait même trouvé cela franchement cocasse, si elle n'avait pas été aussi convaincue qu'il réussirait dans les deux cas.

« Keith ? C'est Sarah. Sarah Blakeney. Est-ce que, par hasard, Jack t'aurait contacté ? »

Elle se mit à jouer avec le fil du téléphone, tout en écoutant décroître le bruit de la voiture de l'inspecteur Cooper. Cette entrée manque de lumière, se dit-elle.

« Pas récemment, fit la voix chaleureuse de Keith Smolett. Pourquoi, il aurait dû ? »

Il était inutile de jouer la comédie.

« Nous nous sommes disputés. Je lui ai dit que je voulais divorcer et il a déguerpi. Il a laissé un mot affirmant que je pourrais le joindre par ton intermédiaire.

– Mais enfin, Sarah ! Je ne peux pas me charger de vos intérêts à tous deux. Que Jack se trouve un autre avocat.

– Apparemment, c'est toi qu'il a choisie. Et c'est à moi de chercher quelqu'un.

– Qu'il aille se faire voir ! C'est toi, ma cliente, mon chou. La seule raison pour laquelle je me suis occupé de ce bon à rien, c'est que tu l'as épousé. »

Sarah et lui s'étaient connus durant leurs études universitaires et, pendant un temps, avant que Jack fasse son apparition, Keith avait même eu des vues sur Sarah. À présent, heureux en ménage et père de trois solides bambins, il ne songeait plus guère à elle que les rares fois où elle téléphonait.

« De toute façon, ce n'est pas le problème pour l'instant. J'ai absolument besoin de lui parler. Comme il doit te contacter, pourrais-tu me communiquer ses coordonnées dès que tu les auras ? C'est très important. » Elle regarda vers l'escalier, son visage baigné d'une pâle lueur provenant de la cuisine. Oui, cela manquait vraiment de lumière.

« D'accord.

– Autre chose. Quelles sont mes obligations dans le cadre d'une enquête sur un meurtre éventuel ? » Elle sentit qu'il retenait son souffle. « Ne t'inquiète pas, je ne suis pour rien dans cette histoire. Seulement, on m'a confié des renseignements dont je devrais peut-être faire état. La police ne semble pas en avoir eu connaissance. Toutefois, ils concernent un point extrêmement délicat et je ne sais que ce qu'on m'a dit. Si c'était du vent, j'aurais commis une indiscrétion qui risque d'affecter gravement l'existence de plusieurs personnes. » Elle marqua un temps d'arrêt. *Pourquoi Ruth lui avait-elle parlé de cette lettre et pas à Cooper ? Ou bien en avait-elle également informé celui-ci ?* « Tu vois ce que je veux dire ?

– Pas exactement. Pour l'essentiel, tout ce que je peux te conseiller, c'est de ne rien cacher aux flics, à moins qu'il ne s'agisse de renseignements médicaux confidentiels concernant un patient. Dans ce cas, ils n'ont qu'à suivre la procédure légale. Au bout du compte, le résultat sera le même, sauf que tu n'auras rien à te reprocher.

– En l'occurrence, ces renseignements ne proviennent même pas d'un patient.

– Alors, il n'y a pas de problème.

– Mais ils risquent de briser des vies si je me montre trop bavarde, insista-t-elle. C'est une question de morale, Keith.

– Non. Il n'y a pas de morale qui tienne en dehors des églises et des tours d'ivoire. C'est une question de réalisme, dans un monde sans pitié où l'on envoie aussi les toubibs en taule pour obstruction à la justice. S'il apparaissait que tu as dissimulé des informations susceptibles d'aboutir à une inculpation pour meurtre, tu serais dans la mélasse jusqu'au cou, ma fille.

– Je ne suis pas sûre que ce soit un meurtre. Cela a l'air d'un suicide.

– Alors pourquoi prendre cette voix pointue pour me raconter tout ça ? On dirait la Callas un soir de migraine. Ce n'est qu'une impression, mais je croirais volontiers que tu es persuadée à un pour cent d'avoir affaire à un meurtre et à quatre-vingt-dix-neuf pour cent de connaître le coupable. Parles-en à la police. »

Elle resta un long moment silencieuse, au point qu'il se demanda si l'on n'avait pas coupé la communication.

« Tu te trompes pour les quatre-vingt-dix-neuf pour cent, finit-elle par déclarer. En réalité, j'ignore complètement qui a fait le coup. »

Elle lui dit au revoir d'une voix sourde et raccrocha. Le téléphone se mit à sonner alors qu'elle tenait encore le combiné, mais elle avait les nerfs en capilotade et il lui fallut un moment pour trouver le courage de répondre.

Le samedi matin, un notaire se rendit de Poole à Fontwell avec le testament de Mrs Gillespie dans sa serviette. Il avait téléphoné la veille au soir à Cedar House pour prévenir de son arrivée et donner un avant-goût de la bombe dont il était porteur : deux jours avant sa mort, Mathilda Gillespie avait, par-devant lui, rédigé un nouveau testament qui annulait les précédents. Il ne devait être ouvert qu'après ses funérailles, au moment jugé le plus convenable, en présence de sa fille et de sa petite-fille, ainsi que du docteur Sarah Blakeney, de Mill House à Long Upton. Le docteur

Blakeney n'avait pas d'obligation le lendemain. Mrs et Miss Lascelles seraient-elles libres à 11 heures ?

Dans le salon de Mrs Gillespie, l'atmosphère était de glace. Joanna, plantée devant les portes-fenêtres, contemplait le jardin, le dos tourné à Sarah et à sa fille. Celle-ci ne cessait de fumer, tout en jetant des regards malicieux vers la silhouette rigide de sa mère et celle, manifestement mal à l'aise, du docteur. Personne ne parlait. Pour Sarah, qui avait toujours aimé cette pièce où s'entassait un méli-mélo d'objets anciens – placards en coin de style classique, canapé et fauteuils de l'époque victorienne tapissés de chintz aux tons passés, aquarelles hollandaises du siècle dernier et la pendule Louis XVI décorée d'une lyre –, se retrouver là, d'une façon aussi inattendue qu'inopportune, avait quelque chose de déprimant.

Un bruit de pneus dans l'allée de gravier rompit soudain la tension.

« J'y vais ! » dit Ruth en se précipitant vers la porte.

Joanna se retourna.

« Comment s'appelle-t-il déjà ? Dougall, Douglas ?

– Duggan, corrigea Sarah.

– Vous le connaissez donc ?

– Non. J'ai noté son nom quand il m'a téléphoné hier soir. » Elle sortit un morceau de papier de sa poche. « Paul Duggan, de Duggan, Smith and Drew, Hills Road, à Poole. »

Joanna tendit l'oreille tandis que sa fille faisait entrer quelqu'un.

« Apparemment, ma mère avait une grande confiance en vous, docteur Blakeney. Pour quelle raison, à votre avis ? Après tout, vous l'avez connue durant... un an ? »

Son visage n'exprimait aucune émotion – comme si elle s'efforçait, par ce moyen, d'en préserver la jeunesse –, mais dans ses yeux se lisait une profonde méfiance.

Sarah lui adressa un sourire dénué d'hostilité. Elle trouvait parfaitement déplaisante la situation dans laquelle on l'avait placée. L'un dans l'autre, elle avait plutôt de la sympathie pour Joanna et le souvenir de Mathilda la plongeait dans un embarras grandissant. Ce qu'elle avait jusqu'ici considéré comme une relation cordiale et parfois même enjouée commençait à prendre une tournure inquiétante, et elle en voulait à la vieille femme de s'être crue autorisée, sans même l'en avertir, à se servir ainsi de son médecin après sa mort. Sarah ne se sentait ni le désir ni la capacité de jouer les médiateurs dans un crêpage de chignon juridique entre Joanna et sa fille.

« Je suis aussi surprise que vous, Mrs Lascelles, et non moins contrariée, croyez-le bien, répondit-elle avec franchise. J'ai des courses à faire, une maison à nettoyer et un jardin à entretenir. Je ne suis ici que parce que Mr Duggan m'a déclaré que, si je ne pouvais pas venir, il serait forcé de reporter le rendez-vous. J'ai pensé que ce serait encore plus éprouvant pour vous et pour Ruth, aussi ai-je accepté. »

Joanna allait dire quelque chose quand la porte s'ouvrit. Ruth entra, suivie d'un homme d'âge moyen, le sourire aux lèvres, portant un magnétoscope sur lequel se balançait un porte-documents.

« Mr Duggan, annonça-t-elle d'une voix sèche, avant de retourner s'affaler dans son fauteuil. Il désire utiliser la télé. Tenez-vous bien, mamie n'a rien trouvé de mieux que de nous concocter un testament vidéo.

– Pas tout à fait, Miss Lascelles », objecta l'homme en se penchant pour poser le magnétoscope par terre, à côté de la télévision.

Il se redressa et tendit la main à Joanna, devinant qu'elle était la fille de Mathilda.

« Enchanté, Mrs Lascelles. »

Puis il s'avança vers Sarah, qui s'était levée, et lui serra également la main.

« Docteur Blakeney. »

Il leur fit signe de s'asseoir.

« Je vous en prie. Comme notre temps à tous est précieux, j'essaierai d'être le plus bref possible. Je suis ici en qualité de coexécuteur du testament manuscrit de Mrs Mathilda Beryl Gillespie. Je vous en remettrai dans quelques instants des copies, qui vous permettront de constater qu'il se substitue en fait aux dispositions prises antérieurement par Mrs Gillespie. L'autre exécuteur testamentaire est Mr John Hapgood, directeur de la Barclays Bank de Hills Road à

Poole. Dans les deux cas, nous agissons, bien entendu, au nom de nos sociétés respectives, de sorte que, si nous devions abandonner nos fonctions au sein desdites sociétés, celles-ci désigneraient d'autres personnes pour nous remplacer. » Il marqua une pause. « Est-ce clair ? » Il regarda tour à tour chacune de ses interlocutrices. « Très bien. Maintenant, si vous voulez bien patienter un instant, je vais raccorder le magnétoscope à la télévision. » Tel un prestidigitateur, il tira de sa poche un câble coaxial dont il se servit pour relier les deux appareils. « À présent, il ne me reste plus qu'à trouver une prise de courant, murmura-t-il en déroulant un fil électrique de derrière le magnétoscope. Si j'ai bonne mémoire, il y en a une au-dessus de la plinthe à droite de la cheminée. Oui, voilà. Parfait. Vous vous demandez peut-être comment il se fait que je connaisse aussi bien les lieux. À quoi je vous répondrai que Mrs Gillespie m'a fait venir afin de dresser l'inventaire complet de ses biens. » Son visage s'épanouit. « Ceci afin d'éviter toute controverse intempestive entre les parties après la lecture du testament. »

Sarah eut soudain conscience d'être restée bouche bée depuis qu'il avait fait son entrée dans la pièce. Elle serra les mâchoires et le regarda tourner le bouton de la télévision, puis, à l'apparition du signal du magnétoscope, sortir de sa serviette une cassette vidéo qu'il inséra dans l'appareil, avant de reculer pour passer en quelque sorte le relais à Mathilda. Lorsque celle-ci apparut sur l'écran, on aurait pu entendre une mouche voler. Même Ruth semblait pétrifiée dans son fauteuil, au point d'en oublier temporairement la cigarette coincée entre ses doigts.

La voix bien connue, à la prononciation stridente et aux accents distingués, coula avec assurance du haut-parleur.

« Eh bien, firent les lèvres minces et un tantinet dédaigneuses de Mathilda, vous vous demandez probablement pourquoi j'ai tenu à vous réunir toutes les trois. Joanna, sans nul doute, me maudit intérieurement, Ruth a trouvé de quoi alimenter ses plaintes et Sarah, je n'en serais pas surprise, commence à regretter de m'avoir rencontrée. » La vieille femme eut un petit rire sec. « Désormais, Joanna, je suis hors de portée de tes malédictions, aussi, même s'il existe une vie après la mort, ce dont je doute fortement, elles ne risquent pas de m'affecter. Tes jérémiades, Ruth, sont devenues depuis quelque temps assommantes et, à vrai dire, je suis lasse de les entendre. Elles ne me troubleront pas non plus.» Sa voix s'adoucit légèrement. «Pour ce qui est de l'irritation qu'éprouve, d'une manière ou d'une autre, j'en suis persuadée, Sarah par rapport à ma décision unilatérale de la mêler à mes affaires de famille, j'en accepte, en revanche, l'entière responsabilité. Tout ce que je puis vous dire, Sarah, c'est que j'ai apprécié votre dévouement et votre force de caractère pendant le temps que nous avons passé ensemble, et que personne ne m'a paru plus à même de porter le fardeau que je m'apprête à placer sur vos épaules.»

Il y eut une brève pause durant laquelle Mrs Gillespie consulta une liasse de notes posée sur ses genoux. Aux yeux de Sarah, dont les sentiments à l'égard de celle-ci n'étaient pas sans revêtir à présent une certaine naïveté compte tenu de l'animosité que semblaient partager tous ceux qui l'avaient connue, l'attitude de Mathilda témoignait d'une cruauté inhabituelle. Qu'était devenu le fameux humour de sa patiente?

« Je tiens à dissiper toute équivoque : Joanna n'est pas la fille de James Gillespie, mais celle de mon oncle, Gerald Cavendish, le frère aîné de mon père...» Elle s'interrompit pour chercher ses mots. «Notre liaison débuta environ quatre ans après qu'il nous eut invités, mon père et moi, à venir habiter avec lui à Cedar House, à la suite du décès de ma mère. Mon père ne possédait aucun bien, le domaine ayant été transmis au fils aîné, Gerald. Par ailleurs, à la disparition de ma mère, son argent était retourné dans sa propre famille, hormis un legs par fidéicommis à mon intention. Sans l'invitation de Gerald, nous nous serions retrouvés à la rue. De cela je lui étais reconnaissante. Pour le reste, je n'éprouvais à son égard que haine et mépris. J'avais treize ans quand il me viola pour la première fois.»

Sarah se sentit choquée, moins par la nature d'une telle révélation que par le ton employé. Il ne rappelait en rien la Mathilda qu'elle connaissait. Pourquoi cette brutalité, cette froideur calculatrice?

« C'était un monstre et un ivrogne, comme mon père, et je les détestais l'un et l'autre. Entre eux deux, je n'avais pas la moindre chance d'arriver à établir une relation sereine et durable. J'ignore si mon père se doutait de ce que fabriquait Gerald, mais, quand bien même il l'aurait su, je suis certaine qu'il l'aurait laissé faire, de peur d'être chassé de Cedar House. Mon père était un fainéant incurable, qui a vécu aux crochets de sa femme jusqu'à la mort de celle-ci, puis s'est rabattu sur son frère. La seule fois où je l'ai vu s'agiter un peu, c'est, plus tard, lorsqu'il se présenta aux élections de la Chambre des communes, encore ne considérait-il cette nomination que comme un moyen d'être rapidement fait chevalier. Une fois élu, il redevint ce qu'il était en réalité : un personnage méprisable. » Elle s'arrêta à nouveau, abaissa le coin des lèvres en une expression amère. « Gerald continua d'abuser de moi durant douze ans, jusqu'au jour où, n'en pouvant plus, j'en parlai à mon père. Je serais bien en peine de dire pourquoi j'ai attendu si longtemps, sinon que je vivais dans une terreur constante. J'étais leur otage, financièrement et socialement, et comme la plupart des jeunes filles de ma génération, j'avais été élevée dans la croyance que les hommes détiennent naturellement le pouvoir dans la famille. Je remercie le ciel que les temps aient changé, car je me rends compte aujourd'hui que le pouvoir appartient seulement à ceux, hommes ou femmes, qui en sont dignes. » Elle s'interrompit quelques secondes. « Comme de bien entendu, mon père me reprocha ce qui s'était passé, me traitant de putain, et refusa d'intervenir. Il préférait de beaucoup maintenir le statu quo à mes dépens. Mais, en tant que parlementaire, il était devenu vulnérable. De guerre lasse, je menaçai d'écrire au Parti conservateur et aux journaux pour leur dire ce que je savais de la famille Cavendish. Un compromis fut trouvé. On me laissait libre d'épouser James Gillespie, qui m'avait manifesté de l'intérêt, en échange de quoi je promettais de me taire. La cause étant entendue, nous tâchâmes de reprendre une vie normale, bien que mon père, craignant sans doute une trahison de ma part, insistât pour que je me marie immédiatement avec James. Il lui décrocha un poste au ministère des Finances. et nous expédia à Londres avec armes et bagages.»

Il y eut un silence plus long que les autres, tandis qu'elle tournait une page de ses notes tout en ajustant ses lunettes.

«Par malheur, j'étais déjà enceinte et, lorsque Joanna vint au monde, cinq mois à peine après le mariage, même James, qui n'avait pourtant rien d'une lumière, comprit que le bébé ne pouvait pas être de lui. À partir de là, les choses se gâtèrent rapidement. De façon assez compréhensible, il nous en voulait à toutes les deux et piquait des colères noires chaque fois qu'il avait trop bu. Ce cauchemar dura dix-huit mois, jusqu'au jour où, grâce au ciel, James m'annonça qu'on lui offrait un travail à l'étranger et qu'il partait le lendemain sans nous. Je n'ai jamais regretté son départ, ni eu envie de savoir ce qu'il était devenu. C'était un triste sire.»

Même si la vieille dame fixait l'écran d'un regard méprisant et hautain, Sarah avait la vague impression qu'il s'agissait là d'une façade. Que Mathilda Gillespie n'était pas entièrement sincère.

«Il serait fastidieux de décrire toutes les difficultés causées par ce départ. Qu'il me suffise de dire que nous étions sans un sou. Joanna en a fait la douloureuse expérience à la mort de Steven. À cette différence près que mon père refusait de m'aider – il avait été fait chevalier et assez d'eau avait coulé sous les ponts pour qu'il n'ait plus rien à craindre de moi – alors que je t'ai secourue, Joanna, même si tu ne m'en as jamais été reconnaissante. Pour finir, l'éventualité d'une expulsion devenant de plus en plus probable, je décidai d'écrire à Gerald pour lui demander de subvenir aux besoins de sa fille. C'était, je présume, la première fois qu'il entendait parler de Joanna – elle eut un sourire ironique – et ma lettre l'incita au seul acte de courage qu'il ait accompli dans sa vie : il se suicida en avalant une forte dose de barbituriques. Dommage qu'il n'ait pas eu la décence de le faire plus tôt.» L'aversion rendait sa voix cassante. «On en conclut à une mort accidentelle, mais j'ai du mal à croire que les deux choses n'étaient pas liées, surtout au regard de la lettre qu'il adressa à son notaire, désignant Joanna comme sa légataire universelle.»

À nouveau, elle tourna une page de ses notes : il n'en restait visiblement qu'une.

« J'en viens maintenant à ce qui m'a poussée à faire cet enregistrement. Joanna d'abord. Tu as menacé de me dénoncer si je refusais de quitter sur-le-champ Cedar House et de te céder la propriété. J'ignore qui t'a donné l'idée de chercher la lettre de ton père – elle eut un sourire féroce –, même si je m'en doute. De toute façon, on t'a mal renseignée sur tes droits. Le testament absurde de Gerald ne pouvait rien changer au fidéicommis institué par son père, qui lui accordait sa vie durant la jouissance de la propriété, après quoi celle-ci reviendrait à son plus proche parent, à savoir mon père. En mourant, il transférait obligatoirement à son frère et aux héritiers de celui-ci la fortune des Cavendish. Et il le savait. Ne te fais pas d'illusion, son pathétique codicille résultait uniquement du désir d'un être faible d'expier ses péchés par action et par omission. Peut-être était-il assez naïf pour croire que mon père respecterait cette obligation ou simplement que le ciel se montrerait plus clément s'il manifestait ainsi son repentir. Dans tous les cas, il s'est conduit comme un idiot. Il eut toutefois la présence d'esprit de m'envoyer une copie du codicille et, en prétendant attaquer en justice le fidéicommis, je pus faire pression sur mon père. Il accepta d'assurer jusqu'à la fin de ses jours notre existence à Londres et de me léguer ensuite le domaine, comme c'était son droit. Il est mort, tu le sais, deux ans plus tard, et nous nous installâmes alors à Cedar House. »

Son regard perçant, rivé sur l'objectif, sembla fouiller celui de sa fille.

« Tu n'aurais pas dû me menacer, Joanna. Tu n'avais aucune raison de le faire alors que j'en avais d'en vouloir à ton père. Au bout du compte, l'argent que je t'ai versé représente une coquette somme et je ne me sens aucune obligation à ton égard. Si tu es déjà résolue à faire appel aux tribunaux en voyant ceci, ne gaspille pas ton pécule. Crois-moi, je t'ai donné bien plus que ce que la loi te permettait d'espérer.

« Au tour de Ruth. » Elle s'éclaircit la voix. « Ton attitude depuis que tu as atteint tes dix-sept ans m'a stupéfiée. Je ne vois rien qui puisse l'expliquer ni la justifier. Je t'ai toujours dit que la propriété t'appartiendrait à ma mort. Je songeais, bien sûr, à Cedar House, mais tu t'es persuadée, sans que j'aie rien fait pour cela, que les meubles et l'argent te reviendraient aussi. Supposition parfaitement erronée. Mon intention a toujours été de laisser à Joanna les meubles de valeur et l'argent, tandis que tu aurais la maison. Je pensais que Joanna ne voudrait pas quitter Londres et que tu aurais eu le choix entre vendre et rester, même si j'étais à peu près certaine que tu opterais pour la première solution, dans la mesure où la maison aurait perdu tous ses charmes après la liquidation des biens. Le peu qui en serait resté ne t'aurait jamais satisfaite, parce que tu es aussi cupide que ta mère. En conclusion, je ne peux que te répéter ce que j'ai dit à Joanna : j'ai beaucoup dépensé pour toi et ne me sens aucune obligation à ton égard. Peut-être faut-il en attribuer la faute à l'hérédité, mais j'ai fini par me rendre compte que vous êtes toutes les deux incapables d'une pensée honnête ou généreuse. » Ses yeux se rétrécirent derrière ses lunettes. « J'ai donc décidé de laisser tous mes biens au docteur Sarah Blakeney, habitant Mill House à Long Upton dans le Dorset, qui, j'en suis convaincue, en usera avec sagesse. Pour autant que j'aie jamais éprouvé de l'affection pour quelqu'un, j'en ai eu pour elle. » Elle laissa échapper un gloussement. « Ne m'en veuillez pas, Sarah. Si, par malheur, j'étais morte sans changer d'avis, vous n'en auriez rien su. Conservez le souvenir de notre amitié et non celui du tracas que je vous cause. Joanna et Ruth vous haïront, comme elles m'ont haïe, et vous accuseront de toutes les turpitudes, comme elles ne s'en sont pas privées avec moi. Mais ce qui est fait est fait. Prenez tout cela avec ma bénédiction et utilisez-le pour quelque chose qui en vaille la peine et serve ma mémoire. Adieu, ma chère. »

Un chagrin n'arrive jamais seul. Je crains que la conduite de Ruth ne devienne de plus en plus obsessionnelle, mais j'hésite à l'aborder. Qui sait ce qu'elle serait capable de me faire ? Elle n'hésiterait pas à lever la main sur une vieille femme qui l'agace et la contrarie. Je lis dans son regard qu'elle me préférerait morte.

Comme il a été dit très justement : « Qui meurt paie ses dettes. »

Si seulement je savais où elle se rend chaque jour, mais elle me ment à ce propos comme à propos du reste. Et si elle était schizophrène ? Elle en a l'âge. J'espère que le pensionnat va remédier à tout ça le trimestre prochain. Je n'aurai pas la force de supporter une autre scène ni d'être accusée d'une faute que je n'ai pas commise. Dieu sait qu'il n'y a eu qu'une victime dans toute cette histoire, la petite Mathilda Cavendish. Si seulement je pouvais me souvenir de cette délicieuse et aimable enfant, mais elle est devenue aussi irréelle que les souvenirs que j'ai de ma mère. Spectres oubliés, toutes deux, malaimées, maltraitées et négligées.

Heureusement qu'il y a Sarah, elle a réussi à me convaincre que, tel le vieil homme triste de Shakespeare, « on pèche plus envers moi que je ne pèche envers les autres… ».

5

Paul Duggan éteignit la télévision et déclara dans le silence :

« Cette cassette vidéo n'a, bien entendu, aucune valeur légale, aussi ai-je parlé du dernier testament manuscrit de Mrs Gillespie. »

Il ouvrit sa serviette et en tira plusieurs feuilles de papier.

« Ce ne sont que des photocopies, mais l'original se trouve à mon bureau de Hills Street, où vous pourrez le consulter. » Il tendit une copie à chacune des trois femmes. « Mrs Gillespie a pensé que vous pourriez être tentée de contester ce document, Mrs Lascelles. Je vous conseillerai donc de le montrer à un notaire avant d'aller plus avant. S'agissant du docteur Blakeney – il se tourna vers Sarah –, Mr Hapgood et moi aurions besoin de discuter le plus rapidement possible des détails avec vous. Nous pouvons vous proposer trois matinées de la semaine prochaine : mardi, mercredi ou jeudi. À mon étude de préférence, encore que, si cela se révélait nécessaire, nous ferions le déplacement jusqu'à Long Upton. Toutefois, vous comprendrez qu'en qualité d'exécuteurs testamentaires, nous sommes en droit de vous compter des frais. »

Il lui sourit d'un air cordial dans l'attente d'une réponse. Il semblait n'avoir aucunement conscience de l'hostilité qui s'était accumulée autour de lui.

Sarah s'efforça de rassembler ses pensées.

« Est-ce que j'ai mon mot à dire ?

– Sur quoi, docteur Blakeney ?
– Ce testament.
– Vous voulez savoir si vous êtes libre de refuser le legs de Mrs Gillespie ?
– Oui.
– Une clause a été prévue à cet effet, que vous trouverez à la dernière page du document. »
Joanna et Ruth scrutèrent fébrilement leurs copies.
« Si, pour une raison quelconque, vous n'étiez pas en mesure de recevoir ce legs, Mrs Gillespie nous a donné pour instruction de procéder à la vente de tous ses biens et d'en verser le produit à un foyer pour handicapés mentaux. Ainsi, affirmait-elle, dans le cas où vous ne pourriez pas, ou ne voudriez pas, accepter son argent, il irait au moins à des crétins méritants. » Il la dévisagea et elle se dit qu'il n'était peut-être pas aussi indifférent qu'il en avait l'air. Il espérait manifestement que cette remarque la ferait réagir. « Mardi, mercredi ou jeudi, docteur Blakeney ? J'insiste sur le fait que le plus tôt sera le mieux. Nous aurons notamment à envisager l'avenir de Mrs Lascelles et de sa fille. Mrs Gillespie pensait qu'elles résideraient à Cedar House lors de l'ouverture du testament et n'a pas jugé utile que nous demandions leur départ immédiat. C'est la raison pour laquelle, et sans vouloir offenser personne – il eut un sourire aimable à l'adresse des deux femmes –, nous avons dressé un inventaire complet de ce qui se trouvait sur les lieux. Personne, j'imagine, ne tient à se lancer dans une bataille juridique au sujet de ce que contenait la maison à la mort de Mrs Gillespie.
– C'est un peu fort ! lança Ruth d'un ton cinglant. Voilà que vous nous traitez de voleuses en plus !
– Pas du tout, Miss Lascelles. C'est la procédure habituelle, je vous assure. »
Elle fit la moue.
« Et, de toute façon, qu'est-ce que notre avenir a à voir là-dedans ? C'est comme si nous avions cessé d'exister. »
D'un geste délibéré, elle laissa tomber son mégot sur le tapis persan et l'écrasa avec son talon.
« Si je ne m'abuse, Miss Lascelles, vous avez encore deux

trimestres à faire au collège avant de passer votre examen de fin d'études. Jusqu'ici, votre grand-mère réglait les frais de scolarité, mais le testament ne prévoit rien à ce propos. Dans ces conditions, votre maintien à Southcliff risque de dépendre du bon vouloir du docteur Blakeney. »

Joanna leva la tête.

« Ou du mien, corrigea-t-elle froidement. Après tout, je suis sa mère. »

Il y eut un bref silence, puis Ruth éclata d'un rire aigre.

« Ne sois donc pas stupide ! Pas étonnant que grand-mère ait refusé de te laisser un sou. Comment comptes-tu payer ? À présent, tu peux faire une croix sur tes rentes et tes chers bouquets de fleurs ne suffiraient même pas à régler la cantine. »

Joanna eut un vague sourire.

« Si je m'opposais à ce testament, je présume que cela ne modifierait pas, entre-temps, le cours normal des choses. » Elle interrogea du regard Paul Duggan. « Êtes-vous autorisé à verser l'argent au docteur Blakeney dans le cas où j'en revendiquerais, moi aussi, la possession ?

– Non, admit-il. Mais, de la même façon, vous ne recevriez rien non plus. Vous me mettez dans une position délicate, Mrs Lascelles. J'étais le conseiller de votre mère, pas le vôtre. Tout ce que je puis vous dire, c'est qu'il existe certains délais légaux, et je vous invite à prendre sans tarder un avocat. Ce qui, effectivement, modifierait le cours normal des choses, pour reprendre votre expression.

– Autrement dit, à court terme, Ruth et moi avons perdu dans un cas comme dans l'autre.

– Pas nécessairement. »

Elle eut un froncement de sourcils.

« Je crains de ne pas bien saisir. »

Ruth jaillit de son fauteuil et traversa la pièce comme une furie.

« Tu es vraiment bouchée ! Si tu es bien sage, le docteur Blakeney se sentira peut-être coupable et nous lâchera quelques subsides. C'est pour cela que grand-mère lui a refilé le magot, pour ramener les Cavendish dans le droit chemin. Pas vrai ? » Sa bouche se tordit. « Quelle sale blague ! Pourtant, elle m'avait prévenue. Adresse-toi au docteur Blakeney. Elle saura comment agir au mieux. C'est injuste ! » Elle tapa du pied. « Affreusement injuste !

– Est-ce exact, Mr Duggan ? demanda Joanna, l'air pensif.

– Pas à strictement parler. Il est vrai que Mrs Gillespie a pensé que le docteur Blakeney, compte tenu de son caractère, reprendrait certains des engagements qu'elle avait vis-à-vis de vous, mais je m'empresse de souligner que rien ne l'y oblige. Le testament ne contient aucune indication à ce sujet. Elle est donc entièrement libre d'interpréter à son gré les vœux de votre mère et, si elle estime servir davantage la mémoire de celle-ci en vous ignorant et en faisant construire une clinique dans le village, elle en a tout à fait le droit.»

Il y eut un nouveau silence. Sarah leva la tête, après avoir longuement contemplé le tapis, pour s'apercevoir que tous avaient les yeux fixés sur elle. Ruth n'avait pas menti : c'était bien une sale blague.

« Jeudi, fit-elle en soupirant. Je me rendrai jeudi à votre étude, probablement en compagnie de mon avocat. Mais tout cela ne m'enchante guère, Mr Duggan.

– Pauvre docteur Blakeney, dit Joanna avec un sourire crispé. Vous commencez enfin à comprendre quelle abominable garce était ma mère. En séduisant Gerald, elle a mis la main sur la fortune des Cavendish et, de menaces en chantages, ne l'a pas lâchée pendant cinquante ans. » De la compassion apparut sur son visage étrangement flegmatique. « À présent, c'est vous qu'elle a choisie pour perpétuer sa dictature. Le tyran est mort. » Elle s'inclina avec ironie. « Vive le tyran ! »

Sarah attendit près de la voiture de Paul Duggan qu'il ait déposé le magnétoscope dans le coffre.

« La police a-t-elle vu cette cassette ? demanda-t-elle comme il se redressait.

– Pas encore. J'ai rendez-vous dans une demi-heure avec l'inspecteur Cooper. Je lui en remettrai une copie.

– N'aurait-il pas mieux valu le faire tout de suite ? Mathilda ne m'avait pas donné l'impression d'une femme au bord du suicide. *Si, par malheur, j'étais morte sans changer d'avis*... Jamais elle n'aurait dit cela, si elle avait prévu de se tuer le surlendemain.

– Je suis bien d'accord avec vous. »

Il tourna vers elle son visage rond et souriant. Elle se rembrunit.

« Cela n'a pas l'air de beaucoup vous inquiéter, lâcha-t-elle d'un ton acerbe. J'espère, dans votre intérêt, que l'inspecteur comprendra que vous ayez mis si longtemps à la lui apporter. Pour ma part, cela me dépasse. Voilà deux semaines que Mathilda est morte et la police a remué ciel et terre pour tenter de prouver qu'il y avait eu meurtre.

– Ce n'est pas ma faute, docteur Blakeney, répondit-il aimablement. La société de cinéma avait gardé la cassette afin d'ajouter les titres et la musique. Mrs Gillespie voulait du Verdi en fond sonore. » Il ne put retenir un gloussement. « Elle avait choisi le *Dies irae*, le Jour de colère. Une œuvre appropriée, vous ne trouvez pas ? » Il s'arrêta, guettant la réaction de Sarah, mais celle-ci n'était pas d'humeur à lui faire ce plaisir. « Quoi qu'il en soit, elle désirait vérifier le résultat et ils lui ont dit qu'elle pourrait visionner la cassette dans un mois. J'imagine que ce genre de chose prend du temps. Ils étaient très ennuyés quand je leur ai annoncé qu'elle était morte. De fait, cela renforce votre argument selon lequel elle n'était pas décidée à se tuer. » Il eut un haussement d'épaules. « Comme je n'étais pas là lors de l'enregistrement, j'ignorais ce qu'il contenait. Je pensais qu'il s'agissait d'un simple message à sa famille. Je ne l'ai vu qu'hier soir et j'ai aussitôt pris rendez-vous avec les flics. » Il jeta un coup d'œil à sa montre. « Je risque d'ailleurs d'être en retard. Je vous vois jeudi. »

Sarah le regarda s'éloigner, la gorge serrée, en proie à un horrible sentiment de malaise. Elle aurait dû s'en douter, s'y préparer. *Adresse-toi au docteur Blakeney. Elle saura comment agir au mieux.* Et Jack ? L'avait-il su ?

Elle se sentit soudain très seule.

Sarah ratissait les feuilles quand l'inspecteur Cooper arriva dans l'après-midi. Il traversa la pelouse et s'arrêta pour l'observer.

« Rude tâche ! dit-il d'un ton charitable.

– Oui. »

Elle posa le râteau contre un arbre et enfonça ses mains dans ses poches.

« Nous ferions mieux de rentrer. Il fait plus chaud à l'intérieur.

– Ne vous inquiétez pas pour moi. Je suis aussi bien ici. J'en profiterai pour fumer une cigarette. » Il repêcha dans son manteau un paquet de Silk Cut tout froissé et porta une cigarette à ses lèvres. « Une bien mauvaise habitude, murmura-t-il avec un regard circonspect vers son interlocutrice. Un de ces jours, je m'arrêterai. »

Sarah leva un sourcil amusé.

« Pourquoi les fumeurs sont-ils toujours bourrelés de remords ?

– Le tabac révèle notre manque de volonté, répondit-il d'un ton morose. D'autres renoncent, pas nous. À vrai dire, je n'ai jamais compris pourquoi la société nous traite en parias. Je n'ai encore jamais rencontré de fumeur qui ait rossé sa femme après une séance de tabagie, ni écrasé un enfant sur un passage clouté. En revanche, je pourrais vous montrer une bonne centaine d'ivrognes qui l'ont fait. À mon avis, la nicotine n'est rien comparée au danger représenté par l'alcool. »

Elle le conduisit jusqu'à un banc au bord de l'allée.

« La morale courante finira bien par condamner aussi les buveurs. Alors, le monde entier se mettra à faire du jogging, à manger des légumes frais, à boire du jus de carotte et à s'abstenir de toute chose nuisible à la santé. »

Il éclata de rire.

« Cela ne vous plairait pas, en tant que médecin ?

– Je me retrouverais au chômage. » Elle appuya la tête contre le haut du banc. « Du reste, j'ai un problème avec la morale courante. Je ne l'aime pas. Je préfère des individus capables de penser par eux-mêmes à des hordes politiquement correctes qui se contentent d'appliquer un catéchisme social.

– Était-ce la raison de votre attachement à Mrs Gillespie ?

– Probablement.

– Parlez-moi d'elle.

– Je ne vois pas ce que je pourrais ajouter à ce que je vous ai déjà dit. C'est sans doute la personne la plus étonnante qu'il m'ait été donné de rencontrer. D'un cynisme absolu. Elle n'avait de respect pour rien ni personne. Elle détestait l'humanité en général et les habitants de Fontwell en particulier et considérait tous ses congénères, vivants ou morts, avec un souverain mépris. À l'exception de Shakespeare. Elle tenait Shakespeare pour un extraordinaire génie.

– Et cela vous plaisait ? »

Sarah se mit à rire

« Je suppose. En tout cas, son côté anarchiste. Elle disait tout haut ce que les autres pensent tout bas. C'est difficile à expliquer. J'étais toujours contente de la voir.

– Cela devait être réciproque, sinon elle ne vous aurait pas légué son argent. »

Sarah ne répondit pas immédiatement.

« Je n'avais aucune idée de ses projets, dit-elle après un moment. » Elle fit bouffer ses cheveux. « Cela m'en a fichu un coup. J'ai l'impression d'avoir été manipulée, ce que je ne supporte pas. »

Il acquiesça.

« Selon Duggan, Mrs Gillespie avait ordonné à ses deux exécuteurs testamentaires de garder le secret. » Il examina le bout rougi de sa cigarette. « Malheureusement, rien ne prouve qu'elle n'en ait pas parlé à quelqu'un d'autre.

– Dans ce cas, il est probable qu'elle vivrait encore. En admettant, bien sûr, qu'elle ait été assassinée.

– Ce qui signifie que l'assassin ignorait qu'elle avait fait de vous sa légataire universelle et pensait que l'héritage lui reviendrait. »

Elle hocha la tête.

« En quelque sorte.

– Alors, cela ne peut être que la fille ou la petite-fille.

– Tout dépend de ce qu'il y avait dans le testament précédent. Elle avait peut-être prévu d'autres legs. On a vu des gens se faire égorger pour bien moins que ce que Joanna et Ruth espéraient recevoir.

– Néanmoins, cela voudrait dire qu'on l'a tuée pour son

argent. Et que ni vous, ni aucune personne dépendant de vous, ne peut être l'auteur du meurtre.

– Exact, fit-elle d'une voix atone.

– Est-ce vous qui l'avez tuée, docteur Blakeney ?

– Je m'y serais certainement prise autrement, inspecteur. Avec moins de précipitation. » Elle se mit à rire. D'une manière qu'il jugea un peu forcée. « Après tout, il n'y avait pas d'urgence. Je ne suis pas criblée de dettes et j'aurais attendu, afin d'éviter qu'on fasse aussitôt le rapprochement entre sa mort et un testament modifié en ma faveur. » Elle se pencha en avant et glissa ses mains entre ses genoux. « Dans le domaine du crime parfait, les médecins bénéficient d'un net avantage. Une période de maladie, puis un décès en douceur. Rien de brutal ni de spectaculaire comme des veines tailladées et un instrument de torture sur la tête.

– Sauf à risquer le bluff suprême, répliqua-t-il d'un ton léger. En effet, qui soupçonnerait un toubib d'être assez stupide pour trucider à toute blinde une vieille dame qui vient de lui assurer trois quarts de million de livres ? »

Sarah le regarda avec effroi.

« Trois quarts de million de livres ? répéta-t-elle lentement. C'est ce qu'elle possédait ?

– Plus ou moins. Sans doute plus. Il ne s'agit que d'une approximation. Duggan estime la maison et son contenu à quatre cent mille livres, mais les pendules à elles seules étaient assurées pour plus d'un millier de livres, et cela sur la base d'une évaluation vieille de quinze ans. Je n'ose pas penser à ce qu'elles valent aujourd'hui. Ensuite il y a le mobilier ancien, ses bijoux et, naturellement, l'appartement de Mrs Lascelles à Londres, sans compter tout un paquet d'actions en bourse. Vous êtes une femme riche, docteur Blakeney ! »

Sarah se prit la tête dans les mains.

« Mon Dieu ! Et Joanna n'est même pas propriétaire de son logement ?

– Non. Il est inclus dans les biens de Mrs Gillespie. Si celle-ci avait été un peu futée, elle aurait fait une donation à sa fille sous forme de traites, afin d'éviter les impôts à payer. En l'occurrence, le fisc va s'en mettre plein les poches. Autant que vous. » Il avait l'air de la plaindre. « Et il va vous falloir décider quoi vendre pour payer l'addition. Je crains que vous n'ayez pas la cote auprès des Lascelles.

– C'est le moins qu'on puisse dire, fit Sarah d'un ton morne. Pourquoi Mathilda a-t-elle eu cette idée insensée ?

– La plupart des gens considéreraient cela comme un cadeau du ciel.

– Vous aussi ?

– Naturellement. Je vis dans une coquille de noix, j'ai trois grands enfants qui n'arrêtent pas de me taper et j'ai hâte de prendre ma retraite pour pouvoir faire avec ma femme une croisière autour du monde. » Il parcourut le jardin des yeux. « À votre place, je réagirais de la même façon. Vous n'en êtes pas à vous serrer la ceinture et vous avez trop de scrupules pour profiter pleinement de cet argent. Le fait est qu'elle vous a collé un sacré fardeau. »

Elle prit le temps de digérer ces paroles.

« Dois-je comprendre que vous ne croyez pas que je l'ai tuée ? »

Il avait l'air amusé.

« Je suppose.

– Merci du peu, fit-elle, la gorge sèche. Le contraire m'aurait ennuyée.

– Je n'en dirais pas autant des personnes à votre charge. La mort de Mrs Gillespie risque de leur profiter autant qu'à vous. »

Elle lui lança un regard surpris.

« Mais je n'ai personne à ma charge.

– Vous avez un mari, docteur Blakeney. J'ai cru comprendre qu'il vivait à vos crochets. »

Elle remua des feuilles avec la pointe de sa chaussure.

« Plus maintenant. Nous sommes séparés. Je ne sais même pas où il se trouve en ce moment. »

Il tira son calepin et le consulta.

« Alors cela doit être très récent. Selon Mrs Lascelles, il a assisté à l'enterrement il y a deux jours, puis est allé prendre le thé à Cedar House et lui a demandé vers six heures de le reconduire ici, ce qu'elle a fait. » Il s'interrompit pour l'observer. « De quand date exactement cette séparation ?

– Il a quitté la maison dans la soirée. J'ai trouvé un mot le lendemain matin.

– Qui en a eu l'initiative, lui ou vous ?

– Moi. Je lui ai dit que je voulais divorcer.

– Je vois. » Il la considéra d'un air songeur. « Pourquoi ce soir-là ? »

Elle poussa un soupir.

« L'enterrement de Mathilda m'avait déprimée et je ne savais plus très bien où j'en étais. La rengaine habituelle. Quel est le sens de la vie ? À quoi a servi la sienne ? Et soudain, je me suis dit que la mienne ne valait guère mieux. » Elle se tourna vers lui. « Cela doit vous paraître absurde. Je suis médecin et l'on ne se lance pas dans ce métier sans un minimum de motivation. Pas plus que dans celui de policier. On y entre parce qu'on s'estime capable de changer les choses. » Elle eut un rire sans joie. « Attitude ô combien présomptueuse ! On est persuadé de savoir ce que l'on fait, ce dont, pour ma part, je doute. Les médecins s'appliquent à soigner les gens parce que c'est leur devoir, que la loi les y oblige, et ne cessent de parler de qualité de la vie. Mais qu'est-ce que la qualité de la vie ? À coups de médicaments, j'ai réussi à endiguer les douleurs de Mathilda, ce qui n'enlève rien au fait qu'elle menait une existence lamentable, non seulement à cause de la souffrance physique, mais aussi parce qu'elle se sentait seule, amère, terriblement frustrée et malheureuse. » Elle haussa imperceptiblement les épaules. « Après l'enterrement, je n'ai pas pu m'empêcher de songer au couple que nous formions, mon mari et moi, et je me suis rendu compte qu'on pouvait nous appliquer les mêmes épithètes. Que nous étions tous les deux seuls, amers, frustrés et malheureux… Je lui ai donc proposé de divorcer, et il a filé. C'est aussi simple que cela. »

Il en était navré pour elle. Rien n'était jamais aussi simple et il avait le sentiment qu'elle avait tenté un coup de poker et qu'elle avait perdu.

« Connaissait-il déjà Mrs Lascelles avant l'enterrement ?

– Pas que je sache. Je ne l'avais moi-même jamais vue. J'imagine mal comment cela aurait été possible.

– Mais il connaissait Mrs Gillespie ? »

Elle contempla le jardin, histoire de gagner du temps.

« En tout cas, pas par mon intermédiaire. Je ne l'ai jamais entendu dire qu'il l'avait rencontrée. »

L'inspecteur sentit soudain croître son intérêt pour le mari absent.

« Pourquoi est-il allé à l'enterrement ?

– Parce que je le lui ai demandé. » Elle se redressa. « Je déteste ce genre de cérémonie, mais je me crois toujours obligée de m'y rendre. Cela me paraît tellement grossier, quand un patient meurt, de faire comme s'il n'avait jamais existé. Pour cela, Jack est d'un grand secours. » Contre toute attente, elle se mit à rire. « Cela lui donne l'occasion de mettre son pardessus noir. Il adore se donner l'air satanique. »

Satanique. L'inspecteur médita un instant sur ce terme. Duncan Orloff avait prétendu que Mathilda avait de la sympathie pour Blakeney. Mrs Lascelles en avait parlé comme d'« un type curieux, qui ne dit pas trois mots et exige ensuite qu'on le ramène chez lui ». Ruth l'avait trouvé « intimidant ». Le pasteur, quant à lui, ne s'était pas montré avare de confidences quand Cooper l'avait questionné sur les membres du cortège. « Jack Blakeney ? Un artiste, sans grand succès, le pauvre. S'il n'avait pas Sarah, il crèverait de faim. À vrai dire, j'aime bien ce qu'il peint. Je lui aurais déjà acheté une toile s'il avait accepté de baisser ses prix, mais il est conscient de sa valeur, à l'entendre du moins, et refuse de se brader. S'il connaissait Mathilda ? Oui, certainement. Je l'ai vu un jour quitter la maison avec son bloc à dessin sous le bras. Pour son genre de travail, on ne pouvait pas rêver mieux comme modèle. À tous points de vue. »

Il décida de prendre le taureau par les cornes.

« Le révérend Matthews m'a raconté que votre mari avait fait un portrait de Mrs Gillespie. Il était donc forcément en bons termes avec elle. »

Il alluma une nouvelle cigarette et la dévisagea à travers la fumée.

Elle resta silencieuse, les yeux fixés sur une vache paissant dans un pré au loin.

« J'ai bien envie de vous dire que je ne répondrai plus à

aucune question en dehors de la présence de mon avocat, murmura-t-elle au bout d'un moment, mais cela ne servirait, je suppose, qu'à renforcer vos soupçons. »

Comme il se taisait, elle se tourna vers lui. Sur la physionomie affable, toute compassion avait disparu, seule subsistait la patiente certitude qu'elle finirait par répondre affirmativement, avec ou sans avocat. Elle poussa un soupir.

« Il me serait facile de nier l'existence de ce portrait. Ils sont rangés dans l'atelier et il n'y a pas une chance sur un million que vous reconnaissiez celui de Mathilda. Jack ne peint pas les visages. Uniquement les personnalités. Il faut avoir compris son emploi des couleurs, la façon dont il se sert des formes, de l'intensité et de la perspective, pour pouvoir interpréter ses tableaux.

– Mais vous ne nierez pas son existence, risqua-t-il.

– Uniquement parce que Jack ne le voudrait pas et que je n'ai aucun goût pour le parjure. » Elle lui sourit et une lueur d'enthousiasme brilla dans ses yeux. « Du reste, c'est du beau travail. Probablement ce qu'il a réalisé de mieux. Je l'ai découvert hier, juste avant que vous arriviez. » Elle fit la grimace. « Je savais qu'il se trouvait là à cause de ce que m'avait dit Ruth. À l'en croire, Jack leur avait parlé du surnom que me donnait Mathilda. » Elle poussa un nouveau soupir. « Et il ne pouvait le tenir que de Mathilda elle-même, car je ne l'ai jamais mis au courant.

– Pourrais-je voir ce portrait ? »

Elle ignora la question.

« Jack ne l'aurait pas tuée, inspecteur, du moins pas pour de l'argent. Il a un profond mépris pour les choses matérielles. L'argent ne lui sert qu'à fixer la valeur de son talent. Ce pourquoi il ne vend jamais rien. Sa cote personnelle dépasse toutes les autres. » L'incrédulité de son interlocuteur la fit sourire. « En réalité, c'est à la fois comique et exaspérant de prétention. Le raisonnement se résume à peu près à ceci : le vulgus pecus étant complètement ignare ne vous achètera jamais rien, quel que soit le prix. Alors que l'esthète capable d'apprécier le véritable talent vous paiera un pont d'or. Conclusion, si vous êtes un génie, fixez-vous un tarif élevé et attendez qu'on vous découvre.

– Passez-moi l'expression, docteur Blakeney, mais c'est de la pure foutaise. » Il paraissait hors de lui. « Ce type doit avoir un ego comme une montagne. Quelqu'un a déjà dit qu'il était un génie ?

– Personne n'a jamais dit que Van Gogh en était un jusqu'à ce qu'il meure. » Pourquoi, se demanda-t-elle, la vision arrêtée qu'avait Jack de lui-même inquiétait-elle les gens ? Était-ce parce que, dans un monde incertain, ses propres certitudes leur semblaient une menace ? « En réalité, continua-t-elle d'une ton calme, peu importe que Jack soit un artiste bon, mauvais ou insipide. Je serais parfois tentée de le ranger dans la première catégorie, mais ce n'est qu'une opinion personnelle. L'important est qu'il n'aurait jamais tué Mathilda pour de l'argent, quand bien même il aurait su qu'elle avait rédigé un testament en ma faveur, ce dont je doute. Pourquoi le lui aurait-elle dit, alors qu'elle ne m'en a jamais touché un mot ?

– Sauf qu'il pensait que vous vous apprêtiez à divorcer et à le laisser sur le carreau.

– Certainement pas. D'ailleurs, cela me mettait en position de garder la totalité de l'argent, n'est-ce pas ? Quel espoir avait-il d'empocher un sou si nous étions divorcés ? » *J'accepterai un partage à cinquante, cinquante...* Elle écarta aussitôt cette pensée. « Et, dans tous les cas, il ignorait que je demanderais le divorce. Comment s'en serait-il douté ? Je ne le savais pas moi-même. »

Cooper prit cette déclaration avec des pincettes.

« Ce ne sont pas des choses qui arrivent du jour au lendemain. Il a bien dû se rendre compte que votre mariage battait de l'aile.

– Vous sous-estimez l'égocentrisme de Jack, répondit-elle avec une ironie mêlée d'amertume. Il est bien trop infatué de sa personne pour s'intéresser aux malheurs des autres, à moins de faire leurs portraits. Croyez-moi, ma décision a été soudaine. De son point de vue du moins. »

D'un air songeur, il tira une bouffée de sa cigarette.

« Vous pensez qu'il va revenir ?

– Oh oui ! Ne serait-ce que pour récupérer ses toiles.

– Parfait. Il se pourrait que certaines des empreintes que

nous possédons soient les siennes. De toute façon, cela me permettrait d'avancer. Même chose en ce qui vous concerne, naturellement. Il y aura une équipe à Fontwell, mercredi matin, pour s'en occuper. Cela ne vous ennuie pas de donner les vôtres, je suppose ? Elles seront détruites ensuite. » Il prit son silence pour un assentiment. « Vous dites que vous ne savez pas où se trouve votre mari. Avez-vous idée de qui pourrait être en contact avec lui ?

– Mon avocat. Il a promis de me prévenir dès qu'il aurait de ses nouvelles. »

L'inspecteur laissa tomber son mégot dans l'herbe mouillée, se leva et tira sur son imperméable.

« Pas d'amis chez qui il serait allé ?

– J'ai appelé tous ceux que je connaissais. Personne ne l'a vu.

– Dans ce cas, auriez-vous l'amabilité de m'écrire le nom et le numéro de téléphone de votre avocat pendant que je jette un coup d'œil à ce tableau ? Après ce que vous m'en avez dit, j'ai hâte de subir l'épreuve. »

Sarah fut quelque peu impressionnée par la minutie de son examen. Il resta un long moment silencieux, puis voulut savoir si Jack avait aussi fait un portrait d'elle. Elle alla le chercher dans la salle de séjour et le plaça à côté de celui de Mathilda. Il se replongea dans sa contemplation.

« Ma foi, finit-il par dire, vous aviez raison. Je n'aurais jamais deviné qu'il s'agissait de Mrs Gillespie, ni de vous non plus d'ailleurs. Je comprends que personne ne trouve ça génial, sauf lui. »

Sarah fut surprise de se sentir déçue. À quoi pouvait-elle s'attendre ? Il n'était qu'un flic de campagne, pas un esthète. Elle esquissa un sourire poli, comme chaque fois qu'elle devait supporter des commentaires désagréables sur la peinture de Jack, et se demanda pourquoi il n'y avait apparemment qu'elle pour apprécier son talent. Ce n'était pourtant pas l'amour qui l'aveuglait, bien au contraire, et, malgré cela, elle ne pouvait pas s'empêcher de considérer ce portrait de Mathilda comme quelque chose de remarquable, d'exceptionnel. Il avait travaillé couche par couche pour obtenir au centre du tableau cet or intense, presque translucide – l'intelligence de Mathilda brillant à travers le mélange complexe des bleus et des gris de la cruauté et du cynisme. Avec, tout autour, la gamme inépuisable des bruns de l'inhibition et du désespoir, et le roux du métal, symbole, dans les représentations de Jack, de l'énergie et de la volonté, mais revêtant ici la forme de la muselière.

Elle eut un haussement d'épaules. Après tout, peut-être valait-il mieux qu'il n'ait rien vu.

« Je vous avais prévenu. Jack peint les caractères, pas les visages.

– Quand a-t-il peint le vôtre ?

– Il y a six ans.

– Et votre caractère a-t-il changé depuis ?

– J'en doute. Les caractères changent très peu, inspecteur, aussi Jack en a-t-il fait son thème de prédilection. Nous sommes comme nous sommes. Et nous le restons. Généreux ou égoïstes. On a beau arrondir les angles, cela n'ôte rien à l'essentiel. Une fois fixée sur la toile, la personnalité sera toujours reconnaissable. »

Il se frotta les mains comme s'il était sur le point de relever un défi.

« Eh bien, voyons si j'ai compris quelque chose à son système. Votre portrait comporte beaucoup de vert et votre principale caractéristique est la réceptivité, je dirais même plus, corrigea-t-il aussitôt, la compréhension – vous sentez ce que sentent les autres, vous ne les jugez pas. Donc compréhension, probité – vous êtes une femme honnête sinon vous ne seriez pas embarrassée par cet héritage –, franchise – la plupart des gens auraient menti au sujet de ce tableau –, gentillesse. » Il se tourna vers elle. « Est-ce que la gentillesse compte comme un trait de caractère ou est-ce trop mollasson ? »

Elle éclata de rire.

« Beaucoup trop mollasson et vous ignorez les aspects désagréables. Jack considère toujours les deux côtés à la fois.

– Très bien. » Il regarda le portrait. « Vous avez des opinions très arrêtées et vous détestez le conformisme, sans quoi vous ne vous seriez pas prise de sympathie pour

Mrs Gillespie. Vous êtes également naïve ou votre point de vue ne différerait pas à ce point de l'opinion générale. Vous avez un tempérament impétueux, ce qui vous fait regretter le départ de votre mari, et probablement un certain goût pour les causes désespérées, ce qui explique que vous soyez devenue médecin et, sans doute aussi, que vous vous soyez attachée à l'espèce de vieille rosse qui figure sur ce singulier tableau à côté de vous. Alors, qu'en pensez-vous, pour un plouc ? »

Elle pouffa de rire.

« Jack serait ravi. Enfin un connaisseur ! Ce n'est pas mal, non ?

– Combien prend-il ?

– Jusqu'à présent, il n'en a vendu qu'un. Un portrait d'une de ses maîtresses. Il en a obtenu dix mille livres. Le marchand de Bond Street qui l'a acheté prétendait que Jack était l'artiste le plus étonnant qu'il ait rencontré. Nous avons cru que c'était arrivé, mais, trois mois plus tard, le pauvre a cassé sa pipe et personne depuis n'a manifesté le moindre intérêt.

– Pas tout à fait. Le révérend Matthews m'a dit qu'il lui aurait volontiers acheté un tableau s'ils avaient été moins chers. Je comprends ça. Est-ce qu'il a déjà peint des couples ? J'irai jusqu'à deux mille livres pour moi et ma tendre moitié. » Il examina Mathilda de plus près. « J'imagine que la couleur or désigne son seul bon côté, l'humour. Mon épouse a le boyau de la rigolade. Elle serait dorée des pieds à la tête. J'aimerais bien voir ça. »

Un bruit se fit entendre derrière eux.

« Et vous, de quelle couleur seriez-vous ? » demanda la voix amusée de Jack.

Le cœur de Sarah bondit dans sa poitrine, mais l'inspecteur se contenta d'observer pensivement le nouveau venu pendant quelques instants.

« Si je ne me suis pas trompé dans mon interprétation de ces portraits, un mélange de bleu et de mauve, pour le penchant cynico-réaliste, commun à votre femme et à Mrs Gillespie, quelques touches de vert, représentant, je présume, la sincérité et la délicatesse du docteur Blakeney, dans la mesure où il n'y en a pas trace chez Mrs Gillespie – il eut un sourire – et beaucoup de noir.

– Pourquoi du noir ?

– Parce que je suis en plein dedans, répondit-il avec une lourde ironie en tirant sa carte de sa poche intérieure. Inspecteur Cooper, de la police de Learmouth. J'enquête sur la mort de Mrs Mathilda Gillespie, de Cedar House, à Fontwell. Peut-être accepteriez-vous de me dire pourquoi elle a posé pour vous avec cette muselière sur la tête ? Vu la manière dont elle est morte, cela m'intéresse de le savoir. »

L'arthrose est une brute. Elle rend si vulnérable. Si j'étais moins cynique, je dirais que Sarah a des dons de guérisseuse, mais, franchement, j'aurais plutôt tendance à croire qu'après ce sot de Hendry, n'importe qui aurait pu faire mieux. L'homme était feignant comme une couleuvre et n'a jamais fait l'effort de se tenir au courant. D'après Sarah, il y a eu de très nets progrès auxquels, de toute évidence, il ne connaissait rien. L'idée de le poursuivre en justice me tente bien, sinon pour moi, au moins pour Joanna. C'est manifestement lui qui l'a mise sur le chemin de la dépendance.

Aujourd'hui, Sarah m'a demandé comment j'allais et j'ai cité ce vers du Roi Lear *en guise de réponse : « Je grandis, je prospère; et maintenant, ô dieux, protégez les bâtards... » Bien évidemment elle a cru que je parlais de moi et, en riant avec son bon naturel, elle a fait remarquer : « Garce, peut-être, Mathilda, mais bâtarde, jamais. Je n'en connais qu'un, c'est Jack. » Je lui ai demandé ce qu'il avait fait pour mériter un tel qualificatif. « Il considère que mon amour lui est acquis, m'a-t-elle répondu, et il offre le sien à quiconque est assez bête pour le flatter. »*

Que les relations entre les êtres humains sont mal faites. Rien dans ce portrait ne ressemble à l'homme que je connais. Il est aussi jaloux de son amour que de son art. En vérité, je suis sûre que Sarah se perçoit et perçoit Jack « à travers une vitre obscurément ». Elle est persuadée qu'il vagabonde, mais seulement, me semble-t-il, parce que cela lui permet de le juger en fonction de son succès auprès des femmes. Ses passions lui font peur parce qu'elles lui échappent, et elle devine moins qu'elle ne le pense quels en sont les objets.

J'aime cet homme. Il m'invite à « narguer la damnation » et, en vérité, qu'est-ce que la vie sinon une révolte contre la mort…

6

Immobile dans sa cuisine, Violette Orloff écoutait la dispute qui venait d'éclater dans l'entrée de Cedar House. Comme beaucoup d'espions domestiques, elle se sentait légèrement coupable, prise entre le désir de rester et celui de partir. Mais, contrairement à la plupart d'entre eux, elle savait ne pas courir le risque d'être découverte et la curiosité finit par l'emporter. Elle prit un verre dans le lave-vaisselle, l'appuya au mur et pressa son oreille contre la base. Les voix lui parvinrent aussitôt avec une bien plus grande netteté. Par bonheur, elle n'avait aucun moyen de se voir. Il y avait quelque chose de si indécent et d'hypocrite dans la façon dont elle se penchait pour ne pas perdre une miette de la discussion et son visage reflétait les mêmes émotions que celui du voyeur qui lorgne par sa fenêtre une femme en train de se déshabiller. Attente, fébrilité, concupiscence.

«… tu t'imagines peut-être que je ne sais pas ce que tu fabriques à Londres ? Tu n'es qu'une sale traînée, et mamie le savait elle aussi ! C'est ta faute, tout ça, et maintenant tu ne penses qu'à lui mettre le grappin dessus, pour te débarrasser de moi, je suppose !

– Je t'interdis de me parler sur ce ton ! J'ai bien envie de te laisser te débrouiller toute seule. Après tout, qu'est-ce cela peut me faire que tu ailles ou non à l'université ?

– C'est bien toi ! La jalousie, encore la jalousie, toujours la jalousie ! Tu ne peux pas supporter que je fasse quelque chose que tu n'as pas fait !

– Je te préviens, Ruth, que je ne veux plus t'entendre.

– Pourquoi ? Parce que c'est la vérité et que ça te dérange ? » Elle avait des sanglots dans la voix. « Tu ne pourrais pas te comporter comme une mère de temps en temps ? Mamie était plus maternelle que toi ! En fait, tu m'as toujours détestée ! Est-ce que j'ai demandé à venir au monde ?

– Arrête ces gamineries.

– Tu me détestes parce que mon père m'aimait !

– Ne sois pas stupide.

– C'est vrai. Mamie me l'a dit. Elle m'a raconté que Steven se faisait du souci pour moi, qu'il m'appelait son petit ange et que cela te mettait en rage. D'après elle, si Steven et toi aviez divorcé, il ne serait pas mort.

– Et tu l'as crue, naturellement, parce que c'est ce que tu désirais entendre, répliqua Joanna d'un ton glacial. Tu es exactement comme ta grand-mère. Je pensais que ce serait fini après sa mort, mais je me suis complètement trompée. Tu as hérité de tout le venin qu'elle avait dans le corps.

– C'est ça ! Défile-toi une fois de plus. Quand consentiras-tu enfin à regarder les problèmes en face au lieu de faire comme s'ils n'existaient pas. Mamie disait toujours que tu n'avais pas ton pareil pour te fourrer la tête dans le sable chaque fois que quelque chose n'allait pas. Mais nom d'un chien – elle avait presque crié –, tu as entendu ce qu'a déclaré l'inspecteur ! » Elle dut capter l'attention de sa mère, car elle se mit aussitôt à parler plus bas. « Les flics croient que mamie a été assassinée. Qu'est-ce que je suis censée leur répondre ?

– La vérité. »

Ruth éclata d'un rire féroce.

« Merveilleux ! Tu veux peut-être que je leur dise comment tu dépenses ton argent, hein ? Et aussi que mamie et le docteur Hendry ont failli te faire interner parce qu'ils pensaient que tu étais givrée. Sans compter que, pour être tout à fait sincère, je pourrais leur balancer que tu as essayé de me tuer. Ou bien préfères-tu que je la boucle, dans la mesure où, si j'en disais trop, cela réduirait nos chances de récupérer le pognon ? D'après la loi, il t'est impossible de profiter du meurtre de ta mère, tu sais. »

S'ensuivit un long silence, au point que Violette Orloff finit par se demander si elles n'avaient pas changé de pièce.

« Comme tu voudras, Ruth. En ce qui me concerne, je n'aurai aucun scrupule à leur dire que tu étais ici le jour où elle est morte. Tu n'aurais pas dû lui voler ses boucles d'oreille, espèce d'idiote ! Tout comme, pour rester sur ce chapitre, pas mal d'autres choses qui te brûlaient les doigts. Tu la connaissais aussi bien que moi. Croyais-tu vraiment qu'elle ne s'en apercevrait pas ? » La voix de Joanna se fit sarcastique. « Elle avait dressé une liste, qu'elle avait rangée dans le tiroir de sa table de nuit. Si je ne l'avais pas détruite, tu serais déjà sous les verrous. Tu n'as pas caché que tu étais sens dessus dessous à cause de ce testament ridicule. La police aura vite fait de conclure que, si tu étais assez désespérée pour voler ta grand-mère, tu l'étais peut-être aussi pour la tuer. Je propose donc que nous la bouclions toutes les deux, n'est-ce pas ? »

Une porte claqua avec tant de force que Violette Orloff sentit vibrer les murs de sa cuisine.

Perché sur son tabouret, Jack passa une main sur ses joues non rasées, tout en observant le policier à travers ses paupières mi-closes. Satanique, songea l'inspecteur Cooper, le terme lui va bien. Mine sombre, regard d'aigle, visage en lame de couteau, mais trop de rides au coin des yeux pour faire un Dracula. Si ce type est un démon, cela doit être dans le genre espiègle. Il n'était pas sans lui rappeler un Irlandais, récidiviste impénitent, qu'il avait arrêté un nombre invraisemblable de fois depuis vingt ans. L'Irlandais avait lui aussi au fond des yeux cette lueur de défi, de « prenez-moi comme je suis », qui se remarque d'emblée chez certains individus. Il se demanda avec une soudaine curiosité si Mathilda Gillespie avait cette même expression dans le regard. En tout cas, il ne s'en était pas aperçu en visionnant la cassette, mais l'objectif ment toujours. Sinon, personne n'accepterait de se faire photographier.

« Très bien, je suis d'accord », déclara brusquement Jack.

L'inspecteur eut un froncement de sourcils.

« D'accord pour quoi, Mr Blakeney ?

– Pour faire le portrait de votre femme et de vous, à deux mille livres. Mais, si vous racontez à qui que ce soit ce que vous avez payé, je vous étrangle. » Il s'étira, fit jouer les muscles de ses épaules. « Deux mille livres venant de vous valent bien dix mille livres de gens comme Mathilda. Après tout, un léger rabais ne constitue peut-être pas une si mauvaise idée. La modestie des ressources du modèle donnerait ainsi la mesure de ma valeur réelle. » Il esquissa un sourire ironique. « D'ailleurs, ai-je le droit de priver du spectacle de la beauté de misérables serviteurs de l'Église et de la force publique ? N'est-ce pas, Sarah ? »

Elle secoua la tête.

« Pourquoi faut-il que tu te montres toujours déplaisant ?

– Cet homme apprécie mon travail et je lui consens une réduction pour faire le portrait de sa femme et de lui-même en bleu, mauve, vert et or. Qu'est-ce que cela a de déplaisant ? C'est plutôt gentil de ma part, non ? » Il lança un regard amusé à Cooper. « Soit dit en passant, le mauve représente la libido. Plus vous avez de mauve et plus vous êtes libidineux. Mais n'oubliez pas qu'il s'agit de la façon dont je vous vois, pas de celle dont vous vous voyez. Votre femme risque de perdre une bonne partie de ses illusions si je vous peins en mauve foncé et elle en lilas clair. »

L'inspecteur éclata de rire.

« Ou vice versa. »

Les yeux de Jack se mirent à briller.

« Tout à fait. Mon but n'est pas de flatter. Si vous avez compris ça, alors il y a des chances que nous puissions nous entendre.

– Je suppose que vous n'acceptez pas les délais de paiement. Vous faites sans doute payer d'avance ? »

Jack sourit, découvrant ses dents.

« Naturellement. À ce prix-là, qu'est-ce que vous espériez ?

– Et quelle garantie ai-je que le portrait sera fini un jour ?

– Ma parole. D'honneur !

– Mr Blakeney, je suis policier. Je ne crois jamais rien sans preuve. » Il se tourna vers Sarah. « Vous êtes une femme digne de confiance, docteur. Votre mari est-il un homme d'honneur ? »

Elle regarda Jack.

« C'est une question pour le moins incongrue.

– Je ne vois pas ce que ça a d'incongru, répliqua Jack. Nous parlons de deux mille livres. L'inspecteur a bien le droit de prendre des assurances. Réponds-lui. »

Sarah haussa les épaules.

« Très bien. Si vous voulez savoir s'il filera avec l'argent. Alors non, vous n'avez rien à craindre. Il fera le portrait et il le fera bien.

– Mais ? s'empressa d'ajouter Jack.

– Tu n'es pas un homme d'honneur. Tu es bien trop capricieux et inconséquent. Tu ne respectes que tes propres idées. En outre, tu es égoïste et sans moralité. En fait – elle lui adressa un sourire contraint –, tu te moques éperdument de tout ce qui n'est pas ta peinture. »

Jack pointa un doigt vers le policier.

« Eh bien, confirmez-vous la commande, inspecteur, ou n'était-ce qu'un truc pour réveiller les griefs de ma femme et l'inciter à vous dire ce qu'elle pense de moi ? »

Cooper saisit une chaise et l'offrit à Sarah. Elle la refusa d'un signe de tête et il s'assit avec un petit soupir de soulagement. Il avait passé l'âge de rester debout quand il y avait un siège de libre.

« Je serai franc avec vous, Mr Blakeney. Je ne peux rien vous commander pour l'instant.

– Je le savais, rétorqua Jack d'un ton de mépris. Vous êtes comme cet hypocrite de Matthews. » Il se mit à parodier le pasteur. « "J'adore vos tableaux, Jack, ce n'est pas la question, mais je n'ai pas d'argent, je suis un pauvre homme, vous savez." » Il frappa sa paume de son poing. « J'ai proposé de lui vendre une de mes premières toiles pour deux mille livres, mais cet enfoiré a essayé de m'en rabattre trois cents. De quoi vous dégoûter ! grommela-t-il. Avec ces sermons à la noix, il ramasse bien plus que ça. » Il regarda le policier d'un air mauvais. « Pourquoi voulez-vous tous avoir les choses pour rien ? Jamais vous n'accepteriez qu'on touche à votre salaire – il lança un coup d'œil à Sarah –, ma femme non plus d'ailleurs. Vous êtes gentiment payés par l'État et, pendant ce temps, je suis forcé de travailler comme un nègre.»

Cooper faillit lui répondre qu'il avait choisi cette voie et que personne ne l'avait forcé, mais il se retint. Il avait déjà suffisamment de discussions à ce sujet avec ses propres enfants sans recommencer avec un inconnu. Du reste, son interlocuteur l'avait mal compris. Peut-être volontairement.

«Il m'est impossible de vous commander quoi que ce soit à l'heure actuelle, Mr Blakeney, dit-il avec une légère emphase, parce qu'il semble que vous ayez entretenu des relations étroites avec une femme qui pourrait bien avoir été assassinée. Si je vous donnais de l'argent, pour une raison ou pour une autre, cela ne manquerait pas de vous desservir auprès d'un tribunal, à supposer que vous ayez la malchance d'en arriver là. Une fois l'enquête terminée, il en ira tout autrement.»

Jack le considéra avec un soudain attendrissement.

«Si c'est moi qui vous donnais ces deux mille livres, à la rigueur je comprendrais, mais il s'agit du contraire. C'est votre situation que vous défendez, pas la mienne.»

Cooper rit à nouveau.

«Vous n'allez pas me le reprocher. Je rêve sans doute, mais je n'ai pas encore renoncé à obtenir de l'avancement et distribuer des pots-de-vin à des assassins présumés ne m'aiderait pas auprès de mon chef. J'attendrais pour cela d'avoir pris du galon.»

Jack l'observa attentivement pendant quelques secondes, puis croisa les bras sur son pull fatigué. Ce flic rondouillard, d'un genre assez insolite avec sa mine enjouée, avait quelque chose de réconfortant.

«Quelle était votre question déjà? Pourquoi Mathilda a-t-elle posé pour moi avec la muselière sur la tête?» Il jeta un coup d'œil au portrait. «Parce qu'aucun objet, affirmait-elle, n'incarnait mieux l'essence de sa personnalité. Et elle avait raison.» Il plissa les yeux dans un effort pour se souvenir. «Je suppose qu'une façon de la décrire serait de dire qu'elle était inhibée, mais l'inhibition fonctionnait dans les deux sens.» Il eut un léger sourire. «Comme toujours, peut-être. Enfant, elle avait été victime de mauvais traitements et, par la suite, elle était devenue incapable du moindre sentiment, du moindre élan de tendresse, ce qui l'avait conduite à se faire bourreau elle-même. Et le symbole, à la fois actif et passif, de sa nature profonde était cette muselière. Tout comme on la lui avait imposée, elle l'imposa à sa fille.» Il lança un regard en biais à Sarah. «De manière ironique, c'était aussi, je pense, le symbole de son affection, ou plutôt des armistices qui en tenaient lieu dans son existence. Elle appelait Sarah sa muselière et cela représentait de sa part un éloge. Elle affirmait que Sarah était la seule personne à n'avoir jamais eu de préjugés à son égard et à l'avoir acceptée telle qu'elle était.» Il se fendit d'un sourire aimable. «J'ai eu beau dire que cela n'avait rien de flatteur – Sarah a bien des défauts, dont le pire, à mon avis, est de s'imaginer que les gens ressemblent à l'image qu'ils donnent d'eux –, jamais Mathilda n'aurait eu une parole désagréable à son encontre. C'est tout ce que je sais», acheva-t-il avec candeur.

Cooper se dit que Jack Blakeney était bien l'homme le moins candide qu'il eût rencontré, ce qui ne l'empêcha pas de poursuivre son manège avec aussi peu de candeur que son adversaire.

«Je vous remercie de tous ces renseignements, Mr Blakeney. Dans la mesure où je n'ai pas connu Mrs Gillespie, il est important que je puisse me faire une idée de son caractère. À votre avis, était-elle du genre à commettre un suicide?

– Sans aucun doute. Et avec un couteau aussi bien. Elle avait autant le souci de réussir ses sorties que de soigner ses entrées. Peut-être même davantage. Si elle nous voit en ce moment déblatérer tous les trois à son sujet, elle doit jubiler. Pensez donc, elle faisait déjà jaser de son vivant à cause de ses rosseries, c'est encore pire maintenant qu'elle est morte. Un tel suspense, pour rien au monde elle n'aurait voulu rater ça.»

Cooper eut un froncement de sourcils en direction de Sarah.

«C'est également votre avis, docteur Blakeney?

– Je sais, cela semble d'une logique absurde. Pourtant, elle était comme ça.» Elle réfléchit quelques secondes. «À part qu'elle ne croyait pas qu'il y eût une vie après la mort, sinon par asticots interposés, le résultat étant que nous sommes tous des cannibales. » Elle sourit devant la mine dégoûtée de son interlocuteur. « Un être meurt, il est mangé par les vers, qui sont mangés par les oiseaux, qui sont à leur tour mangés par les chats, dont les excréments engraissent les légumes, qui sont mangés par les hommes. Ou tout autre variante qui vous plaira. » Elle sourit à nouveau. « Je suis navrée, mais c'était la vision que Mathilda avait de la mort. Pourquoi aurait-elle gaspillé son ultime grande sortie ? Franchement, je pense qu'elle aurait plutôt essayé de la prolonger le plus possible, de préférence en faisant enrager un maximum de gens autour d'elle. Prenez cette cassette vidéo, par exemple. À quoi bon y ajouter des titres et de la musique, si c'était uniquement pour qu'on la montre après sa mort ? En réalité, elle avait l'intention de se la passer et si d'aventure Joanna ou Ruth l'avait surprise à ce moment-là, cela n'en aurait été que mieux. Elle s'en serait servie pour les mener à la baguette. N'ai-je pas raison, Jack ?

– Probablement. Comme d'habitude, ajouta-t-il sans ironie. De quelle cassette s'agit-il ? »

Elle avait oublié qu'il n'était pas au courant.

« Du message posthume adressé par Mathilda à sa famille, répondit-elle avec un hochement de tête. Soit dit en passant, cela t'aurait énormément plu. Elle avait tout de Cruella dans les *101 Dalmatiens*. Des ailes noires de chaque côté d'un trait blanc, des yeux perçants et un bec crochu. De quoi t'inspirer. » Elle plissa le front. « Pourquoi ne m'as-tu pas dit que tu la connaissais ?

– Parce que tu t'en serais mêlée.

– Comment ?

– Tu aurais bien trouvé un moyen. Je n'arrive plus à peindre quoi que ce soit une fois que tu m'as rebattu les oreilles avec tes considérations. “Mais je l'aime beaucoup, Jack, fit-il avec une voix de fausset. Elle est très gentille. Pas du tout méchante comme on le prétend. Au contraire, elle a un cœur en or.”

– Je ne parle jamais comme ça, rétorqua Sarah d'une voix sèche.

– Tu devrais t'écouter de temps à autre. Le côté sombre des gens t'effraie, aussi préfères-tu l'ignorer.

– Est-ce un mal ? »

Il eut un haussement d'épaules.

« Non, si tu tiens à vivre une vie sans passion. »

Elle l'observa d'un air pensif.

« Si la passion signifie s'entre-déchirer, alors oui, je préfère une vie sans passion. N'oublie pas que j'ai vu se désintégrer le mariage de mes parents. Je n'ai aucune envie de répéter l'expérience. »

Une lueur brilla dans son regard las.

« Alors, peut-être est-ce ton propre mystère qui t'effraie. La flamme qui pourrait se changer en fournaise. Le cri de révolte qui ferait s'écrouler ton fragile château de cartes. Auquel cas, tu n'as plus qu'à prier le ciel qu'il t'envoie de doux zéphyrs, ma chère, et te préserve des tempêtes, ou tu risques de t'apercevoir que tu n'as pas cessé de te bercer d'illusions. »

Elle ne répondit pas et la pièce demeura silencieuse, ses trois occupants devenus tout à coup presque aussi irréels que les portraits appuyés aux murs. Figé sur sa chaise telle une statue de cire, l'inspecteur Cooper songea que Jack Blakeney était effectivement un individu redoutable. Dévorait-il tous ceux qui passaient à sa portée comme il dévorait sa femme ? *Le cri de révolte qui ferait s'écrouler ton fragile château de cartes.* Pendant des années, Cooper s'était appliqué à réprimer la révolte qui grondait en lui, celle d'un homme prisonnier de ses obligations et de ses principes. Pourquoi Jack Blakeney n'avait-il pas pu en faire autant ?

Il se racla la gorge.

« Mr Blakeney, Mathilda Gillespie vous a-t-elle jamais fait part de ses intentions au sujet de son testament ? »

Jack, qui avait gardé les yeux fixés sur Sarah, se tourna vers lui.

« Pas en ces termes. Elle m'a demandé un jour ce que je ferais si je possédais son argent.

– Et que lui avez-vous répondu ?

– Que je le dépenserais.

– Votre femme m'a dit que vous n'aviez que du mépris pour les choses matérielles.

– Exact. Aussi m'en servirais-je pour m'élever l'esprit.

– De quelle façon ?

– En le claquant dans la drogue, l'alcool et le sexe.

– Cela me paraît, au contraire, extrêmement matérialiste. Céder aux plaisirs des sens ne favorise guère la spiritualité.

– Tout dépend du point de vue où l'on se place. Pour une stoïque comme Sarah, le chemin vers la perfection passe par le sens du devoir et de la responsabilité. Pour un épicurien comme moi, si tant est que ce vieil Épicure accepterait de me compter parmi ses disciples, ce dont je doute, la jouissance est le but suprême. » Il leva un sourcil amusé. « Malheureusement, nos modernes épicuriens désapprouvent cette conception. Ils trouvent parfaitement méprisable qu'un homme refuse d'assumer ses responsabilités et préfère remplir sa coupe à la fontaine des voluptés. » Il dévisagea Cooper. « Mais c'est uniquement parce que nous vivons dans une société de moutons et que les moutons sont extrêmement vulnérables à l'intoxication publicitaire. Même si une femme ne va pas jusqu'à croire que la blancheur de sa lessive constitue pour elle une garantie de succès, elle est convaincue que sa cuisine doit être sans microbes, son sourire blanc comme neige, ses enfants bien élevés, son mari travailleur et sa moralité au-dessus de tout soupçon. Même topo pour les hommes. Les réclames de bière qui exaltent leurs qualités viriles les persuadent seulement de changer de chemise, de se raser régulièrement, d'avoir au moins trois amis, de ne pas s'enivrer et de raconter des blagues dans les pubs. » Son visage morne s'éclaira soudain. « Manque de chance, j'aime encore mieux me défoncer et me taper chaque jour une pucelle de seize ans, surtout si elle porte encore une blouse d'écolière. »

Mon Dieu ! se dit Cooper, tout en sentant peser sur son front incliné le regard de l'autre. Est-ce que ce salaud lit aussi dans les pensées ? Il fit mine de noter quelque chose dans son calepin.

« Votre réponse à Mrs Gillespie a-t-elle été aussi imagée ou vous êtes-vous contenté de termes vagues ? »

Jack se tourna vers Sarah, qui observait le portrait de Mathilda et ne lui prêtait aucune attention.

« Elle était encore pas mal pour son âge. J'ai dû lui dire que j'aimais encore mieux me défoncer et me taper une mamie. »

Cooper se serait cru moins prude. Il releva la tête, visiblement choqué.

« Et qu'en a-t-elle pensé ? »

Jack paraissait aux anges.

« Elle m'a demandé si cela me plairait de la peindre nue. Je lui ai dit que oui et elle a ôté ses vêtements. Si vous tenez à le savoir, la seule chose qu'elle portait lorsque j'ai fait mes croquis était la muselière. » Son regard pénétrant chercha celui du policier. « Ça vous excite, inspecteur ?

– À vrai dire, oui, fit-il d'un ton égal. Est-ce que, par hasard, elle se trouvait aussi dans sa baignoire ?

– Non. Elle était bien vivante et étendue sur son lit. » Il se leva et s'approcha d'une commode dans un coin de la pièce. « Et elle avait l'air absolument fantastique. » Il tira un carnet à dessin du tiroir du haut. « Tenez ! » Il lança le carnet, qui atterrit aux pieds du policier. « Voyez vous-même. Ils représentent tous Mathilda. Drôle de personnage ! »

Cooper ramassa le carnet et le feuilleta. Les dessins montraient en effet Mrs Gillespie nue sur son lit, mais une Mrs Gillespie bien différente du sinistre cadavre qu'il avait découvert dans la baignoire ou de la harpie à la bouche cruelle qu'il avait vue sur la cassette vidéo. Il posa le carnet sur le sol à côté de lui.

« Avez-vous couché avec Mrs Gillespie ?

– Non. Elle ne me l'a pas demandé.

– L'auriez-vous fait si elle vous l'avait demandé ? » La question lui échappa avant qu'il en ait mesuré la portée.

Le visage de son interlocuteur resta indéchiffrable.

« Quel rapport avec votre affaire ?

– Je m'intéresse à votre caractère, Mr Blakeney.

– Je vois. Et quand bien même j'aurais couché avec une vieille dame parce qu'elle me l'aurait demandé, quelle serait votre conclusion ? Que je suis un pervers ? Ou un être infiniment charitable ? »

Cooper se mit à ricaner.

« Que vous avez besoin d'aller consulter un oculiste. Même dans le noir, Mrs Gillespie ne devait guère ressembler à une pucelle de seize ans. » Il sortit ses cigarettes de sa poche. « Vous permettez ?

– Je vous en prie. »

D'un coup de pied, il expédia la corbeille vers lui. Cooper alluma sa cigarette avec son briquet.

« Mrs Gillespie laisse à votre femme plus de sept cent mille livres. Vous le saviez ?

– Oui. »

L'inspecteur ne s'attendait pas à une telle réponse.

« Mrs Gillespie vous a donc fait part de ses intentions ?

– Non, fit Jack en reprenant sa place sur le tabouret. Je viens de passer deux heures délicieuses à Cedar House. » Il regarda Sarah d'un air impassible. « Joanna et Ruth s'imaginent que j'ai une certaine influence sur ma femme, si bien qu'elles se sont montrées absolument charmantes. »

Cooper se frotta la joue en se demandant comment Sarah Blakeney pouvait supporter cela. Ce type semblait prendre un malin plaisir à la tourmenter, tel un chat s'amusant à donner des coups de griffe à une souris déjà à moitié estropiée. Le mystère, ce n'était pas qu'elle ait brusquement décidé de divorcer, mais qu'elle ait réussi à vivre si longtemps avec lui. Néanmoins, on sentait que la partie manquait de conviction, car, pour que le chat s'intéresse à la souris, encore faut-il que celle-ci joue le jeu et Jack avait compris, Cooper en avait la nette impression, que Sarah était sur le point de laisser tomber.

« En aviez-vous eu connaissance avant ?

– Non.

– Êtes-vous surpris ?

– Non.

– Les patients de votre femme ont donc l'habitude de lui léguer leur argent ?

– Pas que je sache. » Il sourit à l'inspecteur. « Du moins, elle ne m'en a jamais parlé.

– Alors pourquoi n'êtes-vous pas surpris ?

– Pourquoi le serais-je ? Si vous m'aviez dit que Mathilda

avait laissé son fric au Fonds de secours de la police ou à l'Amicale des avaleurs de sabres, cela ne m'aurait pas étonné non plus. Puisque c'était le sien, elle avait bien le droit d'en disposer à son gré. N'empêche, je suis plutôt satisfait que ce soit ma chère épouse – il prononça ces mots d'un ton légèrement moqueur – qui ait décroché la timbale. Cela va grandement me faciliter les choses. J'avoue que je suis un peu à court en ce moment. »

Sarah le regarda des pieds à la tête avec colère.

« Si tu savais, Jack, combien ça me démange de te coller ma main dans la figure !

– Ah, fit-il, enfin de la passion ! » Il se leva et s'approcha d'elle, la joue tendue comme pour l'inviter à mettre sa menace à exécution. « Eh bien, vas-y ! Ne te retiens pas !

Sans qu'il s'y attende, elle lui décocha un coup de pied dans l'entrejambe.

« La prochaine fois, jeta-t-elle les dents serrées, je te brise le portrait de Mathilda sur le crâne. Et ce serait dommage, parce que c'est sans doute le plus réussi.

– Bon Dieu, mais ça fait mal ! » beugla-t-il. Il repartit vers le tabouret en agrippant ses parties intimes et s'affaissa sur son siège. « D'accord pour la passion, mais pas pour la castration ! »

Sarah plissa les yeux.

« N'imagine surtout pas que tu vas pouvoir mettre tes sales pattes sur l'argent de Mathilda. Pas plus que sur le mien, d'ailleurs. Cinquante, cinquante ! Et puis quoi encore ? Je préférerais le filer à la SPA plutôt que de te voir vivre en rentier avec le fruit de mon travail. »

Il glissa deux doigts dans la poche de son jean et en sortit un papier plié.

« Mon contrat avec Mathilda, dit-il en lui tendant le papier d'une main tout en se frottant avec précaution de l'autre. Cette vieille idiote a réussi à claquer avant de me filer un sou, aussi j'estime que les exécuteurs testamentaires me doivent ces dix mille livres, après quoi les héritiers pourront avoir le tableau. Bonté divine, Sarah, ça me fait un mal de chien ! Tu m'as sûrement cassé quelque chose. »

Elle l'ignora et lut le papier.

« Cela paraît correct.
– Bien sûr. C'est Keith qui l'a rédigé.
– Il ne m'en a rien dit.
– Pourquoi l'aurait-il fait ? Cela ne te concernait pas. J'espère au moins pouvoir réclamer ce qu'on me doit. Avec le pot que j'ai en ce moment, ce contrat risque d'être caduc maintenant qu'elle est morte. »

Sarah passa le papier à l'inspecteur.

« Qu'en pensez-vous ? Si Jack avait raison, ce serait vraiment dommage. C'est sa seconde grosse vente. »

Voilà qu'elle se fait du mouron pour ce fumier, constata Cooper avec étonnement. Quel couple ! Il eut un haussement d'épaules.

« Je ne suis pas spécialiste en la matière, mais il m'a toujours semblé que les dettes étaient prélevées sur le montant du legs. Si vous lui aviez changé sa moquette, par exemple, et qu'elle n'ait pas payé, la facture serait néanmoins réglée. Je ne vois pas pourquoi il en irait différemment pour un tableau, surtout s'il représente la personne défunte. Ce n'est pas comme si vous pouviez le revendre à quelqu'un d'autre. » Il se tourna vers le portrait. « Sauf que vous aurez peut-être du mal à prouver qu'il s'agit de Mrs Gillespie.
– Auprès de qui ? D'un tribunal ?
– C'est possible. »

Une lueur brilla dans ses yeux. Il claqua des doigts pour récupérer le contrat.

« Alors il n'y a que toi qui puisses m'aider, Sarah, dit-il en remettant le papier dans sa poche.
– Comment ?
– En disant aux exécuteurs testamentaires de ne pas payer, évidemment. En leur racontant que ce n'est pas Mathilda. Je ne cracherais pas sur un bon procès pour me faire de la publicité.
– Ne sois pas stupide. Je sais qu'il s'agit de Mathilda. Si le contrat est toujours valide, ils te paieront obligatoirement. »

Mais il n'écoutait plus. Il fourra tubes, pinceaux, bouteilles de térébenthine et d'huile de lin dans un sac, puis ôta du chevalet le tableau représentant Joanna Lascelles.

« Je dois m'en aller. Je ne peux pas prendre le reste parce

que je n'ai pas encore trouvé d'atelier, mais je repasserai dans la semaine. Ça te va? J'étais seulement venu chercher des vêtements. J'ai dormi dans la voiture et ceux-là commencent à sentir le fauve.»

Il marcha vers la porte, le sac sur l'épaule, le tableau à la main. Cooper se leva et lui barra le passage.

«Un instant, Mr Blakeney. Je n'en ai pas encore fini avec vous. Où étiez-vous le soir de la mort de Mrs Gillespie?»

Jack regarda Sarah.

«À Stratford, répondit-il tranquillement. Avec une comédienne nommée Sally Bennedict.»

Cooper se contenta de lécher la pointe de son crayon et d'inscrire le nom dans son calepin.

«Comment puis-je la joindre?

– À la Royal Shakespeare Company. Elle joue Juliette dans un de leurs spectacles.

– Merci. À présent, je tiens à vous prévenir que vous êtes considéré comme un témoin et que, si vous avez l'intention de continuer à coucher dans votre voiture, il vous faudra vous présenter chaque jour à un poste de police. Au cas où vous ne le feriez pas, je me verrais contraint de solliciter un mandat d'arrêt contre vous. Par ailleurs, nous aurons besoin de vos empreintes, afin de les comparer à celles que nous avons relevées à Cedar House. Une équipe de l'identité judiciaire sera à la mairie de Fontwell mercredi matin. S'il vous était impossible de vous y rendre, je devrais m'arranger pour que vous veniez au commissariat.

– Inutile, j'y serai.

– Quelle sera votre adresse entre-temps?

– Chez Mrs Joanna Lascelles, Cedar House, Fontwell.»

Il ouvrit la porte d'un coup de pied et se glissa dans l'entrée. Cela devait être une habitude chez lui, à en juger par les nombreuses marques ornant les peintures.

«Jack!» appela Sarah.

Il se retourna et lui lança un regard interrogateur.

Elle désigna d'un signe de tête le portrait de Mathilda.

«Félicitations.»

Il lui répondit par un petit sourire complice avant de laisser la porte se refermer.

Restés seuls, Sarah et l'inspecteur l'entendirent monter l'escalier pour aller prendre des vêtements.

« Il n'en fait jamais qu'à sa tête, n'est-ce pas ? » Cooper aspira d'un air pensif une bouffée de sa cigarette.

« C'est un drôle de personnage, murmura Sarah, reprenant l'expression dont Jack s'était servi à l'égard de Mathilda. Et plutôt difficile à vivre.

– Je vois ça. » Il se pencha et écrasa le mégot de sa cigarette contre le bord de la corbeille à papiers. « Tout comme il est difficile, je suppose, de ne pas vivre avec lui. Il laisse en s'en allant une sorte de vide. »

Sarah se tourna vers la fenêtre. Elle ne pouvait évidemment rien voir – la nuit était déjà tombée –, alors que son image, pour le policier, se reflétait aussi nettement que dans un miroir. Il songea qu'il aurait mieux fait de se taire, mais ces Blakeney dégageaient une spontanéité communicative.

« Il n'est pas toujours ainsi, dit Sarah. Il se montre rarement aussi aimable, encore que je me demande si c'était pour mon profit ou pour le vôtre. »

Elle se tut, consciente d'exprimer tout haut ses pensées.

« Le vôtre, bien sûr. »

Ils entendirent la porte s'ouvrir puis se refermer.

« Pourquoi : bien sûr ?

– Moi, je ne lui ai rien fait de mal. »

Leurs regards se rencontrèrent sur la paroi vitrée.

« La vie n'est pas une sinécure, n'est-ce pas, inspecteur ? »

Joanna devient insatiable, elle ne cesse de me demander de l'argent. À l'en croire, c'est ma faute si elle est incapable de trouver du travail, ma faute si sa vie est vide à ce point, ma faute si elle a dû épouser Steven et ma faute encore si elle s'est retrouvée avec sur les bras un bébé dont elle ne voulait pas. Je me suis retenue de lui faire remarquer qu'elle ne s'était pas fait prier pour se glisser dans le lit du Juif et que la pilule était déjà disponible depuis des années quand elle s'est trouvée enceinte. J'ai été tentée de lui dresser la liste des calvaires que j'ai endurés : un viol incestueux par mon oncle, un mariage à un alcoolique pervers, une deuxième grossesse alors que je me remettais à peine de la première, sans parler du courage qu'il m'a fallu pour me tirer d'un désespoir dont elle n'a même pas idée. Je n'en ai rien fait, bien sûr. Elle m'inquiète assez comme ça, avec sa haine glaciale pour Ruth et moi-même. Je tremble en pensant à sa réaction si elle venait à apprendre que Gerald est son père.

Elle dit que je suis avare. Peut-être que je le suis après tout. L'argent a été pour moi un ami et je le garde jalousement comme d'autres leurs secrets. Dieu sait à quel point j'ai dû user de tous les stratagèmes dont j'étais capable pour l'acquérir. Si les linceuls avaient des poches, je l'emporterais avec moi et « au diable l'allégeance ! » Nous n'avons aucune dette envers nos enfants, ce sont eux qui en ont envers nous. Le seul regret que j'aurai de mourir est que je ne verrai pas la tête de

Sarah lorsqu'elle découvrira ce que je lui ai laissé. Ça ne devrait pas être triste.

Le vieux Howard m'a cité Hamlet *aujourd'hui : « Nous luttons pour un petit lopin de terre qui n'a de valeur que son nom.... » J'ai ri – cette vieille brute sait parfois être très drôle – et je lui ai cité* Le Marchand de Venise : *« Qui se dit satisfait se dit bien payé. »*

7

Violette Orloff entra dans le living-room où son mari suivait à la télévision les premières infos du soir. Elle coupa le son et planta son corps anguleux devant l'écran.

« J'étais en train de regarder », protesta-t-il timidement.

Elle n'en tint aucun compte.

« Les bonnes femmes d'à côté n'ont pas cessé de s'injurier comme des poissonnières et j'entendais tout ce qu'elles disaient. Nous aurions dû suivre le conseil du géomètre et… exiger la pose d'une deuxième cloison pour atténuer le bruit. Imagine ce que ce sera, si la maison est vendue à des hippies ou à une famille nombreuse. Il y aura de quoi devenir… cinglés !

– Attendons, nous verrons bien », répondit Duncan en joignant ses grosses mains sur ses genoux potelés.

Il n'arrivait toujours pas à comprendre pourquoi la vieillesse à laquelle il devait la sérénité n'avait apporté à Violette qu'agressivité et rancœur. De cela, il se sentait coupable. Jamais il n'aurait dû l'obliger à venir vivre ici, si près de Mathilda. C'était comme placer une pâquerette à côté d'une orchidée. La comparaison s'imposait d'elle-même.

« Ce que tu peux être agaçant par moments, lança-t-elle d'un ton aigre. Si nous attendons, il sera trop tard pour faire quelque chose. À mon avis, c'est tout de suite qu'il faut exiger des travaux… avant qu'elle soit vendue.

– As-tu oublié, lui rappela-t-il d'une voix douce, que, si nous avons pu acheter ce logement, c'est précisément parce qu'il n'y avait pas d'insonorisation et que Mathilda a accepté de diminuer son prix de cinq mille livres quand le géomètre lui a signalé ce défaut ? Il me paraît difficile de demander quoi que ce soit. »

Mais Violette n'était pas venue pour discuter d'une éventuelle réclamation.

« Des poissonnières ! répéta-t-elle. Elles se sont traitées de tous les noms ! Apparemment, la police pense maintenant que Mathilda a été... assassinée. Et sais-tu comment Ruth a appelé sa mère ? Une traînée. Et même... pire, en fait. Elle lui a dit – Violette se mit à parler à voix basse en arrondissant les lèvres : "Je sais ce que tu fabriques à Londres, espèce de... sale traînée !"

– Seigneur Dieu ! fit Duncan en abandonnant son calme.

– Oui. Et Mathilda pensait que Joanna était folle et celle-ci a essayé de tuer Ruth et elle dépense son argent d'une manière qu'elle ne devrait pas et, le pire de tout, Ruth se trouvait dans la maison la nuit où Mathilda est morte et elle lui a volé ses boucles d'oreilles. Et..., fit-elle avec emphase, comme si elle n'avait pas encore utilisé ce mot, Ruth a aussi volé d'autres choses à plusieurs reprises. Manifestement, elles n'en ont rien dit à la police. J'estime qu'il est de notre devoir de le faire.

– Tu crois vraiment que cela nous regarde, ma chérie ? répondit-il, inquiet. Si nous devons continuer à habiter ici, je préférerais éviter de nouveaux désagréments. »

Ce que Duncan considérait comme de la sérénité, d'autres l'auraient sans doute pris pour de l'apathie et les cris d'orfraie poussés deux semaines auparavant par Jenny Spede l'avaient déjà suffisamment perturbé.

Elle le regarda avec de petits yeux rusés.

« Tu savais depuis le début qu'elle avait été assassinée, n'est-ce pas ? Et... tu sais aussi par qui.

– Ne dis pas de sottises », répliqua-t-il, une pointe d'irritation dans la voix.

Elle tapa rageusement du pied.

« Pourquoi t'obstines-tu à me traiter comme une enfant ? Tu crois que je ne n'ai rien... compris ? Cela fait quarante ans que je suis au parfum. Pauvre Violette. L'humble doublure.

L'éternelle doublure. Que t'a-t-elle dit, Duncan ? » Ses yeux se réduisirent à deux fentes. « Elle t'a dit... quelque chose. J'en suis sûre.

– Tu as encore bu, répliqua-t-il d'une voix glaciale.

– Tu n'as jamais accusé Mathilda de boire, mais naturellement, elle... était irréprochable. Même ivre, Mathilda était irréprochable. » Elle tituba légèrement. « Est-ce que tu vas leur raconter ce que j'ai entendu ou faut-il que je le fasse moi-même ? Si Joanna ou Ruth l'a tuée, elles ne méritent pas de s'en tirer à si bon compte. Tu ne vas pas me dire que tu t'en moques, j'espère. Je sais pertinemment que ce n'est... pas vrai. »

Bien sûr qu'il ne s'en moquait pas – c'était pour Violette qu'il n'éprouvait plus qu'une froide indifférence –, mais n'avait-elle donc aucun souci de sa propre sécurité ?

« Si Mathilda a été tuée, cela n'a rien d'une plaisanterie, dit-il en soutenant un instant le regard de sa femme. Aussi je te conseille de faire attention à ce que tu dis et à la façon dont tu le dis. Pour le reste, il vaut mieux que ce soit moi qui m'en charge. » Il passa devant elle et alla remettre le son de la télévision. « C'est l'heure de la météo », déclara-t-il en désignant le poste du doigt et en la poussant fermement sur le côté, comme si les pressions atmosphériques du lendemain risquaient de bouleverser sa vie, la vie d'un vieil homme gras et mou, qui ne se levait jamais de son fauteuil à moins d'y être obligé.

Ruth ouvrit la porte avec une expression maussade dans son regard sombre.

« Je regrette que vous soyez revenu, dit-elle d'un ton cassant. Elle finit toujours par obtenir ce qu'elle veut. »

Il lui sourit.

« Moi de même.

– Votre femme sait que vous êtes ici ? »

Il se fraya un passage sans lui demander son avis, posa le portrait de Joanna contre un mur et se débarrassa de son sac.

« Qu'est-ce que ça peut vous faire ? »

Elle eut un geste vague.

« C'est elle qui a le fric. Si maman et vous la poussez à bout, nous risquons de ne même pas en voir la couleur. Vous devez avoir perdu la tête. »

Il lui lança un regard amusé.

« Vous vous imaginez peut-être que je vais lui lécher le cul pour vous permettre de vivre comme des princesses jusqu'à la fin de vos jours ? Dans ce cas, vous vous fourrez le doigt dans l'œil, ma chérie. Je suis un travailleur indépendant.

– Ne m'appelez pas ma chérie », fit-elle sèchement.

Il plissa les yeux.

« Alors ne me jugez pas d'après vos propres critères. Si j'ai un conseil à vous donner, Ruth, c'est de faire preuve d'un peu plus de subtilité. Rien n'est moins excitant qu'une femme balourde. »

Sous son apparente maturité, elle n'était qu'une gamine. Ses yeux s'emplirent de larmes.

« Je vous déteste ! »

Il l'observa un instant avec curiosité, puis partit à la recherche de Joanna.

Personne n'aurait pu accuser Joanna Gillespie de manquer de subtilité. Subtile, elle l'était aussi bien en paroles que dans son apparence ou ses actes. Elle se tenait à ce moment dans la salle de séjour faiblement éclairée, un livre sur les genoux, le visage impassible, la lampe posée sur le guéridon entourant sa chevelure d'un halo argenté. Elle eut un battement de paupières en voyant Jack pénétrer dans la pièce, mais ne dit rien, se contentant de lui indiquer d'un geste le canapé. Il préféra se camper près de la cheminée, d'où il se mit à la contempler. Elle lui rappelait un morceau de glace. Froid. Éblouissant. Statique.

« À quoi songez-vous ? demanda-t-elle au bout d'un moment.

– Je me disais que Mathilda avait raison. »

Les yeux gris de Joanna ne manifestèrent aucune réaction.

« À quel sujet ?

– En prétendant que vous étiez une énigme. »

Elle esquissa un sourire, mais ne répondit pas.

« Je l'aimais bien, vous savez, reprit-il après un instant.

– Je n'en doute pas. Elle n'avait aucune estime pour les femmes, uniquement pour les hommes. »

C'était en grande partie vrai, pensa Jack.

« Néanmoins, elle avait de l'affection pour Sarah.

– Croyez-vous ?

– Elle lui a laissé trois quarts de million de livres. Cela me paraît une assez bonne indication. »

Joanna renversa la tête sur le dossier du canapé et se mit à le fixer d'une manière déconcertante.

« Je pensais que vous la connaissiez mieux que ça. Elle n'avait d'affection pour personne. Et pourquoi lui prêter des motifs aussi banals ? Pour elle, un héritage de trois quarts de million de livres ne représentait qu'un moyen de pression et non une façon sentimentale de récompenser quelqu'un lui ayant témoigné de la gentillesse. Elle ne s'attendait pas à ce que ce testament soit le dernier. Ce n'était qu'une comédie montée à l'intention de Ruth et de moi. Le pouvoir de l'argent est tout aussi efficace quand on menace de ne pas le donner. »

Jack se frotta pensivement la joue. Sarah avait dit à peu près la même chose.

« Alors pourquoi Sarah ? Pourquoi pas l'Armée du salut ? Cela revenait à peu près au même.

– Je me le suis demandé, murmura-t-elle, les yeux tournés vers la fenêtre. Peut-être détestait-elle votre femme encore plus qu'elle ne me détestait. Croyez-vous que Ruth et moi serions restées sans rien dire, si nous avions vu cette cassette quand ma mère était encore en vie ? »

Tout en parlant, elle se passait la main sur le bras en un mouvement régulier. Ce geste avait un caractère extraordinairement sensuel dont elle ne semblait pas consciente. Son regard se fixa à nouveau sur Jack. Un regard d'une étrange froideur.

« La situation de votre femme serait devenue intenable.

– Qu'auriez-vous fait ? » demanda Jack avec curiosité.

Joanna sourit.

« Pas grand-chose. Le bruit aurait couru qu'elle avait persuadé une riche patiente de lui léguer tous ses biens, et, en moins de six mois, elle se serait retrouvée sans clientèle. Elle la perdra, de toute façon.

– Pourquoi ça ?

– Ma mère est morte dans des circonstances suspectes et votre femme est la seule personne à qui cette mort profite.

– Sarah n'a pas tué Mathilda. »

Une lueur d'ironie brilla dans les yeux de Joanna.

« Allez le dire aux habitants de Fontwell. » Elle se leva et lissa sa robe noire sur son ventre plat. « Je suis prête, fit-elle.

– Pour quoi faire ?

– L'amour, répondit-elle d'une voix neutre. Ce n'est pas pour ça que vous êtes venu ? Nous utiliserons la chambre de ma mère. Je veux que vous me preniez de la même façon. » Son étrange regard se posa sur lui. « Ce sera bien meilleur avec moi, vous savez. Ma mère n'aimait pas le sexe, mais vous vous en étiez rendu compte, je présume. Pour elle, ce n'était pas une question de plaisir, mais de profit. La vue d'un homme en rut la dégoûtait. Cela lui faisait penser à un chien. »

Jack trouva cette remarque fascinante.

« Je croyais qu'elle avait de l'estime pour les hommes. »

Joanna sourit.

« Seulement parce qu'elle savait comment les manipuler. »

La nouvelle selon laquelle Mathilda Gillespie avait laissé au docteur Blakeney trois quarts de million de livres se répandit dans le village comme une traînée de poudre. Elle s'embrasa peu après la première messe du dimanche, sans qu'on puisse savoir qui avait allumé la mèche. En revanche, il ne faisait aucun doute que Violette Orloff était à l'origine de cette autre et intéressante information : Jack Blakeney avait élu domicile à Cedar House. Sa voiture était restée garée dans l'allée toute la nuit du samedi et ne semblait pas vouloir en partir. Les langues se mirent à s'agiter.

Jane Marriott s'efforça de ne rien laisser paraître quand Sarah arriva à l'improviste le mercredi midi.

« Je ne me m'attendais pas à vous voir, dit-elle. Vous ne deviez pas être à Beeding ?

– Je suis allée à la mairie pour les empreintes.
– Café ?
– Je suppose que vous êtes au courant. »
Jane brancha la bouilloire.
« Au sujet de l'argent ou de Jack ? »
Sarah eut un rire sans joie.
« Voilà qui simplifie les choses. Je viens de passer une heure à faire la queue devant la mairie et à supporter les allusions épaisses de gens dont la science médicale serait en droit de douter qu'ils possèdent un cerveau. Le topo était le suivant : Jack m'a quitté pour Joanna parce qu'il était, comme tout le monde, indigné que j'aie utilisé ma position de médecin pour persuader Mathilda d'oublier ses devoirs familiaux et de modifier son testament en ma faveur. Le même Jack Blakeney qui, il y a une semaine encore, était accusé d'être un vaurien vivant aux crochets de sa malheureuse épouse.
– Mon Dieu ! fit Jane.
– Je m'attends à ce qu'on raconte bientôt que j'ai tué la vieille sorcière parce qu'elle risquait de changer encore une fois son testament.
– Pour ça, vous pouvez en être sûre, dit Jane d'une voix tranquille. Ne vous faites pas d'illusions.
– Vous plaisantez ! »
Jane lui tendit une tasse de café.
« Non. J'ai entendu deux personnes en discuter ce matin dans la salle d'attente. Leur opinion était que, comme personne dans le village n'a eu, depuis un an, de motif supplémentaire de se plaindre de Mathilda, cela exclut les gens du coin. Elle n'a pu être tuée que par un étranger et vous étiez la seule, parmi les nouveaux venus, à la voir régulièrement. Votre mari, craignant pour lui et pour Mrs Lascelles, s'est installé à Cedar House afin de protéger cette dernière. Ruth se trouvant pour sa part en pension n'a rien à craindre. Dernier argument, et non des moindres : pourquoi Victor Sturgis est-il mort de façon aussi bizarre ? »
Sarah la regarda, les yeux écarquillés.
« Vous parlez sérieusement ?
– Hélas, oui.

« Et vous n'avez pas idée de qui l'a écrite ?

– Pas la moindre.

– C'est sûrement faux. Vous m'avez dit vous-même que Ruth se trouvait à ce moment-là à l'école sous la surveillance de ses professeurs. »

Il eut un sourire amusé.

« Mais je vous ai dit aussi que je n'avais guère confiance dans les alibis. Si cette demoiselle avait décidé de s'éclipser un moment, je ne vois pas qui aurait pu la retenir.

– Southcliff est à quarante-cinq kilomètres, protesta Sarah. Il lui aurait fallu une voiture pour venir jusqu'ici. »

Il passa à un autre point.

« Et cette prétendue folie de Joanna Lascelles ? Mrs Gillespie vous a-t-elle dit que sa fille était folle ? »

Elle réfléchit un instant.

« Le terme folie est plutôt vague et n'a pas grand sens hors d'un contexte.

– Ainsi, elle vous a parlé de quelque chose de ce genre ? » continua-t-il, imperturbable.

Sarah ne répondit pas.

« Voyons, docteur Blakeney, Joanna n'est pas une de vos patientes, vous ne trahissez aucun secret. Par ailleurs, laissez-moi vous dire qu'elle n'a pas l'air décidé à vous faire de cadeaux. D'après elle, vous vous êtes empressée de tuer sa mère pour l'empêcher de modifier à nouveau son testament et elle ne se prive pas de le répéter partout. »

Sarah se mit à tripoter son verre.

« La seule chose que m'ait dite Mathilda en l'occurrence est que sa fille avait une nature instable. Elle prétendait que la faute ne venait pas de Joanna, mais d'une incompatibilité entre ses propres gènes et ceux de son mari. Je lui ai ri au nez, car j'ignorais alors que le père de Joanna était l'oncle de Mathilda. Sans doute voulait-elle parler des aberrations produites par les gènes récessifs. Quoi qu'il en soit, nous n'avons pas poursuivi la discussion et je n'en sais pas plus.

– En d'autres termes, il s'agissait pour elle d'un problème de consanguinité ?

– Je présume.

– Que pensez-vous de Mrs Lascelles ?

– Je la connais à peine.
– Votre mari semble très bien s'entendre avec elle.
– Au-dessous de la ceinture, inspecteur.
– Je me demande pourquoi vous vous obstinez à la défendre. En fin de compte, elle a essayé de vous poignarder dans le dos.
– Comment l'en blâmer ? » Elle posa son menton dans sa main. « Imaginez quel serait votre état d'esprit si, en l'espace de quelques semaines, vous appreniez que vous êtes le fruit d'une union incestueuse, que votre père s'est tué en avalant des somnifères, que votre mère a brusquement rendu l'âme, victime soit d'un suicide soit d'un meurtre, et, pour couronner le tout, que votre sécurité matérielle va vous être retirée au profit d'une inconnue ? Vu les circonstances, je la trouve plutôt sensée. »

Il but une gorgée de vin.

« Savez-vous si elle se prostitue ?
– Non.
– Ou comment elle dépense son argent ?
– Non plus.
– Vous avez une idée ?
– Aucune. Pourquoi ne pas aller lui poser la question ?
– J'y suis allé. Elle m'a répondu de m'occuper de mes oignons. »

Sarah éclata de rire.

« J'aurais fait la même chose. »

Il la dévisagea.

« On ne vous a jamais dit, docteur Blakeney, que vous étiez trop bonne pour être honnête ? » demanda-t-il avec une pointe de sarcasme dans la voix.

Elle soutint son regard mais ne dit rien.

« À votre place, n'importe quelle femme se serait servie de la voiture de son mari pour défoncer la porte d'entrée de sa rivale ou aurait découpé le mobilier à la tronçonneuse. Et, dans tous les cas, lui aurait voué une solide rancune. Pourquoi pas vous ?
– J'ai déjà assez à m'occuper avec mon château de cartes, répondit-elle d'un ton laconique. Encore un peu de vin ? »

Elle remplit à nouveau les verres. « Il n'est pas mauvais. C'est du vin australien, et plutôt bon marché.

Il songea que, des deux femmes, Joanna Lascelles était encore la moins déroutante.

« Diriez-vous que Mrs Gillespie et vous étiez amies ? demanda-t-il.

– Oui, bien sûr.

– Pourquoi bien sûr ?

– Parce que c'est ainsi que je considère tous les gens que je connais bien.

– Y compris Mrs Lascelles ?

– Non. Je ne l'ai rencontrée que deux fois.

– On ne le croirait pas à vous entendre. »

Elle eut un grand sourire.

« Mettons que je me sente quelques affinités avec elle, inspecteur, de même qu'avec Ruth et Jack. Vous soupçonnez chacun d'entre nous. Joanna ou Ruth auraient pu tuer Mathilda si elles ignoraient l'existence du nouveau testament. Même chose en ce qui concerne Jack et moi, pour la raison contraire. De prime abord, Joanna semble la coupable le plus plausible, c'est pourquoi vous m'avez posé toutes ces questions à son sujet. Je suppose que vous l'avez soumise à un interrogatoire serré pour savoir à quel moment précis elle avait découvert la véritable identité de son père et vous savez sans doute qu'elle a menacé sa mère de la dénoncer. » Elle lui lança un regard interrogateur auquel il répondit par un hochement de tête. « À partir de quoi vous vous êtes dit que Mathilda avait très bien pu se rebiffer et lui déclarer qu'à la prochaine menace de ce genre, elle n'hésiterait pas à la déshériter. Dans une crise de rage, Joanna l'aurait bourrée de barbituriques, avant de lui trancher les veines, sans se douter qu'elle avait déjà modifié son testament.

– Ma foi, cela me paraît un excellent scénario.

– Vous m'avez dit que Joanna était à Londres ce soir-là. »

Il eut un haussement d'épaules.

« Son alibi n'est guère solide. Le concert finissait à neuf heures et demie, ce qui signifie qu'elle avait largement le temps de rouler jusqu'ici et de tuer sa mère. D'après le médecin légiste, le décès est intervenu entre neuf heures du soir et trois heures du matin.

– Il n'a pas d'opinion plus précise ?

– Avant minuit, admit Cooper.

– Alors son avocat n'aura aucun mal à réduire votre théorie à néant. De toute façon, Mathilda n'aurait pas pris la peine de se cacher. Elle aurait averti sur-le-champ Joanna qu'elle avait rédigé un nouveau testament.

– Peut-être Mrs Lascelles ne l'a-t-elle pas crue ? »

Elle esquissa un sourire comme pour balayer cette idée.

« Mathilda disait toujours la vérité. Ce pourquoi on la détestait.

– Mrs Lascelles soupçonnait peut-être seulement sa mère d'en avoir l'intention.

– Pour Joanna, cela n'aurait rien changé. Elle était bien décidée à se servir du codicille de son père pour introduire une action en justice. Dès lors, peu lui importait à qui irait l'héritage, si elle pouvait prouver que sa mère l'avait à l'origine usurpé.

– L'argent n'a peut-être pas été le mobile du crime. Vous continuez à vous interroger sur la présence de cette muselière. Il est possible que Mrs Lascelles ait voulu se venger. »

Sarah secoua la tête.

« Elle ne voyait presque jamais sa mère. À en croire Mathilda, c'était sa première visite depuis un an. Difficile d'imaginer qu'on puisse encore être à ce point en colère après un intervalle aussi long.

– Sauf si Mrs Lascelles est quelqu'un de déséquilibré.

– Mathilda n'a pas été tuée dans un accès de folie furieuse, déclara lentement Sarah. Au contraire, il semble qu'on ait fait preuve d'une extrême minutie, jusque dans la disposition des fleurs. Vous m'avez dit vous-même qu'il était difficile d'y arriver sans une aide extérieure. »

L'inspecteur finit son verre et se leva.

« Mrs Lascelles travaille en free-lance pour un fleuriste de Londres. Elle est spécialisée dans les corbeilles de noces et les couronnes mortuaires. Je doute fort que quelques poignées d'asters et d'orties lui posent un problème. » Il se dirigea vers la porte. « Bonsoir, docteur Blakeney. Inutile de vous déranger, je connais le chemin. »

Sarah fixa des yeux le fond de son verre, tout en écoutant les pas s'éloigner dans le couloir. Elle avait envie de hurler, mais n'osa pas. Jamais son château de cartes ne lui avait semblé aussi fragile.

Chaque mouvement de Joanna dégageait un érotisme délibéré qui persuada Jack qu'elle avait déjà posé, probablement pour des photographes. Par nécessité ou par goût ? Pour la seconde raison, se dit-il. Elle était d'une vanité sans limites.

Elle avait tenu à utiliser la chambre de Mathilda, le lit de Mathilda et à prendre les postures de celle-ci contre la pile d'oreillers. Pourtant, entre les deux femmes, le contraste n'aurait pas pu être plus grand. Alors que la sensualité de Mathilda revêtait un caractère paisible et discret, en grande partie parce que cela ne l'intéressait pas, celle de Joanna avait quelque chose de mécanique et d'outré, comme si les mêmes images possédaient un pouvoir identique sur tous les hommes en toutes circonstances. De sorte que Jack n'aurait su dire si elle se comportait ainsi par mépris pour lui ou pour l'ensemble de ses congénères.

« Votre femme est du genre bégueule ? demanda-t-elle à brûle-pourpoint, après une séance de pose silencieuse.

– Pourquoi me demandez-vous ça ?

– Parce que j'ai l'impression de vous choquer. »

Cela eut l'air de l'amuser.

« Sarah a une libido tout ce qu'il y a de saine et de libérale, et je ne me sens pas choqué, mais humilié. Comme si j'étais un gogo auquel on peut en coller plein la vue avec de la pornographie de bas étage. »

Elle dirigea son regard vers la fenêtre et la considéra fixement, les yeux dans le vague.

« Qu'est-ce que vous aimez dans ce qu'elle fait ? » finit-elle par dire.

Il l'observa un instant, le visage impassible.

« Elle s'intéresse à ce que j'essaie d'exprimer dans ma peinture. Et j'aime ça.

– Je ne parlais pas du travail, mais du sexe.

– Pardon, fit-il, confus, j'avais mal compris. Je croyais que nous parlions d'amour.

– Comme c'est mignon ! » Elle se mit à ricaner. « Vous devriez pourtant la haïr. Elle a dû se trouver quelqu'un d'autre, sinon elle ne vous aurait pas flanqué à la porte.

– La haine est trop encombrante, répliqua-t-il doucement. Elle ne laisse de place pour rien d'autre. » D'un geste sec, il expédia dans sa direction une page du bloc à dessin et la regarda voleter jusqu'au pied du lit. « Tenez, lisez. Si cela vous intéresse, c'est ma vision de votre caractère après une demi-heure de pose. J'ai l'habitude de noter mes impressions au fur et à mesure. »

Avec un manque de curiosité surprenant – la plupart des femmes, se dit-il, se seraient jetées dessus –, elle ramassa la feuille et regarda rapidement de chaque côté.

« Il n'y a rien.

– Exact.

– Ce n'est pas beaucoup.

– Non, admit-il, mais vous ne m'avez rien donné à peindre non plus. » Il lui passa son bloc à dessin. « Je ne fais pas dans le nu pour couverture de magazine, et c'est tout ce que vous m'avez offert jusqu'ici, hormis une morne et opiniâtre manifestation du complexe d'Œdipe, ou plutôt d'une moitié seulement. Sans l'amour pour le père, uniquement l'opposition maladive à la mère. Vous n'avez parlé que de ça depuis que je suis dans cette maison. » Il eut un haussement d'épaules. « Même votre fille ne semble aucunement vous préoccuper. Vous n'avez pas mentionné une fois cette pauvre gamine depuis qu'elle a réintégré sa pension. »

Joanna se leva du lit, enfila son peignoir et marcha jusqu'à la fenêtre.

« Vous n'avez rien compris, fit-elle.

– Oh que si. Et ce n'est pas à moi que vous allez raconter des histoires, Joanna. »

Elle fronça les sourcils.

« De quoi parlez-vous ?

– Du plus formidable ego qu'il m'ait été donné de voir, et j'en connais un rayon. Quand bien même vous réussiriez à faire croire au reste du monde que Mathilda s'est montrée injuste avec vous, vous ne me convaincriez pas. Vous n'avez pas cessé de lui empoisonner l'existence – il pointa un doigt vers elle –, même si vous vous êtes trouvée depuis peu d'excellentes raisons à cela. »

Elle ne répondit pas.

« Je suppose que votre enfance n'a été qu'une longue succession de crises de rage, que Mathilda s'efforçait de calmer à l'aide de la muselière. Ai-je tort ? » Il marqua un temps d'arrêt. « Et ensuite ? Intelligente comme vous l'êtes, vous avez bien dû inventer une astuce pour l'empêcher de continuer.

– Cet horrible engin me terrifiait, dit-elle d'une voix glaciale. Dès qu'elle le sortait, j'étais prise de tremblements.

– Voyez-vous ça ! s'exclama-t-il avec ironie. Quand j'étais gamin, je faisais la même chose, sur commande. À quel âge avez-vous découvert ce truc-là ? »

Elle continuait à l'observer de son regard étrangement fixe, mais il pouvait sentir l'agitation grandir en elle.

« Les seules fois où elle se montrait affectueuse, c'était quand elle me mettait la muselière. Elle me prenait dans ses bras et frottait sa joue contre l'armature en fer. "Ma pauvre chérie, disait-elle, c'est pour ton bien que maman fait ça." » Elle se tourna vers la fenêtre. « Je la détestais. J'avais l'impression qu'elle n'arrivait à m'aimer que lorsque j'étais au plus mal. » Elle se tut un instant. « Vous avez raison sur un point. C'est seulement quand j'ai su que Gerald était mon père que j'ai compris pourquoi ma mère avait peur de moi. Elle pensait que j'étais folle. Jusque-là, je ne m'en étais pas rendu compte.

– Vous ne lui avez jamais demandé pourquoi elle avait peur de vous ?

– Si vous l'aviez vraiment connue, vous ne poseriez même pas la question. » Tandis qu'elle parlait, de la buée se forma sur la vitre. « Il y avait tellement de secrets dans sa vie que j'ai très vite renoncé à lui demander quoi que ce soit. Quand je suis entrée en pension, j'ai dû m'inventer un passé de toutes pièces, tellement j'en savais peu sur le mien. » Elle effaça la buée d'un geste fébrile et se retourna. « Avez-vous fini ? J'ai des choses à faire. »

Il essaya de deviner combien de temps, cette fois-ci, il réussirait à la retenir avant qu'elle se précipite dans la salle de bains sous l'effet du manque. Elle était infiniment plus séduisante dans les affres de l'abstinence qu'apaisée par la drogue.

« À Southcliff ? interrogea-t-il. La même école que celle où se trouve Ruth actuellement ? »

Elle eut un rire forcé.

« Certainement pas. À l'époque, ma mère n'avait pas de telles largesses. J'ai eu droit à une modeste institution pour jeunes filles, où l'on n'enseignait rien, sinon à soigner le bétail avant de l'envoyer à la foire. Ma mère ambitionnait sans doute de me marier à quelque noblaillon, poursuivit-elle avec cynisme, suffisamment taré lui-même pour ne pas remarquer que j'avais une case en moins. » Elle eut un regard vers la porte. « L'éducation de Ruth lui a coûté bien plus cher que la mienne et, si elle l'a fait, ce n'est pas par affection, croyez-moi. » Sa bouche se tordit. « Uniquement pour éliminer chez sa petite-fille toute trace de sang juif, après mon faux pas avec Steven.

– Vous l'aimiez ?

– Je n'ai jamais aimé personne.

– À part vous-même. »

Mais Joanna avait déjà disparu. Il l'entendit remuer nerveusement des objets dans la salle de bains. Pour trouver quoi ? se demanda-t-il. Des calmants ? De la cocaïne ? En tout cas, elle ne se servait pas d'une seringue. Son corps était aussi lisse et ravissant que son visage.

Sarah Blakeney me dit que son mari est un artiste. Un peintre des âmes. J'aurais pu deviner qu'il naviguait dans ces eaux-là. C'est ce que j'aurais choisi pour moi, les arts ou la littérature.

« Je connais également vos peintures, je les connais même très bien. Dieu vous a donné un visage et vous vous en faites un autre. » Amusant de se dire que cette phrase aurait pu être écrite pour Sarah. Elle offre l'image d'une personne ouverte et franche, dotée d'une vision des choses nette, déterminée, dépourvue de contradictions, mais par bien des côtés elle est peu sûre d'elle. Elle a une sainte horreur des conflits, préfère un compromis au moindre désaccord et fera tout pour tempérer. Lorsque je lui ai demandé de quoi elle avait peur, elle m'a répondu : « On m'a appris à être conciliante. C'est bien la malédiction des femmes. Pour ne pas se retrouver avec une vieille fille sur le dos, les parents leur apprennent à dire "oui" pour tout sauf pour le sexe. »

Si c'est le cas, les temps ont bien peu changé…

8

Sarah attendait devant l'entrée de la Barclays Bank de Hills Street quand Keith Smollett arriva. Elle avait remonté le col de son manteau. Dans la lumière grise de novembre, elle paraissait pâle et complètement à plat. Il l'étreignit vigoureusement, déposa un baiser sur sa joue froide.

« Eh bien, tu n'as pas l'air d'avoir la frite pour quelqu'un qui vient de décrocher le gros lot, déclara-t-il en s'écartant pour mieux l'examiner. Qu'est-ce qui ne va pas ?

– Rien. Je viens seulement de comprendre que l'argent ne fait pas le bonheur. »

Il sourit, son visage mince empreint d'une bienveillance presque irritante.

« Aurons-nous la chance de voir Jack ?

– Non, fit-elle d'un ton sec. Pourquoi tout le monde pense-t-il que ma sérénité dépend d'une espèce de mythomane dont la seule ambition dans la vie est de s'envoyer toutes les femelles qu'il rencontre ?

– Ah !

– Qu'est-ce que ça veut dire ?

– Juste ah ! » Il la prit par le bras. « Alors, ça ne marche pas fort en ce moment ? » Il eut un geste en direction de la rue. « De quel côté se trouve l'étude de Duggan ?

– Par là, après la montée. Et ce n'est pas vrai que ça ne marche pas en ce moment. Au contraire, ça marche merveilleusement bien. Cela fait des années que je ne m'étais pas sentie aussi calme ni aussi sûre de moi. »

Son air sinistre démentait largement cette affirmation. Elle se laissa entraîner le long du trottoir.

« Ni peut-être aussi seule ?

– Jack est un salaud ! »

Keith pouffa de rire.

« Tu ne m'apprends rien.

– Il vit avec la fille de Mathilda Gillespie. »

Keith ralentit le pas et la dévisagea d'un air soucieux.

« Mathilda Gillespie, la vieille dame qui t'a laissé son fric ? »

Sarah hocha la tête.

« Qu'est-ce qu'il lui a pris d'aller vivre avec la fille ?

– Les réponses varient. Pour certains, il se sent coupable que sa cupide épouse ait privé Joanna de ce qui lui revenait ; pour d'autres, il la protège de mes coups assassins. Naturellement, personne ne semble accorder le moindre crédit à la raison qui crève pourtant les yeux.

– À savoir ?

– La lubricité. Joanna Lascelles est très belle. » Elle désigna une porte à une dizaine de mètres. « C'est ici. »

Il s'arrêta et la tira sur le côté.

« Laisse-moi régler ça. Est-ce qu'on prétend aussi que tu as tué la vieille pour son argent ?

– C'est un des bruits qui circulent, répondit-elle d'une voix sèche. Mes patients me quittent à la vitesse grand V. » Des larmes brillèrent dans ses yeux. « Si tu tiens à le savoir, c'est même la panique complète. Certains vont jusqu'à changer de trottoir dès qu'ils m'aperçoivent. » Elle se moucha d'un geste rageur. « Avec ça, mes associés me font la tête. Ils sont surchargés alors que je n'ai plus un chat. Si ça continue, je vais bientôt me retrouver au chômage.

– C'est ridicule ! fit-il d'un ton indigné.

– Pas plus que de léguer tous ses biens à une quasi-inconnue.

– J'ai parlé avec Duggan hier au téléphone. Il m'a dit que Mrs Gillespie avait de toute évidence beaucoup d'affection pour toi.

– J'ai beaucoup d'affection pour toi, Keith, mais je n'ai nullement l'intention de te laisser tout ce que je possède. »

Elle eut un haussement d'épaules. « Cela ne m'aurait sans doute pas étonnée si elle m'avait laissé une centaine de livres ou même sa muselière, mais me balancer le pactole, voilà qui n'a pas grand sens. Je n'ai rien fait pour mériter cela. À part rire de temps à autre de ses plaisanteries et lui prescrire quelques cachets. »

Il haussa à son tour les épaules.

« Ça a peut-être suffi. »

Elle secoua la tête.

« On ne dépossède pas sa famille au profit d'une vague connaissance qui passe vous voir une fois par mois durant une demi-heure. C'est complètement fou ! Je veux bien que de vieux barbons envoûtés par des midinettes commettent parfois ce genre de sottise, mais pas une femme de tête comme Mathilda. Ou bien, si elle était également encline à de telles foucades, pourquoi n'a-t-elle pas plutôt choisi Jack ? Après tout, il la connaissait, paraît-il, tellement bien qu'elle n'a pas demandé mieux que de poser nue pour lui. »

Keith se sentit pris d'une colère absurde, tandis qu'il poussait la porte de Duggan, Smith and Drew et faisait entrer Sarah. L'idée que Jack Blakeney ait pu, sous prétexte de la peindre, persuader une vieille femme malade de s'exhiber devant lui dans le plus simple appareil le révoltait profondément. Mais aussi, pourquoi avait-elle accepté ? Voilà qui dépassait son entendement. Il est vrai que le charme de Blakeney, si l'on pouvait parler de charme à propos de ce type, lui échappait complètement. Il préférait les individus d'un genre plus conventionnel, qui racontaient d'amusantes anecdotes, payaient eux-mêmes leurs verres et ne semaient pas la zizanie en parlant et en agissant de manière inconvenante. Il se consola en se disant qu'il ne s'agissait probablement que d'une fanfaronnade. Mais, en son for intérieur, il savait qu'il n'en était rien. Le pire, dans le cas de Jack Blakeney, c'était que les femmes ne demandaient effectivement pas mieux que de se déshabiller pour lui.

La réunion n'en finissait pas, la discussion s'enlisant dans le détail des dispositions prévues par la loi concernant l'assistance familiale qui, comme Duggan en avait informé

Mathilda Gillespie, permettaient à Joanna, en tant que parente à charge, de réclamer une part d'héritage au titre de sa subsistance.

« Malheureusement, elle n'a pas voulu m'écouter, dit le notaire, et m'a prié d'établir le testament en sorte que tous ses biens vous reviennent à sa mort. Néanmoins, compte tenu du fait qu'elle versait une pension à sa fille et que celle-ci n'est pas propriétaire de son appartement, je pense que Mrs Lascelles a quelques chances d'obtenir gain de cause auprès d'un tribunal. Il me paraîtrait donc raisonnable de prévoir dès maintenant, et en toute équité, une somme à lui attribuer. »

Sarah leva la tête.

« Vous me semblez aller un peu vite en besogne. Je ne vous ai pas encore dit que j'acceptais le legs.

– Et pourquoi ne l'accepteriez-vous pas ? demanda-t-il avec une franchise qui montrait qu'il savait être direct quand il le voulait.

– Par instinct de conservation.

– Je ne vous suis pas.

– On voit bien que vous n'avez pas un flic garé devant votre porte depuis trois semaines. Mathilda est morte dans des circonstances troublantes et sa mort ne profite qu'à moi. Voilà qui me met dans une position pour le moins délicate, vous ne croyez pas ?

– Pas si vous ignoriez le contenu du testament.

– Et comment vais-je prouver ça, Mr Duggan ? »

Il lui sourit avec son amabilité coutumière.

« Prenons le problème dans l'autre sens, docteur Blakeney. En quoi le fait de refuser l'héritage de Mrs Gillespie prouve-t-il que vous ne l'avez pas tuée ? Ne risque-t-on pas de penser que vous avez été prise de frayeur parce que votre tentative pour maquiller le meurtre en suicide avait échoué ? » Il se tut un instant puis, comme elle ne répondait pas, poursuivit : « De plus, personne n'applaudira à votre générosité, dans la mesure où l'argent ira non pas à Mrs Lascelles ni à sa fille, mais à une poignée de débiles mentaux. En revanche, si vous acceptiez l'héritage, elles pourraient récupérer quelque chose. »

Sarah regarda en direction de la fenêtre.

« Pourquoi a-t-elle fait ça ?

– Elle affirmait avoir beaucoup d'affection pour vous.

– Et, bien sûr, cela vous a semblé parfaitement normal ? Dites-moi, est-ce qu'il vous arrive souvent d'avoir la visite de femmes riches désireuses de faire un nouveau testament, un testament secret qu'elles tiennent à cacher à leurs familles ? Vous auriez dû essayer de l'en dissuader. Après tout, il ne s'agissait peut-être que d'un simple caprice. Et cela nous aurait évité de nous retrouver dans un tel imbroglio. Les gens pensent que j'ai usé de mon influence sur elle. »

Il tourna son stylo dans ses doigts.

« Ce n'était pas un caprice. Elle est venue pour la première fois il y a trois mois et j'ai effectivement tenté de la dissuader. Je lui ai déclaré qu'en règle générale, il valait mieux que le patrimoine d'une famille ne sorte pas de celle-ci, quels que soient les sentiments que l'on pouvait éprouver à l'égard des uns et des autres. Je lui ai fait valoir, sans le moindre succès, qu'elle ne devait pas considérer la fortune des Cavendish comme sa propriété exclusive, mais comme une sorte de bien commun destiné à se transmettre de génération en génération. » Il eut un haussement d'épaules. « Elle n'a rien voulu entendre. Je lui ai alors conseillé d'en discuter avec vous, mais je me doutais qu'elle ne le ferait pas. Elle s'est montrée inflexible : vous deviez hériter de ses biens, sans en être avertie à l'avance. Aussi, comme je l'ai déclaré à la police, il est impossible que vous ayez exercé la moindre pression. »

Sarah paraissait consternée.

« Trois mois, prononça-t-elle lentement. Vous leur avez dit ça ? »

Il acquiesça.

« Ils pensaient eux aussi qu'il s'agissait d'une lubie. »

Elle toucha ses lèvres, les doigts tremblants.

« Si elle avait rédigé le testament deux jours avant sa mort, j'aurais encore pu prouver que je n'étais pas au courant. Mais si elle y songeait depuis trois mois, cela ne me laisse aucune chance. »

John Hapgood, le directeur de l'agence, se racla la gorge.

« Il me semble, docteur Blakeney, que vous prenez les choses par le mauvais bout. Pour autant que je m'en souvienne, Mrs Gillespie est morte un samedi soir. Où étiez-vous à ce moment-là et que faisiez-vous ? Voyons s'il vous est vraiment nécessaire de prouver que vous ignoriez l'existence de ce legs.

– J'étais de service chez moi. J'ai vérifié après l'ouverture du testament.

– Avez-vous reçu des appels ?

– Un seul, peu avant huit heures. Ce n'était rien de grave et j'ai réglé la chose par téléphone.

– Votre mari se trouvait-il avec vous ?

– Non, il passait le week-end à Stratford. Il n'y avait personne avec moi. » Elle eut un léger sourire. « Je ne suis pas totalement idiote, Mr Hapgood. Si j'avais eu un alibi, je l'aurais dit depuis longtemps.

– Alors je pense que vous devriez faire davantage confiance à la police, docteur Blakeney. En dépit de tout ce qu'on peut lire dans les journaux, c'est sans doute encore la meilleure du monde. »

Elle l'observa, amusée.

« Vous avez certainement raison, Mr Hapgood, mais, en l'occurrence, c'est dans ma propre capacité à prouver que je n'ai pas tué Mathilda Gillespie que je n'ai guère confiance et j'ai comme la désagréable impression que la police le sait. Primo, fit-elle en levant à chaque fois un doigt, j'avais un motif de le faire, secundo j'en avais la possibilité et tertio j'ai en partie fourni l'arme du crime. Au cas où vous ne le sauriez pas, l'assassin lui a tranché les veines des poignets après l'avoir droguée avec des somnifères que j'avais prescrits. Enfin, et pour couronner le tout, j'ai travaillé douze mois dans un service médico-légal parce que j'envisageais de devenir médecin légiste avant de choisir la carrière de généraliste, de sorte que, si quelqu'un sait maquiller un suicide, c'est bien moi. Après cela, donnez-moi un seul bon argument dont je pourrais me servir au cas où la police déciderait de m'arrêter. »

Il se prit le menton.

« En effet, c'est un problème intéressant. » Il fronça ses

sourcils blancs, la mine sévère. « Qu'avez-vous fait durant le samedi ?

– Comme d'habitude. Je me suis occupée de la maison, du jardin. Cette fois-là j'ai dû tailler les rosiers.

– Quelqu'un vous a vue ?

– Qu'importe qu'on m'ait vue ou non, rétorqua-t-elle d'un ton excédé. Mathilda a été tuée dans le courant de la soirée et je ne jardinais certainement pas dans le noir.

– Alors qu'étiez-vous en train de faire ? »

Maudire Jack. Me lamenter sur mon sort.

« Je repeignais une des chambres.

– Après avoir jardiné tout l'après-midi ?

– Cela ne pouvait plus attendre, répondit-elle sèchement.

– Vous êtes manifestement un bourreau de travail », commenta d'un ton sceptique Mr Hapgood. Elle lui faisait songer à sa propre épouse, toujours à s'agiter, incapable de s'arrêter une minute, même pour décider de la suite de son programme.

Sarah esquissa un sourire.

« Comme la plupart des femmes. Ce n'est pas parce que nous avons un métier que nous sommes pour autant dispensées des tâches domestiques. En voulant nous faire une place dans le monde des mâles, nous avons écopé des deux corvées à la fois : travailler dehors et dedans. » Elle frotta ses paupières lasses. « Bon, tout cela n'a rien à voir avec le sujet qui nous préoccupe. De toute évidence, Mathilda m'a placée dans une situation impossible. Quoi que je fasse, je me retrouve avec sa fille et sa petite-fille sur les bras. N'y aurait-il pas un moyen de contourner la difficulté et de les laisser se débrouiller avec cet héritage ?

– Rien ne vous interdit de le leur céder sous la forme d'une donation, répondit Duggan, dès lors qu'il vous appartient. Mais ce serait bien mal employer cet argent. Les taxes seront exorbitantes. » Il eut un sourire confus. « En outre, ce serait contraire aux souhaits de Mrs Gillespie. À tort ou à raison, elle désirait que ni Mrs Lascelles ni Miss Lascelles n'héritent de ses biens. »

Keith ramassa son attaché-case.

« Est-il indispensable que le docteur Blakeney vous

donne une réponse tout de suite, demanda-t-il d'un ton pondéré, ou peut-on envisager d'attendre une semaine ou deux, que la police ait tranché la question d'une manière ou d'une autre ? Je ne peux pas m'empêcher de penser que le docteur Blakeney se sentira plus à l'aise pour prendre sa décision une fois l'enquête terminée. »

On en resta là, même si, pour la principale intéressée, le choix était déjà fait.

Keith et Sarah allèrent déjeuner dans un petit restaurant situé au bas de la côte. Il l'observa un moment par-dessus son verre de vin.

« Tu as vraiment peur d'être arrêtée ou ce n'était que du bluff ?

– Quelle importance ? »

Il comprit soudain combien le départ de Jack l'avait affectée. Jamais il ne lui avait connu ce ton amer.

« Bien sûr que c'est important, répondit-il d'une voix ferme. Si tu crains une arrestation, je te propose que nous allions sur-le-champ trouver la police afin d'en avoir le cœur net. À quoi bon te tourmenter pour quelque chose qui n'arrivera peut-être pas ? »

Elle eut un faible sourire.

« Du bluff. J'en avais assez de les entendre discutailler comme si je n'étais pas là. J'avais l'impression d'être aussi morte que Mathilda. Pour eux, seul compte l'argent. »

C'était faux, pensa-t-il. Chacun des deux hommes avait essayé, dans la mesure du possible, de trouver des solutions à ses difficultés, mais elle avait décidé que tout le monde était contre elle. Lui aussi ? Impossible à dire. Il fit pivoter son verre sous la lumière douce tombant des appliques murales et observa le jeu des reflets scintillant dans le liquide rouge.

« Tu as envie que Jack revienne ? C'est cela qui te met les nerfs en pelote ? Ou es-tu simplement jalouse qu'il ait trouvé quelqu'un d'autre ?

– Peut-on être simplement jaloux ?

– Tu sais très bien ce que je veux dire. »

Elle sourit à nouveau, mais son sourire ressemblait davantage à une grimace.

« Non, Keith, je ne le sais pas. J'ai été jalouse pendant des années. Jalouse de sa peinture, jalouse de ses maîtresses, jalouse de son talent, jalouse de sa facilité à séduire tous ceux qu'il rencontre. Ce que je ressens aujourd'hui n'a rien à voir avec la jalousie que j'éprouvais naguère. Peut-être existe-t-elle toujours, mais mêlée à tant d'autres sentiments qu'il m'est difficile de faire la distinction. »

Keith eut un froncement de sourcils.

« Quelle facilité à séduire tous ceux qu'il rencontre ? Je ne peux pas le supporter. Je n'ai même jamais pu.

– Mais il ne te laisse pas indifférent. Même si, la plupart du temps, il t'irrite, te met en colère, j'imagine, il réussit à occuper tes pensées. Combien d'hommes, parmi tous ceux que tu connais, sont capables d'en faire autant ? Le flic qui me suit à la trace l'a fort bien dit : il laisse en s'en allant une sorte de vide. » Elle soutint son regard. « C'est encore la meilleure description que j'aie entendue à son sujet, parce qu'elle est vraie. En ce moment, je me sens comme dans un vide et c'est extrêmement désagréable. Pour la première fois de ma vie, je ne sais pas comment m'en sortir et cela me fait peur.

– Alors arrête les frais et officialise la séparation. Fais ce que tu as décidé. Le doute est toujours angoissant. Pas la certitude. »

Avec un soupir, elle poussa son assiette sur le côté.

« Je croirais entendre ma mère. Elle me rend folle. Quelle que soit la situation, elle a toujours une bonne recette. Va dire à un homme condamné que la certitude n'est pas angoissante. Cela m'étonnerait qu'il soit d'accord. »

Keith fit signe pour avoir l'addition.

« Au risque de me faire à nouveau taper sur les doigts, je te conseille de partir quelques jours au bord de la mer, histoire de te remettre les idées en place. Tu te laisses aveugler par tes états d'âme. À ce stade, il y a seulement deux choses que tu dois avoir à l'esprit : d'une part, c'est toi qui as dit à Jack de déguerpir, pas lui, et, de l'autre, tu avais d'excellentes raisons pour ça. Que tu te sentes seule, rejetée ou jalouse ne change rien au seul point important : Jack et toi n'êtes pas faits pour vivre ensemble. Je te conseille de te choisir un gentil mari qui sera là chaque fois que tu auras besoin de lui. »

Elle éclata brusquement de rire.

« Il n'y a guère d'espoir. Ceux-là sont tous pris.

– À qui la faute ? Tu as eu ta chance, mais tu n'as pas voulu la saisir. » Il tendit sa carte de crédit à la serveuse, la regarda se diriger vers la caisse, puis reporta son attention sur Sarah. « J'ai toujours pensé que tu ne comprendrais combien tu m'avais fait de mal que le jour où tu éprouverais toi aussi ce que j'ai éprouvé alors. »

Elle ne répondit pas immédiatement.

« Qui se laisse aveugler par ses états d'âme ? finit-elle par dire, mais il y avait comme des reflets mouillés dans ses yeux. Tu oublies seulement que tu ne m'as vraiment désirée qu'après m'avoir perdue et qu'il était trop tard. »

Le pire, c'est qu'elle avait raison, il le savait.

La porte de Cedar House s'écarta de quelques centimètres en réponse au coup de sonnette de Keith. Il arbora un large sourire.

« Mrs Lascelles ? »

Une mince ride barrait le front de celle-ci.

« Oui ?

– Je suis l'avocat de Jack Blakeney. On m'a donné cette adresse. »

Elle ne répondit pas.

« Puis-je entrer ? Je suis venu de Londres spécialement pour le voir.

– Il n'est pas là pour l'instant.

– Savez-vous où je pourrais le trouver ? C'est important. »

Elle eut un haussement d'épaules.

« Comment vous appelez-vous ? Je lui ferai part de votre visite.

– Keith Smollett. »

Elle referma la porte.

Dissimulée à l'angle de la maison, Violette Orloff lui fit signe comme il regagnait sa voiture.

« Je ne voudrais pas me mêler de ce qui ne me regarde pas, dit-elle en baissant la voix, mais je n'ai pas pu m'empêcher d'entendre ce qu'elle vous a répondu. Elle est d'une humeur de chien en ce moment, ne veut parler à personne, et comme vous avez fait tout ce chemin depuis Londres... »

Elle laissa sa phrase en suspens.

Keith acquiesça.

« C'est exact, aussi vous serais-je reconnaissant, si vous pouviez me dire où se trouve Jack. »

Elle jeta un regard nerveux vers la porte de Joanna et lui indiqua rapidement du doigt le chemin contournant l'autre extrémité de la maison.

« Au fond du jardin, murmura-t-elle. Dans le pavillon d'été. Il lui sert d'atelier. » Elle secoua la tête. « Mais il ne faut surtout pas qu'elle sache que je vous l'ai dit. Moi qui prenais Mathilda pour une méchante langue, ce n'est rien comparé à Joanna. » Elle leva les yeux au ciel. « Voilà qu'elle traite Mr Blakeney de pédé ! » Elle eut un geste comme pour le chasser. « Allez-y vite ou elle va nous voir et Duncan sera... furieux. Il est tellement inquiet, le pauvre. »

Quelque peu déconcerté par ce comportement excentrique, Keith la remercia d'un signe de tête et suivit le chemin qu'avait pris Sarah en compagnie de Ruth. En dépit du froid, les portes étaient ouvertes et, comme il approchait en traversant la pelouse, les paroles d'une romance de Cole Porter lui parvinrent, chantées par une voix de femme. Une voix chaude et obsédante, impossible à confondre, soutenue par un simple accompagnement au piano.

Chaque fois que nous nous quittons, je meurs un peu,
Chaque fois que nous nous quittons, je me demande
[un peu,
Pourquoi le dieu du ciel, qui doit bien le savoir,
M'estime si peu qu'il te laisse me dire au revoir.

Keith s'arrêta dans l'entrée.

« Depuis quand êtes-vous un admirateur de Cleo Laine, Jack ? Je croyais que la mordue, c'était Sarah. »

Il pressa la touche d'éjection du magnétophone, ôta la cassette et lut les indications manuscrites.

« Eh bien ! Ou je me trompe fort ou c'est celle que je lui ai faite avant votre mariage. Elle sait que vous l'avez emportée ? »

Jack l'examina entre ses paupières mi-closes. Il était sur le point de lui dire d'aller se faire voir, sa réponse coutumière aux perpétuelles critiques de Smollett, quand il se ravisa. Pour une fois, il n'était pas mécontent de voir débarquer ce raseur. À vrai dire, admit-il, cela lui faisait même tellement plaisir qu'il aurait presque pu renoncer à une habitude pourtant vieille de six ans et l'accueillir comme un ami plutôt qu'un incube briseur de ménages. Il planta son pinceau dans un bocal plein de térébenthine, s'essuya les mains sur le devant de son pull et lui présenta, en gage de réconciliation, une paume maculée de peinture.

« Je suppose que c'est Sarah qui vous envoie. »

Keith feignit de ne pas voir la main tendue et considéra le sac de couchage abandonné dans un coin de la pièce, puis s'empara d'une chaise.

« Non, fit-il en s'asseyant, je l'ai laissée à Poole. Elle ignore ma visite. Je suis venu pour essayer de savoir ce que vous aviez dans le crâne. » Il regarda le portrait. « Mrs Lascelles, je présume. »

Jack croisa les bras.

« Qu'en pensez-vous ?

– Du modèle ou du portrait ?

– Des deux.

– Je n'ai fait que l'entrevoir dans l'embrasure de la porte. » Il pencha la tête de côté pour examiner le tableau. « Vous n'y êtes pas allé de mainmorte avec les mauves. C'est une nymphomane ? Ou seulement un vœu pieux de votre part ? »

Jack se laissa aller sur une chaise face à lui – il avait mal au dos à cause du froid et de la dureté du plancher – et se demanda s'il était plus chevaleresque de le frapper sur-le-champ ou d'attendre qu'il soit prêt.

« Elle n'est pas toujours comme ça, répondit-il avec sérieux. Uniquement quand elle est camée. »

Keith médita un instant là-dessus.

« Vous l'avez dit à la police ?

– Quoi ?

– Qu'elle se droguait.

– Non.

– Alors, il vaut mieux faire comme si vous ne m'aviez rien dit et que je n'aie rien entendu.

– Pourquoi donc ?

– Parce que je suis un serviteur de l'ordre et de la loi et que je ne dispose pas d'autant de liberté que vous.

– N'accusez pas votre profession de vous priver de liberté, Smollett, grommela Jack. Accusez-vous plutôt de vous être vendu à elle. » Il eut un hochement de tête en direction de la maison. « Elle a besoin d'aide et la personne le plus à même de lui en fournir est justement celle qu'elle ne veut pas voir. Autrement dit Sarah. À quoi lui servirait un policier ?

– À l'empêcher de tuer quelqu'un d'autre. »

D'un air songeur, Jack passa une main sur ses joues non rasées.

« Ce qui signifie que, parce qu'elle est capable de se droguer, elle est aussi capable de tuer sa mère. Ça ne tient pas debout et vous le savez.

– Sauf que cela lui donne un motif autrement plus solide que celui dont on accuse Sarah. De telles habitudes coûtent cher, sans parler des conséquences possibles sur la personnalité. Si elle n'a pas tué la vieille pour de l'argent, elle est sans doute suffisamment désaxée pour l'avoir fait dans un coup de colère.

– Et, naturellement, vous n'auriez aucun scrupule à balancer ce genre de bobard à un juge, n'est-ce pas ? murmura Jack.

– Aucun, particulièrement si c'est Sarah qui risque la prison pour le restant de ses jours. » Keith tourna la cassette entre ses doigts, puis allongea le bras et la posa à côté du magnétophone. « Elle se fait un sang d'encre à l'idée de perdre sa clientèle et d'être arrêtée pour meurtre, pendant que vous êtes là à jouer les Casanova avec une nymphomane droguée. La loyauté, vous savez pas ce que c'est, mon vieux ? »

Ce discours était-il dû à Sarah ? se demanda Jack. Il souhaita que non. Du reste, ce n'était pas son style. Elle avait bien trop d'amour-propre. Il bâilla à s'en décrocher la mâchoire.

« Sarah veut que je revienne. C'est pour ça que vous êtes ici ? Je reconnais volontiers que je commence à en avoir assez de me geler les fesses dans cette espèce de dépotoir. »

Keith respira un grand coup.

« J'ignore ce qu'elle veut, dit-il en serrant les poings sur ses genoux. J'ai eu l'idée saugrenue que nous pourrions discuter de cette histoire entre adultes, sans nous ficher en rogne. Mais j'aurais dû savoir que c'était impossible. »

Jack regarda du coin de l'œil les poings de Keith, certain qu'il n'oserait pas s'en servir.

« Vous a-t-elle dit pourquoi elle désirait divorcer ?

– Pas de façon précise. »

Il noua ses mains derrière la nuque et se mit à fixer le plafond des yeux.

« Elle m'en a voulu d'avoir dû s'occuper de l'avortement de ma petite amie. Et, depuis, les choses n'ont fait qu'empirer. »

Keith en fut abasourdi. Il comprenait à présent l'amertume de Sarah. Avec un hochement de tête, il se leva, marcha jusqu'à la porte et s'arrêta pour contempler le jardin.

« Si je n'étais pas certain d'avoir le dessous, je vous inviterais à régler ça dehors. Vous êtes une ordure, Jack. Doux Jésus ! fit-il, mesurant peu à peu la portée de ce qu'il venait d'entendre. Vous avez eu le culot de demander à Sarah de supprimer votre enfant ! C'est tellement dingue que j'arrive à peine à y croire. Il s'agit de votre femme, bon Dieu, et non d'une vulgaire avorteuse de quartier ! Cela ne m'étonne pas qu'elle veuille divorcer. Vous avez donc un cœur de pierre ?

– Apparemment, répondit Jack, imperturbable.

– Je l'avais pourtant prévenue, continua Keith en lançant son poing dans le vide, faute d'avoir le courage de l'expédier dans la figure de son interlocuteur. Je savais que cela ne durerait pas, qu'elle n'avait rien à attendre de vous, que vous n'étiez qu'une brute, un type qui se sert des femmes et s'en débarrasse ensuite. Mais à ce point-là, jamais je ne l'aurais imaginé ! Comment avez-vous pu faire une chose pareille ? » Il était presque en larmes. « Passe encore que vous n'ayez pas voulu de cet enfant, mais que vous ayez fait en sorte de rendre votre propre femme responsable de sa mort ! Vous êtes un malade ! Vous entendez ? Un malade !

– Vu de cette façon, je serais assez d'accord avec vous.

– Si cela ne dépendait que de moi, vous n'auriez pas un sou de ce divorce, prononça-t-il avec férocité. Vous vous rendez compte que je vais lui rapporter cette conversation et la persuader de s'en servir auprès d'un tribunal ?

– Je m'en remets à vous. »

Keith plissa les yeux en une expression suspicieuse.

« Qu'est-ce que cela signifie ?

– Cela signifie, Smollett, que je m'attends à ce que vous la lui répétiez mot pour mot. » Son visage était indéchiffrable. « À présent, faites-moi le plaisir de filer d'ici ou je risque de commettre un acte que je regretterais par la suite. Sarah a bien sûr le droit de fréquenter qui elle veut, mais j'avoue n'avoir jamais compris sa prédilection pour les types minables et dominateurs qui s'imaginent qu'elle n'est pas capable de se défendre elle-même. »

Il prit la cassette, la remit dans le magnétophone et appuya sur le bouton marqué « play ». Cette fois, ce fut la voix de Richard Rodney Bennett chantant *I Never Went Away* qui emplit l'air d'une poignante mélancolie.

Partout où je vais,
Je ne suis jamais loin de toi...
Je ne suis jamais...

Jack ferma les yeux.

« Allez, tirez-vous avant que je vous arrache la tête. Et, soyez gentil, n'oubliez pas de lui parler du sac de couchage ! »

Le couple que forment Duncan et Violette est le plus absurde qui soit. Ils ont passé l'après-midi sur la pelouse, Duncan profondément endormi, tandis que Violette ne cessait de lui débiter des sornettes. Elle fait penser à un moineau frénétique jetant la tête de droite et de gauche pour guetter les prédateurs. Comme elle n'a pas regardé une seule fois Duncan, elle ignorait qu'il n'avait pas entendu un traître mot de ce qu'elle racontait. On ne peut pas la tenir pour responsable. Sa cervelle ne pesait déjà pas lourd lorsqu'elle était enfant et l'âge n'y a rien changé. Je n'arrive toujours pas à décider si c'est une bonne ou une mauvaise idée de leur avoir proposé Wing Cottage quand Violette m'a informée qu'ils tenaient absolument à venir s'installer à Fontwell pour leur retraite. « Nous avons tellement envie de revenir chez nous », avait été sa formule d'une sentimentalité navrante. L'argent n'était pas négligeable bien sûr – l'appartement de Joanna est exorbitant, tout comme l'éducation de Ruth – mais, en règle générale, on vit mieux sans voisins. La relation ne peut que trop facilement dégénérer en une intimité forcée. La semaine dernière, Violette s'est laissée aller à m'appeler « ma chère », puis a sombré dans un paroxysme d'hystérie lorsque je le lui ai fait remarquer, se frappant la poitrine et hululant comme une chouette. Spectacle profondément répugnant, je l'avoue. J'aurais tendance à croire qu'elle devient sénile.

Quant à Duncan, c'est une autre paire de manches. Il n'a rien perdu de sa vivacité d'esprit, même si celle-ci est un peu rouillée par le manque de pratique. Ce n'est pas surprenant après ces quarante dernières années, elle a dû s'émousser au contact de ce qui tient lieu de cervelle à Violette. Je me demande s'ils se souviennent beaucoup du passé. J'ai un peu peur que, au milieu de ses jacasseries, Violette ne laisse échapper en présence de Joanna et de Ruth des secrets qu'il vaudrait mieux tenir enfermés. Nous en avons trop en commun.

J'ai relu mes premiers carnets il n'y a pas longtemps et, à ma grande et un peu triste surprise, j'ai découvert qu'une semaine avant la cérémonie, j'avais dit à Violette que le mariage ne durerait pas. Si la pauvre créature avait le moindre sens de l'humour, elle pourrait parfaitement se targuer d'avoir ri la dernière…

9

Joanna ne sembla guère étonnée de trouver Sarah sur le pas de sa porte le lendemain midi. Elle lui adressa un sourire imperceptible et se recula pour la laisser entrer.

«Je lisais le journal», déclara-t-elle, comme si Sarah lui avait posé une question précise. Elle la conduisit dans le salon. «Asseyez-vous. Si vous êtes venue voir Jack, il est sorti.»

Sarah ne put s'empêcher de s'interroger sur les raisons d'une telle amabilité, contrastant si fort avec l'accueil que Keith disait avoir reçu la veille. Il n'avait cessé de lui répéter que Joanna se droguait, mais cela n'avait probablement rien à voir. Elle préféra mettre ce revirement sur le compte de la curiosité. Du reste, cela paraissait logique. Joanna était la fille de Mathilda et Mathilda avait toujours été d'une curiosité insatiable.

Elle secoua la tête.

«Non, c'est vous que je voulais voir.»

Joanna reprit sa place sans faire de commentaire.

«J'ai toujours aimé cette pièce, poursuivit Sarah. On s'y sent si bien. Votre mère avait l'habitude de s'asseoir là-bas – elle désigna un fauteuil à haut dossier faisant face à la porte-fenêtre –, et, quand le soleil entrait, sa chevelure prenait des reflets argentés. Vous lui ressemblez beaucoup, mais vous le savez, je suppose.»

Joanna la fixa de ses yeux curieusement inexpressifs.

« Croyez-vous que cela faciliterait les choses si nous parlions d'elle ? »

À nouveau, Joanna ne répondit pas et, pour Sarah, qui avait tablé sur le fait que son interlocutrice se prêterait volontiers à la conversation, ce silence était aussi décourageant que de parler à un mur.

« J'espérais, reprit-elle, que nous aurions pu trouver une sorte de terrain d'entente. » Elle s'arrêta un bref instant, mais n'obtint aucune réaction. « À vrai dire, je n'ai aucune envie de remettre cette affaire entre les mains d'hommes de loi. Autant brûler l'argent tout de suite, au moins nous serons tranquilles. » Elle eut un sourire hésitant. « Ils rafleront tout ce qu'ils peuvent et ne nous laisseront que des broutilles. Est-ce cela que vous voulez ? »

Joanna tourna la tête vers la fenêtre et se mit à contempler le jardin.

« Êtes-vous fâchée que votre mari soit ici avec moi, docteur Blakeney ? »

Soulagée que la glace soit enfin rompue, même si ce n'était pas de la manière qu'elle aurait choisie, Sarah regarda à son tour en direction de la fenêtre.

« Dans le cas présent, peu importe. Si nous mêlons Jack à cela, nous n'en sortirons pas. Il a la détestable manie de déformer mes propos et j'aimerais mieux, dans la mesure du possible, le tenir en dehors de cette histoire.

– Croyez-vous qu'il ait couché avec ma mère ? »

Sarah poussa un soupir intérieur.

« Cela compte tellement ?

– Oui.

– Ma foi, je ne le pense pas. Il a peut-être bien des défauts, mais il n'a jamais abusé de personne.

– Elle aurait pu le lui demander.

– J'en doute. Mathilda avait trop de dignité. »

Joanna se tourna vers elle, les sourcils froncés.

« Vous savez, je suppose, qu'elle a posé nue pour lui. J'ai trouvé un dessin dans son bureau. On ne peut plus réaliste, je vous assure. Vous appelez ça de la dignité ? Elle était assez vieille pour être sa mère.

– Tout dépend de la manière dont on considère les choses.

Si l'on juge la nudité féminine dégradante en soi ou délibérément provocatrice, il est probable que Mathilda a manqué de dignité. » Elle eut un haussement d'épaules. « Mais c'est une conception dangereuse, qui appartient à l'âge des ténèbres et aux religions les plus intolérantes. Si, par contre, on estime que le corps, féminin ou masculin, est une création de la nature, aussi belle et extraordinaire que tout ce qui se trouve sur cette planète, alors il n'y a aucune honte pour un artiste à vouloir le peindre.

– Elle a fait ça pour l'exciter ! »

Elle avait prononcé cette phrase avec une telle conviction que Sarah se demanda si cela valait la peine de continuer – la rancune de Joanna vis-à-vis de sa mère avait des racines si profondes que les arguments n'y changeraient rien. Mais la grossièreté du propos l'irrita suffisamment pour l'inciter à prendre la défense de Jack, ne serait-ce que parce qu'elle se heurtait à présent à la même bêtise obtuse.

« Jack a trop vu de femmes nues pour que cela suffise à l'exciter, dit-elle d'un ton de dédain. La nudité n'est érotique que si on veut qu'elle le soit. C'est comme si vous disiez que j'ai des frissons chaque fois qu'un de mes patients se déshabille devant moi.

– C'est différent. Vous êtes médecin. »

Sarah secoua la tête.

« Non. Mais je n'ai pas l'intention d'en discuter. Nous perdrions notre temps. » Elle passa une main dans ses cheveux. « De toute façon, votre mère était trop handicapée par son arthrite et par les douleurs qu'elle lui occasionnait pour souhaiter avoir des rapports avec un homme de trente ans plus jeune qu'elle. Il faut regarder les choses comme elles sont, Mrs Lascelles. Cela aurait peut-être été différent si elle avait mené une vie sexuelle active ou même si elle avait eu un goût prononcé pour les hommes, mais, s'agissant de votre mère, ce n'était vrai ni dans un cas ni dans l'autre. Elle m'a déclaré un jour que s'il y avait tant de divorces actuellement, c'était parce que les unions fondées sur une relation physique étaient vouées à l'échec. Les plaisirs de la chair, selon elle, étaient trop éphémères pour compenser les heures restantes, faites d'ennui et de désillusion. »

Joanna se remit à contempler le jardin.

« Dans ce cas, pourquoi a-t-elle ôté ses vêtements ? »

Cette question semblait lui tenir à cœur. Parce qu'elle était jalouse, se demanda Sarah, ou parce qu'elle avait besoin de continuer à mépriser Mathilda ?

« J'imagine que cela n'avait pas grande importance, en fin de compte, et que Mathilda avait suffisamment l'amour de l'art pour permettre à Jack d'explorer le versant le moins conventionnel de sa propre nature. Je ne vois pas à quel autre motif elle aurait pu obéir. »

Il y eut un bref silence, durant lequel Joanna réfléchit à cette explication.

« Avez-vous toujours autant de sympathie pour elle depuis qu'elle est morte ? »

Sarah joignit ses mains entre ses genoux et scruta le tapis.

« Je ne sais pas, répondit-elle sincèrement. Je suis si irritée par ce testament que je n'arrive pas, pour l'instant, à la voir avec objectivité.

– Eh bien, dites que vous vous y opposez. Laissez Ruth et moi avoir l'héritage.

– J'aimerais bien que ce soit aussi simple, croyez-moi, mais, si je le refuse, vous devrez faire annuler la clause de donation à une œuvre de charité et je doute que cela vous avance beaucoup, à moins, je suppose, que vous puissiez apporter la preuve que votre mère n'avait jamais considéré ce testament comme étant le dernier. »

Elle releva la tête et vit que Joanna la regardait intensément.

« Vous êtes décidément une femme bizarre, docteur Blakeney, dit-elle d'une voix lente. Vous avez bien conscience que, pour moi, le plus sûr moyen d'y parvenir serait d'affirmer que ma mère a été assassinée et qu'elle l'a été par vous. Cela paraît d'ailleurs tout à fait plausible. Vous saviez que ce testament n'était qu'une menace pour nous mettre au pas, Ruth et moi, et vous vous êtes empressée de supprimer ma mère avant qu'elle prenne de nouvelles dispositions. Une fois que vous aurez été reconnue coupable, aucun tribunal de la terre n'entérinera la clause de donation à des handicapés mentaux. »

Sarah eut un hochement de tête.

«Et si vous obtenez que mon mari certifie que je connaissais le contenu du testament, vous serez arrivée au bout de vos peines.» Elle haussa un sourcil interrogateur. «Malheureusement, vous commencez sans doute à comprendre que Jack n'est ni assez maniable ni assez malhonnête. Ne vous faites pas d'illusions, même si vous réussissiez à l'attirer dans votre lit, cela n'y changerait rien. Cela fait six ans que je vis avec lui et, s'il y a bien une chose dont je suis sûre, c'est qu'on ne peut pas l'acheter. Il a une trop haute opinion de lui-même pour mentir par procuration, quelle que soit la pression exercée.»

Joanna laissa fuser un petit rire.

«Vous semblez persuadée que je n'ai pas couché avec lui.»

Sarah eut pitié d'elle.

«Mon avocat m'a téléphoné hier soir pour me dire que Jack campait dans le pavillon d'été, mais ce n'était pas nécessaire. Vous êtes très vulnérable en ce moment, et je le connais assez pour savoir qu'il n'aurait pas essayé d'en profiter.

– On dirait que vous l'admirez.

– Je ne pourrais jamais l'admirer autant qu'il s'admire lui-même. J'espère qu'il a bien froid là-bas. J'ai souffert des années à cause de sa peinture.

– Je suis allée lui porter un radiateur à pétrole, dit Joanna avec une moue qui semblait indiquer que cet épisode ne lui avait pas laissé un excellent souvenir.»

Une lueur de gaieté brilla dans les yeux de Sarah.

«Vous a-t-il remerciée?

– Non. Il m'a dit de le déposer dehors.» Elle regarda par la fenêtre. «Il n'est pas très aimable.

– Je le crains, approuva Sarah. Il ne lui vient jamais à l'esprit que les autres peuvent avoir aussi leur fierté, qui nécessite parfois certains ménagements. Ce qui signifie qu'il faut vraiment avoir du courage pour entretenir une relation avec lui.» Elle eut un rire de gorge. «Et c'est justement quand on en a le plus besoin que le courage vous manque.»

Il y eut un long silence.

« Vous parliez de cette façon à ma mère ? finit par demander Joanna.

– De quelle façon ? »

Joanna chercha ses mots.

« Avec cette... spontanéité.

– Vous voulez savoir si je lui trouvais l'esprit ouvert ?

– Non. » Elle lui lança un regard troublé. « Elle ne vous faisait pas peur ? »

Sarah considéra ses mains.

« Je n'avais aucune raison d'avoir peur, Mrs Lascelles. Elle ne pouvait pas me faire de mal, tout simplement parce qu'elle n'était pas ma mère. Il n'y avait aucune plaie qu'elle aurait pu rouvrir comme bon lui semblait ; aucun secret de famille qui m'aurait rendue sensible à ses invectives ; aucune faiblesse enfantine dont elle aurait pu se servir pour me rabaisser. Si elle avait essayé, je serais partie sur-le-champ, parce que j'ai subi cela pendant des années de la part de ma propre mère et que jamais je ne l'accepterai de quelqu'un d'autre.

– Je ne l'ai pas tuée. Est-ce pour savoir cela que vous êtes venue ?

– Je suis venue pour savoir si un rapprochement était possible.

– Dans mon intérêt ou dans le vôtre ?

– De préférence les deux. »

Joanna esquissa un sourire d'excuse.

« Hélas, je n'ai rien à gagner à m'entendre avec vous, docteur Blakeney. Cela équivaudrait à admettre que ma mère avait raison et je ne le peux pas, du moins si je veux attaquer le testament.

– J'espérais vous convaincre qu'il existait d'autres solutions.

– Lesquelles dépendent toutes de votre bon vouloir. »

Sarah poussa un soupir.

« Est-ce donc si terrible ?

– Bien sûr. J'ai servi durant quarante ans en vue de cette succession. Et vous, un an seulement. Pourquoi devrais-je vous demander quelque chose ? »

Pourquoi, en effet ? Cela n'avait rien d'équitable, Sarah ne pouvait le nier.

« Voyez-vous une utilité à ce que je revienne ici ?

– Aucune. »

Joanna se leva et lissa sa robe pour en faire disparaître les faux plis.

« Cela ne servirait qu'à aggraver les choses.

– Parce que c'est possible ? » rétorqua Sarah avec une ironie désabusée.

Joanna eut un petit sourire en coin.

« Oh oui. Je pourrais me prendre d'affection pour vous. » Elle lui désigna la porte d'un geste vague. « Vous connaissez le chemin, je crois. »

L'inspecteur Cooper observait d'un regard pensif la voiture de Sarah lorsque celle-ci apparut à la porte d'entrée.

« Était-ce bien raisonnable ? lui demanda-t-il comme elle approchait.

– Quoi ?

– D'aller braver le lion dans sa tanière ?

– Dites plutôt la lionne, murmura-t-elle.

– C'était une image.

– J'avais compris. » Elle le regarda avec un amusement sincère. « Raisonnable ou pas, inspecteur, la rencontre a été édifiante. Désormais, je n'ai plus à me tracasser et, comme n'importe quel médecin vous le dira, c'est encore le meilleur remède. »

Il eut l'air de s'en réjouir.

« Vous avez pu arranger les choses avec votre mari ? »

Elle secoua la tête.

« Jack n'est pas un tracas, c'est une condamnation à vie ! » Ses yeux brillèrent d'une lueur malicieuse. « J'aurais peut-être dû prendre au sérieux les prédictions de ma mère quant à notre avenir.

– "Qui se marie à la hâte se repent à loisir" ? suggéra-t-il.

– Plutôt : "Quand on dîne avec le diable, il faut se munir d'une longue cuillère." À quoi j'ai naturellement répliqué : "Les chansons du diable sont les plus séduisantes." » Elle eut un sourire forcé. « Essayez donc d'oublier *Hey, Jude* ou

Twenty-Four Hours from Tulsa ! Tout comme Jack, elles ont une fâcheuse tendance à continuer de vous trotter dans la tête. »

Il gloussa de rire.

« En ce qui me concerne, je suis plutôt du style *Mon beau sapin*, mais je vois ce que vous voulez dire. » Il jeta un regard vers la maison. « Si ce n'est pas votre mari qui vous a procuré cette tranquillité d'esprit, c'est donc Mrs Lascelles. Dois-je en conclure qu'elle a accepté les termes du testament ? »

Sarah secoua à nouveau la tête.

« Non. Elle m'a convaincue qu'elle n'a pas tué sa mère.

– Et comment a-t-elle réussi ce tour de force ?

– L'intuition féminine, inspecteur. Ce que vous appelleriez probablement de la naïveté.

– C'est certain. » Il lui tapota le bras en un geste paternel. « Vraiment, docteur, vous devriez apprendre à ne pas vous montrer aussi condescendante. Vous verriez alors les choses différemment.

– Condescendante ? fit-elle en écho.

– Si vous préférez, appelons ça autrement. Du snobisme intellectuel ou de l'orgueil, peut-être. Les deux se dissimulent aussi bien sous le masque de la naïveté, même si le mot naïveté paraît plus flatteur. Vous avez du caractère, docteur Blakeney, et vous n'hésitez pas à vous aventurer en terrain dangereux, non par sottise, mais parce que vous êtes persuadée d'en savoir plus que tout le monde. J'enquête sur un meurtre, figurez-vous. » Il eut un sourire lugubre. « Pour ma part, je me garderais bien de chanter les éloges de Mrs Gillespie, dans la mesure où je serais assez enclin à adopter le point de vue général et à la considérer comme une vieille peau de vache, dont le plus grand plaisir consistait à blesser les gens. Pour autant, cela ne donnait à personne le droit de la faire disparaître avant l'heure. Tout cela pour en arriver au point suivant : vous auriez tort de sous-estimer son assassin. Mrs Gillespie avait des ennemis partout, à gauche, à droite comme au centre, et ne l'ignorait pas. Elle était brutale, cruelle et se moquait bien de plaire aux uns ou aux autres. Pourtant, quelqu'un a réussi à l'amadouer suffisamment pour l'inciter à se coiffer d'une couronne diabolique, puis l'a déposée à demi consciente dans sa baignoire où il lui a coupé les veines des poignets. À partir de là, vous ne croyez tout de même pas que l'assassin va vous avouer sa culpabilité rien que pour vous faire plaisir. Il se fera au contraire un plaisir de reconnaître son innocence et votre conviction absurde que vous êtes capable de juger intuitivement qui est ou n'est pas coupable à partir d'une simple conversation relève d'une arrogance intellectuelle de la pire espèce. Si c'était à ce point de la bibine – passez-moi l'expression – de distinguer un meurtrier du reste du genre humain, vous pensez bien que nous les aurions tous bouclés depuis longtemps et que de tels crimes relèveraient tout au plus des curiosités de l'histoire ?

– Navrée, dit-elle. J'ai l'impression de vous avoir vexé. »

Il eut un soupir de découragement.

« Voilà que vous recommencez avec votre condescendance. »

Elle ouvrit la porte de sa voiture.

« Il vaut peut-être mieux que je m'en aille, sinon je risquerais de vous répondre sur le même ton.

– Ne vous gênez pas, ça ne me fait ni chaud ni froid. J'ai déjà eu affaire à des spécialistes.

– Cela ne m'étonne pas, répliqua-t-elle en se glissant derrière le volant. Je ne suis sans doute pas la seule que vos numéros de matamore exaspèrent. Vous ne savez même pas avec certitude si Mathilda a été assassinée et il faudrait que nous soyons tous en train de trembler de peur. Qu'est-ce que cela a de gênant que j'aie voulu m'assurer que Mrs Lascelles ne s'était pas mise hors d'état de recevoir une part de l'héritage en supprimant sa mère ?

– C'est pour vous que cela pourrait être très gênant, répondit-il doucement. Vous pourriez y laisser votre peau.

– Et pour quelle raison ? demanda-t-elle d'un ton hargneux.

– Avez-vous fait un testament, docteur Blakeney ?

– Oui.

– En faveur de votre mari ? »

Elle acquiesça.

« De sorte que, si vous mourriez demain, il hériterait de tout, y compris, je présume, des biens que Mrs Gillespie vous a légués. »

Elle mit le moteur en marche.

« Insinuez-vous que Jack est résolu à me tuer ?

– Pas forcément. » Il avait l'air songeur. « En fait, ce qui m'intéresse davantage, c'est qu'il apparaisse – potentiellement – comme un parti des plus acceptables. À supposer, bien sûr, que vous mourriez avant d'avoir eu le temps de modifier vos dernières volontés. Cela mérite peut-être la réflexion, vous ne pensez pas ? »

Elle le dévisagea à travers la vitre.

« Et vous prétendiez que Mathilda était malveillante ! » Elle passa une vitesse d'un geste coléreux. « Elle ne vous arrivait pas à la cheville. Une Juliette à côté d'un Iago. Et si la comparaison vous échappe, je vous conseille d'aller potasser votre Shakespeare. »

Elle lâcha brutalement la pédale d'embrayage et lui aspergea les jambes de gravier en partant.

« Êtes-vous occupé, Mr Blakeney ? J'aimerais vous parler quelques minutes. »

Cooper s'appuya au montant de la porte du pavillon d'été et alluma une cigarette.

Jack lui jeta un coup d'œil puis reporta son attention sur sa toile.

« Si je vous répondais que je le suis en effet, vous vous en iriez ?

– Non. »

Avec un haussement d'épaules, Jack cala le pinceau entre ses dents, en prit un plus épais dans le bocal posé sur le chevalet et s'en servit pour donner du relief à la fine couche qu'il venait d'étaler. Cooper fumait en silence tout en l'observant.

« Très bien, dit enfin Jack en plongeant les pinceaux dans la térébenthine et en se tournant vers l'inspecteur. Qu'est-ce que vous voulez ?

– Qui est Iago ? »

Jack sourit.

« Vous n'êtes pas venu pour me demander ça !
– C'est exact, mais j'aimerais tout de même le savoir.
– Un personnage d'*Othello*. Une sorte de Machiavel qui détruit les autres en jouant sur leurs sentiments.
– Othello, c'est le Noir ? »
Jack acquiesça.
« Rendu fou de jalousie par Iago, Othello tue sa femme Desdémone et se tue ensuite lorsqu'il comprend qu'il n'y a pas un mot de vrai dans tout ce que lui a dit Iago. C'est une histoire sur le thème de l'obsession amoureuse et de la confiance trahie. Vous devriez lire ça.
– Oui, peut-être. Comment Iago s'y prend-il pour rendre Othello jaloux ?
– Conscient des doutes qui rongent Othello, il lui raconte que Desdémone le trompe avec un homme plus jeune et plus séduisant. Othello le croit parce que c'est la chose dont il a le plus peur. » Jack étendit ses longues jambes devant lui. « Avant de se précipiter sur son épée, Othello parle de lui-même comme d'"un homme qui a aimé sans sagesse, mais qui n'a que trop aimé". Ce que des gens ne connaissant du texte que cette simple citation ont interprété de façon totalement erronée. D'après eux, ce manque de sagesse signifierait qu'Othello admet s'être mépris sur le compte de son épouse, alors qu'en réalité, il confesse avoir été fou de ne pas se fier à la femme qu'il aimait. De ne pas avoir cru que ses sentiments étaient réciproques. »
Cooper écrasa sa cigarette avec son talon de chaussure.
« Un sujet tout à fait d'actualité, murmura-t-il avec un regard vers le sac de couchage. Votre femme aime sans beaucoup de sagesse en ce moment, mais il est vrai que vous ne lui laissez guère le choix. Vous êtes un peu dur, vous ne pensez pas ? »
Jack sentit croître sa sympathie pour son interlocuteur.
« Pas autant que je le devrais. Pourquoi vouliez-vous avoir des renseignements sur Iago ?
– Votre femme en a parlé. Elle prétendait que j'étais un Iago et Mrs Gillespie une Juliette. » Il sourit, de son sourire cordial. « Il est vrai que je venais de lui dire que, si elle mourait prématurément, vous feriez un parti intéressant. » Il prit

une nouvelle cigarette, l'examina et la remit dans le paquet. « Mais je vois mal Mrs Gillespie en Juliette. En roi Lear, éventuellement, pour autant que je ne me trompe pas et que le roi Lear soit bien celui qui est trahi par sa fille.

– Ses filles, corrigea Jack. Elles sont deux, du moins deux à l'avoir chassé. La troisième a tenté de lui porter secours. » Il passa une main sur ses joues piquantes. « Ainsi, vous en avez après Joanna, n'est-ce pas ? Si j'ai bien suivi votre raisonnement, Joanna a tué sa mère pour récupérer la succession, puis, découvrant avec horreur que Mathilda avait modifié son testament, elle s'est mise aussitôt à me faire les yeux doux pour m'arracher à Sarah, avec l'idée de supprimer celle-ci à la première occasion et de m'épouser ensuite. » Il laissa échapper un gloussement. « Ou peut-être sommes-nous tous les deux de mèche. Un joli complot !

– On a vu se produire des choses plus étranges, Mr Blakeney. »

Celui-ci fit jouer ses épaules raidies.

« À tout prendre, je préfère encore la version de Joanna. Je la trouve plus rationnelle.

– Elle accuse votre femme.

– Je sais. En plus, ça tient debout. Le seul inconvénient est que Sarah n'aurait jamais fait une chose pareille. Cependant, je ne peux pas en vouloir à Joanna de se tromper. Elle est tellement jalouse qu'elle ne pense à rien d'autre. »

Cooper eut un froncement de sourcils.

« Jalouse de vous ?

– Oh non ! » Il se mit à ricaner. « Elle ne m'aime pas beaucoup. Elle croit que je suis homosexuel parce qu'elle n'arrive pas à s'expliquer autrement ma muflerie. » Une lueur brilla dans ses yeux, en réponse au regard de surprise de Cooper, mais il n'en dit pas plus. « Jalouse de sa mère, bien sûr. Tant qu'elle détestait Mathilda et que Mathilda la détestait, tout allait bien. Jusqu'au jour où elle s'est découvert une rivale. La jalousie relève plus de la possession que de l'amour.

– Voulez-vous dire qu'elle connaissait la relation de votre femme avec sa mère avant la mort de celle-ci ?

– Non. Sans quoi elle se serait arrangée pour y mettre un

terme. » Il se frotta de nouveau les joues d'un air songeur. « Mais il est trop tard à présent, et cela ne fait qu'aggraver son dépit. Elle a déjà commencé à oublier les défauts de Mathilda, pour fantasmer sur la relation qu'elle prête à celle-ci et à Sarah et se tourmenter sur les occasions qu'elle aurait ratées. Il faut bien l'admettre, nous voudrions tous croire que notre mère nous aime. Après tout, c'est la première personne dont nous dépendons. »

Cooper alluma une nouvelle cigarette et considéra l'extrémité rougie.

« Vous prétendez que Mrs Lascelles est jalouse de l'intimité que votre femme avait avec Mrs Gillespie ? Dans ce cas, pourquoi ne serait-elle pas aussi jalouse de sa propre fille ? À en croire cette demoiselle, elle s'entendait comme larrons en foire avec sa grand-mère.

– Vous la croyez ?

– Il n'y a aucune preuve du contraire. Selon la directrice de la pension, Mrs Gillespie écrivait régulièrement à sa petite-fille et était toujours très attentionnée quand elle venait la voir. Beaucoup plus attentionnée, apparemment, que Mrs Lascelles, qui ne faisait que de rares apparitions et ne manifestait guère d'intérêt, voire aucun, pour le travail de sa fille.

– Alors je vous répondrai que Mathilda était une superbe hypocrite. À négliger son snobisme, vous risqueriez d'avoir une vue déformée des choses. Southcliff est un établissement huppé pour jeunes filles. Mathilda ne se serait jamais montrée sous un jour défavorable dans un endroit de ce genre. Elle parlait toujours des "gens de son espèce" et se plaignait qu'il n'y en eût pas à Fontwell. »

L'inspecteur secoua la tête avec incrédulité.

« Cela ne cadre guère avec ce que vous m'avez dit précédemment. Vous l'avez décrite comme un personnage hors du commun. Et vous affirmez maintenant qu'elle rampait devant la haute société pour se rendre socialement acceptable.

– Certainement pas. C'était une Cavendish et extrêmement fière de l'être. Pendant des années, sa famille a été considérée comme le gratin de la région. Son père, Sir William Cavendish, a acquis son titre en remplissant un temps la fonction de député. Elle était donc déjà socialement acceptable, pour reprendre votre expression, et n'avait nul besoin d'imiter qui que ce soit.» Il plissa le front, tâchant de se souvenir. «Ce qui faisait d'elle un être à part, en dépit des conventions et de la respectabilité qu'elle affichait en public, et dont elle jouait pour impressionner les culs-terreux, c'étaient les multiples contradictions qui l'agitaient dans le privé. Les sévices dont elle a été victime de la part de son oncle ont sans doute compté, mais, à mon avis, la vérité est qu'elle s'était trompée d'époque, trompée d'existence. Avec son intelligence, elle aurait pu faire ce qu'elle voulait, mais elle avait subi un tel conditionnement qu'elle s'est contentée du seul rôle qu'on lui destinait, celui d'épouse et de mère. En fait, c'est une histoire assez tragique. Elle a passé sa vie à se battre avec elle-même et à persécuter sa fille et sa petite-fille par la même occasion. Elle ne supportait pas de voir que leurs révoltes avaient réussi là où les siennes avaient échoué.

– Elle vous l'a dit ?

– Pas explicitement. Je l'ai déduit de certaines de ses remarques et j'ai essayé de l'exprimer dans son portrait. J'avais entièrement raison. Une fois la peinture achevée, elle a insisté pour avoir l'explication de chaque nuance de couleur et de chaque coup de pinceau, si bien – il eut un haussement d'épaules – que je lui ai fait un topo à peu près semblable à celui que vous venez d'entendre. À la fin, elle m'a déclaré qu'il n'y avait qu'une erreur et que cette erreur correspondait à un élément manquant. Mais elle n'a pas voulu me dire lequel.» Il s'arrêta pour réfléchir. «Je présume que cela concernait l'attitude de son oncle. Je n'étais pas au courant alors. Je savais seulement que son père l'avait martyrisée avec la fameuse muselière.»

Mais Cooper était plus intéressé par une phrase que son interlocuteur avait prononcée peu auparavant.

«Il me semble difficile de dire que la révolte de Mrs Lascelles ait réussi. Elle s'est retrouvée avec un bon à rien, drogué de surcroît, qui l'a laissée sans le sou.»

Un nouveau sourire apparut sur les lèvres de Jack.

«Vous avez dû avoir une existence dorée pour croire que

la révolte a rapport avec la recherche du bonheur. Elle est un sursaut de colère, une volonté de résistance visant à faire le plus de mal possible à une autorité haïe. » Il haussa un sourcil en une expression sardonique. « De ce point de vue, je trouve que Joanna a réussi au-delà de toutes les espérances. Si vous pouvez dire aujourd'hui que son mari était un bon à rien, imaginez ce que des gens comme Mathilda pensaient de lui à l'époque. Ne l'oubliez pas, c'était une femme très fière. »

Cooper tira une grosse bouffée de sa cigarette et jeta un coup d'œil en direction de la maison.

« Votre femme est venue voir Mrs Lascelles. Vous le saviez ? »

Jack secoua la tête.

« Je l'ai croisée alors qu'elle repartait. Elle se dit convaincue que Mrs Lascelles n'a pas tué sa mère. Vous le croyez aussi ?

– Je suppose.

– Pourtant, vous venez d'affirmer que la révolte consistait à faire le plus de mal possible à une autorité haïe. La mort n'est-elle pas le mal ultime ?

– Je parlais de ce qui s'est passé il y a vingt ans. Vous parlez du présent. La révolte appartient à la jeunesse, inspecteur, et non à l'âge mûr. C'est contre l'âge mûr que se rebelle la jeunesse, parce que c'est à cet âge-là que l'on transige avec les principes.

– Et où en est la révolte de Ruth ? »

Jack l'observa avec nonchalance entre ses paupières lourdes.

« Pourquoi ne pas lui demander vous-même ?

– Parce qu'elle n'est pas ici, répondit avec bon sens Cooper, et que vous y êtes.

– Dans ce cas, demandez à sa mère. Vous êtes payé pour ça », répliqua-t-il avec un haussement de sourcils irritant, pas moi.

Cooper lui adressa un sourire épanoui.

« J'ai de l'estime pour vous, Mr Blakeney, Dieu sait pourquoi. Ainsi que pour votre femme, si vous tenez à le savoir. Vous êtes des gens directs et qui me regardez en face quand vous me parlez. Et, croyez-le ou non, cela me réchauffe le cœur, dans la mesure où j'essaie de m'acquitter d'un travail que l'on me demande de faire et pour lequel on me traite généralement de sale flic. Cela dit, et pour autant que je puisse en juger à ce stade, l'un d'entre vous, ou les deux à la fois, a tué cette pauvre vieille, et, si je devais vous arrêter, je n'hésiterais pas une seconde, en dehors de tout sentiment personnel, parce que je suis un crétin à l'ancienne mode, persuadé que le fonctionnement de la société repose sur des lois et des règles qui procurent davantage de liberté qu'elles en ôtent. De même, je n'ai guère de sympathie pour Mrs Lascelles ou sa fille et, si j'étais du genre à arrêter les gens dont la tête ne me revient pas, je les aurais déjà bouclées il y a deux semaines. Elles sont aussi perfides l'une que l'autre. La première s'en prend à votre femme, la seconde à sa mère, mais aucune n'a encore dit un mot qui ne soit pas de l'esbroufe. Leurs accusations sont vagues et sans consistance. Ruth prétend que sa mère est la dernière des traînées. Et Joanna que votre femme est une meurtrière, mais, quand je lui demande de m'en fournir la preuve, elle en est incapable. » Il jeta son mégot dans l'herbe. « Le plus curieux, c'est que le docteur Blakeney et vous semblez en savoir davantage sur elles et leurs rapports avec Mrs Gillespie qu'elles n'en savent elles-mêmes. Cependant, toute charité mise à part, vous refusez d'en parler. Peut-être est-il de bon ton parmi les intellectuels de se voiler la face devant les aspects peu reluisants de la vie, mais, ne vous y trompez pas, si aucun élément nouveau n'intervient, la mort de Mrs Gillespie demeurera un mystère insoluble et la seule personne à en pâtir sera le docteur Blakeney, parce qu'elle est la seule à avoir un motif certain. Si elle n'a pas tué sa patiente, il faut, pour que son innocence soit reconnue, que quelqu'un d'autre soit accusé du meurtre. À présent, dites-moi sincèrement, avez-vous si peu de considération pour votre femme que vous accepteriez qu'on la traîne dans la boue pour la simple raison que vous n'avez pas envie de coopérer avec la police ?

– Bonté divine ! s'exclama Jack avec enthousiasme. Il faut

absolument que je fasse votre portrait. Deux mille livres. C'est bien ce que vous m'avez promis ?

– Vous n'avez pas répondu à ma question », rétorqua le policier d'une voix patiente.

Jack saisit son bloc à dessin et, d'une pichenette, passa à une page blanche.

« Restez comme ça une minute, murmura-t-il en s'emparant d'un fusain et en se mettant à tracer de grands traits sur le papier. Quel morceau d'éloquence ! Votre femme est-elle aussi honnête et loyale que vous ?

– Cessez de vous payer ma tête.

– Je vous promets que ce n'est pas le cas. » Il lui jeta un bref coup d'œil, puis se replongea dans son dessin. « Il m'arrive de penser que les rapports entre la police et la société s'en vont à vau-l'eau. La police a oublié qu'elle était là uniquement sur invitation ; et la société que, parce qu'elle choisit les lois qui la régissent, elle a le devoir de les faire respecter. Leurs rapports devraient reposer sur une assistance mutuelle, au lieu d'une méfiance et d'un antagonisme réciproques. » Il gratifia Cooper d'un sourire désarmant. « Je suis absolument ravi de rencontrer enfin un policier qui semble partager mon point de vue. Et, bien entendu, j'ai de la considération pour Sarah et je ne permettrai pas qu'on salisse sa réputation. C'en est à ce point-là ?

– Vous ne vous êtes pas beaucoup baladé depuis votre installation ici.

– Je ne sors jamais quand je travaille.

– Alors, il serait peut-être temps d'aller voir ailleurs. Un tribunal populaire s'est constitué à Fontwell et il semble avoir une dent contre votre femme. Après tout, elle est la dernière arrivée et vous ne lui avez pas fait une faveur en vous alliant à la partie adverse. Elle a déjà perdu un bon paquet de clients. »

Jack tint le bloc à bout de bras, examinant le dessin.

« Oui, déclara-t-il, ce sera un vrai plaisir que de réaliser votre portrait. » Il commença à ranger ses affaires. « De toute façon, il fait un froid de canard dans cette piaule et j'ai assez de matériaux sur Joanna pour finir ça à la maison. Est-ce que Sarah acceptera que je revienne ?

– Je vous suggère de le lui demander. Je ne suis pas payé pour m'immiscer dans les querelles conjugales.

– D'accord, vous avez gagné. Tout ce que je sais au sujet de Ruth est ce que Mathilda m'a dit. Je ne peux donc pas vous en garantir l'exactitude et il vous faudra vérifier vous-même. Mathilda gardait une cinquantaine de livres dans un coffret placé dans sa table de nuit. Elle l'a ouvert un jour parce qu'elle voulait que j'aille lui faire des achats. Le coffret était vide. Je lui ai dit qu'elle avait sans doute dépensé la somme et ne s'en souvenait pas. Mais elle m'a affirmé le contraire, ajoutant : "Voilà ce qui se passe quand on a pour petite-fille une voleuse." » Il eut un haussement d'épaules. « Elle a très bien pu vouloir dissimuler sa perte de mémoire en accusant Ruth. Cependant, elle n'a rien dit de plus et je ne lui ai pas posé de questions. C'est tout.

– Quelle famille décevante ! observa l'inspecteur. Pas étonnant qu'elle ait préféré laisser son argent à d'autres.

– Sur ce point, nos avis divergent, répliqua Jack en se levant et en s'étirant. C'est elle qui a créé cette famille. Elle n'avait pas à refiler le fric à Sarah. »

J'ai eu un choc terrible, aujourd'hui. En entrant dans le cabinet médical, et alors que je ne m'y attendais absolument pas, j'ai vu Jane Marriott à la réception. Pourquoi ne m'a-t-on pas dit qu'ils étaient revenus ? Avertie, j'aurais pu me prémunir. Jane, qui bien sûr s'attendait à me voir, était aussi détendue qu'à son habitude. « Bonjour, Mathilda, a-t-elle dit, vous avez l'air en forme. » Je n'ai pas pu dire un mot. Il incombait au docteur Dolittle, homme stupide s'il en est, de m'annoncer haut et fort la bonne nouvelle, que Jane et Paul avaient décidé de revenir à Rossett House à la mort de leur locataire. Paul est apparemment invalide – emphysème chronique – et la tranquillité et le silence de Fontwell lui feront le plus grand bien, surtout après la vie agitée de Southampton. Qu'est-ce que je vais faire avec Jane ? Parlera-t-elle ? Pire, me trahira-t-elle ?

« N'y a-t-il, là-haut, dans les nuages, aucune pitié qui puisse sonder les profondeurs de ma peine ? »

Je me sentirais moins désemparée si Ruth n'était pas repartie au pensionnat. La maison est vide sans elle. Il y a trop de fantômes ici et la plupart ne sont pas au repos. Gerald et mon père me hantent sans répit. Il arrive parfois, pas souvent, que je regrette leur mort. Mais je fonde de grands espoirs sur Ruth. Elle est intelligente pour son âge. Quelque chose finira par émerger des Cavendish, j'en suis sûre. Sinon, j'aurai travaillé pour rien.

« Silence ! Silence ! Il vaudrait mieux se taire ! Mathilda Gillespie récite ses prières. » J'ai des maux de tête épouvantables en ce moment. Ce n'est peut-être pas Joanna qui est folle, mais moi…

10

Ruth, tirée de son cours de chimie, se faufila dans la pièce mise à la disposition de l'inspecteur Cooper par la directrice et se tint le dos à la porte.

« Pourquoi êtes-vous venu ? demanda-t-elle. C'est gênant. Je vous ai dit tout ce que je savais. »

Elle était en vêtements de ville et, avec ses cheveux coiffés en arrière et ramassés en chignon, elle paraissait plus que ses dix-sept ans.

Cooper comprenait aisément son embarras. Si toute école donne déjà l'impression d'une vie en bocal, une pension encore plus.

« Les enquêtes policières sont généralement pleines d'imprévus, répondit-il en manière d'excuse. Il est difficile de savoir où l'on va. » Il lui désigna une chaise. « Asseyez-vous, Miss Lascelles. »

Elle s'exécuta avec mauvaise grâce et il discerna un bref instant la gamine timide sous les dehors de l'adulte. Il s'installa sur une chaise en face d'elle et la dévisagea d'un air grave, mais sans hostilité.

« Il y a deux jours, nous avons reçu une lettre vous concernant. Anonyme. Il paraît que vous vous trouviez à Cedar House le jour où votre grand-mère est morte et que vous lui avez dérobé des boucles d'oreilles. Est-ce exact ? »

Elle écarquilla les yeux, mais ne dit rien.

« Depuis, continua-t-il d'une voix douce, j'ai appris, de source bien informée, que votre grand-mère savait que vous la voliez. Elle vous a accusée de lui avoir pris de l'argent. Est-ce aussi exact ? »

Ruth perdit tout d'un coup ses couleurs.

« Je veux un avocat.

– Pour quoi faire ?

– C'est mon droit. »

Il se leva avec un signe de tête.

« Très bien. En connaissez-vous un ? Si oui, il vous suffit de donner le numéro à la directrice et de lui demander de l'appeler. Dans le cas contraire, je suis sûr qu'elle se fera un plaisir d'avertir celui de l'école. Les honoraires viendront probablement s'ajouter aux frais de scolarité. » Il marcha vers la porte. « Elle peut aussi assister elle-même à notre entretien afin de veiller à la protection de vos droits. C'est comme vous préférez.

– Non, fit-elle d'un ton acerbe. Je veux l'avocat de service.

– Quel avocat de service ? »

Il la trouvait d'une transparence étrangement pathétique.

« Celui que fournit la police. »

Il réfléchit un instant.

« Vous parlez des avocats commis d'office, qui assistent dans les commissariats les personnes ne disposant pas d'une représentation légale ? »

Elle acquiesça.

Il la considéra avec une compassion non feinte.

« Même avec la meilleure volonté du monde, Miss Lascelles, c'est hors de question. Nous vivons des temps difficiles et vous êtes une jeune fille privilégiée, entourée de gens probablement soucieux de la défense de ses intérêts. Nous allons demander à la directrice de contacter un avocat. Je suis certain qu'elle le fera. Sans compter qu'elle ne tient sans doute pas à ce que la chose s'ébruite. Après tout, il lui faut songer à la réputation de l'école.

– Salaud ! s'exclama-t-elle. Alors je me contenterai de ne pas répondre à vos questions. »

Il prit un air surpris.

« Dois-je comprendre que vous ne voulez plus d'avocat ?

– Non. Oui. » Elle croisa les bras sur sa poitrine. « De toute façon, je ne dirai rien. »

Cooper vint se rasseoir.

« À votre guise. Mais, à défaut d'obtenir des réponses de vous, je me verrai obligé d'en solliciter ailleurs. Si j'en crois mon expérience, il est rare que les voleurs limitent leur champ d'activité à une seule personne. Je me demande ce que cela donnerait si je réunissais vos camarades de classe pour qu'elles me signalent les vols dont elles auraient pu être victimes au cours de l'année. Elles auraient sûrement vite fait le rapprochement, dans la mesure où mon seul lien avec l'école se résume à vous-même.

– C'est du chantage !

– Pure routine, Miss Lascelles. Si un flic ne peut pas obtenir un renseignement d'une façon, il a le devoir d'en essayer une autre. »

Elle lui jeta un regard mauvais.

« Je ne l'ai pas tuée.

– Ai-je dit cela ? »

Manifestement, elle ne pouvait pas se retenir de répondre.

« Mais vous le pensez. Si je me trouvais là, je l'ai forcément tuée.

– Elle est vraisemblablement morte dans la soirée, mettons entre neuf heures et minuit. Étiez-vous dans la maison à ce moment-là ? »

Elle parut soulagée.

« Non. Je suis partie à cinq heures. Je devais être rentrée pour le cours de rattrapage. De physique. C'est une de mes matières principales... »

Il sortit son calepin.

« À quelle heure le cours a-t-il commencé ?

– Sept heures trente.

– Et vous avez assisté au début ?

– Oui.

– Comment avez-vous réussi cet exploit ? De toute évidence, vous n'avez pas fait quarante-cinq kilomètres à pied en deux heures.

– J'ai emprunté une bicyclette. »

Il avait l'air on ne peut plus sceptique.

« À quelle heure êtes-vous arrivée chez votre grand-mère, Miss Lascelles ?

– Je ne sais pas. Vers trois heures et demie, je pense.

– Et à quelle heure avez-vous quitté l'école ?

– Après le déjeuner.

– Je vois, dit-il d'une voix pesante. Ainsi, vous avez effectué dans un sens quarante-cinq kilomètres en deux heures, puis vous vous êtes reposée une heure et demie chez votre grand-mère et vous avez refait quarante-cinq kilomètres en sens inverse. Vous devez être une grande sportive. Puis-je avoir le nom de la personne à laquelle vous avez emprunté cette bicyclette ? »

Il mouilla la pointe de son crayon et le tint suspendu au-dessus de la page.

« Je ne la connais pas. Je n'ai pas demandé la permission. »

Il griffonna quelques mots.

« Pourquoi ne pas appeler les choses par leurs noms ? Vous l'avez volée. Comme les boucles d'oreilles et les cinquante livres.

– Je l'ai remise à sa place. Ce n'était donc pas du vol.

– Où l'avez-vous remise ?

– Dans l'abri à bicyclettes.

– Bien, alors vous seriez capable de la reconnaître.

– Je n'en suis pas sûre. J'ai juste pris la meilleure que j'aie trouvée. C'est important ?

– Oui, parce que vous allez devoir remonter dessus et que je vous suivrai tout le long du chemin jusqu'à Fontwell. » Il semblait s'amuser. « Voyez-vous, j'ai du mal à croire que vous soyez capable de faire quarante-cinq kilomètres à vélo en deux heures, Miss Lascelles, mais je serais ravi que vous me prouviez le contraire. Ensuite, vous pourrez vous reposer une heure et demie avant de repartir.

– Vous n'avez pas le droit de faire ça. C'est... – elle chercha un terme – de la persécution.

– Bien sûr que j'en ai le droit. Cela s'appelle une reconstitution. Il s'avère que vous vous trouviez sur le lieu du crime le jour où il a été commis, que vous étiez un parent de la victime ayant des facilités pour l'approcher et que vous pensiez hériter de son argent. Cela vous place en bonne position sur la liste des suspects. Alors, ou bien vous me fournissez la preuve que vous êtes bien allée là-bas à vélo, ou vous me dites tout de suite comment vous vous y êtes réellement rendue. On vous a conduite en voiture ? »

Elle se réfugia dans un silence maussade, grattant la moquette du bout du pied.

« J'ai fait du stop, déclara-t-elle soudain. Je n'ai pas voulu vous le dire, parce que, si la directrice l'apprenait, elle en ferait une maladie.

– Votre grand-mère était-elle encore en vie à cinq heures, quand vous avez quitté Cedar House ? »

Elle sembla déconcertée par ce brusque changement de direction.

« Sûrement, puisque je ne l'ai pas tuée.

– Vous lui avez parlé ? »

Ruth le regarda avec circonspection.

« Oui, grommela-t-elle. J'avais oublié ma clé à l'école et j'ai été obligée de sonner.

– Elle vous a sûrement demandé comment vous étiez venue. Si vous avez fait du stop, elle ne s'attendait pas à vous voir.

– Je lui ai dit qu'un ami m'avait emmenée.

– Mais c'était faux, n'est-ce pas ? De plus, comme vous saviez qu'il vous faudrait retourner en stop à l'école par un soir de novembre, pourquoi ne pas lui avoir demandé de vous raccompagner ? Elle possédait une voiture et, selon vous, elle vous adorait. Elle aurait accepté avec plaisir, vous ne croyez pas ? Pourquoi prendre le risque de faire du stop dans le noir ?

– Je n'y ai pas pensé. »

Il poussa un soupir.

« D'où êtes-vous repartie en stop, Miss Lascelles ? De Fontwell même ou avez-vous fait à pied les quatre kilomètres de Gazing Lane jusqu'à la grand-route ?

– J'ai marché le long de Gazing Lane, répondit-elle obligeamment.

– Et quelle sorte de chaussures portiez-vous ?

– Des baskets.

– Alors, de la boue se sera incrustée dans le dessin des

semelles. Il a plu durant la plus grande partie de l'après-midi. Les types du labo vont s'en donner à cœur joie. Vos chaussures montreront si vous dites la vérité. Et si ce n'est pas le cas... – il eut un sourire sinistre – je transformerai votre existence en cauchemar, Miss Lascelles. J'interrogerai chaque fille de l'école s'il le faut pour savoir qui vous fréquentez, grâce à quelles complicités vous vous absentez sans autorisation, ce que vous volez et pourquoi vous le volez. Et si, à la fin, il vous reste le moindre crédit, je recommencerai tout à zéro. Est-ce clair ? Maintenant, dites-moi qui vous a emmenée chez votre grand-mère ? »

Elle avait les larmes aux yeux.

« Cela n'a rien à voir avec la mort de mamie.

– Eh bien, qu'est-ce qui vous empêche de me le dire ?

– Je serai renvoyée.

– Vous serez renvoyée encore plus vite si on me voit trimballer vos vêtements afin de les faire analyser par le labo. »

Elle enfouit son visage dans ses mains.

« Mon petit ami.

– Nom ? demanda-t-il, impitoyable.

– Dave... Dave Hughes.

– Adresse ? »

Elle secoua la tête.

« Je ne peux pas vous le dire. Il me tuerait. »

Cooper considéra avec un froncement de sourcils la tête inclinée de la jeune fille.

« Comment l'avez-vous rencontré ? »

Elle leva un visage barbouillé de larmes.

« C'est lui qui a goudronné l'allée de l'école. » Elle vit de la désapprobation dans le regard de l'inspecteur et s'empressa de se justifier. « Ce n'est pas ce que vous pensez.

– Ah !

– Je ne suis pas une traînée. Nous nous aimons. »

Sa morale sexuelle était bien le cadet de ses soucis, mais il n'en allait manifestement pas de même pour elle. Il ne put réprimer un élan de pitié. Voilà qu'elle s'accusait elle-même après avoir accusé sa mère de tous les vices.

« Possède-t-il un domicile ? »

Elle secoua la tête.

« Il vit dans un squat.
– Mais il doit bien avoir le téléphone, sinon vous ne pourriez pas le contacter.
– Un téléphone mobile.
– Puis-je avoir le numéro ? »
Elle semblait terrifiée.
« Il sera furieux. »
Je veux bien le croire, pensa Cooper. Il se demanda à quel trafic pouvait se livrer le dénommé Hughes. Drogue ? Détournement de mineurs ? Pornographie ? Apparemment, qu'il risque l'expulsion ne représentait pas le problème majeur de Ruth, si tant est qu'elle n'ait pas menti. Il préféra mettre temporairement de côté la question de l'adresse et du téléphone.
« Parlez-moi de lui. Depuis combien de temps le connaissez-vous ? Quel âge a-t-il ? »
Il savait qu'il n'obtiendrait les renseignements désirés qu'à force de patience et de douceur et, à mesure qu'elle parlait, ses propos lui apparaissaient de plus en plus comme la confirmation de ce qu'elle semblait redouter par-dessus tout, à savoir que leur relation n'avait rien d'une idylle romantique et se résumait à une histoire sordide faite de brèves séances de galipettes à l'arrière d'une camionnette Ford blanche. Relaté de façon nécessairement abrupte, son récit ne pouvait même pas se prévaloir des charmes de l'érotisme et Cooper, tout comme Ruth, se sentait en proie à un sentiment de malaise. Il fit de son mieux pour lui rendre sa confession le moins pénible possible, mais la gêne qu'elle éprouvait était contagieuse et, le plus souvent, ils détournaient la tête pour éviter que leurs regards se croisent.
Cela faisait six mois que cela durait, depuis que l'équipe d'ouvriers avait bitumé l'allée, et la manière dont la chose avait commencé était d'une banalité parfaite. Une école remplie de filles ; un jeune ouvrier décochant des œillades à la plus accessible d'entre elles ; laquelle s'était sentie flattée par cet hommage manifeste, surtout lorsque ses camarades s'étaient aperçues du manège ; des regrets mélancoliques comme les travaux s'achevaient et que l'équipe s'apprêtait à plier bagage ; puis une rencontre apparemment inopinée

alors qu'elle se promenait seule; d'un côté, un solide gaillard de vingt-huit ans à l'air dégourdi, de l'autre, une jeune fille esseulée avec des idées romantiques plein la tête. Il l'admirait, il l'aimait, il l'attendrait aussi longtemps qu'il le faudrait, mais (quel rôle jouait ce simple «mais» dans la vie de la plupart des gens! songea Cooper) il l'avait eue dans la camionnette au bout d'une semaine seulement. Si elle avait presque oublié l'affreux décor de la couverture étalée sur la toile goudronnée, elle se souvenait en revanche du plaisir et de l'excitation. Elle s'était échappée par une fenêtre du rez-de-chaussée de l'école pour aller se jeter dans les bras de son soupirant. Ils avaient fumé, bu et parlé à la lumière de bougies dans l'intimité de la camionnette en stationnement et, même s'il n'avait pas des manières très raffinées ni de grands talents d'orateur, ma foi, cela n'avait pas d'importance. Ce qui s'était passé ensuite l'avait quelque peu prise de court, mais cela n'avait pas d'importance non plus puisque, quand la chose s'était produite (ses yeux, cependant, démentaient ses propos), elle en avait eu envie autant que lui.

Cooper faillit lui demander pourquoi. Pourquoi avait-elle si peu d'estime pour elle-même? Pourquoi, de toutes les filles de l'école, avait-elle été la seule à tomber dans le panneau? Pourquoi désirait-elle une aventure avec un ouvrier analphabète? Et, surtout, pourquoi s'était-elle montrée aussi naïve, alors qu'il ne cherchait manifestement rien d'autre qu'à séduire une oie blanche?

L'épisode aurait pu se terminer là, si, par le plus malencontreux des hasards (du moins était-ce l'opinion de Cooper), elle ne l'avait pas rencontré pendant les vacances. Elle n'avait eu aucune nouvelle depuis la fameuse nuit dans la camionnette et l'optimisme lui était progressivement revenu après une période difficile. Elle passait les fêtes de Pâques chez sa grand-mère à Fontwell (elle y allait habituellement, confia-t-elle à Cooper, parce qu'elle se reposait mieux là-bas) et elle avait pris le bus pour aller faire des courses à Bournemouth. Quand, soudain, elle avait aperçu Dave, lequel était si heureux de la voir, bien qu'un peu fâché aussi qu'elle n'ait pas répondu à sa lettre. (Non sans irritation, Cooper se représenta cette scène touchante : « Quelle lettre ? – Eh bien, celle que la poste a égarée, comme toujours ! ») Sur ce, ils étaient tombés dans les bras l'un de l'autre à l'arrière de la Ford, avant que Dave la reconduise à Fontwell et comprenne (Cooper n'avait aucun mal à le deviner) qu'elle valait peut-être mieux qu'une rapide partie de jambes en l'air sur un bout de couverture quand l'envie lui en prenait.

« Durant ces vacances, il m'a emmenée partout. C'était merveilleux. Les seuls vrais moments de bonheur que j'aie jamais vécus. »

Mais elle égrenait les mots d'une voix terne, comme si cette évocation elle-même avait déjà perdu une bonne partie de son attrait.

Elle avait trop de bon sens pour avouer à sa grand-mère la nature de ses occupations – même dans ses rêves les plus fous, elle ne pensait pas que Dave lui aurait plu –, aussi s'était-elle mise, telle une épouse adultère, à inventer des excuses pour expliquer ses absences.

« Et votre grand-mère vous croyait ?

– À ce moment-là, ses rhumatismes la faisaient beaucoup souffrir. Je lui disais le matin que j'allais à tel endroit et, le soir, elle ne s'en souvenait déjà plus.

– Est-ce que Dave vous ramenait chez vous ?

– Il l'a fait une fois. Mais cela ne me plaisait pas beaucoup.

– C'est lui qui vous a suggéré de voler votre grand-mère ? Ou est-ce vous qui en avez eu l'idée ?

– Cela ne s'est pas passé comme ça, répondit-elle d'un air accablé. Nous n'avions plus d'argent. Je lui en ai pris un jour dans son sac. Je comptais le lui rendre.

– Et vous n'avez pas pu ?

– Non. »

Elle se tut.

« Que s'est-il passé ensuite ?

– Il y avait des tas de trucs partout. Des bijoux. Des bibelots. Des objets en argent. Elle les détestait pour la plupart. Et elle était tellement radine. Elle aurait pu augmenter mon argent de poche, mais elle n'a jamais voulu.

– Alors vous lui voliez ses affaires et Dave les revendait. »

Elle ne répondit pas.

« Qu'est-il arrivé à l'emploi de Dave dans l'équipe de goudronnage ?

– Il l'a perdu. » Elle eut un haussement d'épaules. « Ce n'est pas sa faute. S'il le pouvait, il travaillerait. »

Croyait-elle vraiment cette ineptie ?

« Si bien que vous avez continué à voler votre grand-mère tout au long du dernier trimestre et des vacances d'été.

– Ce n'était pas du vol. De toute façon, ces choses devaient me revenir. »

Dave l'avait bien endoctrinée... ou peut-être n'avait-elle pas eu besoin de lui pour imaginer ce prétexte.

« Sauf qu'il n'en est rien.

– Le docteur n'a pas droit à l'héritage. Elle n'est même pas de la famille.

– L'adresse de Dave, s'il vous plaît, Miss Lascelles.

– Je ne peux pas, dit-elle, manifestement affolée. Il me tuerait. »

Cooper était à bout de patience.

« Inutile de se le cacher, ce ne sera pas une grosse perte, n'importe comment. Votre mère ne versera pas une larme et, aux yeux de la société, vous ne serez qu'une victime de plus dans les statistiques. Les statistiques des jeunes idiotes qui permettent à un homme d'user et d'abuser d'elles à volonté. » Il secoua la tête d'un air méprisant. « À mon avis, le plus triste dans tout cela, c'est encore l'argent qu'a coûté votre éducation. » Il laissa errer son regard dans la pièce. « Mes enfants auraient bien aimé avoir votre chance, alors qu'ils possèdent, naturellement, cent fois plus de jugeote. » Il attendit un instant, puis ferma son calepin et se leva en poussant un soupir. « Vous me forcez à employer les grands moyens et à m'adresser à votre directrice. »

Elle se croisa à nouveau les bras.

« Elle ne vous dira rien. Comment serait-elle au courant ?

– Elle connaît le nom de l'entreprise qui a exécuté les travaux. À partir de là, il me sera facile de lui mettre la main dessus. »

Elle essuya son nez mouillé avec sa manche.

« Vous ne comprenez pas. Il faut que j'aille à l'université.

– Pourquoi ça ? demanda-t-il. Votre copain et vous avez l'intention de vous en prendre aux étudiants de première année ? Dans quoi est-ce qu'il trafique ? La drogue ? »

Des larmes coulèrent sur les joues de Ruth.

« C'est pour moi la seule façon de me débarrasser de lui. Je lui ai dit que j'irais à Exeter. En réalité, j'essaie de trouver une université dans le Nord, parce que c'est ce qu'il y a de plus loin. »

Cooper se sentit soudain ému. Elle ne mentait probablement pas. Elle pensait réellement que la fuite constituait sa seule planche de salut. Il se demanda ce que ce Dave avait bien pu faire pour l'effrayer à ce point. Dévoré d'impatience, avait-il tué Mrs Gillespie pour hâter le moment où elle hériterait ? Il alla se rasseoir.

« Vous n'avez évidemment pas connu votre père. Il est donc naturel, je suppose, que vous ayez cherché quelqu'un pour le remplacer. Mais l'université ne résoudra pas votre problème. Vous aurez peut-être la paix pendant un trimestre ou deux avant que Dave vous retrouve, mais pas plus. Comment comptez-vous garder le secret ? En demandant à l'école de ne pas révéler dans quel université vous êtes allée ? En exigeant la même chose de votre mère et de vos amis ? Tôt ou tard, il téléphonera, sous un prétexte ou un autre, à quelqu'un qui lui donnera le renseignement. »

Elle sembla se recroqueviller sur sa chaise.

« Alors, je ne peux rien faire. »

Il plissa le front.

« Dites-moi déjà où il se trouve.

– Vous allez l'arrêter ?

– Pour quel motif ?

– Le vol des affaires de mamie. Dans ce cas, il vous faudra m'arrêter également. »

Il eut un haussement d'épaules.

« J'aurai besoin d'en parler avec les exécuteurs testamentaires. Ils décideront peut-être de passer l'éponge.

– Alors vous allez simplement lui poser des questions sur son emploi du temps le jour de la mort de mamie ?

– Oui », fit-il, pensant que c'était la réponse qu'elle attendait.

Elle secoua la tête.

« Quand il est en colère, il fait des choses terribles. » Ses yeux s'emplirent de larmes. « Si vous ne le mettez pas en prison, je ne peux pas vous dire où le trouver. Vous ne le connaissez pas. Il se vengera sur moi.

– Comment ? »

Mais elle secoua la tête encore plus énergiquement.

« Je ne peux pas vous le dire non plus.

– Ici, vous n'avez rien à craindre.

– Il affirme qu'à la moindre incartade, il n'hésitera pas à venir me faire une scène au beau milieu de l'école. Et je serai renvoyée. »

Cooper avait l'air perplexe.

« Si cela avait autant d'importance, vous auriez peut-être dû réfléchir avant de filer en pleine nuit pour aller le retrouver. Quelqu'un vous aurait aperçue, vous auriez été virée sur-le-champ. »

Elle entortilla ses doigts dans le bord de pull.

« J'ignorais que je tenais à ce point à aller à l'université », murmura-t-elle.

Il hocha la tête.

« Comme dit un vieux proverbe : "On ne manque jamais d'eau avant que le puits soit à sec." » Il lui sourit gentiment. « Rassurez-vous, nous avons tous tendance à prendre nos désirs pour des réalités, et vous n'êtes pas la seule. Mais, comme on dit aussi : "Aux grands maux, les grands remèdes." Je vous conseille donc d'avouer ce qui s'est passé à la directrice et de faire amende honorable, avant qu'elle l'apprenne par moi ou par Hughes. Elle se montrera peut-être compréhensive. On ne sait jamais.

– Elle piquera une crise !

– Vous voyez une autre solution ?

– Je pourrais me tuer, prononça-t-elle à voix basse.

– Ce serait parfaitement idiot, répliqua-t-il d'une voix douce, comme de se couper la tête pour stopper un mal de crâne. » Il se donna une tape sur les cuisses. « Allons, un peu de courage, jeune fille. Donnez-moi l'adresse de Dave, puis allez vous mettre en règle avec votre directrice.

– Vous viendrez avec moi ? » demanda-t-elle, les lèvres tremblantes.

Doux Jésus ! Est-ce qu'il allait devoir refaire ce qu'il avait déjà fait tant de fois pour ses propres enfants ?

« D'accord. Mais si elle me le demande, je serai forcé de sortir. Je n'ai ici aucune autorité pour intervenir en votre faveur, ne l'oubliez pas. »

– 23, Palace Road à Bournemouth, lança-t-elle dans un souffle. C'est ma mère qui vous a raconté que j'étais une voleuse, n'est-ce pas ? »

Elle paraissait désespérée, comme si elle avait brusquement l'impression de se retrouver seule au monde.

« Non, répondit Cooper avec compassion. C'est bien dommage, mais votre mère ne m'a pas dit un mot. »

Quand, un peu plus tard ce mercredi après-midi, Sarah s'engagea dans l'allée de Mill House, elle eut la surprise de découvrir les voitures de Jack et de Cooper garées côte à côte en une étrange complicité. Sa première pensée fut de rebrousser chemin. Elle ne se sentait la force de discuter ni avec l'un ni avec l'autre, et encore moins d'avoir à mettre son âme à nu devant Cooper, tandis que son mari brûlerait les derniers ponts restants. Mais ce fut la seconde pensée qui l'emporta. Après tout – d'un geste rageur, elle abattit son poing sur le volant –, c'était sa maison ! Pourquoi devrait-elle tourner en rond pendant des heures pour éviter un salopard de mari qui l'avait trahie et un flic qui se plaisait à jouer les terreurs.

Tout doucement, elle se glissa par la porte d'entrée, avec l'espoir qu'en passant à pas de loup devant l'atelier, elle aurait le temps de se réfugier dans la cuisine avant qu'on remarque sa présence. Comme l'avait dit un jour sa mère en chassant son père de la cuisine : « Un homme a beau être maître chez lui, c'est dans la cuisine de sa femme qu'il mange sa soupe. » Cependant, comme elle remontait le couloir, des bruits de voix lui parvinrent, indiquant qu'on l'avait précédée. Avec un soupir, elle s'enveloppa dans sa dignité comme dans une cuirasse et s'avança.

Jack, l'inspecteur Cooper et Ruth Lascelles levèrent la tête de leurs verres de vin avec des expressions variées, allant de la panique à l'embarras.

« Bonjour, laissa-t-elle tomber dans le silence. Je vois que vous n'avez pas eu de mal à trouver le Cheval Blanc 83.

– Viens boire avec nous, répondit Jack en prenant un verre propre dans l'égouttoir. Il est excellent.

– Je n'en doute pas. C'est un saint-émilion, premier grand cru classé, et il m'a coûté une petite fortune.

– Ne sois pas aussi rabat-joie. Il faut bien y goûter de temps à autre, sinon tu finiras par te retrouver avec une collection de pièces de musée complètement imbuvables. »

Il remplit le verre et le poussa vers elle sur la table, une lueur malicieuse dans les yeux. Elle éprouva un brusque élan de tendresse pour ce Judas lubrique – l'amour, pensa-t-elle, est le plus incurable des maux –, mais dissimula cette défaillance sous un regard glacial.

« L'opinion de notre triumvirat, poursuivit-il gaiement, est la suivante : robe rubis foncé, cuisse brillante et nez tout ce qu'il y a d'exotique – groseille, tabac avec une légère note d'herbe et d'épice.

– C'est un grand cru, espèce de sagouin ! Ce qui signifie qu'il est fait pour être dégusté et non ingurgité à cinq heures de l'après-midi sur une table de cuisine. Je parie que tu ne l'as même pas laissé respirer et que tu l'as servi aussitôt, comme de la vulgaire limonade. »

Cooper se racla la gorge.

« Je suis navré, docteur Blakeney. Nous nous serions volontiers contentés d'une tasse de thé.

– Bouclez-la, espèce de flicaillon à la manque ! riposta Jack avec une bonne humeur imperturbable. Vous avez failli tomber en syncope quand je vous ai fait renifler le goulot. Allons, laisse-toi tenter, ma vieille. Nous mourons d'envie de remettre ça, mais il nous a paru plus convenable d'attendre ton arrivée avant d'en déboucher une autre.

– Si tu avais pris ce risque, ton espérance de vie aurait été quasiment nulle, dit-elle en laissant tomber son sac à main et son manteau sur le sol. Très bien, vas-y, mais je peux déjà te dire qu'il n'est pas consommable. Il a besoin d'attendre encore au moins trois ans. »

Elle s'installa sur la chaise laissée libre et approcha le verre en le couvrant d'une main et en le remuant doucement de l'autre afin de libérer le bouquet. Puis elle le huma longuement.

« Qui a trouvé l'arôme de tabac ?

– Moi, répondit nerveusement Cooper.

– C'est bien. D'après la notice, il devrait sentir le chêne et le cèdre fumés. Et la groseille ?

– Moi, répondit à nouveau Cooper.

– C'est la première fois que vous faites ça ? » Il secoua la tête. « Vous devriez persévérer. Vous avez manifestement des dons.

– Le parfum d'herbe et d'épice est de Ruth et moi, déclara Jack. Quel est le verdict ? »

Sarah prit dans sa bouche une gorgée de vin et laissa les saveurs jouer sur sa langue.

« Splendide ! lança-t-elle enfin. Mais je t'interdis d'ouvrir une nouvelle bouteille. Le prospectus dit qu'il faut encore trois ans et j'ai bien l'intention de m'y tenir. Si tu veux te resservir, tu n'as qu'à prendre celui du container. À part ça, qu'est-ce que vous fabriquez tous ici ? » Son regard se posa sur Ruth. « Vous ne devriez pas être au collège ? »

Il y eut un silence gêné.

« Ruth a été renvoyée, dit Jack. Nous nous demandions si elle ne pourrait pas rester ici avec toi et moi en attendant une solution définitive. »

Sarah but une nouvelle gorgée de vin et le dévisagea d'un air grave.

« Toi et moi ? interrogea-t-elle d'un ton doucereux. Parce que tu comptes m'infliger à nouveau ta présence ? »

Le visage de Jack s'éclaircit.

« Cela dépend, mon ange.

– De mon désir que tu reviennes ?

– Non. Des conditions de mon retour : les tiennes ou les miennes.

– Les miennes, répondit-elle sans hésiter, ou rien. »

Il eut un pâle sourire.

« Dommage », murmura-t-il.

Sarah l'observa un instant, puis reporta son attention sur Ruth.

« Pourquoi vous a-t-on renvoyée ? »

Ruth, qui contemplait ses mains depuis l'entrée de Sarah, jeta un regard en biais à Cooper.

« L'inspecteur est au courant. Il peut vous le dire.

– Je préférerais que ce soit vous.

– J'ai enfreint le règlement. » Elle se replongea dans la contemplation de ses mains.

« En partie ou en totalité ?

– Je me suis absentée de l'école sans autorisation.

– Eh bien, cela n'a pas beaucoup changé. Une de mes amies a subi le même sort parce qu'elle s'était servie de l'échelle d'incendie pour aller parler à des garçons qui se trouvaient en bas. Malheureusement, nous étions toutes aux fenêtres à ricaner comme des bécasses. La directrice a entendu le boucan que nous faisions et l'a renvoyée séance tenante. Aujourd'hui, elle est avocate. Et même une excellente avocate.

– J'ai couché avec un garçon, bredouilla Ruth, et la directrice dit que je suis un mauvais exemple pour les autres. Que je me suis conduite de façon scandaleuse. »

Sarah lança un regard interrogateur à Cooper, qui acquiesça.

« Alors, les choses ont peut-être changé, après tout. Je doute qu'aucune d'entre nous aurait eu le courage de commettre un tel sacrilège, dans la mesure où l'on nous avait fourré dans le crâne qu'un mari potentiel était capable de reconnaître à coup sûr si une fille était vierge. » Elle eut un rire de gorge. Nous savions tout des suçons et des marques laissées par les baisers enflammés sur la bouche et à peu près rien sur le reste. Nous étions convaincues que nous deviendrions vertes ou couvertes de boutons si nous laissions un homme s'aventurer au-dessous de l'encolure. Ça a été un fameux choc de découvrir qu'on nous avait raconté des bobards. » Elle but une nouvelle gorgée de vin. « Est-ce que cela en valait la peine, au moins ?

– Non. » Une larme dégoulina le long de la joue de Ruth et tomba sur la table. « Je ne sais pas quoi faire. Je voudrais aller à l'université.

– Le plus sensé serait sans doute que vous retourniez à Cedar House, avec votre mère. Elle vous trouverait une autre école. »

Pourquoi diable Cooper l'avait-il amenée ici ? Ou était-ce une idée de Jack ?

Cooper sortit soudain de son inertie.

« Son petit copain risque de se mettre salement en rogne après que je lui aurai parlé et Cedar House est le premier endroit où il ira la chercher. J'ai conscience d'abuser de votre gentillesse, mais, sur le moment, je n'ai rien trouvé d'autre, surtout après la séance à l'école. » Il avait l'air très contrarié. « Ils lui ont ordonné de faire sa valise pendant qu'ils appelaient un taxi pour la reconduire chez elle, mais je leur ai dit de laisser tomber, que je la reconduirais moi-même. Je n'avais jamais vu ça. On aurait cru qu'elle avait commis un crime. Et le pire, c'est que rien ne serait arrivé si je ne l'avais pas poussée à leur raconter toute l'histoire. Je me sens vraiment coupable, mais je pensais qu'ils auraient tenu compte de sa franchise et se seraient contentés de lui infliger un blâme. C'est ce que j'aurais fait à leur place.

– Votre mère est-elle au courant ? demanda Sarah à Ruth.

– Jack m'a laissée téléphoner.

– Cela ne la dérange pas que vous habitiez ici ?

– Je n'en sais rien. Elle m'a juste dit que Miss Harris l'avait prévenue, puis elle a raccroché. » Ruth, la tête baissée, se tamponna les yeux avec son mouchoir.

Sarah adressa à Jack un sourire désabusé.

« Alors tu vas être obligé de lui en parler. Elle ne m'a pas vraiment à la bonne en ce moment et je doute que cela lui fasse très plaisir.

– J'ai déjà essayé, mais elle m'a raccroché au nez à moi aussi. »

Sarah faillit lui demander pourquoi, mais se retint. Le connaissant, elle savait que l'explication serait aussi illusoire que celle du mystère même de la vie. L'étonnait davantage la vitesse avec laquelle, telle une bille de flipper, les événements avaient suivi un cours aussi imprévisible. Le matin, elle s'attendait à passer un nouveau week-end seule... et maintenant ?

« Il faut pourtant que quelqu'un la prévienne », dit-elle avec irritation, se raccrochant à la seule certitude tangible qui lui restait. Elle se tourna vers l'inspecteur. « À vous de vous en charger. Je veux bien que Ruth demeure ici, mais à condition que sa mère soit au courant. »

Cooper prit un air pitoyable.

« Il vaudrait peut-être mieux faire appel à une assistante sociale, suggéra-t-il. Une personne extérieure aurait plus de chance de la convaincre. »

Sarah plissa les yeux.

« Je suis généralement d'un naturel conciliant, mais, en l'occurrence, j'ai comme l'impression qu'on est en train de me prendre pour une poire. Rien n'est jamais gratuit, inspecteur, et je tiens à vous rappeler que vous venez de vider une de mes bouteilles de saint-émilion millésimé, qui coûte, au bas mot et sans tenir compte de l'inflation, plus de sept livres le verre. Autrement dit, vous me devez quelque chose, et vous n'allez pas abandonner l'avenir de cette enfant à une assistante sociale harassée et sous-payée, dont la seule ressource sera de la placer dans un foyer déjà rempli d'adolescents perturbés. »

Cooper paraissait encore plus misérable.

« Sans compter que vous avez, en sous-estimant l'archaïsme des principes qui continuent à sévir dans certains collèges pour jeunes filles, provoqué vous-même son renvoi, alors qu'elle s'apprêtait à passer l'examen le plus important de sa vie. Dans un monde où l'usage des entrailles féminines est encore la seule méthode fiable que les hommes aient trouvée pour assurer la perpétration de l'espèce, le moins qu'ils puissent faire en échange est d'assurer au sexe opposé une éducation qui lui rende supportable l'interminable calvaire d'avoir à élever leur progéniture. Se résigner à ce calvaire est une chose ; disposer de l'énergie, du savoir et de la confiance nécessaires pour le transformer en une source inépuisable d'enthousiasme en est une autre. De plus, ce serait ignorer l'influence positive que les femmes éduquées et intelligentes ont sur les générations successives. Ruth désire aller à l'université. Pour cela, elle doit réussir son examen. Il est donc impératif que Joanna lui trouve illico une autre école. Ce qui signifie – elle pointa un doigt vers lui – que quelqu'un, à savoir vous, a le devoir de lui expliquer que Ruth est ici, qu'elle a de bonnes raisons d'y être et qu'elle a besoin que sa mère vienne rapidement lui parler afin de ne pas perdre toute chance de poursuivre ses études. » Elle se tourna vers la jeune fille. « Quant à vous, Ruth, si vous avez le toupet de me dire que vous ne croyez plus en l'avenir, je vous passe dans la première essoreuse que je trouve, et je vous promets que vous vous en souviendrez. »

Il y eut un long silence.

Finalement, Jack intervint.

« Eh bien, vous comprenez à présent en quoi consistent les conditions de Sarah. Aucune place accordée à la faiblesse humaine. Il est bien fait quelques allusions aux abominables imperfections dont nous souffrons tous : la maladresse, le manque d'assurance, les déchirements intérieurs et le désir de ménager la chèvre et le chou, mais ce ne sont là que des aspects marginaux qu'elle traite avec une patience exaspérante. Et, croyez-moi, si vous la laissez en user, vous vous en mordrez les doigts. Cela montrera le peu de respect que vous avez pour vous-même. » Il considéra Cooper avec une expression fraternelle. « Je compatis, mon vieux, mais Sarah a raison, une fois de plus. Quelqu'un doit absolument parler à Joanna et vous êtes responsable de ce qui s'est passé. Vous avez effectivement causé le renvoi de Ruth et but du vin à plus de sept livres le verre. »

Cooper secoua la tête.

« Eh bien, j'espère que Miss Lascelles réussira à tenir le coup avec un couple pareil ! En ce qui me concerne, je sais que j'en serais incapable. Vous me feriez grimper aux rideaux rien qu'en sortant une lime à ongles. »

Le mot couple ne fut pas perdu pour Sarah.

« Comment en sauriez-vous plus que moi sur mes arrangements domestiques, inspecteur ? » demanda-t-elle d'un ton désinvolte.

Il laissa échapper un gloussement.

« On ne peut jurer de rien, docteur. » Il lui fit un clin d'œil. « Comme m'a dit quelqu'un, la vie n'est pas une sinécure. Ce qui signifie que le pire peut toujours arriver. »

Comme elle écartait la porte de la chambre d'amis, Sarah sentit la jeune fille se mettre à trembler. Elle alluma.

« Que se passe-t-il ?

– C'est d'être au rez-de-chaussée, répondit-elle. Si Dave venait, il pourrait entrer.

– Je n'y suis pour rien. C'est la faute de Geoffrey Freeling. Il a entièrement changé la disposition de manière que les pièces principales aient la meilleure vue et nous sommes en train de tout réaménager, mais cela prend du temps. » Elle poussa une porte de communication. « Il y a une salle de bains. » Elle se retourna vers la jeune fille et vit son regard angoissé. « Vous avez peur à ce point-là ? Vous préféreriez peut-être dormir en haut, dans ma chambre ? »

Ruth éclata en sanglots.

« Je suis désolée, gémit-elle. Je ne sais plus où j'en suis. Dave me tuera. J'étais en sécurité à l'école. Ici, il n'aura pas de mal à entrer. »

Sarah passa un bras autour des frêles épaules de la jeune fille et l'étreignit.

« Allons, venez, lui dit-elle d'une voix douce. Avec moi vous n'avez rien à craindre. Jack peut coucher ici. »

Et tant pis pour ce saligaud ! Pour une fois, le hasard a bien fait les choses. Ayant dû renoncer, par déontologie, à une castration en règle, elle était prête à se contenter du compromis d'un lit froid assorti d'humbles excuses. Compromis tout relatif. Elle était si heureuse de son retour qu'elle en aurait sauté de joie.

La semaine dernière, Joanna a emménagé dans l'appartement de Londres et, pour la première fois depuis sa tentative de mariage avortée, je jouis seule de Cedar House. Cela pourrait ressembler à une victoire, mais je n'ai pas vraiment ce sentiment. J'ai bien peur que le jeu n'en vaille pas la chandelle. Je me sens seule.

Je commence à me dire qu'aussi étrange que cela puisse paraître, nous sommes, Joanna et moi, indispensables l'une à l'autre. On ne peut nier le fait que nous nous comprenons. Nous sommes incapables de nous entendre, c'est évident, mais cela ne veut rien dire puisque nous sommes incapables de nous entendre avec qui que ce soit. La litanie des clichés qui nous tenaient lieu d'insultes et que nous dévidions du matin au soir nous apportait un certain réconfort et malmenait nos vies avec, somme toute, un certain bonheur – ces lieux communs étaient par ailleurs si usés et si éculés que nos paroles passaient inaperçues. Ce sont les petites choses qui me manquent. La façon qu'elle avait de courir après Spede dans le jardin, harcelant le pauvre bougre s'il oubliait la moindre mauvaise herbe. Ses critiques acerbes au sujet de ma cuisine. Et, aussi étrange que cela puisse paraître, même s'ils avaient le don de m'agacer au plus haut point, ses longs, interminables silences me manquent également. Tout compte fait, la compagnie des autres tient peut-être moins de la conversation que du réconfort qu'apporte la simple présence d'un autre être humain, si égocentrique soit-il.

Je suis paniquée à l'idée qu'en l'obligeant à se débrouiller toute seule, je nous ai fait du tort à toutes deux. Au moins, quand nous étions ensemble, nous réfrénions nos pires excès. Et maintenant ? L'enfer est pavé de bonnes intentions…

11

C'est seulement le lendemain, un samedi, en fin d'après-midi, que l'inspecteur Cooper estima détenir suffisamment d'éléments sur Dave Hughes pour entreprendre une démarche ayant quelque chance d'aboutir. S'il ne croyait guère à une éventuelle inculpation pour vol, il se sentait plus optimiste en ce qui concernait la mort de Mathilda. Ruth avait parlé d'une camionnette Ford blanche et ce détail avait éveillé en lui un vague souvenir. Une relecture attentive des divers témoignages recueillis à Fontwell dans les jours qui avaient suivi la découverte du corps lui avait permis de tomber sur une petite merveille. Quand on lui avait demandé s'il avait remarqué quoi que ce soit d'anormal ce samedi-là, Mr Henry Peel, le propriétaire des Trois Pigeons, avait déclaré :

> Je ne vous garantis pas que cela ait un rapport avec Mrs Gillespie, mais j'ai aperçu une camionnette Ford blanche garée dans la cour l'après-midi et le soir du samedi. Il me semble qu'il y avait une jeune fille à bord. La première fois, la camionnette est restée stationnée une dizaine de minutes, puis s'est éloignée en direction de l'église et a pris quelqu'un. Elle est revenue le soir même. J'ai fait remarquer à ma femme qu'un enfoiré se servait de la cour sans entrer au pub. Je n'ai pas noté le numéro d'immatriculation.

Au-dessous, une main de fonctionnaire avait apporté cette rectification :

Mrs Peel n'est pas d'accord. Elle pense que son mari confond avec le jour où des camionnettes sont venues à deux reprises, mais il s'agissait, selon elle, de véhicules différents. Parmi nos clients, affirme-t-elle, trois possèdent des camionnettes blanches.

Cooper alla consulter son supérieur.

« Charlie, j'ai besoin d'interroger Hughes. Est-ce que j'emmène une équipe ? D'après sa copine, il habite un squat, ce qui signifie qu'il ne sera pas seul et je me vois mal l'arracher à une armée de squatters. À supposer que j'arrive à entrer. C'est un comble ! grommela-t-il. Ça ne leur appartient même pas, et ils sont là comme chez eux. Par contre, si le pauvre type qui possède la bicoque veut la récupérer, il lui faudra cracher une fortune pour obtenir un ordre d'expulsion, et, quand il l'aura enfin, c'est-à-dire au bout d'une éternité, il écopera d'un taudis ! »

Avec son visage plissé et invariablement lugubre, Charlie Jones évoquait pour Cooper un pékinois neurasthénique. Cependant, il s'apparentait davantage au fox-terrier qui, une fois saisi sa proie, ne la lâche plus.

« Pouvons-nous l'inculper de vol en nous servant de ce que vous a dit Miss Lascelles ?

– Oui, mais il sera ressorti au bout de deux heures. La police de Bournemouth possède un dossier sur lui. Il a été arrêté trois fois et trois fois relâché. Pour des délits à peu près semblables : il avait persuadé des adolescentes de voler à son profit. C'est un malin ! » Il paraissait déçu. « Elles n'avaient détroussé que leurs parents et ceux-ci ont refusé de coopérer, comprenant que des poursuites contre Hughes mettraient fatalement leurs filles en fâcheuse posture.

– Alors, comment a-t-on pu l'arrêter ?

– Les trois pères, indignés, avaient porté plainte en déclarant qu'il avait contraint leurs filles à voler. Mais, quand on les a interrogées, ces demoiselles ont raconté une tout autre histoire, à savoir qu'elles n'avaient subi aucune pression et qu'elles avaient eu elles-mêmes l'idée des vols. Ah, il sait s'y prendre ! On ne peut pas le coincer sans impliquer les filles et on ne peut pas impliquer les filles à cause des pères. » Il eut un sourire ironique. « Cela ferait trop mauvais genre.

– De quel milieu viennent-elles ?

– De la bourgeoisie aisée. Toutes ont plus de seize ans, si bien qu'il n'y a pas détournement de mineur. N'empêche, je suis sûre qu'elles et Miss Lascelles ne sont que la partie visible d'un énorme iceberg. Il m'a l'air d'avoir drôlement travaillé la question.

– Exerce-t-il vraiment des pressions ? »

Cooper eut un haussement d'épaules.

« Tout ce que Miss Lascelles a réussi à me dire, c'est qu'il devient terrible quand il se met en colère. Il a menacé de lui faire une scène à l'école si elle ne filait pas doux. Mais, quand je lui ai demandé des détails en me rendant chez le docteur Blakeney, c'est-à-dire alors que la menace ne valait plus rien puisqu'elle avait déjà été renvoyée, elle l'a soudain bouclée en éclatant en sanglots. » Il se toucha le nez d'un air pensif. « Il doit bien disposer d'un moyen de pression : elle est absolument terrifiée à l'idée qu'il pourrait la retrouver. Je me suis demandé s'il ne les filmait pas avec une caméra vidéo. J'ai interrogé le commissariat de Bournemouth pour savoir si on avait trouvé du matériel sur lui, mais on m'a répondu que non. Nous avons le même sentiment, Charlie. Il les tient d'une manière ou d'une autre, et cela doit être assez redoutable parce qu'à peine se sont-elles fait pincer qu'elles ne songent plus qu'à une chose : qu'on les débarrasse de lui. Mais de quoi s'agit-il au juste, je l'ignore. »

Le commissaire eut un froncement de sourcils.

« Pourquoi n'ont-elles pas peur de divulguer son nom ?

– Je suppose qu'il les a autorisées à le faire si jamais elles étaient arrêtées. Il se doute bien que, de toute façon, nous n'aurions aucun mal à remonter jusqu'à lui. Si Miss Lascelles ne m'avait pas donné l'information, il m'aurait suffi de demander à la directrice le nom de l'entreprise qui avait effectué les travaux, à partir de quoi cela aurait été un jeu d'enfant. Sa méthode, j'imagine, est à peu près la suivante : repérer une fille jeune et choyée par ses parents, lesquels ne voudraient pour rien au monde qu'il arrive quoi que ce soit à leur progéniture, la séduire et obtenir, grâce à je ne sais quel chantage, qu'elle s'accuse en cas d'arrestation. De cette manière, il n'a pas à craindre d'être poursuivi parce que, alors, la fille se retrouverait dans la même galère. La menace se limite peut-être à cela. »

Le commissaire semblait dubitatif.

« Il n'irait pas très loin avec une pareille combine. Combien de temps faudrait-il aux parents pour découvrir le pot aux roses ?

– Vous seriez étonné. Une des filles s'est servie pendant des mois de la carte de crédit de sa mère, avant que le père commence à s'interroger sur les dépenses de son épouse. La carte appartenait au couple et les sommes étaient prélevées automatiquement sur leur compte, si bien qu'aucun des deux n'a remarqué que le montant global des débits avait grimpé de plus de cinq cents livres par mois, ou du moins chacun croyait-il que l'autre en était responsable. C'est un monde différent, Charlie. Les parents travaillent et gagnent bien leur vie, et ils jettent suffisamment d'argent par les fenêtres pour que les vols de leur fille aient pu passer inaperçus. Évidemment, une fois qu'ils ont eu la puce à l'oreille, ils ont aussi découvert qu'elle avait vendu de l'argenterie, des bijoux que la mère ne portait jamais, des livres rares de la bibliothèque du père ainsi qu'un appareil-photo de plusieurs centaines de livres qu'il pensait avoir oublié dans un train. Pour ma part, je trouve que Hughes se débrouille pas mal, surtout s'il fait ça à grande échelle.

– Doux Jésus ! Pour combien Ruth Lascelles a-t-elle volé ? »

Cooper tira un morceau de papier de sa poche.

« Elle a dressé une liste des objets dont elle se souvenait. Tenez. » Il posa la feuille sur le bureau. « Même topo que pour les autres. Des bijoux auxquels sa grand-mère ne songeait plus. Des brosses à cheveux à manche argenté qui se trouvaient dans une chambre et que personne n'utilisait. Des bibelots chinois et de la vaisselle rangés dans un placard parce que Mrs Gillespie ne les aimait pas et quelques vieilles éditions originales. Il paraît que Hughes lui avait dit ce qu'il fallait prendre : des objets de valeur mais qui ne servaient pas.

– Et pour l'argent ?

– Vingt livres dérobées dans le sac à main de sa grand-mère, cinquante livres dans sa table de nuit et, quelques semaines plus tard, cinq cents livres prélevées sur son compte bancaire. Cette fois-là, elle est allée tranquillement à la banque avec un chèque contrefait et une lettre censée avoir été écrite par Mathilda demandant qu'on lui remette la somme. À l'en croire, Mrs Gillespie ne se serait jamais rendu compte de ces larcins. Mais ce n'était évidemment pas le cas puisqu'elle a parlé à Jack Blakeney des cinquante livres disparues et la banque, que j'ai appelée ce matin, m'a déclaré qu'elle avait téléphoné au sujet du prélèvement de cinq cents livres et qu'on lui avait répondu que l'argent avait été versé à Ruth conformément à ses instructions. » Il se gratta la joue. « Au bout du compte, elle a reconnu sa méprise et les choses en sont restées là.

– À quelle date était-ce ? »

Cooper consulta ses notes.

« Le chèque a été encaissé la dernière semaine d'octobre, autrement dit au cours des vacances de mi-trimestre de Ruth, et Mrs Gillespie a passé le coup de fil à sa banque dès qu'elle a reçu son relevé, autrement dit la première semaine de novembre.

– Donc peu de temps avant sa mort et après avoir décidé de modifier son testament. Vous parlez d'une embrouille ! Cela ne ressemble absolument à rien. » Il réfléchit un instant. « Quand Ruth a-t-elle volé les cinquante livres ?

– Début septembre, avant la rentrée scolaire. Apparemment, elle avait dans l'idée d'en finir avec Hughes en le payant. “Je pensais que, si je lui donnais de l'argent, il me ficherait la paix”, m'a-t-elle dit.

– Bon Dieu ! s'exclama Charlie d'un ton maussade. Elles sont toutes aussi gourdes les unes que les autres. Lui avez-vous demandé si c'est Hughes qui l'avait poussée à faucher les cinq cents livres durant les vacances ?

– Oui. Et sa réponse a été : “Jamais de la vie. Je les ai volées parce que je le voulais bien.” Après quoi elle s'est mise à pleurer comme une Madeleine. » Il prit un air piteux. « J'ai passé le relais au docteur Blakeney. Je lui ai téléphoné ce matin et l'ai mise au courant au sujet de Hughes en lui demandant d'essayer de savoir pourquoi aucune des filles n'osait se retourner contre lui. Elle arrivera peut-être à quelque chose, mais je n'y compte pas trop.

– Et la mère ? Est-ce que Ruth lui a parlé ? »

Cooper secoua la tête.

« Pour cela, il faudrait d'abord que Mrs Lascelles accepte. Si vous voulez mon avis, ce n'est pas très naturel. Je me suis arrêté hier soir pour lui dire que les Blakeney avaient pris sa fille chez eux et elle m'a regardé comme si je tombais de la lune. Tout ce qui l'intéressait, c'était de savoir si, d'après moi, le renvoi de Ruth signifiait qu'elle avait tué sa grand-mère. Je lui ai répondu que non, qu'à ma connaissance, aucune statistique n'avait encore établi de lien entre l'absentéisme, la promiscuité sexuelle et le meurtre, mais qu'en revanche, une flopée mettait en cause les carences du comportement parental. Sur ce, elle m'a dit d'aller me faire voir. » Ce souvenir eut le don de le mettre en joie.

Charlie Jones émit un grognement.

« Je préférerais pour le moment qu'on s'occupe de l'ami Hughes, aussi, inutile de s'acharner de ce côté-là. Est-ce que la police de Bournemouth a essayé de réunir les trois familles, afin d'encourager les filles à parler ?

– À deux reprises. Hélas, sans résultat. Les parents avaient pris conseil auprès d'un avocat et tout le monde est resté muet. »

Jones fit la moue.

« Ce n'est pas la première fois qu'on pratique ce genre de truc, vous savez. George Joseph Smith s'y était déjà essayé voilà cent ans. Il concoctait des lettres de recommandation pour de jolies servantes, puis leur trouvait une place dans de riches maisons. Au bout de quelques semaines, celles-ci commençaient à dérober des objets de valeur à leurs employeurs et les remettaient scrupuleusement à ce brave George, qui les convertissait en argent sonnant et trébuchant. Encore un à qui les femmes étaient incapables de résister.

– George Smith ? fit Cooper, surpris. Je croyais qu'il les noyait dans leurs baignoires.

– C'est exact. Il a commencé à s'en prendre à des femmes mariées le jour où il a compris combien il lui était facile, en les épousant, de les inciter à rédiger un testament en sa faveur. Intéressant, n'est-ce pas, au regard de la façon dont Mrs Gillespie est morte ? » Il resta un instant silencieux. « J'ai lu un bouquin sur Smith, il n'y a pas longtemps. D'après l'auteur, c'était, au sens propre comme au figuré, un véritable bourreau des cœurs. Je me demande si l'on peut en dire autant de Hughes. » Il se mit à pianoter sur son bureau. « Le mieux serait encore de l'embarquer pour lui poser la question.

– Comment ? Je prends un mandat ? »

Jones saisit son téléphone.

« Non. Je vais demander à Bournemouth de le cueillir demain matin et de nous le garder au frais jusqu'à ce que nous arrivions.

– Demain, c'est dimanche, Charlie.

– Alors, avec un peu de chance, il aura la gueule de bois. Je serais curieux de voir sa tête quand je lui dirai que nous avons des raisons de penser qu'il a tué Mrs Gillespie. »

Cooper avait l'air sceptique.

« En avons-nous vraiment ? La déposition du patron du pub ne résistera pas longtemps, pas si sa femme s'obstine à dire qu'il s'est trompé de jour. »

Un sourire féroce apparut sur le visage du commissaire, et le pékinois sembla soudain se changer en doberman.

« Cependant, nous savons qu'il se trouvait dans les parages cet après-midi-là, parce que Ruth nous l'a dit. Quant au reste, je serais assez enclin user de mon imagination. Il se servait de la petite-fille de Mrs Gillespie pour lui extorquer de l'argent. Exercice dans lequel il a déjà largement fait ses preuves et qui est probablement devenu une habitude, dans la mesure où ses dépenses excèdent nettement ses rentrées. Dans le cas contraire, il n'aurait pas besoin de vivre dans des squats. Psychologiquement, son profil m'apparaît ainsi : un être violent et instable, un psychopathe dangereux dont la haine des femmes vient d'atteindre un nouveau seuil, le faisant passer de la manipulation sans scrupule à la destruction pure et simple. Il est sans doute le produit d'un foyer brisé et d'une éducation inadaptée, et sa peur infantile de son père détermine la plupart de ses actions. »

Cooper semblait encore plus sceptique.

« Vous lisez beaucoup trop, Charlie. »

Jones se laissa aller à rire.

« Mais Hughes n'en sait rien, pas vrai ? Tâchons de voir ce que cache son charisme et si nous ne pouvons pas l'empêcher d'utiliser de malheureuses gamines pour faire son sale boulot.

– J'essaie d'éclaircir un meurtre, protesta Cooper. C'est là-dessus que je voudrais des réponses.

– Sauf que vous ne m'avez toujours pas convaincu que c'en était un, mon vieux. »

Ruth descendit furtivement l'escalier et se tint d'un côté de la porte de l'atelier, observant Jack dans son minuscule miroir de poche. Ce qui n'était pas facile. Assis le dos à la fenêtre, il travaillait à un tableau, mais, avec le chevalet placé entre la porte et lui, seules ses jambes dépassaient de la toile. De la fenêtre de la chambre, elle avait vu partir Sarah deux heures plus tôt et savait donc qu'ils étaient seuls. Jack la verrait-il passer devant la porte ? Elle attendit une dizaine de minutes sans pouvoir se décider, trop effrayée pour faire un pas.

« Si vous voulez manger un morceau, lança-t-il tout à coup, je vous conseille d'aller à la cuisine. Si vous avez envie de parler, vous feriez mieux d'entrer. Et si vous voulez voler quelque chose, prenez donc la bague de fiançailles de Sarah : elle appartenait à ma grand-mère et était estimée deux mille livres il y a quatre ans. Vous la trouverez dans le tiroir de gauche de sa table de toilette. » Il se pencha de côté, si bien que son visage apparut dans le miroir. « Allons, montrez-vous. Je ne vais pas vous manger. » Il eut un bref signe de tête tandis qu'elle s'avançait dans l'encadrement de la porte. « Sarah m'a recommandé de me montrer compréhensif, patient et attentionné. Je veux bien faire mon possible, mais je vous préviens tout de suite que j'ai horreur des gens qui reniflent dans leurs mouchoirs et marchent sur la pointe des pieds. »

Ruth en perdit le peu de couleur qui lui restait.

« Cela vous ennuierait que j'aille me préparer une tasse de café ? » Elle avait plutôt triste mine, les cheveux gras plaqués sur le crâne, la figure bouffie et marbrée par les pleurs. « Je ne voudrais pas vous déranger. »

Jack se remit devant sa toile, dissimulant ainsi la lueur d'irritation qui brillait dans son regard. Cette façon de s'attendrir sur soi-même avait le don de l'agacer.

« À condition que vous m'en apportiez une. Noir et sans sucre, s'il vous plaît. Le café se trouve près de la bouilloire, le sucre dans le pot du même nom, le lait dans le réfrigérateur et le déjeuner dans le four. Il sera prêt en une demi-heure. Aussi, à moins que vous mouriez de faim, il vaudrait mieux que vous fassiez une croix sur le petit déjeuner et que vous vous réserviez pour la suite.

– Est-ce que le docteur Blakeney va rentrer pour midi ?

– J'en doute. Polly Graham est sur le point d'accoucher, chez elle, et Sarah peut très bien en avoir pour des heures. »

Ruth se balança d'un pied sur l'autre, se tourna en direction de la cuisine, puis se ravisa.

« Est-ce que ma mère a téléphoné ? lança-t-elle brusquement.

– Vous vous attendiez à ce qu'elle le fasse ?

– Je pensais... » Elle se tut.

« Eh bien, que cela ne vous empêche pas de préparer ce café. Si vous n'en aviez pas parlé, je me serais probablement abstenu, mais puisque vous en avez eu l'idée. Allons, dépêchez-vous. Nous ne sommes pas à l'hôtel et me retrouver dans la chambre d'amis ne m'a pas vraiment mis de bon poil. »

Elle fila dans le couloir sans demander son reste. Lorsqu'elle revint cinq minutes plus tard, avec un plateau et deux tasses, elle tremblait tellement que les tasses faisaient un bruit de castagnettes. Jack ne broncha pas, prit le plateau et le posa sur la table près de la fenêtre.

« Asseyez-vous, dit-il en lui indiquant une chaise en bois

et en tournant son tabouret de manière à lui faire face. Bon, de quoi avez-vous peur ? De moi, de votre petit copain, des hommes en général, du fait que Sarah ne rentrera pas déjeuner, de la police ou tout simplement de ce qui va vous arriver ? »

Elle recula vivement comme s'il avait voulu la frapper.

« De moi, apparemment. » Il écarta le tabouret pour lui laisser davantage de place. « Et pourquoi avez-vous peur de moi, Ruth ? »

Elle agita les mains avant de les plaquer sur ses cuisses.

« Je… vous…, bredouilla-t-elle les yeux agrandis par la crainte. Je n'ai pas peur.

– Vous vous sentez parfaitement à l'aise et en sécurité avec moi ?

– Oui, murmura-t-elle.

– Eh bien, on ne le croirait pas. » Il prit une tasse de café. « Quel âge aviez-vous quand votre père est mort ?

– J'étais toute petite.

– Et depuis, vous avez vécu avec votre mère et votre grand-mère, puis au collège au milieu de cette armée de jupons. » Il but une gorgée de café. « Ce Hughes est votre premier petit ami, n'est-ce pas ? »

Elle acquiesça.

« C'est donc votre unique expérience avec un garçon ? »

Elle regarda ses mains.

« Oui ou non ? demanda-t-il d'un ton impatient en martelant les mots.

– Oui, murmura-t-elle à nouveau.

– Alors vous avez manifestement besoin de prendre des leçons sur la gent masculine. Il n'y que trois choses à retenir. La première : en général, les hommes ont besoin qu'on leur dise comment s'y prendre avec les femmes. Même en matière de sexualité, les résultats sont nettement meilleurs quand la femme se donne la peine de leur expliquer le mode d'emploi. La deuxième : comparés aux femmes, la plupart des hommes font figure de nigauds. Ils sont moins perspicaces, n'ont que peu d'intuition et manquent totalement de psychologie, ce qui les rend particulièrement sensibles à la critique. La plus petite agression les effarouche, ce qui n'est pas censé être le cas, bref, c'est de loin le plus vulnérable des deux sexes. Et troisièmement : tout homme qui ne répond pas à ce schéma est à éviter à tout prix. Ce ne peut être qu'une brute sans éducation, un fabulateur à la cervelle tellement ramollie qu'il ne lui restera pas d'autre moyen, pour se donner un semblant d'autorité, que de rabaisser toutes les créatures assez stupides pour lui faire confiance, autrement dit un type n'ayant pas une once de ce que n'importe quel mâle digne de ce nom possède en abondance : à savoir une profonde et incurable admiration des femmes.» Il saisit l'autre tasse de café et la lui mit sous le nez pour la forcer à la prendre. «Je ne prétends pas être un modèle de vertu, mais je ne suis certainement pas une brute et, soit dit entre nous, je suis extrêmement fier de mon irascible épouse. Je ne nie pas que ce que j'ai fait puisse être interprété de diverses manières, cependant, croyez-moi, je ne suis allé à Cedar House que pour une raison : peindre votre mère, tout simplement. Je n'ai pas pu résister à la tentation de fixer sur la toile deux générations d'une même famille.» Il l'observa avec curiosité, tout en songeant qu'il ne serait pas moins tentant d'en fixer une troisième. «Et si ma soupe au lait de femme n'avait pas choisi ce moment précis pour me flanquer dehors, ma foi – il eut un haussement d'épaules –, je ne serais pas allé me frigorifier dans le pavillon d'été de votre mère. Est-ce que cela vous rassure ou allez-vous continuer à trembler comme une feuille chaque fois que vous me voyez ?»

Elle le considéra d'un air affligé. Après tout, elle n'était pas dépourvue d'une certaine beauté, se dit-il, une beauté tragique. Comme celle de sa mère. Comme celle de Mathilda.

«Je suis enceinte», prononça-t-elle enfin, des larmes de lassitude lui coulant sur les joues.

Il y eut un moment de silence.

«Je pensais… j'espérais… que ma mère…» Elle s'essuya prestement les yeux avec son mouchoir trempé. «Je ne sais pas… Je ferais mieux de m'en aller… Je n'aurais pas dû vous dire ça.»

Jack se sentit tout à coup honteux. Le chagrin d'une

gamine soumise à une tension intolérable était-il un signe de faiblesse si abject qu'il se devait de la mortifier ? Il se pencha, lui prit la main, l'obligeant à se lever, et la serra dans ses bras tout en lui caressant les cheveux comme l'aurait fait son père s'il avait vécu. Il la laissa pleurer un long moment, puis déclara :

« Votre grand-mère affirmait que l'humanité allait à sa perte si elle n'apprenait pas à communiquer. C'était une sage. Nous discutons beaucoup, mais nous communiquons rarement. » Il relâcha son étreinte et la repoussa doucement pour la regarder. « Je suis content que vous m'en ayez parlé. Cela vous a semblé possible et je prends ça comme un compliment. Vous auriez aussi bien pu attendre le retour de Sarah.

– Je comptais... »

Il l'arrêta d'un éclat de rire et l'invita à se rasseoir.

« Allons, ne m'ôtez pas mes illusions. Laissez-moi croire juste une fois qu'il est aussi facile de se confier à moi qu'à Sarah. C'est faux, bien entendu. Personne au monde n'écoute comme elle ni n'est de meilleur conseil. Elle s'occupera de vous, je vous le promets. »

Ruth se moucha.

« Elle va être furieuse contre moi.

– Vous croyez ?

– Vous venez de dire qu'elle était irascible.

– Exact. Mais il n'y a pas de quoi être inquiet. Il suffit de baisser la tête quand les casseroles commencent à voler. »

Elle se tamponna vigoureusement les yeux.

« Les casseroles ? Est-ce qu'elle...

– Non, répondit-il d'un ton ferme. C'était une façon de parler. Sarah est quelqu'un de très gentil. Elle ramène à la maison des pigeons blessés, leur fixe des attelles et suit leur lente et terrible agonie avec une expression d'intense commisération. Cela fait partie des trucs qu'on leur apprend à l'école de médecine. »

Elle le regarda d'un air effaré.

« C'est horrible !

– Je plaisantais. Sarah est le médecin le plus doux que je connaisse. Elle vous aidera à prendre une décision et ensuite à vous tirer de là. Elle ne vous forcera ni à garder le bébé ni à ne pas le garder. »

Ruth se remit à pleurer.

« Je ne veux pas le garder. » Elle serra ses poings sur ses genoux. « Est-ce mal, à votre avis ?

– Non, répondit-il en toute franchise. À votre place, je ne voudrais pas non plus.

– Mais c'est ma faute. C'est moi qui l'ait fait.

– Pour faire ces choses-là, il faut être deux, Ruth, et je ne pense pas que votre copain éprouve beaucoup d'enthousiasme à l'idée de se retrouver avec un marmot gesticulant et braillant à tue-tête. C'est à vous de choisir, pas à moi. Le sperme ne coûte rien et l'essentiel finit à l'égout. En revanche, le fœtus se paie au prix fort. Une fois passé le cap, on ne peut pas revenir en arrière.

– Mais n'est-ce pas un être vivant ? Est-ce que je ne vais pas commettre un meurtre ? »

Comment aurait-il pu comprendre les angoisses d'une femme à laquelle un accident biologique avait soudain conféré le droit de vie et de mort ? Il pouvait seulement se montrer sincère avec elle.

« Je ne sais pas. Cependant, je croirais volontiers que, s'il est vivant en ce moment, c'est parce que vous l'êtes aussi. En dehors de cela, il ne possède aucune existence propre.

– Il pourrait,... si je le laissais faire.

– Bien sûr. Mais, à ce compte-là, chaque ovule que produit une femme et chaque spermatozoïde que sécrète un homme renferment une vie potentielle, et l'on n'aurait pas idée de traiter un adolescent d'assassin chaque fois qu'il va se soulager au fond de la cour. Je pense que, pour chacun de nous, sa propre existence importe plus que le germe de vie qu'il porte en lui. Je ne prétends pas pour autant que ce soit une décision facile à prendre, ni même à envisager, mais je ne doute pas que vous comptiez davantage actuellement que la vie qui pourrait se développer en vous si vous étiez préparée à en payer le prix, psychologiquement, physiquement, socialement et financièrement. Et ce prix, vous serez seule à l'assumer, Ruth, car la probabilité que Hughes en acquitte la moindre part me paraît pratiquement nulle.

– De toute façon, il répondrait que ce n'est pas le sien. »

Jack hocha la tête.

« Comme beaucoup d'hommes, j'en ai peur. C'est si facile. Ce n'est pas leur corps qui est en cause. »

Elle enfouit son visage dans ses mains.

« Vous ne comprenez pas. » Elle entoura sa tête avec ses bras. Pour se protéger ? Se cacher ? « Cela pourrait être n'importe lequel. J'ai dû… il m'a forcé à… Mon Dieu !… Si seulement… »

Elle se tut, recroquevillée sur elle-même, et se mit à sangloter.

Jack se sentait totalement impuissant. La souffrance qui émanait d'elle le submergeait comme une vague. Il ne lui venait à l'esprit que des banalités – il n'est pas de si grand malheur qui ne puisse être pire… les choses finissent toujours par s'arranger –, mais comment de tels clichés auraient-ils pu soulager une jeune fille dont la vie gisait brisée à ses pieds ? Il avança la main et la posa gauchement sur la tête de Ruth. Un geste instinctif de réconfort qui n'était pas sans rappeler la bénédiction du prêtre.

« Dites-moi ce qui s'est passé, murmura-t-il. Ce n'est peut-être pas aussi grave. »

Mais ça l'était. Ce qu'elle lui raconta d'une voix terrorisée l'atteignit jusqu'au plus profond de son être. Au point de le rendre véritablement malade.

En rentrant à trois heures et demie après avoir accouché Polly Graham d'une splendide petite fille, Sarah le trouva dans le jardin. Il bêchait avec énergie autour des rosiers, jetant à pleine poignée de l'engrais sur les racines.

« On est presque en décembre, dit-elle. La nature vit au ralenti. Tu perds ton temps.

– Je sais. » Il leva la tête et elle crut voir des traces de larmes au bord des paupières. « J'avais besoin de m'occuper.

– Où est Ruth ?

– Endormie. Comme elle avait mal à la tête, je lui ai fait prendre de la codéine et je l'ai envoyée se coucher. » Il passa une main boueuse sur son front pour ramener une mèche de cheveux. « Tu as fini ta journée ? »

Elle acquiesça.

« Qu'est-il arrivé ? »

Il s'appuya sur le manche de la bêche et laissa errer son regard dans les champs alentour. La lumière déclinante enveloppait d'un voile de brume le paysage, où des vaches paissaient et où les arbres dénudés lançaient vers le ciel la dentelle noire de leurs branchages.

« Et dire que c'est pour cette terre que tant de gens sont morts », dit-il d'un ton brusque.

Elle l'observa, le front légèrement plissé. Il avait les yeux humides.

« Tu connais ce poème de Rupert Brooke, *Le Soldat*. Celui qui commence par :

Si je devais mourir, gardez pour seul souvenir de moi
Celui d'un coin de champ d'une terre étrangère
Qui restera à jamais l'Angleterre. Parmi ce riche sol
Se dissimulera une plus riche poussière
Poussière à laquelle l'Angleterre donna vie, forme et
[conscience… »

Il se tut. Lorsqu'il reprit la parole, sa voix tremblait.

« C'est magnifique, n'est-ce pas, Sarah ? L'Angleterre est un pays magnifique ! »

Elle essuya les larmes qui avaient coulé sur son visage.

« Tu pleures, fit-elle, le cœur battant. Je ne t'avais encore jamais vu pleurer. Qu'y a-t-il, Jack ? »

Il sembla ne pas l'avoir entendue.

« Rupert Brook est mort en 1915. Tué à la guerre. Il n'avait que vingt-huit ans, moins que toi et moi, et a donné sa vie, avec des millions d'autres, toutes nationalités confondues, pour le bonheur des générations futures. Et sais-tu ce qui me désespère ? » Il tourna la tête et regarda au loin comme pour y sonder quelque enfer connu de lui seul. « C'est qu'un homme capable d'écrire sur sa patrie l'un des plus beaux poèmes qui existent se soit sacrifié pour permettre à ce pays d'engendrer la vermine qui prolifère aujourd'hui.

– Personne n'est entièrement bon ni entièrement mauvais, Jack. Nous ne sommes que des êtres humains. Cette pauvre gamine désirait seulement un peu d'affection.

Il passe une main sur sa joue d'un geste las.

« Je ne parlais pas de Ruth, mais de ceux qui l'ont agressée. De la brute qui lui a appris l'obéissance en l'enfermant dans une camionnette en compagnie d'une bande de petits fumiers qui l'ont violée chacun à leur tour durant cinq heures pour lui ôter toute velléité de résistance. » Il contempla à nouveau les champs. « Apparemment, elle s'est rebiffée, a dit qu'elle ne marchait pas, quand Hughes a commencé à lui demander de voler Mathilda. Il l'a donc bouclée avec ses copains qui lui ont fait une vivante démonstration de ce qui lui arriverait chaque fois qu'elle refuserait d'obéir. J'ai dû lui promettre de ne le répéter à personne sauf à toi. Elle est absolument terrifiée à l'idée qu'ils pourraient la retrouver et remettre ça, à tel point que, lorsque je lui ai laissé entendre qu'il vaudrait mieux avertir la police, j'ai cru qu'elle allait tourner de l'œil. Hughes lui a expliqué que, si jamais elle était arrêtée, elle devait dire que l'idée des vols venait d'elle. Aussi longtemps qu'elle s'en tiendrait à cette version et ne mentionnerait pas la séance dans la camionnette, il lui ficherait la paix. » Il se pinça les lèvres. « Par contre, si elle avait le malheur de parler, il lui enverrait ses sbires et elle n'y couperait pas. Ni la police ni le mariage ne la sauveraient. Il attendrait le temps nécessaire, mais, pour chaque année écoulée, il allongerait d'une heure la sanction finale. Avec une telle menace pesant sur elle, il faudrait qu'elle ait perdu l'esprit pour s'adresser à la police. »

Sarah était trop secouée pour réagir.

« Je comprends qu'elle ait eu peur de dormir en bas, finit-elle par déclarer.

– Cela m'étonnerait qu'elle ait beaucoup dormi tous ces jours derniers. Elle n'a accepté de prendre de la codéine qu'une fois certaine que je ne bougerais pas de la maison. Elle a une trouille bleue qu'ils lui tombent dessus à l'improviste et aussi que la police l'interroge à nouveau.

– L'inspecteur se doute de quelque chose, le prévint Sarah. Il m'a téléphoné ce matin pour que j'essaie d'en savoir plus. Il a parlé de chantage. D'après lui, Hughes disposerait d'un moyen de pression, mais, sauf à découvrir lequel, la police ne peut pratiquement rien. Ruth n'est pas la première à qui cela arrive. Trois autres filles ont connu la même mésaventure et il pense qu'elles ne sont pas les seules. Toutes les trois ont refusé de parler.

– Elle est enceinte, laissa-t-il tomber. Je lui ai dit que tu saurais quoi faire. Bon Dieu ! » D'un geste rageur, il empoigna la bêche et la projeta tel un javelot. Elle fendit l'air en sifflant et atterrit au milieu de la pelouse. « Si je tenais cet enfant de salaud, je serais capable de le tuer ! »

Sarah lui toucha le bras pour le calmer.

« Combien de semaines ?

– Je n'en sais rien, répondit-il en se frottant les yeux. Je ne lui ai pas demandé. J'aurais bien aimé que tu sois là. J'ai fait de mon mieux, mais je crains de ne pas avoir été à la hauteur. Elle avait besoin de parler à une femme et pas à un imbécile qui lui tiendrait de grands discours. Nom d'un chien, figure-toi que je lui ai même fait un exposé sur la psychologie masculine ! »

Comme il s'emportait à nouveau, elle l'interrompit.

« Elle ne t'aurait pas parlé si elle ne s'était pas sentie à l'aise. Depuis combien de temps dort-elle ? »

Il consulta sa montre.

« Environ deux heures.

– Bon. Je vais la laisser tranquille encore un moment, puis j'irai la voir. » Elle lui prit le bras. « Tu n'as pas mangé, je suppose.

– Non. »

Elle l'entraîna vers la maison.

« Alors, viens. On ne peut pas réfléchir en ayant le ventre creux.

– Qu'allons-nous faire, Sarah ?

– Ce qui est le mieux pour Ruth.

– Sans se soucier de toutes les pauvres gosses qui risquent de se faire piéger à leur tour ?

– Chaque chose en son temps, Jack. »

Elle semblait très inquiète.

« Ô sort vil, supplice intolérable ! » Ruth pleure à nouveau et cela me rend folle. Je n'en peux plus. J'ai envie de prendre cette affreuse gamine et de la secouer comme un prunier, de la gifler, de la cogner. Je suis prête à tout pourvu que ses pleurnicheries rageuses s'arrêtent. Je ne décolère pas. Même lorsqu'elle est calme, je me surprends à attendre qu'elle recommence.

Quelle injustice ! J'ai déjà dû affronter tout cela avec Joanna. Si seulement celle-ci montrait quelque intérêt pour sa fille, ce ne serait pas aussi insupportable, mais elle fait absolument tout pour l'éviter. Ce matin, en désespoir de cause, j'ai essayé d'enfiler la muselière sur la tête de Ruth, mais Joanna a piqué une crise à la seule vue de l'objet. J'ai à nouveau fait appel à Hugh Hendry, et cette fois-ci il a eu assez de bon sens pour lui prescrire des tranquillisants. À l'entendre, elle serait à bout.

Si seulement il y avait eu du Valium à mon époque. Comme pour tout, j'ai dû me débrouiller seule.

12

La voiture de l'inspecteur Cooper s'était à peine arrêtée, un peu plus tard, dans l'allée de Mill House, que Jack ouvrait la porte côté passager et se glissait sur le siège.

« Faites-moi plaisir, mon vieux, rebroussez chemin le plus discrètement possible, puis remontez la route sur un ou deux kilomètres. » Comme Cooper passait la marche arrière, il approuva d'un signe de tête. « Et la prochaine fois, soyez gentil, donnez un coup de fil avant. »

Cooper, apparemment insensible au sans-gêne d'une telle attitude envers un représentant de la force publique, franchit à reculons la distance jusqu'à la grille en roulant lentement de manière à ne pas faire crisser le gravier.

« Elle se méfie de moi ? demanda-t-il, avant d'enclencher la première et de filer dans la direction de Fontwell.

– Pas de vous personnellement. De la police. Il y a une aire de stationnement à environ cinq cents mètres. Arrêtez-vous là, je rentrerai à pied.

– A-t-elle dit quelque chose ? »

Jack ne répondit pas et Cooper lui jeta un regard en biais. Dans la faible lueur renvoyée par les phares, il vit qu'il avait les traits tirés, mais il faisait trop sombre pour qu'il pût en distinguer davantage.

« La loi vous fait obligation d'aider la police dans ses recherches, Mr Blakeney.

– Appelez-moi, Jack. Et vous, inspecteur, comment vous appelle-t-on ?

– Comme vous voudrez, répondit-il sèchement. Thomas. Tom. Ce sacré Tommy. »

Jack sourit, découvrant la blancheur de ses dents.

« Pas facile !

– Vous l'avez dit. On me prend généralement pour un comique. Où est votre fameuse aire de stationnement ?

– À une centaine de mètres. » Il scruta l'obscurité à travers le pare-brise. « Tenez, là, en face. »

Cooper traversa la route, s'arrêta et retint Jack par le bras avant de couper le moteur et d'éteindre les phares.

« Juste cinq minutes. J'ai vraiment besoin de vous poser quelques questions. »

Jack lâcha la poignée de la porte.

« D'accord, mais je vous préviens tout de suite que je ne peux pas vous dire grand-chose, sinon que Ruth crève de peur et préférerait ne plus rien avoir à faire avec la police.

– Il se pourrait qu'elle n'ait pas le choix. Que nous décidions d'engager des poursuites.

– Pour quel motif ? Avoir volé un membre de sa propre famille qui n'a même pas pris la peine de signaler les quelques babioles disparues ? Vous ne pouvez pas poursuivre Ruth pour ça, Tommy. Et, de toute façon, en tant que légataire, Sarah insistera pour qu'aucune charge ne soit retenue. Sa situation est déjà suffisamment délicate sans qu'elle ait en plus à se reprocher d'avoir collé un casier judiciaire à une gamine qu'elle a, de fait, privée de son héritage. »

Cooper poussa un soupir.

« Appelez-moi Cooper. Comme la plupart des gens. Tommy est plus un embarras qu'un prénom. » Il sortit une cigarette. « Pourquoi tenez-vous à considérer Miss Lascelles comme une gamine ? C'est une jeune femme, Jack. Elle a dix-sept ans, ce qui la rend juridiquement responsable de ses actes. Si elle est poursuivie, elle sera jugée par un tribunal pour adultes. Vous ne devriez pas vous laissez aveugler par vos sentiments. Il ne s'agit pas de babioles. Voilà un mois, elle a raflé à sa grand-mère cinq cents livres, sans sourciller. Et le jour de la mort de celle-ci, elle lui a dérobé des boucles d'oreilles d'une valeur de deux mille livres.

– Est-ce que Mathilda a porté plainte pour l'argent ?

– Non, admit Cooper.

– Alors Sarah ne le fera pas non plus. »

Cooper poussa un nouveau soupir.

« Je suppose que vous avez consulté un avocat, qui vous a conseillé, j'imagine, de vous taire, à partir de quoi peu vous importe ce que Hughes pourrait faire subir à d'autres, n'est-ce pas ? » Il gratta une allumette, l'approcha de l'extrémité de sa cigarette et observa Jack à la faveur de la flamme. La colère se lisait dans chaque ligne du visage de son interlocuteur, depuis le pli des lèvres, la saillie des mâchoires jusqu'à la fente des paupières. Il semblait faire un effort énorme pour se maîtriser. Cooper éteignit l'allumette d'une pression du pouce, replongeant la voiture dans l'obscurité. Ne subsista que le cercle rouge du tabac en train de se consumer.

« Hughes a mis au point un stratagème, déclara-t-il. J'ai expliqué ce matin à votre femme le peu que nous en connaissons. Pour l'essentiel…

– Elle me l'a dit, le coupa Jack. Et je sais ce qu'il fait.

– Très bien, fit calmement Cooper. Alors vous comprenez qu'il est important que nous le neutralisions. Il y aura d'autres Miss Lascelles, soyez-en sûr, et les moyens qu'il emploie afin d'obliger ces filles à travailler pour lui deviendront de plus en plus odieux avec le temps. C'est dans la nature de la brute. » Il tira une bouffée de sa cigarette. « Il utilise la force, n'est-ce pas ?

– C'est vous le policier, Cooper. Arrêtez ce salopard et posez-lui la question.

– Justement, nous avons prévu de le faire. Demain. Mais nous nous sentirions bien mieux armés si nous savions quelles questions lui poser. Pour l'instant, nous nageons complètement. »

Jack ne dit rien.

« Je pourrais obtenir un mandat contre Miss Lascelles et l'emmener au commissariat. À votre avis, comment supporterait-elle cette épreuve psychologique ? Vous ne semblez pas vous rendre compte qu'elle est très différente des autres filles dont Hughes s'est servi. Elle n'a pas, dans son cas, de parents pour l'épauler.

– Sarah et moi nous en chargerons, répliqua Jack d'un ton cassant. Pour l'heure, nous lui tenons lieu de famille.

– Mais vous ne possédez aucun titre officiel. Nous pourrions exiger que sa mère assiste à l'interrogatoire, encore que, soit dit en passant, la seule chose qui semblait intéresser hier soir Mrs Lascelles, c'était de savoir si le renvoi de sa fille avait un quelconque rapport avec le meurtre de Mrs Gillespie. Elle n'hésiterait pas une seconde à nous jeter Ruth en pâture si elle pensait que cela pouvait l'aider à mettre la main sur l'argent de la vieille. »

Jack éclata d'un rire sans conviction.

« Vous n'êtes qu'un sale bluffeur, Cooper ! Vous êtes bien trop honnête pour commettre une telle vilenie et nous le savons tous les deux. Croyez-moi, vous ne vous pardonneriez jamais d'avoir ajouté de nouvelles tortures à celles que cette pauvre gosse a déjà subies.

– C'est si moche que ça ?

– Oui, et le terme est faible.

– Vous devez me le dire, Jack. Nous n'arriverons à rien avec Hughes sans cela.

– Impossible. J'ai donné ma parole à Ruth.

– Eh bien, reprenez-la. »

Jack secoua la tête.

« Non. Il n'est pas dans mes principes de reprendre une parole donnée. Néanmoins, je pourrais vous proposer un marché. Livrez-le-moi d'abord et je vous le livrerai ensuite. Qu'en pensez-vous ? »

Cooper sembla caresser un instant cette idée.

« Navré, mais cela s'appelle de la complicité. Je pourrais dire adieu à mon avancement. »

Jack émit un petit rire.

« Réfléchissez. » Il saisit la poignée et ouvrit la porte. « C'est mon dernier prix. » La fumée de la cigarette le suivit en tournoyant tandis qu'il descendait de voiture. « J'ai juste besoin d'une adresse, Tommy. Si vous vous décidez, téléphonez-moi. »

Il claqua la porte et s'enfonça dans la nuit.

Violette Orloff pénétra à pas feutrés dans la chambre de

son mari et le regarda d'un air anxieux, le front plissé. Enveloppé dans une interminable robe de chambre en laine, il reposait contre ses oreillers, tel un vénérable et plantureux bouddha, une tasse de chocolat dans une main, un sandwich au fromage dans l'autre et le *Daily Telegraph* étalé sur ses genoux.

« Elle s'est remise à pleurer. »

Duncan lui jeta un coup d'œil par-dessus ses verres à double foyer.

« Cela ne nous regarde pas, ma chérie, dit-il d'une voix ferme.

– Mais je l'entends. Elle pleure... toutes les larmes de son corps.

– Ce n'est pas notre affaire.

– Malgré tout, je continue à penser que, si nous avions... fait quelque chose quand nous avons entendu pleurer Mathilda, elle ne serait peut-être pas morte. Je n'arrête pas de me le reprocher, Duncan. »

Il poussa un soupir.

« Je refuse de me sentir coupable parce que les cruautés, imaginaires ou réelles, de Mathilda envers les membres de sa propre famille ont finalement poussé l'un d'eux à la tuer. Nous n'aurions rien pu faire alors et, comme tu te plais à me le répéter, il n'y a rien que nous puissions faire aujourd'hui pour la ressusciter. Nous avons prévenu la police quant aux mobiles possibles de l'assassin. J'estime que nous devrions en rester là.

– Mais, Duncan, gémit Violette, si nous... savions que c'est Joanna ou Ruth, nous aurions le devoir de les en informer. »

Il fronça les sourcils.

« Ne sois pas stupide, Violette. Nous n'en savons rien du tout et, franchement, cela ne nous concerne pas. La logique veut que ce soit quelqu'un qui possédait une clé ou en qui elle avait suffisamment confiance pour lui ouvrir sa porte, et la police n'a pas besoin que je le lui dise. » Le froncement de sourcils s'accentua. « Pourquoi tiens-tu absolument à ce que je m'en mêle ? On dirait que tu veux à tout prix que Joanna et Ruth soient arrêtées.

– Pas… toutes les deux. Elles ne l'ont quand même pas tuée ensemble, hein ? » Elle eut une horrible grimace, qui tordit ses traits en une expression grotesque. « N'empêche que Joanna s'est remise à pleurer et qu'à mon avis, nous devrions faire quelque chose. Mathilda disait toujours que la maison était remplie de fantômes. Elle est peut-être revenue. »

Duncan la regarda avec une inquiétude non dissimulée. « Tu as perdu la tête ?

– Bien sûr que non, répliqua-t-elle d'un air renfrogné. Après tout, je vais y aller, pour voir si ça va et lui parler. On ne sait jamais, elle aura peut-être envie de se… confier à moi. »

Elle pivota et repartit, toujours à pas feutrés. Un instant plus tard, il entendit le bruit de la porte d'entrée.

Duncan secoua la tête avant de se replonger dans ses mots croisés. Était-ce le début du gâtisme ? Il fallait vraiment que Violette soit ou bien incroyablement courageuse ou bien totalement folle pour affronter une créature aussi déséquilibrée, qui avait toujours clairement détesté sa mère, au point d'être capable de la tuer. Il ne pouvait s'empêcher d'imaginer la réaction de Joanna quand sa femme lui laisserait entendre de manière ingénue qu'elle en savait bien plus qu'elle n'en avait raconté à la police. Cette pensée le tourmenta suffisamment pour le décider à quitter la chaleur de son lit, à enfiler ses pantoufles et à descendre discrètement l'escalier à la suite de son épouse.

Quelle qu'ait été l'origine des tourments de Mrs Lascelles, elle devait rester, ce soir-là, un mystère pour les Orloff. Joanna refusa de répondre au coup de sonnette de Violette et c'est seulement le dimanche matin, à l'église, que la rumeur se répandit : Jack Blakeney avait réintégré le domicile conjugal et Ruth, trop effrayée pour retourner à Cedar House auprès de sa mère, avait préféré aller habiter chez les Blakeney. Les autorités du collège, prétendait-on, l'avaient priée de débarrasser le plancher en raison du scandale qui avait éclaté autour de sa famille. Dès lors, redoublant d'activité, les langues des commères concentrèrent leur venin sur Joanna.

S'il avait été totalement objectif, Cooper aurait seulement vu dans Dave Hughes un jeune homme au penchant un peu trop marqué pour les filles de bonne famille. D'un genre effectivement « un peu fruste » mais présentant bien, il était grand, séduisant, net et musclé comme un chien de race, avec des cheveux bruns lui arrivant aux épaules, des yeux d'un bleu vif et un sourire engageant. Inoffensif était le mot qui venait immédiatement à l'esprit et ce n'est que peu à peu, dans l'atmosphère confinée de la salle d'interrogatoire du commissariat de Bournemouth, que le vernis commença à craquer. Cooper comprit alors que ce qu'il avait vu n'était qu'un bel emballage. Ce qui se dissimulait sous la surface n'avait strictement rien à voir.

Le commissaire Charlie Jones appartenait lui aussi à cette catégorie d'individus chez lesquels l'emballage dissimule le contenu véritable. Et, à l'évidence, constata avec amusement Cooper, Hughes s'était laissé abuser par le regard triste de pékinois qui le considérait avec un mélange de douceur et de repentir extrêmes. Assis à la table en face de Hughes, Jones se mit à fouiller frénétiquement dans sa serviette.

« C'est très gentil à vous d'être venu, Mr Hughes, dit-il. J'imagine que votre temps est précieux et nous vous sommes extrêmement reconnaissants de votre coopération. »

Hughes eut un léger haussement d'épaules.

« Si j'avais su que j'avais le choix, je ne serais sans doute pas ici. Bon, de quoi s'agit-il ? »

Jones finit par repérer dans son sac une feuille de papier froissée et la posa sur la table.

« De Miss Ruth Lascelles. Elle prétend que vous êtes son amant. »

Hughes eut un nouveau haussement d'épaules.

« Ouais. Je la connais bien. Elle a dix-sept ans. Depuis quand est-il interdit de faire l'amour avec une fille de dix-sept ans ?

– Ce n'est pas interdit.

– Alors où est le problème ?

– Le vol. Elle volait. »

Hughes parut surpris juste ce qu'il faut, mais ne dit rien.

« Saviez-vous qu'elle volait ? »

Il secoua la tête.

« Elle prétendait que sa grand-mère lui donnait de l'argent. Je la croyais. Paraît que la vioque était pleine aux as.

– Était ? Vous savez donc qu'elle est morte.

– Bien sûr. Ruth m'a dit qu'elle s'était suicidée. »

Jones fit courir son doigt sur la feuille de papier.

« Elle dit aussi que vous lui avez demandé de voler des bijoux, des brosses à monture d'argent, des livres anciens se trouvant dans la bibliothèque de Mrs Gillespie. En fait, le même genre de choses que Miss Julia Sefton, à l'en croire, dérobait pour votre compte à ses parents. De menus objets dont on ne risquait pas de découvrir tout de suite la disparition et qui pouvaient se monnayer facilement. Qui les revendait, Mr Hughes ? Ruth ou vous ?

– Soyez gentil, inspecteur. Est-ce que j'ai une tête à jouer les fourgues pour une mijaurée qui n'hésite pas à me balancer à la première anicroche ? Bon sang, fit-il avec une grimace de dégoût, vous ne me croyez tout de même pas idiot à ce point-là ! Si elles viennent me trouver, c'est uniquement pour se changer les idées, parce qu'elles s'ennuient à cent sous de l'heure avec les empaffés dont raffolent leurs vieux. Et ça suffit à vous renseigner sur ce genre de nanas. Chez nous, on appelle ça des roulures et elles ont le vol dans le sang autant que la putasserie. Si Ruth raconte que je l'ai poussée à voler, c'est qu'elle ment pour se tirer du pétrin. C'est un peu facile, non ? Je ne suis qu'un pouilleux vivant dans une saleté de squat, tandis qu'elle est Miss Lascelles de l'école de filles de Southcliff. Avec ça, qui va me croire ? »

Jones le fixa de son regard lugubre.

« Bah, le problème n'est pas tellement de vous croire. Nous savons tous les deux que vous mentez et que Ruth dit la vérité. Le problème serait plutôt le suivant : réussirons-nous à la convaincre de dire toute la vérité quand elle se retrouvera devant un tribunal ? Cette fois-ci, j'ai bien peur que vous ayez fait un mauvais choix, Mr Hughes. En effet, elle n'a plus son père, uniquement sa mère et, comme vous le savez probablement, les femmes sont toujours beaucoup plus dures avec leurs filles que les hommes. Mrs Lascelles n'essaiera pas de protéger Ruth comme le père de Julia a protégé celle-ci. Du reste, elle déteste manifestement cette gosse. Les choses auraient été bien différentes, j'imagine, si Mrs Gillespie avait vécu : elle aurait sans doute remué ciel et terre pour préserver la réputation de la famille, mais, en son absence, je ne vois pas qui se dévouerait pour défendre Ruth. »

Hughes arbora un large sourire.

« Eh bien, allez-y. Poursuivez donc cette sale petite voleuse. Ce n'est pas mes oignons. »

Ce fut au tour de Jones d'avoir l'air surpris.

« Vous n'avez donc aucune affection pour elle ?

– Pour prendre son pied, ça allait encore, rien de génial, mais ça allait. Écoutez, comme je vous l'ai déjà dit, si elles viennent me voir, c'est pour faire enrager leurs vieux. Qu'est-ce que je devrais faire ? Me couper un bras pour les remercier de s'être laissé sauter ? Des poupées comme ça, j'en ramasse à la pelle dans n'importe quelle boîte le samedi soir. Et même des plus chouettes. » Il sourit à nouveau, d'un sourire espiègle censé chavirer les cœurs féminins, mais dont l'effet fut totalement perdu pour ses interlocuteurs. « Je veux bien me décarcasser, leur donner des frissons autant qu'elles veulent, mais qu'elles me rendent responsables de leurs carambouilles, ça non ! Et pour tout dire, je commence même à en avoir drôlement assez. Vos copains et vous, vous n'êtes que des jobards ! Il suffit qu'une petite sainte nitouche vous raconte avec des roucoulements dans la voix le premier roman-feuilleton qui lui passe par la tête et, toc ! c'est mézigue qu'on embarque pour lui en faire baver ! Vous ne voulez pas l'admettre, mais ce ne sont que des roulures, ni plus ni moins que celles qui turbinent dans les quartiers chauds. »

Jones le considéra d'un air songeur.

« C'est la seconde fois que vous traitez Miss Lascelles de roulure. Qu'entendez-vous par là, Mr Hughes ?

– La même chose que vous, je suppose.

– Une femme vulgaire, sans éducation, qui vend son corps pour de l'argent. Je ne dirais pas cela de Miss Lascelles. »

Hughes sembla trouver la remarque amusante.

« Une roulure est une fille facile. Et Ruth était tellement facile que c'en était pitoyable !

– Vous avez dit qu'elle n'était pas douée pour la chose, continua Jones sans se troubler. Voilà un aveu des plus révélateurs, vous ne pensez pas ?

– Comment ça ?

– Cela en dit plus long sur vous que sur elle. Elle ne se comportait pas comme vous vouliez ? Vous avez dû l'obliger ? Qu'aviez-vous donc envie qu'elle vous fasse qui ne lui plaisait pas ? Je trouve cela fascinant.

– J'en ai déjà eu des mieux, c'est tout ce que je voulais dire.

– Des quoi, Mr Hughes ?

– Des maîtresses, bon Dieu ! Des femmes qui savent ce qu'elles font. Capables de se comporter avec un peu plus d'enthousiasme et de finesse. Se farcir Ruth, c'était comme se farcir un paquet de gelée. C'est moi qui devais m'appuyer tout le boulot pendant qu'elle restait pétrifiée à me dire qu'elle m'aimait. Franchement, j'en avais plus marre qu'autre chose. »

Jones eut un froncement de sourcils.

« Dans ce cas, pourquoi vous être embêté avec elle ? »

Hughes le regarda avec un sourire ironique tant le piège lui semblait évident.

« Pourquoi pas ? Elle était libre, disponible et ça me démange de temps en temps comme tout le monde. Vous n'allez pas m'inculper pour avoir cédé à un besoin naturel ? »

Jones réfléchit quelques instants.

« Vous êtes-vous rendu à Cedar House ?

– Chez la vieille bique ? » Il secoua la tête. « Pas de danger. Si elle avait appris avec qui Ruth sortait, elle en aurait fait tout un plat. Je ne tiens pas à m'attirer des ennuis et ces gonzesses sont incroyables. La moitié d'entre elles s'imaginent que leurs vieux vont me sauter au cou en me voyant. Papa, maman, fit-il d'une voix maniérée, je vous présente mon nouvel ami, Dave. » Il sourit à nouveau de son sourire puéril. « C'est moi qui vous le dis, elles sont dingues !

– Vous en avez connu tellement ? Notez que l'on s'en doutait un peu. »

Il se balança sur sa chaise, l'air détendu, satisfait, parfaitement assuré.

« Je leur plais, commissaire. C'est comme ça. Ne me demandez pas à quoi ça tient, je n'en ai pas la moindre idée. Peut-être à mon sang irlandais.

– Du côté de votre mère, je présume.

– Comment le savez-vous ?

– Parce que vous avez le type, Mr Hughes. Étant donné vos préjugés à l'égard des prostituées, vous êtes sans doute l'enfant naturel d'une putain qui aurait baisé avec n'importe qui pour trois sous. Et, si vous ignorez l'identité de votre père, c'est qu'il faisait partie de la cinquantaine de quidams qui lui sont passés sur le corps la semaine de votre conception. De là le mépris, la haine viscérale que vous inspirent les femmes et votre incapacité à assumer une relation adulte. Vous avez manqué d'un modèle masculin qui vous aurait stimulé et permis d'apprendre un minimum de choses. Dites-moi, murmura-t-il, est-ce que le fait de ne pas avoir à payer vous procure un sentiment de supériorité vis-à-vis du pauvre type qui a dû passer à la caisse pour vous engendrer ? C'est cela qui vous travaille ? »

Les yeux bleus le fixèrent avec une expression courroucée.

« Je n'ai pas à écouter ces conneries.

– J'ai bien peur que si. Voyez-vous, je trouve votre animosité maladive à l'égard des femmes du plus haut intérêt. Vous êtes incapable de parler d'elles sans vous montrer grossier. C'est assez monstrueux, Mr Hughes, et comme l'inspecteur Cooper et moi-même enquêtons sur un crime particulièrement monstrueux, votre attitude m'inquiète. Laissez-moi vous donner une brève description de la psychopathie. » Il consulta à nouveau son papier. « Elle se manifeste par un goût réduit, voire inexistant, pour le travail, une délinquance persistante, une activité libidinale compulsive et un comportement sexuel agressif. Les individus atteints de tels troubles sont irresponsables et dénués de sensibilité ; ils n'éprouvent aucun remords quant à leurs agissements antisociaux et ont beaucoup de mal à établir des liens durables. » Il releva la tête. « Voilà qui vous va comme un gant, ne croyez-vous pas ? Vous n'avez jamais été soigné pour de tels symptômes ?

– Des clous, oui ! s'écria-t-il furieux. Nom d'un chien, que signifient ces salades ? Depuis quand le vol est-il un crime monstrueux ?

– Il ne s'agit pas de vol. »

Hughes sembla soudain sur ses gardes.

« Et de quoi alors ?

– De ce que vous faites à ces filles.

– Je ne comprends pas. »

Jones se pencha vers lui, les yeux comme des charbons ardents.

« Oh, vous comprenez fort bien, espèce de petite ordure ! Vous êtes un pervers, Hughes, et quand vous vous retrouverez en taule et que les autres détenus sauront pourquoi on vous a bouclé, alors vous aurez tout loisir de méditer sur le rôle de victime. Ils vous tabasseront, pisseront dans votre gamelle et vous arrangeront la figure à la lame de rasoir s'ils peuvent vous coincer dans les douches. C'est une des singularités de la vie de prison. Les prisonniers ordinaires détestent les délinquants sexuels, particulièrement les violeurs d'enfants. Quand bien même ils auraient tué père et mère, ça leur paraît de la gnognotte comparé à ce que vous et les types comme vous font à des gosses sans défense.

– Bonté divine, je me suis jamais envoyé de gosses ! Je les ai en horreur !

– Julia Sefton venait juste d'avoir seize ans quand vous l'avez rencontrée. Elle aurait pu être votre fille.

– Ce n'est pas un crime. Je ne suis quand même pas le premier type qui couche avec une nana en âge d'être sa fille. Arrêtez de délirer !

– Mais vous les choisissez toujours extrêmement jeunes.

Qu'est-ce qu'elles ont donc de spécial qui vous excite tellement ?

– D'abord, je ne les choisis pas. C'est elles qui me draguent.

– Vous avez peur des femmes plus âgées ? C'est généralement le cas avec les violeurs. Ils préfèrent les enfants parce que les femmes mûres les effraient.

– Combien de fois faudra-t-il vous le répéter ? Je n'ai jamais fait ça avec des enfants. »

Jones changea brusquement de sujet.

« Le samedi 6 novembre, jour où Mrs Gillespie s'est donnée la mort, Ruth a dérobé des boucles d'oreilles appartenant à sa grand-mère. C'est vous qui l'avez conduite là-bas ? »

Hughes fut sur le point de nier, mais se ravisa et haussa les épaules.

« Elle me l'a demandé.

– Pourquoi ?

– Pourquoi quoi ?

– Pourquoi vous a-t-elle demandé de l'emmener ? Qu'avait-elle l'intention de faire ? »

Hughes eut une expression évasive.

« Elle ne me l'a pas dit. Mais je ne suis jamais entré dans la baraque et j'ignorais qu'elle voulait voler ces saloperies de boucles d'oreilles.

– Elle vous a donc téléphoné à votre squat, vous a demandé de venir la prendre à Southcliff, puis de la conduire à Fontwell et de la ramener ensuite à Southcliff, tout cela sans un mot d'explication.

– Ouais.

– Et vous avez accepté. Vous avez docilement fait l'aller et retour et, entre les deux, vous avez attendu dehors pendant qu'elle était dans la maison ?

– Ouais.

– Vous avez dit que vous ne l'aimiez pas. En fait, que vous la jugiez pitoyable. Pourquoi se donner toute cette peine pour quelqu'un qu'on n'aime pas ?

– Cela valait bien une petite partie de jambes en l'air.

– Avec un paquet de gelée ? »

Le visage de Hughes s'épanouit.
«J'avais la fringale, ce jour-là.
– Elle a déclaré à mon inspecteur qu'elle était restée absente six heures de l'école. Southcliff se trouvant à quarante-cinq kilomètres de Fontwell, cela vous a pris, mettons, quarante minutes dans chaque sens. Ce qui laisse quatre heures et demie de libres. Et vous, vous voudriez me faire croire que vous êtes resté quatre heures et demie à vous tourner les pouces assis dans la camionnette, dans une rue de Fontwell, pendant que Ruth était avec sa grand-mère ?
– Ça n'a pas duré aussi longtemps. On s'est arrêtés au retour pour tirer un coup.
– À quel endroit précis étiez-vous garé ?
– Je ne m'en souviens pas. Ça changeait chaque fois.»
Jones posa un doigt sur la feuille de papier froissée.
«La patron des Trois Pigeons a vu la camionnette sur son parking cet après-midi-là. Vous êtes parti au bout de dix minutes et vous vous êtes arrêté près de l'église pour faire monter quelqu'un. J'en conclus qu'il s'agissait de Ruth, à moins que vous ne m'affirmiez avoir rencontré quelqu'un d'autre à Fontwell le jour où Mrs Gillespie s'est suicidée.»
Le regard de Hughes redevint méfiant.
«C'était Ruth.
– Parfait. Alors qu'avez-vous fait, Ruth et vous, pendant quatre heures et demie, Mr Hughes ? Ne me dites pas que vous avez tiré un coup. Avec un paquet de gelée, quatre heures et demie, c'est un peu long. Sauf, éventuellement, pour un psychopathe. Vous avez peut-être besoin de pas mal de temps pour vous échauffer.»
Hughes préféra ne pas réagir.
«Je ne vois pas pourquoi je protégerais cette petite garce. Elle m'a demandé de la conduire chez un bijoutier de Southampton. Je ne lui en ai pas demandé la raison, je me suis contenté d'y aller. Vous ne pouvez pas me reprocher ça. J'ai juste fait le taxi. Si elle a volé des boucles d'oreilles et les a vendues, je n'en savais rien. J'étais seulement le brave pote qui possède la bagnole.
– Selon Miss Lascelles, elle vous a remis l'argent aussitôt après. Elle prétend que la somme s'élevait à six cent cin-

quante livres en liquide et que vous l'avez ramenée à l'école pour le début de son cours de physique.»

Hughes ne répondit pas.

«Vous avez profité d'un acte délictueux, Mr Hughes. Ce n'est pas moins illégal.

– Ruth ment. Elle ne m'a jamais remis cet argent et, même si elle l'avait fait, vous ne pouvez pas prouver que je savais qu'elle avait volé quelque chose. Elle vous le dira, c'était son idée. Écoutez, je veux bien admettre qu'il lui arrivait de me filer un peu de fric, mais elle affirmait qu'il était à elle. Je n'avais pas de raison d'en douter. La vioque était bourrée de pognon. Je pensais que c'était pareil pour Ruth.» Il sourit à nouveau. «Quel mal y avait-il à ce qu'elle me dépanne de temps en temps? Comment me serais-je douté que cette chipie lui barbotait l'oseille? D'ailleurs, elle me devait bien une petite compensation pour toute l'essence que j'avais foutue en l'air à la trimballer pendant les vacances.

– Mais elle ne vous a rien donné ce jour-là?

– Je vous le répète : non.

– Avez-vous de l'argent sur vous?

– Peut-être quelques livres.

– Comment s'appelle le bijoutier de Southampton chez qui vous êtes allés? demanda Jones à brûle-pourpoint.

– Aucune idée. Je ne suis pas entré dans la boutique. Vous n'avez qu'à poser la question à Ruth. Je me suis garé au bout de la rue comme elle le voulait.

– Quelle rue?

– Je ne sais pas. Elle avait la carte et m'indiquait le chemin. Je me contentais d'obéir. Posez-lui la question.

– Elle ne le sait pas non plus. D'après elle, vous l'avez conduite là-bas, lui avez montré la boutique et lui avez dit qui demander et quoi faire.

– Elle ment.

– Je ne le pense pas, Mr Hughes.

– Alors prouvez-le.»

Jones réfléchit à toute vitesse. Il était à peu près sûr que Hughes disait la vérité quand il affirmait ne pas avoir mis les pieds à Cedar House ni chez le bijoutier, en compagnie de

Ruth du moins. L'efficacité de sa combine reposait sur le fait que les objets volés ne lui passaient jamais entre les mains et qu'il se bornait à emmener les filles jusqu'au lieu où on les reprenait. De cette façon, la seule personne susceptible de l'accuser était la fille en question, laquelle, pour une raison encore mystérieuse, avait suffisamment peur de lui pour ne pas s'y risquer.

« C'est bien mon intention, Mr Hughes. Revenons à votre emploi du temps après que vous avez déposé Ruth à son école. Où êtes-vous allé ? Dans une de ces boîtes de nuit pour lesquelles vous semblez avoir une prédilection ? Ce genre d'endroit ne passe pas pour être particulièrement bon marché et la coke et l'ecstasy, dont vous êtes, je présume, un adepte, coûtent cher. Le personnel se souviendra de vous, surtout si vous avez dépensé votre argent sans compter. »

Hughes flaira une fois de plus le piège et se mit à ricaner.

« Je vous l'ai déjà dit, commissaire, je n'avais pas un rond. J'ai été faire un tour, puis je suis rentré au squat.

– Vers quelle heure ? »

Il eut un haussement d'épaules.

« Je ne m'en souviens pas.

– De sorte que, si je vous citais un témoin affirmant avoir aperçu une camionnette blanche garée à proximité d'un établissement de Bournemouth ce soir-là, vous me répondriez que cela ne pouvait pas être la vôtre dans la mesure où vous étiez parti vous balader.

– C'est à peu près ça. »

Jones arbora un sourire féroce.

« J'ai le devoir de vous informer, Mr Hughes, que vous serez rapidement transféré au commissariat de Learmouth, où l'on aura tout le temps de vous interroger sur le meurtre de Mrs Gillespie. »

Il replia la feuille avec ses notes et la fourra dans sa poche.

« Merde alors ! s'écria Hughes d'un ton furieux. Quelle astuce tordue avez-vous encore inventée pour me fiche dedans ? Vous avez dit qu'elle s'était suicidée.

– Je vous ai menti. Elle a été assassinée et j'ai de bonnes raisons de croire que vous y êtes pour quelque chose. »

Hughes bondit sur ses pieds.

« Mais enfin, puisque je vous dis que je ne suis jamais allé dans cette maudite baraque ! Et, de toute façon, il y a la déposition du patron du pub. Il m'a vu sur son parking et ensuite récupérer Ruth. Comment est-ce que j'aurais pu tuer la vieille en restant tout l'après-midi dans la camionnette ?

– Elle a été tuée à deux heures et demie du matin. Et donc beaucoup plus tard.

– Je n'étais pas là le soir.

– Votre camionnette y était. Le patron prétend que vous êtes revenu dans la soirée et, comme vous l'avez reconnu il y a un instant, vous n'avez aucun alibi pour la nuit du 6 novembre. Vous étiez parti faire un tour, vous vous rappelez ?

– J'étais à Bournemouth avec la camionnette.

– Eh bien, prouvez-le. » Jones se leva. « En attendant, je vous arrête sur présomption de meurtre.

– Vous n'avez pas le droit ! Je porterai plainte contre vous !

– Ne vous gênez pas. Vous pourrez téléphoner de Learmouth.

– Pourquoi est-ce que j'aurais tué cette vieille peau, hein ? »

Jones leva un sourcil broussailleux.

« Parce que vous avez la manie de terroriser les femmes. Sauf que, cette fois-ci, vous êtes allé trop loin.

– Bon sang, je ne les tue pas !

– Qu'est-ce que vous leur faites alors ?

– Je les baise, c'est tout ! Et je n'en change pas sans arrêt non plus. D'ailleurs, je n'ai jamais eu de plaintes.

– C'est sans doute ce que disait l'égorgeur du Yorkshire quand il rentrait chez lui avec son marteau et son burin rangés dans le coffre de sa voiture.

– Vous n'avez absolument pas le droit ! répéta Hughes en tapant du pied. Je ne la connaissais même pas, cette vieille bique. Et je n'en avais aucune envie. Espèce de pourri, comment est-ce que j'aurais pu tuer quelqu'un que je ne connaissais même pas ?

– On vous a bien mis au monde, pas vrai ?

– Bon Dieu, qu'est-ce que ça signifie ?

– Naître, mourir, Mr Hughes, tout cela est une question de hasard. Votre mère ne connaissait pas votre père et pourtant vous êtes là. Que vous n'ayez jamais vu Mrs Gillespie auparavant n'a aucune importance. Vous vous trouviez dans les parages, vous vous serviez de sa petite-fille pour la voler et elle le savait. Vous avez dû la faire taire avant qu'elle s'adresse à nous.

– Ce n'était pas comme ça !

– Alors comment ? »

Mais Hughes refusa d'en dire plus.

J'ai ramené Joanna et son bébé pour les installer à la maison. À Londres, je n'en ai pas cru mes yeux en découvrant le dénuement total dans lequel elles vivaient. Joanna avait renoncé à s'occuper de l'enfant, elle ne respectait même plus les règles d'hygiène les plus élémentaires. Manifestement, elle est incapable de vivre seule. Dieu sait si je détestais le misérable Juif qu'elle a épousé, mais, au moins, tant qu'il était en vie, elle pouvait prétendre à un semblant de normalité.

J'ai bien peur que la mort de Steven n'ait été la goutte qui a fait déborder le vase. Cet après-midi, je l'ai surprise dans la chambre du bébé, tenant un oreiller au-dessus du berceau. Lorsque je lui ai demandé ce qu'elle faisait, elle m'a répondu « rien », mais je suis absolument certaine que, quelques minutes plus tard, l'oreiller aurait étouffé le bébé. Le plus atroce, c'est que je me suis vue, là, tel un spectre livide dans un miroir déformant. Le choc fut terrible. Joanna aurait-elle des soupçons ? Quelqu'un d'autre aurait-il des soupçons, à part Jane ?

Il n'y a guère de remède à la folie consanguine. « Les actes contre nature engendrent des désordres contre nature… »

13

Au cabinet médical de Fontwell, Jane Marriott entra dans le bureau de Sarah après le départ du dernier patient et s'installa sur une chaise d'un air résolu. Sarah lui jeta un coup d'œil.

« Vous paraissez soucieuse, dit-elle, tout en finissant de remplir des papiers.

– C'est exact.

– À quel sujet ?

– Vous. »

Sarah se croisa les bras.

« Qu'est-ce que j'ai fait ?

– Vous n'avez donc plus aucune compassion. » Elle tapa sa montre du doigt. « Je sais que je vous ai souvent reproché de passer trop de temps avec vos patients, mais alors je vous admirais de vous donner tant de mal. Et voilà que soudain ils arrivent et repartent comme des trains express. Cette pauvre Mrs Henderson était presque en larmes. "Qu'est-ce que j'ai fait au docteur ? m'a-t-elle demandé. Elle s'est à peine montrée aimable." Vous ne devriez pas vous laisser obnubiler par cette histoire avec Mathilda. Les autres n'y sont pour rien. » Elle prit sa respiration comme pour se préparer à une contre-attaque. « Et ne me dites pas que je ne suis que la réceptionniste. Les médecins aussi commettent des erreurs. »

Sarah repoussa les papiers de la pointe de son stylo.

« Savez-vous quels ont été les premiers mots de Mrs Henderson en entrant ici ? “M’est avis que je peux bien revenir vous voir, puisque c’est l’autre teigne qui l’a fait.” De plus, elle vous a menti. Je n’ai pas été aimable du tout. Pour une fois, je lui ai dit la vérité, à savoir que la seule chose dont elle souffrait, c’était d’une acidité d’humeur qui disparaîtrait instantanément si elle prenait seulement la peine de voir le bon côté des gens au lieu de ne considérer que le mauvais. » Elle se mit à agiter son stylo sous le nez de Jane. « Je commence à croire que Mathilda avait raison. Ce village est un des endroits les plus infects de la planète, peuplé uniquement de bigots incultes et médisants, qui n’ont rien de mieux à faire que de jeter l’anathème sur tous ceux qui ne partagent pas les préjugés de leur esprit rassis. Ce n’est pas ma compassion que j’ai perdue, ce sont mes œillères. »

Jane retira le stylo des mains de Sarah avant de l’avoir reçu dans le nez.

« Elle est veuve, seule et âgée, sans éducation ou à peu près, et tâchait, à sa manière, de s’excuser pour avoir un instant douté de vous. Si cette tentative, même maladroite, de conciliation vous laisse de marbre, alors vous n’êtes pas la femme que je pensais. Et sachez, pour votre édification, qu’elle se croit à présent atteinte d’une maladie grave, nommée acidité d’humeur, que vous refusez de lui soigner. Elle va mettre ça sur le compte de la réduction des dépenses de santé et se dire que, vu son âge, on la considère désormais comme un rebut. »

Sarah poussa un soupir.

« J’admets qu’il n’y avait pas qu’elle. Elles étaient toutes là à se rengorger, convaincues de la culpabilité de Joanna, et je leur en veux d’avoir tenté de se servir de moi et du cabinet de consultation pour la mettre au pilori. » Elle se passa une main dans les cheveux. « Cela n’a pas arrêté de la journée : on aurait dit une bande d’enfants pervers s’acharnant avec délice sur leur nouvelle victime. Il est vrai que, si Jack ne s’était pas conduit comme un imbécile, elles auraient peut-être moins matière à cancaner.

– Ne vous inquiétez pas, dit Jane d’un ton acerbe. Quand elles ne savent pas quelque chose, elles l’inventent.

– Ah ! Et vous avez le toupet de me reprocher mon manque d'indulgence !

– Oh, croyez bien que leur bêtise ne m'irrite pas moins que vous. Mais je ne m'attends à rien d'autre de leur part. Elles n'ont pas brusquement changé parce que Mathilda est morte, et je trouve un peu facile d'accuser Mrs Henderson de ne voir que le mauvais côté des gens alors que la championne en titre vous a laissé une petite fortune. Comparées aux vues de Mathilda, celles de Mrs Henderson sont véritablement angéliques. En voilà une qui avait l'humeur acide !

– D'accord. J'ai compris. Je passerai chez Mrs Henderson en rentrant.

– J'espère que vous lui ferez la grâce de vous excuser. Je suis peut-être trop sentimentale, mais elle avait l'air si inquiète, et cela ne vous ressemble guère d'être désagréable.

– Sauf en ce moment, grommela-t-elle. J'aimerais savoir une chose : vous parlez aussi comme ça à mes confrères ?

– Non.

– Je vois. »

Jane se rembrunit.

« Vous ne voyez rien du tout. J'ai beaucoup d'affection pour vous. Si elle était là, je suis sûre que votre mère vous dirait la même chose. Quoi qu'il arrive, ne cédez pas à l'aigreur. Laissez ce travers à Mathilda et à ses semblables. »

Sarah fut prise d'un brusque élan de tendresse pour cette femme déjà âgée dont les joues rondes avaient rosi d'indignation. Sa mère, bien entendu, n'aurait jamais dit une chose pareille : elle aurait déclaré en faisant la moue que sa fille n'avait pas de cœur. Il fallait la générosité d'une créature comme Jane pour mesurer à quel point les autres étaient dénués de subtilité, faibles ou blasés.

« Vous me demandez de déroger à mes principes, dit-elle d'une voix aimable.

– Non, ma chère, de les appliquer.

– Pourquoi devrais-je tolérer que Mrs Henderson traite Joanna de meurtrière ? Il n'y a pas plus de preuves contre elle que contre moi et, si j'acceptais de telles allégations, cela équivaudrait à une reconnaissance tacite.

– Pas du tout, objecta Jane d'un ton catégorique. Ce

serait un signe de courtoisie à l'égard d'une vieille femme. Cela n'a aucun rapport avec votre opinion sur Joanna. Si vous n'approuvez pas la façon dont le village la traite, eh bien, montrez-le clairement, dites haut et fort où vont vos sympathies. Mais – son regard s'adoucit en se posant sur la jeune femme – ne vous soulagez pas de vos problèmes sur cette pauvre Dolly Henderson. On ne peut pas lui demander de voir les choses comme vous et moi. Elle n'a pas bénéficié de notre éducation libérale.

– Je lui ferai mes excuses.

– Merci. »

Sarah se pencha soudain et planta un baiser sur la joue de son interlocutrice.

Jane eut un tressaillement de surprise.

« Pourquoi faites-vous ça ?

– Oh, je ne sais pas. » Sarah esquissa un sourire. « Pour votre façon de remplacer ma mère, peut-être. Je me demande parfois si les remplaçants ne sont pas meilleurs que ceux qu'ils remplacent. Mathilda faisait cela elle aussi, vous savez. Elle n'était pas toujours acide. Quand elle le voulait, elle pouvait être extrêmement gentille.

– C'est pour cela que vous avez recueilli Ruth ? À titre de réciprocité ?

– Vous me désapprouvez ? »

Jane poussa un soupir.

« Je n'approuve ni ne désapprouve. Compte tenu des circonstances, cela me paraît légèrement provocateur. Quel que soit votre motif, le village en a déjà tiré les pires conclusions. On prétend, comme vous ne l'ignorez probablement pas, que Joanna va être arrêtée pour le meurtre de sa mère, ce qui justifie que Ruth ait préféré habiter chez vous.

– Je ne pensais pas que c'était à ce point. » Sarah eut un froncement de sourcils. « Mon Dieu, c'est ridicule ! Où ont-ils été pêcher ça ?

– Ils ont additionné deux et deux, et ont trouvé vingt.

– Malheureusement – elle marqua un temps d'arrêt – je ne vois pas ce que je peux y faire.

– C'est pourtant simple, ma chère. Il vous suffit, pour couper court aux rumeurs, de fournir une explication de la présence de Ruth chez vous, suggéra Jane. Après tout, il doit bien y en avoir une. »

Sarah poussa à son tour un soupir.

« Ce serait plutôt à Ruth de la donner, mais je crains qu'elle ne soit pas en état de le faire pour l'instant.

– Alors inventez une histoire, répliqua Jane sans ambages. Parlez-en tout à l'heure à Mrs Henderson et vous verrez que, d'ici demain, tout le village sera au courant. Combattez le feu par le feu. C'est la seule solution. »

Mrs Henderson fut touchée par les paroles de regret du docteur Blakeney au sujet de son irritation au cabinet médical, trouva extrêmement élégant de sa part de s'être dérangée pour venir jusque-là et convint qu'après une nuit blanche passée à soigner une adolescente de dix-sept ans soudain prise d'une fièvre infectieuse, il était normal d'avoir les nerfs à vif le lendemain. Néanmoins, elle avait du mal à comprendre pourquoi, dans la situation présente, Ruth devait habiter avec le docteur et son mari. N'aurait-il pas mieux valu qu'elle soit avec sa mère ? Assurément, approuva Sarah, et Ruth aurait mieux aimé cela, mais, comme Mrs Henderson le savait sans doute, les infections virales étaient toujours très pénibles et invalidantes. De sorte que, consciente des risques de rechute en cas de soins insuffisants et du fait que Ruth avait son examen à la fin de l'année, Joanna avait demandé à Sarah de se charger de sa fille afin de la remettre sur pieds le plus vite possible. Étant donné le contexte, avec le testament de Mrs Gillespie et tout le reste (son interlocutrice montra sur ce point un embarras légitime), Sarah pouvait difficilement le lui refuser, n'est-ce pas ?

« Pas si c'est vous qui récupérez la galette, répondit Mrs Henderson avec bon sens, mais ses yeux chassieux n'en reflétaient pas moins un étonnement extrême. Alors comme ça, Ruth va retourner au collège quand elle ira mieux ?

– Que pourrait-elle faire d'autre ? murmura Sarah sans sourciller. Comme je vous l'ai dit, elle a son examen.

– Ça alors, j'ai jamais rien vu de pareil ! Ou je me trompe

ou quelqu'un ment comme il respire, sapristi ! Qui a tué Mrs Gillespie, si c'est pas vous ou la fille ?

– Dieu seul le sait, Mrs Henderson.

– Oui et c'est bien dommage. Même qu'Il a pas l'air pressé de le dire. Ça éviterait pourtant bien des tracas s'Il gardait pas le renseignement pour Lui.

– Peut-être s'est-elle suicidée.

– Non, répliqua la vieille femme d'un ton catégorique. Jamais je croirai une chose pareille. Sûr que j'aimais pas beaucoup Mrs Gillespie, mais la lâcheté, c'était pas son genre ! »

En dépit du silence obstiné auquel s'était heurté son coup de sonnette, Sarah savait pertinemment que Joanna se trouvait à Cedar House. Elle avait aperçu la figure pâle de celle-ci dans la pénombre de la salle à manger et la lueur qui avait brillé dans ses yeux avant qu'elle se glisse discrètement dans le couloir ne lui avait pas échappé. Plus encore que le refus de répondre, c'était cette lueur qui avait mis Sarah en colère. Il s'agissait du sort de Ruth, non du testament de Mathilda ni des manigances de Jack. Et, si Sarah pouvait fort bien comprendre que Joanna n'eût pas envie d'ouvrir à la police, qu'elle interdît sa porte à la personne qui, comme elle ne l'ignorait pas, hébergeait sa fille lui semblait inadmissible. Sarah remonta d'un air mécontent l'allée entourant la maison. Quelle femme était donc Joanna, se demanda-t-elle, pour faire passer ses inimitiés avant l'intérêt de son enfant ?

Elle songea au portrait sur lequel travaillait Jack. Il avait placé Joanna à l'intérieur d'un prisme triangulaire formé de miroirs dans lequel sa personnalité se scindait telle une lumière diffractée. L'ensemble donnait de façon étonnante l'impression d'une identité en proie à la confusion, d'autant plus que, pour chaque image, l'immense miroir qui bordait la toile n'en renvoyait qu'une. Sarah lui avait demandé ce que représentait cette image unique.

« Joanna telle qu'elle souhaiterait être vue : belle, admirée, désirée. »

Elle désigna les images du prisme.

« Et celles-là ?

– La Joanna qu'elle cherche à supprimer à l'aide de la drogue, répondit-il. La femme laide, mal aimée, en butte à l'hostilité de sa mère, de son mari et de sa fille. Tout dans sa vie n'est qu'illusion, d'où les miroirs.

– Quelle tristesse !

– N'essaie pas de m'attendrir, Sarah, ni en l'occurrence de t'attendrir sur elle. Joanna est la créature la plus égocentrique que je connaisse. Comme la plupart des drogués, probablement. Elle prétend que Ruth l'a rejetée. Balivernes ! C'est Joanna qui l'a rejetée, parce que Ruth se mettait à pleurer quand elle la prenait dans ses bras. Le cercle vicieux. Plus son enfant pleurait et moins elle était encline à l'aimer. Elle prétend que Steven aussi l'a rejetée, parce qu'il n'acceptait pas sa grossesse, mais, dans le même temps, elle avoue qu'elle ne supportait pas qu'il soit sans cesse aux petits soins pour Ruth. À mon avis, là encore, c'est elle qui l'a rejeté.

– Mais pourquoi ? Il doit bien y avoir une raison.

– Oui et très simple, j'en ai peur. La seule personne qu'elle aime ou soit capable d'aimer, c'est elle-même et, parce que son ventre gonflé la rendait moins séduisante à ses yeux, elle en est venue à détester les deux personnes qu'elle jugeait responsables de son état, à savoir son mari et son enfant. Je suis prêt à parier que c'est elle qui n'acceptait pas sa grossesse.

– Les choses ne sont jamais aussi simples, Jack. Elle a pu avoir un problème grave. Une dépression postnatale non traitée. Des troubles narcissiques. Voire schizophréniques. Peut-être Mathilda avait-elle raison quand elle affirmait que sa fille était une déséquilibrée.

– Possible, mais alors c'est la faute de Mathilda elle-même. D'après ce que j'ai cru comprendre, elle n'a pas cessé, depuis le premier jour, d'encourager le cabotinage de Joanna. » Il indiqua la toile. « Quand je dis que tout est illusion dans sa vie, je veux dire que tout est factice. Telle est l'image à laquelle elle aimerait croire, mais je suis à quatre-vingt-dix-neuf pour cent certain qu'elle n'y croit pas le moins du monde. » Il posa l'index sur le triangle au centre du prisme qui, jusqu'à présent, ne contenait rien. « Voilà où se trouve la véritable Joanna, dans le seul miroir qui ne puisse réfléchir son image idéalisée. »

Astucieux, pensa Sarah, mais était-ce bien vrai ?

« Et qui est la véritable Joanna ? »

Il considéra le tableau.

« Un être sans pitié, à mon avis, prononça-t-il lentement, sans pitié et sans le moindre scrupule pour arriver à ses fins. »

La porte de la cuisine était verrouillée, mais la clé que Mathilda cachait sous le troisième pot de fleurs en partant de la droite était toujours là. Avec une exclamation de triomphe, Sarah s'en saisit et la glissa dans la serrure. C'est seulement quand elle eut ouvert la porte, au moment de retirer la clé pour la déposer sur la table de la cuisine, qu'elle se demanda si quelqu'un avait informé la police de la facilité avec laquelle on pouvait s'introduire dans la maison, à condition de savoir ce qui se trouvait sous le pot de fleurs. Pour sa part en tout cas, elle n'en avait rien fait. Ce détail lui avait totalement échappé et il avait fallu cette circonstance précise pour qu'elle s'en souvienne. Elle n'avait utilisé la clé qu'une fois, quelques mois auparavant, alors que Mathilda souffrait tellement de ses rhumatismes qu'elle n'avait pas eu la force de quitter son fauteuil pour aller jusqu'à la porte d'entrée.

Elle posa avec précaution la clé sur la table et l'examina. D'instinct, elle comprit brusquement que le dernier individu à s'en être servi avait probablement tué Mathilda Gillespie et que, s'il y avait laissé des empreintes, elle venait de les détruire en les recouvrant avec les siennes.

« Bon Dieu ! fit-elle, consternée.

– Comment osez-vous entrer chez moi sans ma permission ? » lança Joanna d'une petite voix crispée du seuil de la porte.

Sarah lui lança un regard mauvais qui la fit reculer d'un pas.

« Descendez de vos grands chevaux et arrêtez un peu vos chichis, c'est ridicule ! Nous sommes toutes les deux dans la mélasse jusqu'au cou et cela ne vous avance à rien de jouer les princesses outragées !

– Épargnez-moi vos insolences. J'ai horreur de la vulgarité. Vous êtes pire que Ruth, qui n'a que des gros mots à la bouche. Vous manquez totalement de distinction. Je me demande comment ma mère a pu vous supporter. »

Sarah avala sa salive, furieuse.

« Ma parole, vous rêvez ! Dans quel siècle vous croyez-vous ? La distinction ! Celle de gens comme vous, qui n'ont jamais eu à se salir les mains et se piquent d'être polis parce qu'ils ne disent pas un mot plus haut que l'autre ? » Elle secoua la tête. « Non, merci. La femme la plus remarquable que je connaisse est une prolétaire de soixante-dix-huit ans qui travaille avec des clochards à Londres et jure comme un charretier. Allons, ouvrez les yeux ! C'est ce que l'on fait pour les autres qui donne droit au respect et non une obéissance aveugle à je ne sais quels principes touchant la pureté féminine tombés en désuétude depuis que les femmes ont compris qu'elles n'étaient pas des esclaves vouées à faire des enfants et à les élever toute leur vie. »

Joanna pinça les lèvres.

« Comment êtes-vous entrée ? »

Sarah indiqua la table d'un signe de tête.

« J'ai utilisé la clé qui se trouvait sous le pot de fleurs. »

Son interlocutrice eut un froncement de sourcils irrité.

« Quelle clé ?

– Celle-là et n'y touchez surtout pas. L'assassin de votre mère l'a sans doute utilisée. Puis-je vous emprunter votre téléphone ? Je vais prévenir la police. » Elle passa devant Joanna pour se rendre dans le couloir. « Il faut aussi que j'avertisse Jack que je risque de rentrer tard. Cela ne vous dérange pas ? Le montant de la facture sera probablement déduit de la succession. »

Joanna la suivit dans le couloir.

« Si, cela me dérange. Vous n'avez aucunement le droit de vous imposer de cette manière. Vous êtes ici chez moi et je ne veux pas vous y voir.

– Non, riposta Sarah d'un ton cassant tout en décrochant le téléphone posé sur la tablette du couloir, d'après le testament de votre mère, Cedar House m'appartient. » Elle feuilleta son carnet pour trouver le numéro de Cooper. « Et si vous y êtes encore, c'est uniquement parce que je l'ai bien voulu. » Elle porta le combiné à son oreille, composa le numéro du commissariat de Learmouth, puis regarda Joanna. « Mais je sens que je ne vais pas tarder à changer d'avis. Je ne vois pas pourquoi je me soucierais de vous plus que vous ne vous souciez de votre fille. L'inspecteur Cooper, s'il vous plaît. Dites-lui que c'est de la part du docteur Blakeney et que c'est urgent. Je me trouve à Cedar House à Fontwell. Non, je ne quitte pas. » Elle posa une main sur le récepteur. « Je vous demande de m'accompagner pour parler à Ruth. Jack et moi faisons de notre mieux, mais nous ne pouvons pas vous remplacer en tout. Elle a besoin de sa mère. »

Un léger rictus agita le coin de la bouche de Joanna.

« Occupez-vous de vos affaires. Ruth est parfaitement capable de se débrouiller toute seule.

– Bonté divine, vous êtes vraiment inouïe ! lâcha Sarah, stupéfaite. Vous n'en avez rien à foutre, n'est-ce pas ?

– Vous le faites exprès, docteur Blakeney.

– Si vous pensez à ma façon de parler, certainement, répliqua Sarah. Cela vous donne une idée de ce que j'éprouve en vous entendant. N'avez-vous aucun sens des responsabilités, espèce de garce ? Ruth n'est pas venue au monde toute seule. Pour la faire, il a bien fallu que vous baisiez avec votre mari, ne l'oubliez pas. » Elle reporta brusquement son attention sur le téléphone. « Bonjour, inspecteur. Oui, je suis à Cedar House. Oui, elle est là aussi. Non, aucun problème, simplement je crois savoir comment est entré l'assassin de Mathilda. Vous a-t-on dit qu'elle gardait une clé de la porte de la cuisine sous un pot de fleurs, près de la remise, derrière la maison ? Je sais, mais j'avais oublié. » Elle fit la moue. « Non, elle n'y est plus. Elle est sur la table de la cuisine. Je l'ai prise pour ouvrir la porte. » Elle écarta le combiné de son oreille. « Je regrette, je n'ai pas réfléchi, déclara-t-elle d'une voix glaciale après un moment. Si vous aviez cherché un peu mieux au départ, vous l'auriez trouvée. » Elle raccrocha le téléphone avec une brutalité inutile. « Nous devons attendre toutes les deux l'arrivée de la police. »

Pour Joanna, c'en était trop.

« Sortez de chez moi ! hurla-t-elle. Je ne tolérerai pas qu'on me parle ainsi dans ma propre maison ! » Elle s'élança dans l'escalier. « Vous allez me le payer ! Je me plaindrai à l'ordre des médecins ! Comptez sur moi. Je leur dirai qu'après avoir tué Mr Sturgis, vous avez assassiné ma mère. »

Sarah grimpa les marches à sa suite, la vit se ruer dans la salle de bains, claquer la porte, puis s'assit sur le sol et resta là, les jambes croisées.

« Le coup des convulsions marchait peut-être avec Mathilda, mais vous n'avez aucune chance avec moi. Nom d'un chien ! cria-t-elle soudain en collant sa bouche contre le montant en chêne. À quarante ans, vous pourriez essayer de vous conduire en adulte, pauvre idiote !

– Ne me parlez pas sur ce ton !

– Alors cessez de m'exaspérer. Je n'ai que mépris pour les gens qui sont incapables de rien assumer sans s'abrutir de drogue. » Jack avait fait allusion à des tranquillisants.

Il n'y eut aucune réponse.

« Vous avez besoin d'aide, poursuivit-elle d'un ton pragmatique, et la personne le plus qualifiée pour cela se trouve à Londres. C'est un psychiatre, spécialisé dans toutes les formes de dépendance, mais il ne vous recevra pas à moins que vous ayez décidé d'arrêter. Si cela vous intéresse, je vous donnerai ses coordonnées, sinon vous devrez subir les conséquences à long terme résultant de l'abus régulier de substances chimiques, à commencer par celle que vous redoutez le plus. Vous serez vieille bien avant moi, Joanna, parce que votre organisme est soumis à des agressions constantes et non le mien.

– Sortez de chez moi, docteur Blakeney, fit-elle d'une voix déjà plus calme.

– Je ne peux pas, pas avant l'arrivée de l'inspecteur Cooper. Et vous n'êtes pas chez vous, mais chez moi. Que prenez-vous ? »

Il y eut un long, long silence.

« Du Valium, finit par murmurer Joanna. Le docteur Hendry m'en a prescrit quand je suis revenue ici, après la mort de Steven. J'ai tenté d'étouffer Ruth dans son lit, aussi ma mère l'a appelé et l'a supplié de me donner quelque chose.

– Pourquoi avez-vous tenté d'étouffer Ruth ?

– Cela me paraissait encore le plus raisonnable. Je me sentais totalement dépassée.

– Et les calmants vous ont aidée ?

– Je ne m'en souviens pas. Par contre, je me souviens très bien que j'étais toujours fatiguée. »

Sarah la croyait volontiers, comme elle croyait Hugh Hendry fort capable de ce genre de bévue. Confronté aux symptômes classiques d'une grave dépression postnatale, au lieu de donner à cette malheureuse des antidépresseurs qui lui auraient permis de reprendre pied, cet idiot l'avait en réalité plongée dans un état léthargique en lui prescrivant des sédatifs. Pas étonnant qu'elle ait éprouvé des difficultés avec Ruth : l'un des effets dramatiques des dépressions postnatales, en l'absence de traitement convenable, était que les mères ne parvenaient pas à établir des rapports affectifs normaux avec leurs enfants, qu'elles considéraient comme la cause de leur soudaine inadaptation. Et cela en disait long sur cette famille, si les femmes étaient portées à ce type de dépression.

« Je peux vous aider ? Le voulez-vous ?

– Des tas de gens prennent du Valium. C'est parfaitement légal.

– Et très efficace dans certaines circonstances et sous contrôle médical. Mais vous n'avez pas obtenu le vôtre par un médecin, Joanna. Les problèmes provoqués par la dépendance à l'égard du diazepam sont désormais si connus qu'aucun praticien sensé ne se risquerait à vous en prescrire. Ce qui signifie que vous avez un fournisseur clandestin et que les boîtes ne doivent pas être données. Les produits du marché noir coûtent cher. Laissez-moi vous aider, répéta-t-elle.

– Vous n'avez jamais eu peur. Que savez-vous de tout cela si vous n'avez jamais eu peur ?

– De quoi aviez-vous peur ?

– D'aller me coucher. Pendant des années, j'ai eu peur

d'aller me coucher. » Elle éclata brusquement de rire. « Mais plus maintenant. Elle est morte. »

La sonnerie de la porte d'entrée retentit.

L'inspecteur Cooper se sentait à cran. Les dernières trente-six heures s'étaient révélées on ne peut plus décevantes, et pas seulement parce qu'il avait été forcé de travailler pendant le week-end, ce qui lui avait fait rater le déjeuner dominical avec ses enfants et ses petits-enfants. Sa femme, elle-même fatiguée et grincheuse, l'avait sermonné comme il se doit, lui reprochant comme toujours de négliger sa famille. « Tu devrais leur dire une bonne fois pour toutes. Tu n'es pas l'esclave de la police, Tommy ! »

Après voir passé la nuit au commissariat de Learmouth, Hughes avait été relâché vers midi faute d'un motif d'inculpation. Après son mutisme de l'après-midi précédent, il en était revenu le lendemain matin à sa version première, à savoir qu'il s'était baladé en voiture avant de réintégrer son squat. Aux environs de neuf heures, affirmait-il. Cooper, envoyé par Charlie Jones pour interroger les jeunes qui partageaient le même logement, était rentré de son expédition de fort méchante humeur.

– C'est un coup monté ! lança-t-il à son chef. Ils ont confirmé à cent pour cent son alibi. Je les ai pris un par un, leur ai demandé leurs emplois du temps pour la soirée du samedi 6 novembre, et tous m'ont servi la même histoire. Ils regardaient la télé portable en buvant de la bière dans la chambre de Hughes quand celui-ci est arrivé vers neuf heures. Il est resté là toute la nuit, avec la camionnette garée en bas. Je n'ai pas mentionné son nom une seule fois, ni même laissé entendre que je m'intéressais à lui ou à son maudit tacot. Ils m'ont refilé le renseignement d'eux-mêmes, sans que j'aie eu besoin de les pousser.

– Comment pouvaient-ils savoir qu'il nous avait fourni cette heure-là ?

– Par l'avocat ? »

Jones secoua la tête.

« C'est peu probable. J'ai l'impression qu'il n'a pas plus de sympathie que nous pour son client.

– Alors ils avaient combiné ça d'avance. En cas d'arrestation, Hughes déclarerait être rentré au squat à neuf heures.

– Peut-être disent-ils la vérité. »

Cooper eut un ricanement.

« Ça m'étonnerait. Des fumiers pareils ! Je veux bien être pendu si un seul regardait la télévision ce soir-là. Ils étaient sans doute en train de tabasser des petites vieilles ou de jouer du couteau avec les supporters de je ne sais quelle équipe rivale de football. »

Le commissaire réfléchit un instant.

« Rien de mieux qu'un alibi valable en toute situation, dit-il d'une voix songeuse. À moins que Hughes ait l'habitude de commettre ses forfaits après neuf heures du soir, ce qui ne semble pas être le cas, puisque nous savons que Ruth a volé les boucles d'oreilles de sa grand-mère en début d'après-midi. » Il se tut.

« Eh bien, quel est votre avis ? demanda Cooper comme l'autre restait silencieux. Ils disent la vérité ? » Il secoua vigoureusement la tête. « Pour ma part, je n'y crois pas.

– Je me demande pourquoi Hughes n'a pas fait état de cet alibi hier. Pourquoi l'a-t-il bouclée aussi longtemps s'il était certain que ses copains le couvriraient ? » D'une voix lente, il donna la réponse : « Parce que, ce matin, son avocat a réussi à me soutirer l'heure minimale à laquelle nous pensions que Mrs Gillespie était morte. Ce qui signifie que Hughes lui avait déjà dit qu'il était blanc comme neige à partir de neuf heures. Il nous a alors balancé son alibi et le tour était joué.

– Et cela nous avance à quoi ?

– À rien, répondit gaiement Jones. Mais s'il s'agit d'un coup monté comme vous le prétendez, il a sûrement fait quelque chose ce soir-là qui nécessite un alibi. Il ne nous reste plus qu'à découvrir ce que c'est. » Il saisit son téléphone. « Je vais appeler Bournemouth. Ils ont peut-être eu une agression dans la soirée du 6 novembre à l'heure du crime. »

Mais il n'y en avait pas eu. Du moins, qui fût dans la manière de Hughes.

D'où la rogne de Cooper.

D'un air réprobateur, il considéra la clé posée sur la table.

« Je vous croyais plus de jugeote, docteur Blakeney. »

Se souvenant des recommandations de Jane, Sarah fit un effort pour se maîtriser.

« Je sais. Je suis navrée.

– Il vaudrait mieux pour vous que nous y trouvions les empreintes de quelqu'un d'autre, autrement je serais tenté d'en conclure à un tour de passe-passe.

– De quel genre ?

– Une façon naturelle d'y laisser les vôtres. »

Elle l'avait vu venir.

« Autrement dit, j'aurais utilisé cette clé pour entrer et tuer Mathilda, puis j'aurais oublié de la nettoyer, c'est ça ? demanda-t-elle d'un ton acide.

– Pas tout à fait, répondit-il avec détachement. Je pensais plutôt à un geste de bon Samaritain, en quelque sorte. Qui avez-vous décidé, cette fois-ci, de juger innocent, docteur Blakeney ?

– Vous n'êtes pas très reconnaissant, Cooper. Rien ne m'obligeait à vous en parler. J'aurais très bien pu remettre la clé à sa place et me taire.

– J'en doute. Elle est couverte de vos empreintes et l'on aurait bien fini par la dénicher. » Il se tourna vers Joanna. « Vous ne saviez vraiment pas qu'elle était là, Mrs Lascelles ?

– Je vous le répète, inspecteur : non. Je possédais une clé de la porte d'entrée. »

Il eut soudain le sentiment d'une complicité étrange entre elle et le docteur Blakeney. Leur attitude avait quelque chose de factice. Elles se tenaient tout près l'une de l'autre, presque au coude à coude, et semblaient éviter de se regarder. S'il s'était agi d'un homme et d'une femme, l'explication aurait été évidente. Dans le cas présent, il songea que les deux femmes devaient partager un secret. Mais lequel et cela avait-il un rapport avec la mort de Mrs Gillespie, il aurait été bien incapable de le dire.

« Et Ruth ? »

Joanna eut un haussement d'épaules.

«Je n'en ai aucune idée, mais cela m'étonnerait. Je l'ai toujours vue se servir de sa clé de la porte d'entrée. Pourquoi s'embêter à faire le tour alors qu'il est si simple de passer par-devant? Il n'existe aucun accès de ce côté.» Sa surprise paraissait sincère. «Ma mère a dû trouver ce système récemment. En tout cas, elle ne m'en a jamais parlé quand j'habitais ici.»

Il regarda Sarah qui brûlait d'intervenir.

«Tout ce que je sais, c'est que la deuxième ou la troisième fois que je suis venue, elle n'a pas répondu à la porte. J'ai donc fait le tour jusqu'à la fenêtre du salon pour voir ce qui se passait. Elle était complètement bloquée, la pauvre, et incapable de quitter son fauteuil. Elle m'a murmuré à travers la vitre : "La clé. Sous le troisième pot de fleurs. Près de la remise." Je suppose qu'elle l'avait placée là en prévision de ce genre de nécessité. Elle craignait en permanence de perdre son autonomie.

– Qui d'autre était au courant?

– Je l'ignore.

– Vous n'en avez parlé à personne?»

Sarah secoua la tête.

«Je ne me souviens pas. Il est possible que j'en aie fait mention, une fois rentrée au cabinet médical. De toute façon, il y a de ça une éternité. Elle a très bien réagi aux médicaments que je lui ai donnés et le cas ne s'est jamais reproduit. L'existence de cette clé m'est seulement revenue à l'esprit tout à l'heure, quand j'ai aperçu les pots de fleurs en contournant la maison.»

Cooper sortit deux sacs en plastique de sa poche, prit la clé avec l'un et la glissa dans l'autre.

«Et pourquoi avez-vous contourné la maison, docteur Blakeney? Mrs Lascelles ne voulait pas vous ouvrir?»

Pour la première fois, Sarah jeta un coup d'œil à Joanna.

«J'ignore si elle ne le voulait pas. Elle n'a peut-être pas entendu.

– Il fallait vraiment que vous ayez des choses urgentes à lui dire pour être aussi décidée à entrer. Puis-je savoir lesquelles? Cela concerne Ruth, je présume.»

Il en avait trop vu et depuis trop longtemps pour ne pas

remarquer l'expression de soulagement sur le visage de Joanna.

« Naturellement, répondit Sarah d'un ton léger. Vous connaissez mes vues sur l'éducation. Nous discutions de l'avenir scolaire de Ruth. »

Elle ment, pensa Cooper, surpris qu'elle pût le faire aussi aisément. Avec un soupir intérieur, il se promit de reconsidérer tout ce qu'elle lui avait dit jusque-là. Il l'avait prise pour une femme sincère, sinon naïve, et se rendait soudain compte que la naïveté avait été entièrement de son côté. Il n'y a pas pire imbécile qu'un vieil imbécile, songea-t-il avec amertume.

Mais alors, cet imbécile de vieux Tommy était un tantinet amoureux.

Il est bien vrai que « la vengeance est un plat qui se mange froid ». L'attente n'en est que plus douce. Mon unique regret est de ne pouvoir faire part de mon triomphe à personne, même pas à James, ce qui est plutôt triste ; c'est lui le dindon de la farce et il l'ignore.

Ma banque m'a prévenue ce matin qu'il avait encaissé mon chèque de 12 000 livres et, donc, accepté de facto le compromis de l'assurance. J'en étais sûre. Lorsqu'il s'agit d'argent, James a la voracité insatiable d'un enfant. Il lui file entre les doigts, mais il faut dire que seul l'argent liquide a une quelconque signification pour lui. Ah ! que j'aimerais être une petite souris cachée dans un coin pour voir comment il vit, quoique ça ne soit pas difficile à deviner : boisson et sodomie. Il n'a jamais connu que ça.

Me voici aujourd'hui plus riche que je ne l'étais hier de 36 000 livres, et je le savoure. Le chèque, envoyé par la compagnie d'assurances en remboursement du vol perpétré à Noël durant le séjour que Joanna et moi avons fait dans le Cheshire, est d'un montant époustouflant de 23 000 livres, dont la plus grande partie couvre une parure de diamants qui avait appartenu à ma grand-mère. La tiare, à elle seule, était assurée pour 5 500 livres, mais je pense qu'elle valait beaucoup plus, car elle n'avait pas été réévaluée depuis la mort de père. Tout à fait étonnant de recevoir cette somme fabuleuse pour des bijoux que, personnellement, je ne mettrais pour rien au monde. En effet, quoi de plus laid que ces objets lourds et tarabiscotés datant de l'époque victorienne.

En revanche, les horloges de James n'ont rien de vulgaire, sans doute parce que c'est son père, et non lui, qui les avait achetées. J'en ai fait faire une estimation chez Sotheby et j'ai découvert qu'elles valaient plus du double des 11 500 livres pour lesquelles elles avaient été assurées. Ainsi, après avoir remboursé 12 000 livres à James, j'ai non seulement gardé les 11 500 livres restant du chèque de l'assurance, mais réalisé, à la barbe de mon méprisable époux, un joli placement de 25 000 livres.

Comme je le disais, la vengeance est un plat qui se mange froid…

14

Un peu plus tôt cet après-midi-là, un homme grand, à l'allure distinguée, pénétra dans l'étude de Paul Duggan à Poole. Il affirmait s'appeler James Gillespie et, pour preuve de son identité, sortit calmement son passeport et son certificat de mariage avec Mathilda Beryl Gillespie. Conscient de ce que cette nouvelle avait de fracassant, il s'assit sur une des chaises libres et entoura de ses mains la poignée de sa canne tout en observant avec amusement Duggan de sous ses épais sourcils blancs.

« Ça vous en bouche un coin, pas vrai ? » déclara-t-il.

Son haleine dégageait une forte odeur de whisky, sensible jusque de l'autre côté du bureau.

Duggan examina soigneusement le passeport, puis le posa sur le buvard devant lui.

« C'est assez inattendu, en effet, répondit-il sèchement. Je pensais que Mrs Gillespie était veuve. Elle n'a jamais mentionné l'existence d'un mari ou même d'un – il prit soin de détacher la syllabe suivante – ex-mari.

– Mari, fit l'autre en un grognement énergique. Pas de danger. Elle aimait mieux qu'on la croie veuve.

– Pourquoi n'a-t-elle jamais divorcé ?

– Elle n'en voyait pas l'utilité.

– Ce passeport a été fait à Hong-Kong.

– Bien sûr. J'ai passé là-bas quarante ans. À travailler dans des banques. Je suis rentré quand j'ai compris que ce n'était pas un endroit pour finir ses jours. Avec la peur qui règne en ce moment. À cause de la Chine. C'est devenu trop dur pour un homme de mon âge. »

Il parlait par petites phrases comme quelqu'un de pressé ou qui ne s'embarrasse pas de finasseries.

« Pour quelle raison vouliez-vous me voir ? »

Duggan le considéra avec attention. De fait, le bonhomme offrait un spectacle assez peu banal, avec sa crinière de cheveux blancs, son teint bistre et les rides profondes entourant ses yeux et sa bouche. Un examen plus poussé révélait, sous des dehors prospères, les signes d'une réelle pauvreté. Ses vêtements, jadis de bonne qualité, avaient fait leur temps, et son costume, de même que son manteau en poil de chameau, étaient passablement élimés.

« Ça me paraît évident. Maintenant qu'elle est morte… pour réclamer ce qui m'appartient.

– Comment avez-vous su qu'elle était morte ?

– Peu importe, murmura l'autre.

– Comment avez-vous su que j'étais son exécuteur testamentaire ?

– Peu importe », répéta l'autre.

Duggan le dévisageait, dévoré de curiosité.

« Et que réclamez-vous ? »

Le vieil homme tira un portefeuille de sa poche intérieure et en extrait quelques feuilles d'un papier très fin qu'il étala sur la table.

« Voici l'inventaire des biens de mon père. À sa mort, il y a quarante-sept ans, ils ont été répartis de façon égale entre ses trois enfants. Les objets représentant ma part sont marqués des initiales JG. Vous vous apercevrez, je pense, qu'au moins sept d'entre eux se retrouvent sur votre inventaire des biens de Mathilda. Ils n'étaient pas à elle. Ils ne l'ont jamais été. Je souhaite à présent les récupérer. »

Duggan parcourut la liste d'un air pensif.

« De quels objets précis voulez-vous parler, Mr Gillespie ? »

Les énormes sourcils blancs se joignirent en une expression menaçante.

« Ne vous moquez pas de moi, Mr Duggan. Je veux parler des pendules, naturellement. Les deux Thomas Tompion, les

Knibb, celle du XVIIe siècle avec une longue boîte en acajou, la pendule Louis XVI décorée d'une lyre, la "pendule d'officier" du XVIIIe et celle en forme de crucifix. Mon père et mon grand-père étaient collectionneurs. »

Duggan joignit les mains au-dessus de l'inventaire.

« Puis-je vous demander ce qui vous fait croire que ces objets apparaissent dans la liste des biens de Mrs Gillespie ?

– Parce que ce n'est pas le cas ? »

Le notaire évita de répondre directement.

« Si je vous ai bien compris, vous êtes resté quarante ans hors de ce pays. Comment pourriez-vous savoir ce qui était ou non en possession de votre femme le jour de sa mort ? »

Le vieil homme laissa échapper un grognement.

« Ces pendules étaient les seuls objets de valeur que j'avais et Mathilda s'est donné un mal de chien pour me les voler. Elle ne les aurait sûrement pas vendues.

« Comment votre épouse aurait-elle pu vous voler si vous étiez toujours mariés ?

– Elle a inventé tout un micmac, mais c'était quand même du vol.

– Je crains de ne pas comprendre. »

Gillespie sortit de son portefeuille une lettre par avion et la lui tendit.

« Cela suffira, je pense. »

Duggan déplia la lettre. Elle portait l'adresse de Cedar House et était datée d'avril 1961.

Cher James,

J'ai le regret de t'informer qu'en raison d'un cambriolage survenu ici à Noël, un grand nombre d'objets de valeur ont disparu, y compris ta collection de pendules. J'ai reçu aujourd'hui, en dédommagement, un chèque de la compagnie d'assurances, et je te joins leur bordereau attestant qu'ils m'ont versé en tout la somme de 23 500 livres. Je te joins également un chèque de 12 000 livres, montant pour lequel tes sept pendules étaient assurées. Tu as acheté mon silence en me laissant ces pendules et, si je te rembourse, c'est uniquement par crainte que tu ne reviennes un jour ou l'autre me les réclamer. J'imagine quelle serait ta colère en découvrant que je t'ai trompé une seconde fois. De cette façon, je gage que nous n'aurons plus, désormais, à nous contacter.

Sincèrement, Mathilda.

Duggan releva la tête avec une expression de perplexité.

« Je ne comprends toujours pas.

– Elles n'ont jamais été volées.

– Mais elle vous a envoyé douze mille livres. En 1961, c'était une petite fortune.

– De l'escroquerie, oui ! Elle a prétendu que les pendules avaient disparu alors que c'était faux. J'ai accepté l'argent en toute bonne foi. Je ne me doutais pas qu'elle mentait. » Il tapa rageusement de sa canne sur le plancher. « De deux choses l'une : ou bien elle a tout bonnement volé les pendules et menti à la compagnie d'assurances. Ce qui, d'après moi, est un délit. Ou bien on a effectivement volé pour vingt-trois mille livres d'objets et elle en a profité pour s'approprier les pendules. Ce qui n'est pas moins malhonnête. Vu que ces pendules m'appartiennent. » Le coin de ses lèvres s'abaissa. « Elle en connaissait la valeur, savait que cela représentait un capital appréciable. J'étais moi-même allé chez Sotheby. Bien sûr, ce n'est qu'une simple estimation à partir de la description de l'inventaire, mais, dans une vente, cela pourrait atteindre les cent mille livres, voire beaucoup plus. Je tiens à les récupérer, monsieur. »

Duggan réfléchit un instant.

« Ce n'est malheureusement pas aussi simple que vous le croyez, Mr Gillespie. Il vous faudrait faire la preuve de pas mal de choses. D'abord, que Mrs Gillespie vous a délibérément floué. Ensuite, que les pendules figurant parmi les biens de Mrs Gillespie sont effectivement celles que votre père vous a léguées.

– Vous avez vu les deux inventaires. Qu'est-ce que cela pourrait être d'autre ? »

Duggan préféra laisser pour l'instant de côté la question de savoir comment James Gillespie avait eu connaissance de l'inventaire des biens de Mathilda et de ce qu'il contenait.

Une fois lancée dans cette voie, la conversation risquait de prendre un tour très désagréable.

« Des pendules similaires, répondit-il d'un ton tranchant. Voire identiques, mais il vous resterait à prouver qu'elle n'ont pas été en fin de compte rachetées par Mrs Gillespie. Supposons que la collection ait été volée et qu'elle vous ait dédommagé comme elle était censée le faire. Supposons qu'à la suite de cela, elle ait voulu reconstituer la collection parce qu'elle s'était soudain prise de passion pour l'horlogerie. Elle aurait très bien pu utiliser son propre argent pour acquérir dans des ventes des pendules semblables. Vous n'auriez alors aucun droit dessus. Par ailleurs, en tant que propriétaire, vous aviez toute liberté de contester la somme versée par la compagnie d'assurances pour réparer le dommage subi. En acceptant ces douze mille livres, Mr Gillespie, vous avez, de fait, donné votre aval. Vous avez laissé ces pendules pour aller vous établir à Hong-Kong, empoché sans un murmure une coquette indemnité et voilà que, quarante ans plus tard, vous venez les réclamer, parce que vous vous êtes brusquement rendu compte que vous auriez mieux fait de les garder. Je reconnais que le cas n'est pas évident et nécessiterait les conseils d'un avocat, mais, en ce qui me concerne, je serais tenté de dire que vous n'avez rien sur quoi vous appuyer. Possession vaut titre, affirme un vieux proverbe. »

Gillespie n'était pas homme à se laisser intimider aussi facilement.

« Lisez donc ses carnets, grommela-t-il. Ils vous convaincront qu'elle me les a volées. Elle ne pouvait pas s'empêcher de se vanter, c'était là son problème. Elle consignait tous ses faits et gestes dans ces carnets absurdes et les relisait à longueur de temps pour se prouver combien elle était intelligente. Il n'y avait pourtant pas de quoi être fier. Lisez ses carnets. »

Son interlocuteur s'efforça de rester impassible.

« Je n'y manquerai pas. À ce propos, savez-vous où elle les mettait ? Cela m'éviterait de chercher.

– Dans la bibliothèque, sur l'étagère du haut. Camouflés en œuvres de Shakespeare. » Il prit une carte dans son portefeuille. « Vous êtes un homme de loi, Mr Duggan, je vous crois donc honnête. Voici mes coordonnées. J'espère avoir de vos nouvelles d'ici quelques jours. Merci de bien vouloir traiter la chose en urgence. »

Il empoigna sa canne et se leva.

« Je préférerais m'adresser à votre représentant légal, Mr Gillespie.

– Hélas, je n'en ai pas, répondit-il avec une touchante dignité. Ma pension ne m'en donne pas les moyens. Je m'en remets à vous comme à un gentleman. Il doit bien en rester quelques-uns dans ce malheureux pays. Aussi peu que ce soit. » Il se dirigea vers la porte. « Vous pensez peut-être que je me suis mal conduit avec Mathilda en les abandonnant, elle et son enfant. Et que je méritais d'être volé. Lisez les carnets. Ils vous diront ce qui s'est réellement passé. »

Duggan attendit que la porte se fût refermée, puis saisit le téléphone et composa le numéro du commissariat de Learmouth.

L'information au sujet des carnets de Mathilda atteignit Cooper alors qu'il s'apprêtait à partir pour Cedar House. Il reposa le combiné avec un froncement de sourcils. Il avait fouillé la maison de la cave au grenier et était aussi certain qu'on peut l'être qu'elle ne contenait aucun carnet manuscrit, pas plus dans la bibliothèque que nulle part ailleurs.

« Navré, mesdames, mais je vais devoir abuser encore de votre temps. Voulez-vous venir avec moi, s'il vous plaît ? »

Étonnées, Joanna et Sarah l'escortèrent dans le couloir jusqu'à la bibliothèque.

« Que cherchez-vous ? demanda Joanna comme il examinait l'étagère du haut. »

Il leva le bras et donna une tape sur le bord de la planche en acajou qui, de même que les autres, courait sur toute la largeur du mur.

« L'une d'entre vous a-t-elle déjà vu ici des volumes des œuvres de William Shakespeare ?

– Il y en a un peu partout, répondit Joanna avec une pointe de dédain. Quelle édition ?

– Celle qui se trouve d'habitude sur cette étagère. » Il se

tourna vers elle. « Les carnets de votre mère. On m'a dit qu'elle les gardait à cet endroit, sous couvert des œuvres de Shakespeare. »

Joanna parut sincèrement surprise.

« D'après nos renseignements, elle y notait tout ce qui lui arrivait.

– Je l'ignorais.

– La personne qui nous a renseignés est très affirmative. »

Joanna eut un geste d'impuissance.

« Je l'ignorais, répéta-t-elle.

– Qui est cette personne ? » s'enquit Sarah.

Cooper regarda fixement Joanna.

« James Gillespie. Le beau-père de Mrs Lascelles. »

Cette fois, l'expression de surprise manquait nettement de conviction. Ce fut à Sarah d'avoir la réaction logique.

« Je croyais qu'il avait abandonné Mathilda il y a des années. Comment sait-il qu'elle avait des carnets ? Il vivait à Hong-Kong, c'est du moins ce que m'a dit ma secrétaire.

– Plus maintenant, docteur Blakeney. Selon le notaire de Mrs Gillespie, il habite Bournemouth. Nous allons devoir fouiller à nouveau la maison, poursuivit-il à l'intention de Joanna, et je préférerais que vous soyez présente.

– Naturellement, inspecteur. Je n'ai pas l'intention de m'en aller. Après tout, cette maison est la mienne. »

Sarah capta son attention.

« Et Ruth ? Vous ne pouvez pas la laisser comme ça.

– Ruth doit apprendre à se débrouiller toute seule, docteur Blakeney. » Elle eut un petit rire éloquent. « Vous auriez dû réfléchir un peu plus aux conséquences avant de persuader ma mère de modifier son testament. Vous vous doutez bien que, dans la situation actuelle, il m'est impossible de faire quoi que ce soit.

– C'est de réconfort qu'elle a besoin et cela ne vous coûtera pas un sou.

– Je ne crois pas que ce que j'aurais à lui dire arrangerait les choses. » Elle considéra Sarah sans un battement de paupières. « Ruth a eu plus de facilités que je n'en ai jamais eu et elle a préféré les gaspiller. Vous vous rendez compte qu'elle volait ma mère depuis des mois avant que se produise ce sordide petit incident à l'école.» Elle plissa les lèvres de façon déplaisante. «Vous n'imaginez pas mon indignation quand Miss Harris m'a annoncé au téléphone que Ruth avait été renvoyée. Savez-vous combien d'argent a été englouti dans l'éducation de cette enfant ?

– Mrs Harris vous a seulement donné sa version des faits, répliqua avec circonspection Sarah, consciente du vif intérêt que portait Cooper à la conversation. Il serait juste que vous entendiez aussi celle de Ruth. Laissez-lui au moins la possibilité de s'expliquer. Ce n'était peut-être pas entièrement de sa faute.

– J'ai vécu pendant près de dix-huit ans en compagnie de ma fille et je sais très bien à quoi m'en tenir. Ruth est incapable de dire la vérité. Vous vous trompez lourdement si vous croyez le contraire.» Elle esquissa un sourire. «Vous pouvez toujours lui dire que, si elle a besoin de moi, elle sait où me trouver, mais, je vous en prie, faites-lui bien comprendre que, jusqu'à ce qu'une solution satisfaisante ait été trouvée au problème du testament, elle ne peut espérer aucune aide de ma part, ni dans la poursuite de ses études, ni en ce qui concerne ses frais d'entretien.»

Manifestement, sa fille n'était pour elle qu'un instrument de marchandage, se dit Sarah avec dégoût, tout en songeant que la situation de Joanna ne valait guère mieux, au bout du compte, que celle de Ruth. Elle fit une nouvelle tentative.

«Il ne s'agit pas d'argent, Joanna, mais du fait que votre fille désire vous voir. Elle a peur de venir à Cedar House parce que l'homme qui l'a forcée à voler connaît son adresse et a proféré des menaces à son encontre. Je vous en prie, êtes-vous prête à m'accompagner à Mill House afin de lui parler ? Elle ne ment pas. Elle est profondément bouleversée par les événements actuels et a besoin de savoir que vous ne l'avez pas abandonnée. Elle a passé le plus clair de son temps assise à côté du téléphone dans l'espoir que vous lui passeriez un coup de fil. Vous n'imaginez pas à quel point elle est attachée à vous.»

Son interlocutrice eut une brève hésitation – ou Sarah avait-elle envie de le croire ?

«Vous l'avez prise avec vous, docteur Blakeney, c'est

donc à vous que revient cette tâche. Pour l'instant, je ne me sens pas le courage de lui pardonner tout le mal qu'elle a fait. Pire, je ne serais pas étonnée qu'elle ait tué ma mère. Elle en est parfaitement capable. N'en doutez pas. »

Sarah secoua la tête avec incrédulité.

« Très bien. Après tout, cela vaut peut-être mieux ainsi. Ruth n'a que faire en ce moment de vos simagrées et de vos insinuations perfides. Vous êtes exactement comme elle. Avez-vous oublié dans quelle situation vous vous trouviez quand Mathilda vous a secourue ? » Elle eut un haussement d'épaules. « J'avais décidé de refuser l'héritage et de vous donner une chance, à Ruth et à vous, de convaincre un tribunal que vous y aviez plus droit qu'un établissement de charité. Mais j'ai changé d'avis. Pour l'avoir, il vous faudra vous battre contre moi et vous serez seule à le faire, parce que j'ai l'intention d'instituer un fidéicommis en faveur de Ruth afin qu'elle ne soit pas perdante quoi qu'il arrive. » Elle marcha vers la porte, gratifiant Cooper d'un de ces délicieux sourires qui avaient éveillé en lui des ardeurs printanières. « Si vous tenez à le savoir, je suis toujours d'avis que Joanna n'a pas tué Mathilda. Rhumatismes ou pas, Mathilda se serait enfuie à toutes jambes si cette garce l'avait approchée de trop près. »

Cooper la regarda traverser le couloir comme un ouragan, tout en se demandant si le docteur Blakeney ne cachait pas, après tout, une nature passionnée. Cependant, il aurait bien aimé savoir ce qui était arrivé à Ruth qui les rendait, Jack et elle, si furieux.

En dépit de son nom ronflant, le manoir Cadogan n'était qu'un immeuble sale et miteux, comme Cooper le constata le lendemain matin. De la construction années 1960, grise, carrée, sans aucun style, coincée entre deux pavillons de banlieue et uniquement conçue pour coûter le minimum et rapporter le maximum. Combien les villes auraient été moins laides, songeait chaque fois Cooper, si, au lieu d'encenser les urbanistes pour de tels actes de vandalisme, on les avait poursuivis devant les tribunaux.

Il grimpa les marches d'un escalier on ne peut plus banal et sonna au numéro dix-sept.

« Mr James Gillespie ? » demanda-t-il au vieil homme qui pointa son nez à la porte, la mine farouche, tout en lui expédiant à la figure des relents de whisky bon marché. Cooper lui montra sa carte. « Inspecteur Cooper, de la police de Learmouth. »

Gillespie fronça ses sourcils broussailleux en une expression peu amène.

« Et alors ?

– Puis-je entrer ?

– Pourquoi ?

– Je désirerais vous poser quelques questions au sujet de votre défunte épouse.

– Pourquoi ? »

Cooper se dit que ce petit jeu risquait de se prolonger. Il opta donc pour la méthode directe.

« Votre femme a été assassinée et nous avons de bonnes raisons de croire que vous lui avez parlé peu avant sa mort. Comme vous avez, paraît-il, longtemps vécu à l'étranger, je me permets de vous rappeler que vous avez l'obligation d'aider, dans toute la mesure du possible, la police lors d'une enquête. À présent, puis-je entrer ?

– Si c'est indispensable. »

Les déclarations brutales du policier ne l'avaient guère ému, mais il pivota, passa devant une première pièce contenant un lit et entra dans une deuxième où se trouvaient un canapé défraîchi et deux chaises en plastique. Il n'y avait pas d'autre meuble, aucun tapis et, en guise de rideau, un morceau d'étoffe tendu en travers de la fenêtre procurait un semblant d'intimité.

« J'attends des affaires de Hong-Kong, lança-t-il. Elles devraient être là d'un jour à l'autre. En attendant, c'est le camping. Asseyez-vous. »

Il prit place sur le canapé en s'efforçant de dissimuler la bouteille de whisky qui gisait sur le sol. La pièce empestait l'alcool, l'urine et la crasse. Le devant du pantalon de Gillespie était à moitié trempé, remarqua Cooper. Avec tact, il sortit son carnet et y fixa les yeux.

« Vous n'avez pas eu l'air très surpris quand je vous ai dit que votre femme avait été assassinée, Mr Gillespie. Étiez-vous au courant ?

– Vaguement.

– Qui vous a renseigné ?

– Mon frère. Autrefois, nous habitions Long Upton. Il connaît encore des gens là-bas. Forcément, on le lui a raconté.

– Où habite-t-il à présent ?

– À Londres.

– Pourrais-je avoir son nom et son adresse ? »

Le vieil homme réfléchit quelques secondes.

« Ce n'est pas gênant, je suppose. Frederick Gillespie, Carisbroke Court, Denby Street, Kensington. Mais cela ne vous avancera à rien. Il n'en sait pas plus que moi. »

Cooper feuilleta son calepin pour retrouver l'adresse de Joanna Lascelles.

« Votre belle-fille aussi habite Kensington. Est-ce que votre frère la connaît ?

– Je crois. »

Tiens, tiens, se dit Cooper. Cette réponse lui ouvrait de nouvelles perspectives de collusion.

« Depuis quand êtes-vous revenu en Angleterre, Mr Gillespie ?

– Six mois. »

Alors ces affaires venant de Hong-Kong étaient seulement du bluff. De nos jours, aucune caisse ne mettait autant de temps pour faire le tour du monde. Ce type était complètement dans la dèche.

« Et qui êtes-vous allé voir en premier ? Votre frère ? Ou votre femme ?

– J'ai passé trois mois à Londres. Puis j'ai décidé de regagner mes pénates. »

Frederick ne pouvait plus supporter la présence d'un ivrogne incontinent. Ce n'était, bien sûr, qu'une hypothèse, mais Cooper en aurait mis sa main au feu.

« Et c'est durant ce séjour à Londres que vous avez rencontré Joanna, qui vous a dit que Mathilda demeurait toujours à Cedar House. »

Il avait dit cela comme s'il n'en avait jamais douté.

« Une brave petite, déclara le vieil homme d'un ton solennel. Et jolie, comme sa mère.

– Vous êtes donc allé voir Mathilda. »

Gillespie hocha la tête.

« Elle n'avait pas changé. Toujours aussi désagréable.

– Et vous avez aperçu les pendules qu'elle disait avoir été volées ?

– C'est un coup du notaire, je présume.

– Je sors de son étude. Il nous a informé hier de votre visite. Il n'avait pas le choix, Mr Gillespie, poursuivit Cooper en voyant la grimace du vieil homme. Dissimuler une information est un délit grave, particulièrement dans une affaire de meurtre.

– Je croyais qu'elle s'était suicidée. »

Cooper ignora cette remarque.

« Qu'avez-vous fait quand vous avez compris qu'elle vous avait menti ? »

Gillespie éclata d'un rire aigre.

« Je lui ai redemandé mon bien, pardi. Elle a trouvé cela très amusant. D'après elle, j'avais accepté l'argent qu'elle m'avait envoyé il y a trente ans et je n'avais plus aucun droit. » Il fouilla dans sa mémoire. « Quand nous vivions ensemble, il m'arrivait souvent de la frapper. Pas fort. J'étais bien obligé de lui faire peur. C'était le seul moyen pour qu'elle la boucle. » Il toucha sa bouche d'une main tremblante. Elle était toute marbrée et couverte de psoriasis. « Je n'en étais pas fier et je n'ai plus jamais frappé une femme, pas jusqu'à ce que… » Il s'interrompit.

Cooper s'efforça de conserver un ton égal.

« Voulez-vous dire que vous l'avez frappée quand elle a refusé de vous rendre ce qui vous appartenait ?

– Je lui ai collé ma main dans la figure, à cette chipie ! » Il ferma un instant les yeux comme si cette évocation lui était pénible.

« Lui avez-vous fait mal ? »

Il eut un sourire déplaisant.

« Elle s'est mise à pleurer.

– Que s'est-il passé ensuite ?

– Je lui ai dit que j'allais porter plainte et je suis parti.
– Quand était-ce ? Vous vous en souvenez ? »

Il sembla prendre soudain conscience des taches d'urine qui maculaient son pantalon et croisa les jambes avec embarras.

« La fois où je l'ai giflée ? Il y a deux ou trois mois.
– Vous y êtes donc allé d'autres fois ? »

Gillespie hocha la tête.

« Deux.
– Avant ou après l'avoir giflée ?
– Après. Elle n'avait pas envie que je porte plainte, vous comprenez ?
– Pas vraiment.
– Bien sûr. Si vous ne l'aviez jamais vue avant le jour de sa mort. Rusée, c'est encore ce qui la qualifie le mieux. Rusée et cruelle. Elle n'a pas réfléchi longtemps. Elle est venue ici le lendemain en discuter. Elle a parlé d'un arrangement. » Il gratta les croûtes de ses mains. « Elle s'imaginait que je ne savais pas ce que valaient les pendules. Elle m'a offert cinq mille livres pour que je la laisse tranquille. » Il se tut.

« Et alors ? fit Cooper comme le silence s'éternisait. »

Le vieil homme laissa errer son regard dans la pièce.

« J'ai compris qu'elle m'en donnerait bien plus, rien que pour éviter les ragots. J'y suis encore allé deux fois, histoire d'enfoncer le clou La veille de sa mort, elle en était à cinquante mille livres. Je voulais cent mille. Nous aurions fini par y arriver. Elle savait que ce n'était qu'une question de temps avant que quelqu'un me voie et me reconnaisse.
– Vous la faisiez chanter. »

Gillespie éclata à nouveau de son rire aigre.

« Mathilda était une voleuse. Vous appelez ça du chantage, de négocier pour qu'on vous restitue ce qu'on vous a pris ? Nous nous comprenions parfaitement. Nous aurions conclu le marché si elle n'était pas morte. »

Cooper ne put résister plus longtemps à son dégoût.

« En ce qui me concerne, je dirais volontiers que vous vouliez le beurre et l'argent du beurre. Vous l'avez laissée choir voilà quarante ans avec un enfant en bas âge qu'elle a dû élever seule, vous avez sauté sur le pactole que représentait la valeur des pendules en 1961 et l'avez dépensé – il eut un regard en direction de la bouteille vide – pour vous rincer le gosier, comme vous l'avez fait avec tout ce que vous avez gagné au cours de votre existence, puis vous êtes revenu vampiriser la femme que vous aviez abandonnée. En l'occurrence, je me demande qui est le plus grand voleur. Si vous teniez tellement à ces pendules, pourquoi ne pas les avoir emportées ?

– Trop cher, répondit avec calme Gillespie. J'avais juste de quoi payer mon billet. Il ne me restait plus un sou pour les expédier.

– Pourquoi ne pas en avoir vendu une pour payer le transport des autres ?

– Elle s'y serait opposée. » Il vit le scepticisme sur le visage de Cooper. « Vous ne la connaissiez pas, mon vieux, alors ne jugez pas sans savoir.

– Pourtant, vous avez admis que vous la battiez pour lui coller la trouille. Comment aurait-elle pu vous empêcher de vendre ce qui était à vous ? Vous lui auriez tapé dessus à bras raccourcis.

– Peut-être que j'ai essayé, grommela-t-il. Peut-être qu'elle a quand même trouvé un moyen. Vous croyez que j'étais le seul à faire du chantage ? Dans le genre, elle n'avait pas son pareil. » Il toucha à nouveau ses lèvres. Le tremblement de ses mains s'était accentué. « Nous avons passé un accord : pas de scandale. Elle me laissait partir à Hong-Kong à condition qu'il n'y ait pas de divorce et qu'elle garde les pendules. Une assurance mutuelle, qu'elle appelait ça. Tant qu'elle les aurait chez elle, elle pourrait être sûre de mon silence. Tant que les pendules resteraient ma propriété, je pourrais être sûr du sien. Il y en avait déjà pour un joli paquet à l'époque. »

Cooper eut un froncement de sourcils.

« Qu'aviez-vous à y gagner ?

– Des choses et d'autres. C'était un mariage malheureux. De nos jours, on ne peut pas divorcer sans déballer son linge sale en public. Son père était député, ne l'oubliez pas. »

Elle me laissait partir à Hong-Kong... Drôle de façon de

s'exprimer, pensa Cooper. Comment aurait-elle pu l'en dissuader ?

« Aviez-vous quelque chose de grave à vous reprocher ? Les pendules étaient-elles une contrepartie, pour qu'elle n'aille pas trouver la police ? »

Il eut un haussement d'épaules.

« Tout ça, c'est de l'histoire ancienne.

– Qu'aviez-vous fait ?

– De l'histoire ancienne, répéta-t-il avec obstination. Demandez-moi plutôt ce qu'elle avait à y gagner. C'est autrement plus intéressant.

– Eh bien ?

– Qu'on ne sache rien au sujet de l'enfant. On vous a dit qui était le père, n'est-ce pas ? »

De l'histoire ancienne, songea avec ironie Cooper.

« Vous avez déclaré à Mr Duggan que votre femme possédait des carnets qu'elle gardait sur le rayon du haut de la bibliothèque, sous des reliures factices indiquant les œuvres de William Shakespeare. Est-ce exact ?

– Tout à fait.

– Les avez-vous vus en allant à Cedar House ou Mrs Gillespie vous en a-t-elle seulement parlé ? »

Gillespie le regarda fixement.

« Ils n'y sont plus ?

– Voudriez-vous répondre à ma question, s'il vous plaît ? Les avez-vous vus ou le savez-vous parce que Mrs Gillespie vous l'a dit ?

– Je les ai vus. Je ne risquais pas de les oublier. Je lui avais fait faire les deux premiers volumes en cadeau de mariage. Et, plus tard, je lui en ai offert un huitième avec des pages blanches.

– Pourriez-vous les décrire, Mr Gillespie ?

– Reliés en cuir brun. Avec marqués au dos, en lettres d'or, William Shakespeare. Dix volumes en tout.

– Quelles dimensions à peu près ?

– Quinze centimètres sur vingt. Et entre deux et trois centimètres d'épaisseur. » Il serra ses mains sur ses cuisses. « Je peux bien vous le dire, je comptais sacrément dessus. Ils auraient fourni la preuve qu'elle avait cherché à me rouler.

– Vous les avez donc lus ?

– Impossible, maugréa le vieil homme. Elle ne m'a pas lâché une minute. Elle était sans cesse à me tourner autour comme la mouche du coche. Mais ils contiennent la preuve. Elle aura raconté ça comme le reste.

– En réalité, vous ne pouvez pas être certain qu'ils se trouvaient là, seulement qu'il y avait dix volumes des œuvres de Shakespeare sur le rayon du haut, qui ressemblaient à ceux que vous lui aviez offerts voilà quarante ans. »

Il serra les lèvres d'un air buté.

« Je les ai repérés tout de suite en entrant. C'étaient bien les carnets de Mathilda. »

Cooper réfléchit un instant.

« Mrs Lascelles connaissait-elle leur existence ? »

Gillespie eut un haussement d'épaules.

« Je ne peux pas vous dire. Je ne lui en ai pas parlé. Inutile de brûler les dernières cartouches avant d'y être obligé.

– Pourtant, vous lui avez dit que vous n'étiez pas son père. »

Il eut un nouveau haussement d'épaules.

« Bien obligé.

– Pourquoi ?

– Elle n'arrêtait pas de me poser des questions. Elle ne m'aurait jamais lâché. Même que c'en était touchant. Je n'ai pas eu le courage de la laisser repartir avec un mensonge aussi gros.

– La pauvre », murmura Cooper, soudain pris de compassion. Y avait-il quelqu'un qui ne l'ait pas rejetée ? « Je suppose que vous lui avez aussi parlé de la lettre de son père naturel.

– Pourquoi pas ? M'est avis qu'elle avait autant droit que Mathilda à la fortune des Cavendish.

– Comment étiez-vous au courant ? Elle a été écrite après votre départ pour Hong-Kong. »

Le vieil homme prit un air matois.

« Peu importe », marmonna-t-il. Mais une lueur dans le regard de Cooper le fit réfléchir. « Ça a pas mal secoué le village quand Gerald s'est fichu en l'air. Le bruit a couru qu'il avait rédigé une lettre, que son frère avait fait disparaître. En ce temps-là, se suicider – il secoua la tête – faisait plutôt mauvais genre. William a caché la lettre pour préserver la réputation de la famille. Je l'ai su quand ça s'est produit et j'ai conseillé à Joanna de chercher cette lettre. Ce qu'il y avait dedans, ce n'était pas difficile à deviner. Gerald était un crétin sentimental et il y avait sûrement parlé de son marmot. Il n'aurait pas pu résister à la tentation.

– Et peut-être avez-vous aussi conclu un accord avec Mrs Lascelles. En échange d'une déposition sur l'identité de son vrai père, elle vous assurerait de quoi vivre comme un coq en pâte jusqu'à la fin de vos jours. Quelque chose dans ce goût-là, pas vrai ? »

Gillespie laissa échapper un ricanement.

« Pour ça, elle était nettement plus accommodante que sa mère.

– Alors pourquoi avoir pris la peine de négocier avec Mrs Gillespie ?

– À mon avis, Joanna n'était pas de taille, pas contre Mathilda. »

Cooper hocha la tête.

« Et c'est pour améliorer le score que vous avez tué votre femme ? »

Gillespie eut un nouveau ricanement.

« Je me demandais quand vous alliez me la sortir, celle-là. Je n'ai pas eu besoin de le faire. Si Mathilda n'a pas mis fin à ses jours, alors ma belle-fille s'en est probablement chargée. Elle était rudement contrariée d'avoir découvert que sa mère se dévergondait avec son grand-oncle. » Brusquement, comme s'il avait décidé de révéler un secret honteux, il extirpa une bouteille de whisky neuve de sous les coussins où il l'avait dissimulée, ôta le bouchon et la porta à ses lèvres. « Vous en voulez ? » demanda-t-il, au bout d'un moment, d'une voix machinale en agitant la bouteille dans la direction de Cooper, avant de la replacer entre ses lèvres et d'en vider la moitié à longs traits.

Cooper, qui avait une longue expérience des ivrognes, après des années passées à ramasser dans les caniveaux des paquets de loques hébétés, le considéra d'un air stupéfait. La tolérance de Gillespie à l'égard de l'alcool était prodigieuse. En deux minutes, il en avait avalé une quantité suffisante pour expédier sous la table n'importe quel quidam, alors qu'elle semblait n'avoir eu d'autre effet chez lui que de calmer le tremblement de ses mains.

« Nous avons quelques difficultés à établir le mobile du meurtre de votre femme, déclara lentement Cooper. Mais le vôtre m'a l'air tout ce qu'il y a de solide.

– Bah ! fit Gillespie, le regard plein de cette affabilité propre aux alcooliques. Elle m'était bien plus utile en vie. Je vous le répète, elle en était à cinquante mille livres la veille de sa mort.

– Mais vous n'avez pas rempli votre part du marché, Mr Gillespie. Ce qui signifie qu'elle était libre de révéler les raisons qui vous avaient contraint à filer à Hong-Kong.

– De l'histoire ancienne, fit-il, reprenant sa rengaine. De la saleté d'histoire ancienne. À présent, mes peccadilles n'intéressent plus personne, tandis que les siennes intéressent beaucoup de monde. À commencer par sa fille. » Il porta à nouveau la bouteille à ses lèvres, et ce fut le coup de grâce.

Cooper ne se rappelait pas avoir jamais été aussi écœuré par quelque chose ou quelqu'un. Il se leva, s'enveloppa dans son manteau, son dégoût et lui. S'il avait pu se laver les mains de cette abominable famille, il n'aurait pas hésité une seconde. Il avait beau chercher, il ne leur voyait aucune qualité qui puisse racheter leurs tares. Chassez le naturel et il revient au galop, et ils avaient le vice aussi ancré en eux que la puanteur dans cette pièce. S'il y avait bien une chose qu'il regrettait, c'était d'avoir été de service le jour de la découverte du cadavre de Mathilda. Alors que le cas contraire lui aurait justement permis de rester ce qu'il avait toujours pensé être : un homme authentiquement tolérant.

À l'insu de Gillespie, il ramassa du bout des doigts la bouteille vide couchée sur le sol et l'emporta.

Jack examina l'adresse que Sarah avait réussi, à force de patience et de cajoleries, à soutirer à Ruth.

« Tu dis que c'est un squat. Comme vais-je faire pour l'attirer seul dehors ? »

Elle rinçait des tasses sous le robinet d'eau froide.

« J'ai réfléchi. Et si tu dois passer six mois dans le plâtre ?

– Ça ne sera pas pire qu'en ce moment, murmura-t-il en tirant une chaise et en s'asseyant. Le matelas de la chambre d'amis a quelque chose qui ne va pas. Il me donne le torticolis. Quand vas-tu te décider à virer Ruth, que je reprenne la place qui me revient ?

– Quand tu m'auras fait des excuses.

– Ah bon, murmura-t-il d'un ton de regret. Alors va pour le torticolis. »

Elle plissa les yeux.

« Juste des excuses, espèce d'idiot. Ça ne va pas te tuer. À mon avis, c'est même moins douloureux qu'un torticolis. »

Il lui adressa un sourire sardonique.

« S'il n'y avait que ça de douloureux. Tu ne sais pas ce que tu perds, ma fille. »

Une lueur de colère brilla dans les yeux de Sarah.

« Rien de plus facile à soigner. » D'un geste prompt, elle lui renversa sur les cuisses une tasse d'eau glacée. « Dommage que Sally Bennedict n'en fasse pas autant. »

Il bondit sur ses pieds, renversant sa chaise.

« Bon Dieu, tu as décidé de me transformer en eunuque ou quoi ! » Il la saisit par la taille et la souleva du sol. « Tu as de la chance que Ruth soit dans la maison, gronda-t-il en l'inclinant et en lui mettant la tête sous le robinet. Sinon je t'aurais prouvé l'inefficacité de l'eau froide en cas de retard libidinal.

« Arrête, j'étouffe ! s'écria-t-elle en hoquetant.

– Bien fait pour toi. »

Il la reposa par terre et ferma le robinet.

« Tu voulais de la passion ! répliqua-t-elle en aspergeant le carrelage. Maintenant que tu en as, tu ne vas pas te plaindre ? »

Il lui lança une serviette.

« Peut-être bien, fit-il avec une grimace. Mais la dernière chose que je désirais, c'est bien une femme compréhensive. J'ai horreur de la condescendance. »

Elle agita la tête, furieuse, projetant des gouttelettes dans toute la cuisine.

« Si quelqu'un m'accuse encore de condescendance, il va le regretter ! J'essaie seulement de me montrer charitable avec les plus stupides et les plus vaniteux des égocentriques qu'il m'ait été donné de rencontrer. Et, crois-moi, ce n'est pas du gâteau ! » Elle s'essuya énergiquement les cheveux avec la serviette. « Si le monde n'était peuplé que de gens comme moi, Jack, ce serait le paradis.

– Tu sais ce qu'on dit du paradis, ma vieille. Que c'était un délice jusqu'à ce que la vipère cornue quitte sa feuille de vigne pour un trou chaud et humide au milieu des buissons. Après ça, c'est devenu l'enfer. »

Elle le vit enfiler sa vieille veste et prendre une torche électrique dans le tiroir de la cuisine.

« Que comptes-tu faire exactement ?

– Ne t'inquiète pas. Dans le cas présent, moins on en sait, mieux on se porte.

– Tu veux que je vienne avec toi ? »

Un grand sourire éclaira son visage.

« Pourquoi ? Lui mettre des points de suture quand j'en aurai fini avec lui ? Tu serais un handicap plus qu'autre chose. Sans compter que tu risques la radiation et qu'il faut quelqu'un pour veiller sur Ruth.

– Tu feras attention, n'est-ce pas ? demanda-t-elle, le regard inquiet. En dépit du reste, Jack, je tiens à toi. »

Il lui posa un doigt sur les lèvres.

« Je te le promets. »

Il roula lentement jusqu'à Palace Road, repéra le numéro vingt-trois et la camionnette blanche stationnée devant, fit le tour du pâté de maisons et se gara sur un emplacement offrant une vue dégagée, mais situé à une distance suffisante pour qu'il ne risque pas de se faire repérer. Des lampes jaunâtres brillaient le long de la rue, projetant des ombres sur les façades. En ce jeudi glacial de la fin novembre, vers huit heures du soir, quelques personnes circulaient encore et, à deux ou trois reprises, son cœur se mit à battre violemment alors qu'une silhouette en habits sombres surgissait sur le trottoir. Au bout d'une heure, un chien émergea dans une zone de lumière à une dizaine de mètres de lui et se mit à remuer des détritus près d'une poubelle. Il lui fallut quelques minutes pour se rendre compte qu'il ne s'agissait pas d'un chien, mais d'un renard en quête de sa pitance. S'attendant à une longue attente et fasciné par le manège de l'animal, il n'entendit pas s'ouvrir la porte du numéro vingt-trois. Seuls des éclats de rire l'avertirent qu'il se passait quelque chose. Les paupières mi-closes, il vit un groupe de jeunes gens s'entasser à l'arrière de la camionnette tandis qu'une silhouette grimpait à l'avant.

Impossible de dire s'il s'agissait de Hughes. Ruth avait affirmé qu'il était grand, brun et plutôt pas mal. Mais, de même que la nuit tous les chats sont gris, tous les jeunes gens se ressemblent à une trentaine de mètres par un soir d'hiver. Cependant, se souvint-il tout à coup, elle avait précisé que la camionnette lui appartenait et qu'il était le seul à la conduire. Il laissa partir le véhicule et démarra.

Le médecin a inscrit « arrêt cardiaque » sur l'avis de décès de père. En le lisant, j'ai eu du mal à garder mon sérieux. Bien sûr qu'il est mort d'un arrêt cardiaque. Nous mourons tous d'un arrêt cardiaque. Mrs Spencer, la gouvernante, a parfaitement joué les affligées jusqu'à ce que je lui promette de la garder en attendant qu'elle trouve un autre travail. À la suite de quoi, elle s'est remise avec une vitesse étonnante. Ces gens-là n'ont de loyauté que pour l'argent.

Père avait l'air très paisible dans son fauteuil, son verre de whisky encore à la main. « Emporté dans son sommeil », selon le médecin. C'est on ne peut plus vrai, dans tous les sens du terme. « Il buvait dans des proportions qui n'étaient pas raisonnables, ma chère, je l'avais pourtant prévenu. » Il a poursuivi en m'assurant qu'il n'avait pas souffert. J'ai répondu comme je me devais de le faire, tout en pensant : « Quel dommage ! Il méritait de souffrir. » Le plus gros défaut de père était son ingratitude. James, lui, a eu beaucoup de chance. Si j'avais compris plus tôt à quel point il est facile de se débarrasser d'un ivrogne, eh bien…, assez parlé.

Malheureusement, Joanna m'a vue. La maudite enfant s'était réveillée et elle est descendue juste au moment où j'enlevais l'oreiller. Je lui ai expliqué que grand-père était malade et qu'il serait plus à l'aise avec un oreiller ; cependant, j'ai la sensation tout à fait étrange qu'elle sait. Hier soir, elle a refusé d'aller dormir. Elle est restée allongée à côté de moi à me fixer de son regard agaçant.

Mais enfin, que peut bien signifier un oreiller pour une enfant de deux ans…

15

Une demi-heure plus tard, au cœur du quartier le plus chic de la ville, la camionnette fit halte dans l'ombre d'une maison imposante pour prendre à son bord l'adolescente qui attendait en guettant au bord du trottoir. Jack fut parcouru d'un frisson. Il la vit se hisser avec des gestes maladroits sur le siège du passager, certain qu'elle était aussi peu préparée que Ruth à la surprise que Hughes lui avait ménagée à l'arrière.

La camionnette prit la route de la côte en direction de Southbourne et de Hengistbury Head. La circulation se faisant de plus en plus rare, Jack augmenta la distance entre eux. Il examina les différentes options qui s'offraient à lui : devait-il s'arrêter pour prévenir la police et laisser du même coup filer la camionnette ? La percuter au risque de se blesser et de blesser la fille ? Se garer à côté le moment venu afin de contraindre ses occupants à renoncer à leur dessein, avec la possibilité de les voir repartir à toute allure et de se faire semer ? Il rejeta l'une après l'autre chacune de ces idées, qui lui semblaient présenter trop d'inconvénients, et regretta tout à coup de ne pas avoir emmené Sarah. Jamais il n'avait désiré à ce point la chaleur de son affection.

La camionnette s'engagea sur une aire de stationnement située en bord de mer. Plus par instinct que par un acte mûrement réfléchi, Jack éteignit ses phares, mit l'embrayage au point mort et continua en roue libre avant de s'arrêter le long du trottoir à une cinquantaine de mètres de distance.

Seule la froide lumière de la lune éclairait le paysage, mais il ne lui en fallait pas davantage pour savoir ce qui allait se passer : Ruth n'avait été que trop claire sur les méthodes employées par son Roméo. Le chauffeur, Hughes sans nul doute, ouvrit la porte et sauta sur le macadam, tirant la fille derrière lui. Après une courte bagarre, il l'immobilisa, la prit dans ses bras et l'emporta, tandis qu'elle se débattait et donnait des coups de pied, vers l'arrière du véhicule. Avec des éclats de rire, il écarta les battants et l'expédia à l'intérieur comme un vulgaire sac de pommes de terre. Un carré de lumière se découpa un bref instant, puis il referma les portes et s'éloigna vers le rivage en allumant une cigarette.

Par la suite, Jack devait se révéler incapable d'expliquer son comportement. Le seul souvenir précis qu'il garderait de la scène était celui de la peur qu'il avait éprouvée. Oubliant tout le reste, il se mit à agir de façon purement machinale. Comme si, devant l'imminence du danger, ses facultés normales avaient soudain cédé la place à une force obscure. Il ne songea qu'à la fille. Elle seule importait et l'unique solution qui lui vint à l'esprit consistait à ouvrir les portes et à l'arracher par la force à ses ravisseurs. Il passa en première, roula silencieusement vers la camionnette, tout en surveillant Hughes du coin de l'œil pour voir s'il pouvait entendre le bruit du moteur malgré le fracas des vagues qui déferlaient sur le rivage. Ce n'était apparemment pas le cas. L'allure décontractée, il ramassait des galets et les lançait dans l'eau noire.

Jack stoppa derrière la camionnette. Laissant le moteur tourner, il déboucla sa ceinture, la retira de son pantalon et enroula l'une des extrémités autour de son poing. De l'autre main, il prit la lourde torche électrique en caoutchouc, entrouvrit discrètement la portière et se glissa dehors, aspirant l'air à grosses goulées pour essayer de calmer les battements de son cœur.

Tout à coup, Hughes pivota, comprit d'un coup d'œil la situation et se mit à remonter la plage.

L'adrénaline joue fatalement des tours. En inondant le corps, elle le rend capable d'un effort intense et immédiat, alors que l'esprit enregistre avec lenteur les événements. Le temps, le plus relatif des phénomènes, perd alors toute signification, et ce qui, au dire de Jack, lequel n'en démordrait pas, avait duré plusieurs minutes ne prit en réalité que quelques secondes. Il ouvrit brutalement les portes de la camionnette et abattit sa torche sur le crâne du loubard le plus proche en hurlant comme un démon. Un autre tourna vers lui un visage crayeux à la mine ahurie et Jack le cingla à toute volée avec sa ceinture, tandis qu'il refermait son bras autour du cou du premier et l'envoyait dinguer sur le macadam. Décrivant alors un arc de cercle avec sa torche, il en frappa le menton de sa précédente victime qui, battant l'air des mains, alla s'écrouler derrière lui.

Les trois énergumènes encore dans la camionnette, dont deux maintenaient la fille au sol pendant que le troisième, le pantalon sur les mollets, était couché sur elle, en restèrent comme pétrifiés. La violence de l'attaque et les rugissements ininterrompus de leur assaillant les avaient tellement désorientés que Jack fut sur eux avant qu'ils aient compris ce qui leur arrivait. De la main qui tenait la ceinture il agrippa les cheveux du violeur, lui renversa la tête et écrasa sa torche sur les traits déformés par la peur. Un flot de sang jaillit du nez du type, qui s'affaissa sur le côté en gémissant.

« Sortez ! » cria Jack à la fille terrorisée qui s'était mise à quatre pattes. « Dans la voiture ! » Exécutant un moulinet avec sa ceinture, il la projeta de toutes ses forces et elle atteignit en sifflant les yeux d'un voyou qui se relevait dans un coin. « Bande d'ordures ! gueula-t-il. Je vais vous faire la peau ! » Il balança un coup de botte dans l'aine à découvert du violeur et se tourna comme un fou vers le seul loubard qu'il n'avait pas encore esquinté. Avec un cri d'effroi, celui-ci se recroquevilla, les mains au-dessus de sa tête pour se protéger.

Peut-être, en fin de compte, Blakeney n'avait-t-il pas totalement perdu la raison. Il lâcha ceinture et torche électrique, se précipita hors de la camionnette, s'engouffra dans la voiture à la suite de la fille et fit vrombir le moteur en même temps qu'il claquait la portière. Traversant à toute allure le parking, il aperçut Hughes alors qu'il ne pouvait déjà plus l'éviter. Il le heurta de biais avec l'aile avant, l'expédiant en l'air comme un pantin. Les tempes battantes, il n'arrivait plus à contenir sa rage. Il braqua à fond, opéra un virage à cent quatre-vingts degrés et roula vers la silhouette accroupie. D'un geste sec, il alluma les phares, dont les faisceaux lui révélèrent le visage terrifié de Hughes alors qu'il s'apprêtait à lui passer dessus.

Ce qui l'en empêcha, il n'aurait su le dire. Peut-être les cris de la fille à côté de lui. Peut-être le fait que sa colère eût disparu aussi soudainement qu'elle était venue. Ou peut-être un ultime sentiment de pitié. Il donna un brusque coup de volant, écrasa la pédale de frein, ouvrit d'une poussée sa portière qui heurta le corps du jeune homme, bondit et le saisit par ses cheveux longs pour le remettre sur pieds. « À l'arrière, mon chou, dit-il à la fille. Vite ! » Elle était trop effrayée pour ne pas obéir et se glissa prestement entre les sièges. « Et toi, monte ! fit-il à l'adresse de Hughes en le tirant par les cheveux et en lui enfonçant son genou dans le bas des reins, ou je te promets que je te tords le cou pour de bon ! »

Hughes n'en douta pas. Préférant entre deux maux choisir le moindre, il s'allongea à plat ventre sur le siège et poussa un soupir en sentant peser sur ses jambes tout le poids de Jack.

« Attachez votre ceinture ! lança celui-ci à la fille qui s'était remise à crier. Si ce fumier a le malheur de faire un geste, je colle la voiture dans le premier mur que je trouve et ce sera sa tête qui écopera en premier ! »

Il monta les vitesses, vira pour reprendre la route et se dirigea à tombeau ouvert vers Bournemouth, une main pressant le klaxon. S'il y avait encore une justice dans ce monde pourri, quelqu'un alerterait les flics avant que la Ford ait eu le temps de le rattraper.

Il subsistait bien une justice dans le pays pour lequel Rupert Brooke avait donné sa vie. En l'espace de trois minutes, la police locale reçut dix-sept appels au 999. Douze de veuves âgées vivant seules, quatre d'hommes scandalisés et le dernier d'un enfant. Ils se plaignaient tous de la même chose. Des énergumènes en virée avaient transformé leur rue paisible et bucolique en circuit automobile.

Jack et la camionnette qui le poursuivait furent stoppés par un barrage de police alors qu'ils dévalaient à toute vitesse la rue principale menant au centre ville.

Vers onze heures et demie ce même soir, le téléphone se mit à sonner à Mill House.

« Sarah ? aboya Jack à l'autre bout du fil.

– Oui, fit Sarah avec soulagement. Tu n'es donc pas mort ?

– Non. Je suis en état d'arrestation, bon Dieu ! C'est le seul coup de téléphone que je suis autorisé à donner. J'ai besoin d'un coup de main et en vitesse.

– J'arrive tout de suite. Où es-tu ?

– Ces enfoirés veulent m'inculper de trouble de l'ordre public et de viol, poursuivit-il, furieux, comme si elle n'avait rien dit. Tu parles de crétins ! Ils refusent d'écouter un mot de ce que je raconte. Ils m'ont même passé à tabac, tout comme Hughes et ses acolytes ! La pauvre gamine qu'ils étaient en train de se farcir à l'arrière de la camionnette a complètement perdu les pédales et s'imagine que je fais partie de la bande. Je me tue à leur répéter de contacter Cooper, mais ils sont tellement bouchés que je pourrais aussi bien cracher en l'air.

– Très bien, répondit-elle calmement, tout en essayant de se repérer dans ce déluge de nouvelles alarmantes. Je vais appeler Cooper. Maintenant, dis-moi, où es-tu ?

– Dans un sale trou à rats quelque part en plein Bournemouth, rugit-il. Merde alors, ils se sont mis en tête de me faire un prélèvement de sperme !

– L'adresse, Jack. Il me faut l'adresse.

– Hé, où est-ce que je suis ? cria-t-il à quelqu'un dans la pièce. Le commissariat de Freemont Road, dit-il à Sarah. Et emmène Ruth avec toi, ajouta-t-il à regret. J'aurais préféré ne pas la mêler à ça, mais elle est la seule à connaître toute l'histoire. Et que Keith vienne aussi. J'ai besoin d'un avocat digne de confiance. Cet endroit est bourré de fachos. Ils ne parlent que de réseaux de pédophilie, de gangs et de Dieu sait quoi.

– Calme-toi, dit-elle d'un ton grave. N'ouvre plus la bouche jusqu'à ce que je sois là. Et, pour l'amour du ciel, Jack, ne va pas t'énerver et taper sur un flic.

– C'est déjà fait, nom d'un chien ! Ce salaud m'a traité d'obsédé sexuel. »

Il était largement plus de deux heures quand Sarah, Cooper et Ruth, les yeux ensommeillés, arrivèrent enfin à Freemont Road. Le policier de garde à Learmouth avait catégoriquement refusé de contacter Cooper ou de communiquer le numéro de son domicile lorsque Sarah avait appelé en demandant à lui parler de toute urgence. « L'inspecteur Cooper n'est pas en service, madame, lui avait-il répondu d'un ton flegmatique. Dites-moi ce qui ne va pas ou bien rappelez-le demain matin. » Ce n'est qu'en présence de sa correspondante indignée, menaçant d'organiser une pétition et de porter plainte pour négligence, qu'il se décida à prévenir l'inspecteur. À l'autre bout du fil, la réplique de Cooper, que ce réveil brutal avait mis de fort méchante humeur, le laissa pantois. Il passa le reste de son service à maugréer. Quelle connerie ! On avait beau se montrer prévenant, cela finissait toujours, d'une manière ou d'une autre, par vous retomber dessus.

Keith, non moins irrité que Cooper d'être brusquement tiré des bras de Morphée dans son lointain appartement londonien, trouva quelque motif de consolation dans l'idée que Jack s'était fait boucler pour trouble de l'ordre public et viol.

« Seigneur Dieu ! fit-il d'un ton amusé. J'ignorais qu'il pratiquait lui-même. Je pensais qu'il se contentait de jouer les spectateurs.

– Ce n'est pas drôle, répliqua-t-elle sèchement. Il a besoin d'un avocat. Peux-tu venir à Bournemouth ?

– Quand ?

– Maintenant, espèce d'idiot ! Ils sont en train de lui faire un prélèvement de sperme.

– C'est vrai ?

– Quoi ?
– L'histoire du viol, répondit-il patiemment.
– Bien sûr que non, bredouilla-t-elle, furieuse. Ce n'est pas le genre de Jack.
– Dans ce cas, inutile de t'inquiéter. L'analyse prouvera qu'il n'a pas eu de contact avec la victime.
– Ils pensent qu'il fait partie d'un réseau de pédophiles. À défaut du viol lui-même, il se pourrait bien qu'ils l'inculpent de complicité. » Elle poussa un soupir. « C'est du moins ce que j'ai cru comprendre. Jack était hors de lui et plutôt confus.
– Qu'est-ce qu'il a bien pu fabriquer ?
– Je n'en sais rien encore, lâcha-t-elle entre ses dents. Amène-toi, veux-tu, et essaie de mériter enfin l'argent que tu me ponctionnes depuis des années.
– Sauf que je ne m'y connais pas vraiment en droit criminel. Tu ferais mieux de trouver un spécialiste sur place. Si cela t'arrange, je peux te fournir des noms.
– C'est toi qu'il a réclamé, Keith, répliqua-t-elle en élevant la voix. Il a dit qu'il désirait un avocat digne de confiance. Bon sang, cesse de discuter et monte dans ta voiture ! Nous perdons du temps. Il est au commissariat de Freemont Road, à Bournemouth.
– Je fais aussi vite que je peux, promit-il. En attendant, arrange-toi pour qu'il se tienne tranquille et ne réponde à aucune question. »

Facile à dire, songea Sarah avec morosité, tandis qu'on lui offrait une chaise ainsi qu'à Ruth et que Cooper était introduit dans une salle d'interrogatoire. Au moment où la porte s'ouvrait, la voix courroucée de Jack leur parvint.

« Combien de fois faudra-t-il que je vous le répète ? Je n'essayais pas de la violer, mais d'empêcher qu'on la viole ! Bonté divine ! » Il donna un coup de poing sur la table. « Je refuse de parler à des abrutis. Est-ce que quelqu'un, dans ce commissariat foireux possède encore un tout petit peu de cervelle ? » Il poussa un cri de triomphe. « Alléluia ! Cooper ! Où étiez-vous passé, vieux pirate ? »

La porte se referma.

Avec un soupir, Sarah appuya sa tête contre le mur.

« La difficulté avec Jack, dit-elle à Ruth, c'est qu'il ne fait jamais les choses à moitié.

– Tout ça, c'est ma faute », répondit celle-ci en se tordant les mains.

Elle était tellement à cran qu'elle avait du mal à respirer.

Sarah se tourna vers elle.

« À mon avis, vous devriez être fière. Grâce à vous, il a évité à quelqu'un d'autre de subir le même sort. C'est plutôt une bonne chose.

– Pas si on le croit coupable.

– Cooper va régler ça.

– Alors on ne va pas me poser de questions ? De toute façon, je ne dirai rien. » Les mots se bousculaient dans sa bouche. « J'ai tellement peur, ajouta-t-elle avec simplicité, des larmes dans les yeux. Et puis je ne veux pas qu'on sache. » Sa voix tremblait. « J'ai trop honte. »

Sarah, qui avait déjà usé de tous les arguments possibles et imaginables pour la décider à venir jusque-là, renonça à effectuer une nouvelle tentative. La jeune fille était déjà suffisamment bouleversée, s'efforçant désespérément de justifier l'indifférence de sa mère pour justifier sa propre indifférence vis-à-vis du fœtus qui croissait en elle. Sans y parvenir, bien entendu, ce qui ne faisait qu'aggraver sa culpabilité quant à son désir de se faire avorter. La psychologie humaine n'a guère de logique, pensa tristement Sarah. Elle ne lui avait pas parlé de sa visite à Cedar House, se contentant de lui proposer de la conduire à Fontwell. « En fait, lui avait-elle déclaré, votre mère sait seulement que vous avez été renvoyée de l'école pour être allée retrouver votre petit ami. Dites-lui la vérité, je suis sûre qu'elle comprendra. » Mais Ruth avait secoué la tête. « Non, elle dira que c'est bien fait pour moi. C'est ce qu'elle disait toujours à mamie au sujet de ses rhumatismes. » Tout à coup, une expression de souffrance était apparue sur son visage. « Je regrette que mamie ne soit plus là. Je l'aimais, vous savez, mais elle est morte persuadée du contraire. » Qu'est-ce que Sarah aurait pu répondre ? Jamais elle n'avait rencontré d'êtres aussi acharnés à se détruire, les uns les autres en même temps qu'eux-mêmes.

À ce moment, elle passa un bras autour des épaules de Ruth et la serra contre elle.

« L'inspecteur Cooper va s'occuper de tout, dit-elle d'un ton ferme. Si vous ne voulez pas parler, il ne vous y obligera pas. » Elle se mit à rire, de son rire de gorge. « Il est beaucoup trop gentil et trop doux, ce pourquoi il n'a aucune chance de monter en grade. »

Mais la loi, tout comme les moulins du bon Dieu, moud son grain lentement autant qu'avec minutie, et, ne pouvait se retenir de penser Sarah, si un seul d'entre eux sortait indemne de ce pétrin, ce serait un vrai miracle.

« Vous rendez-vous compte, docteur Blakeney, que nous pourrions vous inculper pour votre rôle dans cette affaire ? déclara avec animosité l'inspecteur principal. En aidant votre mari à se procurer l'adresse de Hughes, vous saviez qu'il projetait de commettre un acte illégal, n'est-ce pas ?

– Ne réponds pas, intervint Keith.

– Non, je ne le savais pas ! répliqua Sarah. Et qu'y a-t-il d'illégal dans le fait d'essayer d'empêcher un viol collectif ? Depuis quand prêter assistance à une personne en danger est-il répréhensible ?

– Vous n'y êtes pas, docteur. Il s'agit de tentative d'homicide, de coups et blessures, d'enlèvement, d'excès de vitesse et de voies de fait sur la personne d'un officier de police. Et j'en passe. Votre mari est un individu extrêmement dangereux et vous l'avez envoyé à la poursuite de Hughes en sachant pertinemment qu'il risquait de perdre son sang-froid. Nous sommes bien d'accord ?

– Ne réponds pas, fit automatiquement Keith.

– Bien sûr que non ! s'exclama-t-elle. C'est Hughes qui est extrêmement dangereux, pas Jack. Qu'auriez-vous fait en comprenant qu'une jeune fille était sur le point de subir les sévices de cinq brutes stupides et dégénérées, entièrement soumises aux lubies sadiques de leur chef ? » Ses yeux lancèrent des éclairs. « Non, inutile de le dire. Je connais la réponse. Vous auriez filé discrètement en quête d'une cabine téléphonique d'où vous auriez appelé police-secours, sans même vous préoccuper de ce qui pouvait arriver entre-temps à cette malheureuse.

– Vous avez dissimulé des renseignements, ce qui est un délit. Pourquoi ne pas nous avoir informés du viol dont avait été victime Miss Lascelles ?

– Cette fois-ci, je te conseille instamment de ne pas répondre, dit Keith avec lassitude.

– Parce que nous lui avions promis de ne pas le faire. Croyez-vous que Jack serait sorti cette nuit si nous avions pu tout raconter à la police ? »

Keith fit un signe à l'inspecteur principal.

« Vous voyez une objection à arrêter ce magnétophone pendant que je dis deux mots à ma cliente ? »

Son interlocuteur le dévisagea un instant, puis consulta sa montre.

« Interrogatoire du docteur Blakeney suspendu à 3 h 42, prononça-t-il d'un ton abrupt avant de stopper l'engin.

– Merci. À présent, pourrais-tu m'expliquer une chose, Sarah ? murmura Keith d'une voix plaintive. Pourquoi m'avoir fait venir jusqu'ici, si ni Jack ni toi ne voulez écouter ce que je dis ?

– Parce que je suis en colère, voilà tout. Ils devraient remercier Jack plutôt que de lui casser du sucre sur le dos.

– C'est justement pour te mettre en colère que l'inspecteur est payé. Cela lui permet d'obtenir de meilleurs résultats et tu ne fais que lui faciliter la tâche.

– Pardon, Mr Smollett. Je suis payé, entre autres choses, pour rechercher la vérité dans les cas d'infraction à la loi.

– Alors pourquoi ne pas laisser tomber les bobards, suggéra aimablement Keith, et jouer franc jeu ? Je ne suis sûrement pas le seul ici à en avoir ras le bol de ces menaces idiotes. Naturellement, vous pouvez, si cela vous chante, inculper Mr Blakeney, mais vous vous couvrirez de ridicule. Par les temps qui courent, combien de gens, à votre avis, s'en seraient pris à une bande de voyous avec seulement une ceinture et une lampe électrique pour se défendre ? » Il eut un vague sourire. « Nous vivons dans un monde d'indifférence, où l'héroïsme ne se voit plus que sur les écrans de télévision. L'autre jour, une femme s'est fait violer par deux hommes devant des chauffeurs de taxi attendant à une station, lesquels n'ont même pas levé le petit doigt pour l'aider. Pire, ils ont remonté leurs vitres pour ne pas entendre ses cris. Dois-je déduire de votre attitude vis-à-vis de Mr Blakeney que c'est le genre de comportement que vous approuvez dans notre société dite civilisée ?

– L'autodéfense n'est pas moins pernicieuse, Mr Smollett. Pour chaque cas de lâcheté que vous me citez, je pourrais vous en citer un autre où des individus s'attribuant le droit de décider qui est coupable ou non ont causé la mort d'innocents en leur appliquant une justice sommaire. Dois-je déduire de votre attitude vis-à-vis de Mr Blakeney que vous approuvez la justice de la rue ? »

Keith acquiesça.

« Bien sûr que non, admit-il avec franchise, et si Mr Blakeney avait emmené avec lui toute une milice, je partagerais entièrement votre point de vue. Mais il était seul, confronté à un choix impossible : agir tout de suite pour arrêter un viol ou sacrifier la fille en allant réclamer du secours.

– Jamais il ne se serait retrouvé dans cette situation si sa femme et lui n'avaient pas sciemment caché ce qu'ils savaient sur Miss Lascelles. Pas plus que Hughes et sa bande se seraient attaqués à la jeune personne que Mr Blakeney a tenté de sauver, pour la bonne raison que nous les aurions déjà tous collés sous les verrous en les inculpant du viol de Miss Lascelles.

– Mais vous avez entendu Miss Lascelles : même si les Blakeney avaient répété ce qu'elle leur avait dit, elle aurait eu bien trop peur pour en parler à la police. Elle vit dans la terreur qu'une fois libéré, Hughes mette sa menace à exécution en lui envoyant sa bande pour la violer à nouveau et rien ne garantit à la minute présente qu'elle ou leur victime de ce soir auront le courage de se présenter devant un tribunal. Franchement, votre meilleur atout est encore le témoignage de Jack. S'il le maintient, et il le fera, cela donnera du courage à Ruth et si l'autre fille se rend compte de ce qu'elle lui doit, cela l'incitera aussi à parler. Par contre, si vous vous obstinez à retenir des charges contre Blakeney, vous pouvez dire adieu à leur coopération. Elles en concluront, avec raison, que la justice est du côté de Hughes et non du leur. »

L'inspecteur principal secoua la tête.

« Aucun de vous ne semble avoir conscience que, si nous renonçons à toute poursuite contre Blakeney, nous aurons encore plus de mal à coincer Hughes. Son avocat aura beau jeu de souligner auprès de la cour le contraste existant entre l'indulgence manifestée par la police à l'égard de la violence d'un intellectuel issu de milieux aisés et sa sévérité envers celle d'un travailleur manuel au chômage. Ne l'oubliez pas, Hughes ne se trouvait pas dans la camionnette quand le viol a eu lieu et prétend qu'il n'avait aucune idée de ce qui s'y passait. Le type qui violait la fille quand votre client est intervenu a seulement quinze ans, ce qui signifie qu'il ne peut être condamné à une peine de prison, mais seulement à un séjour dans un centre de détention pour mineurs. Hughes mis à part, le garçon le plus âgé a dix-huit ans, ce qui ne manquera pas d'influencer le jury. Pour l'instant, ils sont encore sous le choc et désignent Hughes comme l'instigateur du viol, mais, quand s'ouvrira le procès, il ne sera plus question que d'un petit jeu inoffensif lancé par la fille et dont Hughes ignorait tout puisqu'il était allé se promener sur la plage. Et le pire, c'est que Mr Blakeney sera forcé de le confirmer à la barre parce qu'il l'a vu s'éloigner. » Il frotta ses yeux rougis de fatigue. « Bref, c'est un vrai merdier ! Dieu sait si nous réussirons à obtenir une seule condamnation. En l'absence de preuves montrant qu'il y a eu préméditation, je vois très bien Hughes s'en sortir comme une fleur. Sa combine consiste à contraindre des gamines à faire le sale boulot pendant qu'il attend à l'écart de ramasser la monnaie et, quand ses acolytes auront compris qu'ils ne risquent pas grand-chose dans la mesure où la loi est relativement impuissante s'agissant d'adolescents, ils cesseront de l'accuser. Pour ça, je suis prêt à parier tout ce que j'ai. »

Il y eut un long silence.

Sarah s'éclaircit la voix.

« Vous oubliez les filles, dit-elle. Leurs dépositions ne compteront-elles pas ? »

L'inspecteur principal fit la grimace.

« Si elles ne sont pas trop effrayées pour témoigner, si elles ne s'effondrent pas lors du contre-interrogatoire, si les vols ne sont pas utilisés pas la défense pour les noircir, si l'empressement avec lequel elles se sont données à Hughes ne leur ôte pas la sympathie des jurés. » Il eut un haussement d'épaules. « La justice est aussi capricieuse que le destin, docteur Blakeney.

– Dans ce cas, relâchez-le tout de suite et finissons-en, répliqua-t-elle d'une voix glaciale. Autant regarder les choses en face. Il est nettement plus rentable pour vous de poursuivre Jack que de vous escrimer à épingler cette bande de petites crapules. Peut-être devriez-vous vous demander pourquoi aucune des filles n'avait assez confiance dans la police pour s'adresser à elle d'emblée. » Elle le dévisagea avec colère et fournit aussitôt la réponse. « Parce qu'elles ont cru à ce que Hughes leur racontait, à savoir qu'il serait de toute façon acquitté et qu'elles se retrouveraient sans appui. Et il avait raison, ce dont je ne me serais jamais doutée si je ne l'avais pas entendu de votre bouche.

– Il sera poursuivi et, je l'espère, déféré devant un tribunal, docteur Blakeney, mais ce qui se passera lors du procès ne dépend pas de moi. Nous pouvons faire de notre mieux pour préparer le terrain. Il nous est, hélas, impossible de présager du verdict. » Il poussa un soupir. « Dans l'immédiat, j'ai décidé de libérer votre mari sans retenir de charge contre lui. Néanmoins, il me faudra prendre conseil, ce qui signifie que des poursuites pourraient être engagées ultérieurement. Dans l'intervalle, il devra demeurer à Mill House à Long Upton et, s'il avait des déplacements à effectuer, en avertir l'inspecteur Cooper. Est-ce clair ? »

Elle hocha la tête.

« De plus, sachez que s'il réitérait des actes du genre de ceux auxquels il s'est livré ce soir, il se verrait immédiatement inculpé. Est-ce également clair ? »

Elle hocha à nouveau la tête.

Un sourire apparut sur le visage las de son interlocuteur.

« Entre nous, je serais assez de l'avis de Mr Smollett. Votre mari est un homme courageux, docteur, mais je suis sûr que vous le saviez déjà.

– Oh oui », répondit avec loyauté Sarah en souhaitant qu'on ne puisse deviner la honte qu'elle éprouvait au fond d'elle-même.

Car, tout au long de leur vie commune, Jack n'avait cessé de professer cette opinion : tous les hommes sont des lâches, mais seuls quelques-uns, dont lui-même, ont le courage de l'avouer. Elle commençait à se demander s'il y avait d'autres traits de son caractère sur lesquels elle s'était aussi radicalement trompée.

Père m'a appelée aujourd'hui pour me faire part du verdict de l'enquête sur la mort de Gerald. « Dieu merci, ils ont fini par opter pour une mort accidentelle. J'ai dû faire des pieds et des mains pour l'obtenir. Ce maudit coroner avait bien envie de conclure au suicide. » Pauvre père ! Il n'aurait jamais osé reparaître à la Chambre si son frère s'était suicidé. Dieu l'en garde ! Dans la haute société en particulier, le suicide reste une tare. Mettre fin à ses jours est encore considéré comme la pire des faiblesses, on ne peut pas tomber plus bas.

Je suis très contente du verdict, bien sûr, un peu vexée, toutefois, de ne pas voir mon génie reconnu. Je trouve l'envie d'avouer tout à fait extraordinaire, ne serait-ce que par le besoin d'attirer l'attention sur ce que nous avons réalisé… Je n'en ferai rien, bien évidemment.

En rédigeant le codicille, j'ai pu faire de Gerald ce que j'ai voulu. Je l'ai simplement prévenu que, s'il refusait, il irait en prison pour avoir violé sa nièce. « Seigneur, que les hommes sont sots ! » Le codicille servait uniquement à convaincre cet idiot de notaire que Gerald s'était suicidé en apprenant qui était le père de Joanna. Une fois convaincu, il a averti père qu'il existait un document faisant état de l'inceste de Gerald, après quoi, tous deux ont joué leur rôle à la perfection. Ils se sont tellement remués pour supprimer les moindres traces qui auraient pu laisser supposer que Gerald avait mis fin à ses jours, que tous, le coroner inclus, ont fini persuadés du contraire. Tout ceci est vraiment drôle. Mon seul regret est d'avoir dû mettre Jane dans le coup, mais cela ne m'inquiète pas outre mesure. Elle ne dira rien, même si elle a un doute. Elle ne se le permettra pas. De toute façon, personne ne semble avoir cherché à savoir comment Gerald s'était procuré les barbituriques. Si on lui a posé la question, père a dû répondre qu'il s'agissait des siens. Il est tellement soûl la plupart du temps, qu'il en est sûrement convaincu.

Le soulagement de père a été de courte durée. Lorsque je lui ai dit que je possédais une copie du codicille signée, il a eu une attaque d'apoplexie au bout du fil. Lui appelle cela du chantage. Moi, de l'autopréservation…

16

Deux fax attendaient sur le bureau de Cooper lorsqu'il arriva au commissariat un peu plus tard dans la matinée. Le premier était bref et rédigé en ces termes :

Empreintes sur la clé Yale, réf. : TC/H/MG/320, reconnues comme appartenant à Sarah Penelope Blakeney. 22 points d'identification. Pas d'autres empreintes. Empreintes sur la bouteille, réf. : TC/H/MG/321, respectivement 10, 16 et 12 points d'identification avec celles relevées à Cedar House sur le bureau (pièce 1), le fauteuil (pièce 1) et la carafe (pièce 1). Rapport complet suit.

Le second fax était à la fois plus long et plus intéressant. Après l'avoir lu, Cooper se mit en quête de l'agent Jenkins. Il se souvenait en effet que c'était Jenkins qui avait eu pour l'essentiel la tâche fastidieuse de mener les interrogatoires à Fontwell les jours qui avaient suivi la mort de Mrs Gillespie.

« Vous avez été pas mal occupé, paraît-il », dit Charlie Jones en trempant un biscuit au gingembre dans une tasse de café serré.

Cooper se laissa tomber sur une chaise.

« Vous parlez de Hughes ?

– Je vais là-bas dans une demi-heure pour une deuxième séance. Vous venez avec moi ?

– Non merci. J'en ai soupé de lui et de ses copains à la noix pour le restant de mes jours. Attendez de les voir, Charlie. Des mômes, bonté divine ! Quinze ans, l'air d'en avoir vingt-cinq et un âge mental de huit. Ça me fout la pétoche. Si cette société ne fait rien pour les éduquer et préfère les biceps aux méninges, nous n'y survivrons pas. Et nous ne serons pas les seuls, malheureusement. Il n'y a pas longtemps, à la télé, j'ai vu un gamin de dix ans de l'armée rebelle somalienne s'entraîner à la mitrailleuse, des enfants irlandais balancer des briques sur toutes les cibles que leurs culs-bénits de parents leur désignaient, des adolescents palestiniens en passe-montagne parader les armes à la main et le sourire aux lèvres, de jeunes Noirs se supplicier parce que les flics blancs pensent que c'est encore la meilleure façon de se débarrasser d'eux, des garçons serbes qu'on incitait à imiter leurs pères en violant les filles musulmanes. Autrement dit, c'est la dinguerie complète. Nous corrompons nos enfants à nos dépens et, pour ça, nous sommes champions ! »

Jones le considéra d'un œil attendri.

« À l'évidence, ce n'était pas seulement une nuit mouvementée, mais aussi exténuante.

– Au lieu d'*in vino veritas*, prononça-t-il d'un ton acide, mieux vaudrait dire *in insomnio veritas*. Il m'arrive de me réveiller aux premières lueurs de l'aube et de voir la planète telle qu'elle est. Une pétaudière avec d'un côté des fanatiques religieux corrompant les âmes, de l'autre des politiciens véreux corrompant les esprits et, au milieu, des masses intolérantes et illettrées assoiffées de sang parce qu'elles sont trop stupides pour désirer autre chose.

– Que le monde s'arrête, je veux descendre, hein ?

– À peu près.

– Et aucun espoir dans tout cela, Tommy ? »

Cooper émit un gloussement.

« Si : que je n'entende plus parler de Hughes. » Il poussa le premier fax vers son chef. « Apparemment, Gillespie n'a pas quitté le salon et la clé est une impasse. »

Jones eut l'air déçu.

« Il nous faut du concret, mon vieux, et vite. On me demande de laisser tomber pour passer à des choses plus juteuses. L'opinion générale est que, même si nous réussissons à prouver qu'il s'agit bien d'un meurtre, nous aurons un mal de chien à monter un dossier d'accusation.

– J'ai l'impression d'avoir déjà entendu ça quelque part, dit Cooper avec aigreur. Bientôt, il ne nous restera plus qu'à croiser les bras en regardant les gens s'égorger.

– Et pour les carnets ? Vous avez du nouveau.

– Pas vraiment. Les recherches n'ont rien donné, mais je m'y attendais. J'avais inspecté chaque livre de la bibliothèque lors de la première fouille à Cedar House. » Il eut un froncement de sourcils. « J'en ai parlé à Ruth et à Jack hier soir. Tous deux avouent leur ignorance, même si ce dernier se souvient d'avoir vu Mrs Gillespie prendre un jour un coup de sang parce qu'on avait touché à ses livres. » Il se tripota la lèvre. « Ce n'est bien sûr qu'une hypothèse, mais, à supposer que ces carnets existent et qu'ils aient intéressé quelqu'un, cela expliquerait qu'on ait déplacé les livres. »

Jones émit un grognement.

« Dans le genre fumeux et totalement indémontrable, on ne fait pas mieux.

– Certes, mais si celui qu'ils intéressaient a fini par mettre la main dessus, cela expliquerait aussi qu'ils se soient volatilisés. » Il eut pitié de Jones qui affichait une mine perplexe. « Dans la mesure, poursuivit-il patiemment, où ils auraient pu nous dire qui l'a tuée et pourquoi. »

Jones plissa le front.

« Vous vous raccrochez à du vent. Prouvez-moi d'abord que ces carnets existent.

– Pourquoi James Gillespie aurait-il menti ?

– Parce que c'est un ivrogne, répondit Jones. Il n'y a pas de meilleure raison.

– Dans ce cas, pourquoi Mrs Gillespie se serait-elle énervée en s'apercevant qu'on avait touché à ses livres ? À moins que vous suggériez que Jack ait menti lui aussi ? »

Jones enregistra ce second « Jack » avec un soupir intérieur. Quand cet idiot comprendrait-il enfin que c'était son incapacité à garder ses distances qui avait toujours compromis ses chances d'avancement ? « Attitude non professionnelle. Ne parvient pas à rester objectif », telle était l'appréciation de son prédécesseur dans le dernier rapport qu'il avait rédigé sur Cooper.

« Elle a bien dû deviner de qui il s'agissait, déclara-t-il. Cela ne devait pas être très difficile. Pour quelle raison n'a-t-elle rien dit ?

– Peut-être l'a-t-elle fait. Et c'est pour cela qu'on l'a tuée. » De son index, Cooper donna une tape sur le fax. « Toutefois, la clé complique les choses. Si l'individu en question connaissait la cachette, il a très bien pu se glisser dans la maison sans qu'elle le sache. Ce qui élargit considérablement le cercle.

– Vous avez, je suppose, envisagé la possibilité que Gillespie soit notre homme et qu'il ne vous ait parlé des carnets que parce qu'il croyait que les autres étaient au courant.

– Oui. Mais pourquoi les aurait-il enlevés en prétendant ignorer leur contenu s'il espérait s'en servir pour prouver qu'elle lui avait barboté ses pendules ?

– Du bluff. Il les a lus, s'est rendu compte qu'ils affirmaient exactement le contraire, les a détruits pour maintenir ses prétentions, puis a supprimé son épouse afin de tenter le coup avec Mrs Lascelles dont il pensait qu'elle allait hériter. »

Cooper secoua la tête.

« C'est une éventualité, j'imagine, mais assez peu vraisemblable. S'il les a volés parce qu'ils anéantissaient ses chances de récupérer quoi que ce soit, comment pouvait-il être sûr que personne d'autre ne les avaient lus ? Beaucoup trop hasardeux.

– Comme toute cette histoire, en réalité, répliqua d'un ton sec le commissaire. Si les carnets existaient, si quelqu'un le savait, s'ils contenaient des faits compromettants, si il ou elle était au courant pour la clé... » Il se tut et replongea son biscuit dans sa tasse. « Il y a deux choses que je ne comprends pas. Pourquoi Mrs Gillespie a-t-elle légué tout son argent au docteur Blakeney et pourquoi son assassin lui a-t-il passé la muselière, ornée de fleurs et d'orties ? Si je connaissais la réponse à ces deux questions, je pourrais probablement vous dire qui l'a tuée. Autrement, je serais enclin à me contenter d'un suicide.

– Je crois savoir pourquoi elle a laissé son argent au docteur Blakeney.

– Pourquoi ?

– À mon avis, sur une décision à la Ponce Pilate. Elle avait lamentablement échoué dans l'éducation de sa fille et de sa petite-fille, était persuadée que celles-ci, jalouses, s'entre-déchireraient si elle leur léguait ses biens et a donc refilé le pactole à la seule personne pour laquelle elle avait de l'attachement et de l'estime. À savoir le docteur Blakeney. Elle espérait, je pense, que le docteur réussirait ce qu'elle-même avait raté.

– Des niaiseries, rétorqua aimablement le commissaire. Et cela parce que vous raisonnez à l'envers, en remontant de l'effet que vous avez sous les yeux au motif que vous supposez être celui d'une créature normale. Reprenez les choses par l'autre bout. Mrs Gillespie était une vieille femme cynique, avare et rusée, qui n'a acquis sa fortune qu'à coups de chantages et d'arnaques et a passé la majeure partie de sa vie à mépriser et haïr tous ceux qui l'entouraient. Pourquoi, après avoir semé la discorde pendant près de soixante ans, offrirait-elle soudain tout ce qu'elle possède à une inconnue sympathique et bonne pâte ? À coup sûr, pas par amour de la paix. » Il plissa les yeux en une expression pensive. « Je veux bien admettre que la muselière constitue une sorte de symbole, l'ultime solution pour retenir une langue des plus venimeuses, mais il m'est impossible de croire que le naturel ne revienne pas au galop lorsqu'il s'agit de rédiger un testament.

– Vous ne pouvez pas ignorer le point de vue des Blakeney sur son caractère, Charlie. D'après eux, elle était beaucoup plus agréable qu'on ne le disait. Je suppose qu'ils la laissaient s'exprimer librement, n'exigeaient rien d'elle et que c'est alors seulement que se révélait la vraie Mathilda. » Il marqua une pause avant de faire le point. « Réfléchissez. Nous nous sommes polarisés sur le symbolisme de la muselière, en grande partie à cause des "orties blanches, pâquerettes et digitales pourprées" d'Ophélie, mais examinons la chose sur un plan pratique. Ce genre d'instrument servait à réduire les femmes au silence et la raison pour laquelle elle le portait se limite peut-être à cela. Son assassin ne voulait pas qu'elle alerte les voisins tout proches en poussant des hurlements, aussi lui a-t-il collé ce truc sur la tête, après quoi il y a ajouté des fleurs pour donner à l'ensemble une note ésotérique mais trompeuse. »

Jones joignit ses mains sous son menton.

« Pour cela, il aurait d'abord fallu qu'elle avale les barbituriques ou elle se serait débattue lorsqu'on lui mettait la muselière et son visage aurait porté des traces d'égratignures. D'un autre côté, si elle se trouvait dans un tel état de prostration qu'elle n'a même pas cherché à se défendre, pourquoi la lui avoir mise ?

– Suivez le conseil que vous me donniez tout à l'heure et raisonnez dans l'ordre. Vous voulez tuer une femme avec l'idée de maquiller sa mort en suicide, mais la proximité des voisins vous gêne et il vous faut un moyen de la faire taire au cas où les barbituriques ne seraient pas aussi efficaces que vous l'espériez. Vous éviterez ainsi toute mauvaise surprise. Vous ne pouvez pas utiliser de ruban adhésif ni de sparadrap, qui marqueraient forcément la peau, et vous êtes assez averti pour ne pas vous servir d'un bâillon, qui risquerait de laisser dans la bouche des fibres décelables à l'autopsie, de sorte que vous orientez votre choix vers un objet que vous pourrez abandonner sur place et qui revêt une signification particulière en rapport avec la victime, ce qui vous permet d'espérer qu'avec un peu de chance, la police y verra un exemple macabre d'autopunition. Puis vous la transportez dans sa baignoire, lui tranchez les veines des poignets, lâchez le couteau et gagnez la sortie en la laissant agoniser, sachant bien que, si elle devait reprendre conscience, la muselière l'empêcherait d'appeler à l'aide. »

Jones eut un hochement de tête.

« Cela paraît plausible, mais pourquoi diable s'embêter avec la baignoire et le couteau, alors qu'il serait si simple de la bourrer de somnifères et de la tuer de cette façon ?

– Parce qu'il n'y en avait pas assez, je présume, et qu'on n'est jamais certain du résultat. Ruth aurait pu revenir le lendemain et trouver sa grand-mère encore en vie. Il aurait alors été possible de lui faire un lavage d'estomac et de la sauver. Sans compter, bien sûr, qu'Ophélie a choisi de se noyer, ce qui a pu inspirer l'idée du crime. » Il eut un sourire de satisfaction. « J'ai lu la pièce pour y trouver des indications : un vrai massacre ! À la fin, il ne reste pratiquement plus personne debout !

– Et vous avez déniché quelque chose ?

– Non.

– Pas étonnant. Elle a été écrite il y a quatre cents ans ! » Il tapota son crayon contre ses dents. « Franchement, je ne vois pas ce que tout cela change. Vous me parlez de quelqu'un qui est intimement lié à la victime, ce que nous supposons depuis le début. Les seules bribes d'informations nouvelles sont la découverte de la clé et l'absence des carnets. Je reconnais que la clé pourrait signifier que son assassin est entré sans permission, mais il fallait, là encore, que ce soit une personne de son entourage, sans quoi elle aurait poussé des cris d'orfraie. De même, la plupart des éléments du drame font partie intégrante de sa vie quotidienne : le couteau de poche, les somnifères, Shakespeare, la muselière. On peut même penser que celui ou celle qui l'a tuée savait qu'il y avait des orties et des asters dans le jardin et où les trouver en pleine nuit. Une telle familiarité réduit la liste des suspects aux Blakeney, aux Lascelles ou à Mr et à Mrs Spede. »

Cooper tira le second fax de son calepin et le posa sur le bureau.

« D'après les examens que nous avons effectués, mais j'ai demandé au labo un second contrôle pour plus de sûreté, quatre empreintes ont été provisoirement identifiées dans la maison, mises à part celles de Mrs Gillespie elle-même, de Mrs Spede, des Blakeney, de Mrs et de Miss Lascelles et maintenant de James Gillespie. Ces quatre empreintes sont – son doigt se déplaça lentement sur la feuille – celle du révérend Matthews, relevée sur le miroir du couloir, dix points d'identification ; celle de Mrs Orloff, relevée sur la porte et le plan de travail de la cuisine, quatorze et seize points d'identification ; celle de Mrs Spencer, relevée sur la porte du couloir, douze points d'identification ; et, enfin, celle de Mrs Jane Marriott, dix-huit points d'identification avec deux empreintes trouvées l'une sur le bureau de la bibliothèque, l'autre sur un des barreaux de l'escalier.» Il releva la tête. «Mrs Orloff est la voisine. Mrs Spencer tient l'épicerie du coin et Mrs Marriott est la secrétaire du cabinet médical de Fontwell. Ce qu'il y a d'intéressant, c'est que le révérend Matthews, Mrs Orloff et Mrs Spencer ont reconnu sans difficulté être allés dans la maison au cours de la semaine ayant précédé la mort de Mrs Gillespie. Mais pas Mrs Marriott. Selon le rapport de Jenkins, qui l'a interrogée de même que les autres habitants du village, elle n'aurait pas mis les pieds à Cedar House, prétend-elle, depuis des années.»

Sans se soucier des restrictions imposées à ses déplacements par la police de Bournemouth, Jack attendit le départ de Sarah, prit le vieux vélo qu'un parent de Geoffrey Freeling avait abandonné dans le garage, puis fila vers Fontwell. Sa voiture se trouvait à la fourrière de Freemont Road et semblait devoir y rester indéfiniment, du moins jusqu'à ce qu'une décision soit prise quant à l'opportunité d'engager des poursuites contre lui. Les motifs invoqués pour la garder là-bas ne l'avaient guère convaincu. Preuve matérielle, lui avait-on dit. Il ne pouvait s'empêcher de soupçonner Keith d'avoir bavardé en coulisse avec l'inspecteur principal. On ne peut pas demander au docteur Blakeney de surveiller sans cesse son mari, mais privez Jack de son véhicule, il se tiendra peut-être tranquille. Pour une fois, il était reconnaissant à Smollett d'avoir, comme d'habitude, pris le parti de sa femme.

«Mrs Marriott? demanda Cooper en s'approchant, sa carte à la main, du bureau de réception du cabinet médical vide. Inspecteur Cooper, de la police de Learmouth.»

Jane eut un sourire machinal.

«En quoi puis-je vous aider, inspecteur?

– J'aimerais vous dire quelques mots seul à seule, si c'est possible.

– Comme vous le voyez, il n'y a personne pour le moment, répondit-elle. Nous risquons seulement d'être dérangés par le téléphone. Désirez-vous une tasse de café?

– Merci. Avec une goutte de lait et deux sucres, s'il vous plaît. »

Elle s'affaira avec la bouilloire.

« Les examens des empreintes ont donné quelques résultats intéressants, déclara Cooper, comme elle lui tournait le dos. Apparemment, pas mal de gens ont rendu visite à Mrs Gillespie avant sa mort. Dont vous. »

Jane se figea.

« J'espérais que vous ne vous en apercevriez pas, finit-elle par dire en ôtant une poussière invisible de son pull. Et, naturellement, vous nous avez demandé nos empreintes. Je ne savais pas ce que je devais faire. Avouer que j'avais menti ou m'en remettre à l'espoir de n'avoir touché aucun objet ?

– Pourquoi vouliez-vous nous cacher que vous étiez allée à Cedar House ?

– Parce que vous m'auriez demandé pour quelle raison j'y étais allée. »

Il acquiesça.

« Pour quelle raison ? »

Elle se retourna et versa de l'eau dans les tasses.

« Cela n'a rien à voir avec la mort de Mathilda, inspecteur. Il s'agit d'un problème tout à fait personnel.

– J'ai bien peur de ne pas pouvoir me contenter de cette réponse, Mrs Marriott. »

Elle poussa une des deux tasses vers lui, posa à côté une cuillère et le bol de sucre.

« Vous allez m'arrêter si je refuse de vous le dire ? »

Il eut un petit rire enjoué.

« Pas tout de suite.

– Alors quand ? »

Il éluda la question.

« Si je vous donne ma parole que ce que vous me direz, pour autant que cela n'ait effectivement aucun rapport avec la mort de Mrs Gillespie, ne sortira pas de cette pièce, est-ce que cela vous suffit ? » Il la regarda dans les yeux. « Vous n'avez pas idée du genre de publicité qui vous attend si je dois vous emmener pour vous interroger. Une fois que les journaux vous auront harponnée, ils ne vous lâcheront plus. »

Le visage empâté de Jane s'assombrit.

« Cela aurait certainement plu à Mathilda. Elle qui adorait les histoires.

– Vous la connaissiez bien à ce que je vois.

– Trop bien.

– Et vous ne l'aimiez pas ?

– Je ne pouvais pas la supporter. Je l'évitais le plus possible, mais, du jour où je me suis mise à travailler ici, c'est devenu extrêmement difficile, avec ses appels pour réclamer un médecin ou renouveler une ordonnance.

– Pourtant, vous êtes allée la voir.

– Il le fallait. La veille du jour où elle est morte, j'ai vu James sortir de chez elle. » Elle porta une main à sa poitrine. « Cela m'a fait un tel choc. Je pensais qu'il était à Hong-Kong. » Elle se tut.

« Racontez-moi ça, fit promptement Cooper d'une voix encourageante.

– Vous ne comprendriez pas, répondit Jane avec conviction. Vous ne connaissiez pas Mathilda. »

Jack arriva de très mauvaise humeur à Cedar House. Il n'avait pas fait de vélo depuis des années et parcourir six kilomètres dans des chemins défoncés, sur un vieux clou qui aurait dû se trouver depuis longtemps à la ferraille, l'avait laissé avec une douleur cuisante dans les parties intimes et des tremblements dans les jambes à rendre honteux un octogénaire. Il abandonna la bicyclette contre un arbre de la propriété, franchit la clôture et traversa rapidement la pelouse jusqu'à la fenêtre de la cuisine. Pour des raisons connues de lui seul, il n'avait aucune envie de signaler sa présence en remontant l'allée de gravier puis en sonnant à l'entrée.

Il tapa à coups légers contre la vitre. Au bout de quelques instants, Joanna apparut dans l'embrasure de la porte séparant le couloir de la cuisine.

« Que voulez-vous ? »

Il lut la question sur ses lèvres plus qu'il ne l'entendit et indiqua la porte du jardin.

« Ouvrez », répondit-il d'une voix à peine plus haute qu'un murmure.

Jane ferma à demi les yeux, tâchant de remonter le temps à la recherche du passé lointain.

« Voyez-vous, il est impossible de se faire une idée à partir de ce que les gens racontent aujourd'hui. Ils ont oublié combien elle était belle dans sa jeunesse, pleine d'esprit et courtisée. Il n'y avait pas de plus beau parti dans toute la région. Son père était député, son oncle un riche célibataire – Jane eut un haussement d'épaules –, elle aurait pu épouser n'importe qui.

– Pourquoi ne l'a-t-elle pas fait ?

– À l'époque, chacun pensait qu'elle désirait davantage : un titre ou un château avec des terres, mais j'ai toujours eu le sentiment qu'il y avait autre chose. Il m'arrivait souvent de l'observer dans les réceptions et il était évident pour moi que, tout en prenant plaisir à flirter et à attirer sur elle l'attention générale, elle avait horreur que les hommes la touchent. » Elle s'interrompit.

« Continuez, dit Cooper après un moment.

– C'est seulement il y a dix ans, lorsque mon mari et moi avons rencontré James à Hong-Kong et qu'il nous a avoué la vérité sur le père de Joanna, que le mystère s'est éclairci. » Elle poussa un soupir. « Bien sûr, j'ignorais alors ce qui se passait. En ce temps-là, l'inceste et les sévices infligés aux enfants étaient des sujets tabous. James pensait qu'elle avait encouragé Gerald, mais je n'en crois rien. Sur ce point, je n'ai jamais pu m'empêcher de la plaindre. À mon avis, cela l'avait profondément traumatisée.

– Vous savez donc depuis longtemps que Mrs Lascelles n'est pas la fille de James Gillespie ?

– Oui.

– Mrs Gillespie s'en doutait ?

– Oh oui.

– Et cela ne l'inquiétait pas ?

– Elle était certaine que je ne dirais rien.

– Pour quelle raison ?

– Elle en était certaine, voilà tout », répondit-elle d'un ton sans réplique.

Comment James Gillespie avait-il appelé ça ? Une assurance mutuelle.

Sans un avertissement, tandis que la porte du jardin se refermait derrière lui, Jack saisit d'une main robuste la gorge de Joanna qu'il entraîna à travers la cuisine jusque dans le couloir.

« Ce qui est arrivé à Mathilda ne vous a donc rien appris, espèce de garce ! » prononça-t-il à mi-voix.

Cooper prit une cigarette, se souvint du lieu où il se trouvait et la remit dans le paquet.

« Qui était ami avec Mr Gillespie, vous ou votre mari ? demanda-t-il à Jane.

– Paul et lui avaient fait la guerre ensemble, mais je le connaissais aussi depuis longtemps.

– Pourquoi avez-vous été aussi surprise de le voir sortir de Cedar House ?

– Je croyais qu'il était mort. » Elle poussa un soupir. « Je sais que vous l'avez vu. Sarah me l'a raconté. Est-ce qu'il vous a dit quelque chose ?

– À quel sujet, Mrs Marriott ? »

Elle eut un sourire désabusé.

« S'il l'avait fait, vous le sauriez, inspecteur.

– Alors je ne pense pas que ce soit le cas, répondit-il avec franchise. Mais, comme vous avez manifestement peur de ce qu'il aurait pu me dire, ne vaudrait-il pas mieux que cela vienne de vous ? Je présume qu'il s'agit d'une chose que vous étiez les seules à connaître, lui, Mathilda et vous. En ce qui la concerne, vous saviez qu'elle ne dirait rien parce que vous la teniez avec le secret de la naissance de Joanna, mais, s'agissant de lui, il en allait tout autrement. Vous n'aviez aucune prise sur James Gillespie, ce pourquoi vous avez eu un tel choc en découvrant qu'il était rentré en Angleterre. Et vous êtes allée trouver Mathilda, pensant qu'il risquait de vendre la mèche. Ai-je raison ? »

La panique de Joanna ne dura qu'une fraction de

seconde. Soulagée, elle s'adossa au mur et le regarda dans les yeux avec un air triomphal.

« Je savais que vous reviendriez. »

Il ne dit rien, se contentant d'observer son visage et d'en admirer l'absolue perfection. Il lui rappelait le visage de la Madone de la *Pietà* de Michel-Ange, ce visage de mère contemplant en silence le corps de son fils chéri, et dont les traits expriment une telle innocence, une telle pureté, qu'il en avait eu les larmes aux yeux lorsqu'il l'avait vu pour la première fois. Pendant des années, il s'était interrogé sur la femme qui avait prêté son apparence à la Madone. Femme réelle ? Ou créature fantastique issue de la seule imagination de Michel-Ange ? Jusqu'à l'arrivée de Joanna, il avait penché pour la seconde hypothèse : elle n'avait existé que dans l'œil de son créateur, car seul un artiste avait pu concevoir une aussi prodigieuse beauté. À présent qu'il lui était possible de la toucher, il savait que sa naissance, tout comme la sienne, n'avait été qu'un accident, le fruit du hasard. Il ferma les yeux pour retenir les larmes qui menaçaient à nouveau de couler.

Jane hocha la tête d'un air malheureux.

« James m'a fait chanter pendant cinq ans après notre retour de Hong-Kong. À la fin, je lui ai versé dix mille livres, tout ce qui me restait. » Sa voix tremblait. « Il a renoncé quand je lui ai envoyé des photocopies de mes relevés bancaires montrant que je n'avais plus rien à lui donner, mais il m'a prévenu qu'il reviendrait. » Elle demeura un instant silencieuse, s'efforçant de se ressaisir. « Je ne l'ai pas revu et n'ai plus entendu parler de lui jusqu'à ce jour affreux où il est sorti de Cedar House. »

Cooper considéra avec attendrissement la tête inclinée de son interlocutrice. Sans doute avait-elle eu une aventure dont James et Mathilda Gillespie avaient appris l'existence, mais pourquoi, après tout ce temps, était-ce si difficile à avouer ?

« Qui n'a pas quelques cadavres dans ses placards, Mrs Marriott ? Les miens me font encore rougir rien que d'y penser. Néanmoins, croyez-vous vraiment que votre mari vous aurait reproché les vôtres au bout de trente ans ?

– Oh, oui, répondit-elle avec franchise. Paul a toujours rêvé d'avoir des enfants, mais je n'ai jamais pu lui en donner. »

Cooper attendit, puis, voyant qu'elle persistait dans son silence, lui demanda avec douceur :

« Qu'est-ce que les enfants ont à voir là-dedans ?

– Paul a eu une liaison avec Mathilda et Mathilda est tombée enceinte. Voilà pourquoi James est parti à Hong-Kong. C'était plus qu'il n'en pouvait supporter : il avait, disait-il, accepté la progéniture de l'oncle incestueux et il n'avait pas l'intention de recommencer avec le fruit des fredaines de Paul. »

Cooper en resta interdit.

« Et c'est pour cette raison que James vous faisait chanter ? »

Allons, pensa-t-il aussitôt, cela ne tient pas debout. C'est le mari adultère qui paie le maître chanteur et non la femme trompée.

« Pas à cause de la liaison, répondit Jane. J'étais parfaitement au courant. Paul m'avait tout raconté après avoir donné sa démission. Il était le secrétaire de Sir William et, chaque fois qu'il devait se rendre à Londres, il séjournait chez James et Mathilda. De part et d'autre, cela n'a jamais été qu'un engouement passager. Elle en avait assez du train-train quotidien, assez de laver des couches et de tenir la maison. Pour sa part… – Jane poussa un soupir – il se sentait flatté de l'intérêt qu'elle lui montrait. Encore une fois, dites-vous bien qu'elle était extrêmement séduisante, et pas seulement à cause de sa beauté. Il y avait quelque chose en elle qui attirait les hommes comme des mouches. C'était sans doute son éloignement, sa répulsion à l'égard de tout contact physique. Ils prenaient cela comme un défi et, quand elle a baissé sa garde pour Paul, il n'a pas résisté. » Elle eut un petit sourire triste. « Et je le comprends, croyez-moi. Cela peut vous paraître curieux, mais il fut une période, autrefois, où j'étais presque amoureuse d'elle, moi aussi. Elle représentait tout ce que j'aurais voulu être et n'ai jamais été. » Ses yeux se mouillèrent. « D'ailleurs, vous avez pu mesurer son charme. Sarah aussi y a succombé.

« Montrez-moi combien vous m'aimez », Jack, prononça Joanna d'une voix basse et suave comme la caresse d'une amante.

Lentement, les doigts de Jack remontèrent le long de la gorge d'albâtre. Comment une créature aussi belle pouvait-elle abriter tant de laideur ? Elle était une injure au miracle de la création. Il leva l'autre main vers la chevelure dorée et, d'un geste brusque, enroula des mèches autour de sa paume, puis tira la tête en arrière, ses doigts étreignant toujours la gorge palpitante.

« Voilà comme je vous aime, murmura-t-il d'une voix paisible.

– Vous me faites mal. »

Cette fois, elle avait parlé d'une voix plus aiguë où perçait l'anxiété. Il tira plus fortement sur les mèches blondes.

« Mais j'aime vous faire mal. »

Les mots résonnèrent dans le couloir vide.

« Je ne comprends pas ! lança-t-elle en un cri à demi étouffé par les doigts pressant son larynx. Que voulez-vous ? » Dans le regard de Jack, une lueur brilla qui emplit le sien de terreur. « Oh, mon Dieu ! C'est vous qui avez tué ma mère ! »

Elle ouvrit la bouche pour hurler, mais la main serra davantage sa gorge et seul un filet de voix en sortit.

« Navré d'être aussi lent à comprendre, dit Cooper avec un ton d'excuse, mais je ne vois toujours pas par quel moyen James Gillespie a pu vous forcer à lui verser dix mille livres. Si vous connaissiez la liaison de votre mari… » Il s'interrompit. « À moins que cela ait un rapport avec la grossesse. Vous n'étiez pas au courant ? »

Elle serra les lèvres, s'efforçant de retenir ses larmes.

« Si. C'est Paul qui ne le sait pas. » Elle poussa un nouveau soupir. « Quelle chose affreuse ! J'ai gardé le secret pendant si longtemps. Je voulais lui en parler, mais les circonstances n'étaient jamais propices. Comme lorsque j'ai menti à votre agent. À quel moment faut-il dire la vérité ?» Elle porta les doigts à ses lèvres, l'air affligé. «Être père. C'est ce qu'il désirait par-dessus tout. J'ai prié et prié pour que nous ayons des enfants, mais, évidemment, cela ne s'est jamais produit...» Elle demeura silencieuse.

Cooper posa une main robuste sur la sienne en un geste de réconfort. Il était complètement désorienté, mais craignait, en se montrant trop insistant, de la voir se fermer comme une huître.

«Comment avez-vous su qu'elle était enceinte si votre mari lui-même ne le savait pas ?

– Mathilda me l'a dit. Elle m'a téléphoné et m'a demandé de venir à Londres. Si je refusais, elle s'arrangerait pour que tout Fontwell soit au courant de ce qui s'était passé entre Paul et elle.

– Que voulait-elle ?»

Elle mit un moment pour répondre.

«Que je l'aide à supprimer le bébé quand il naîtrait.

– Grands dieux !» s'exclama vivement Cooper.

Elle l'avait sûrement fait, se dit-il, ou James Gillespie n'aurait jamais été en mesure de la faire chanter.

Il y eut des bruits de pas sur le gravier et la sonnette retentit.

«Joanna ! appela la voix haut perchée et nerveuse de Violette. Est-ce que tout va bien ? Il m'a semblé... entendre des cris.» Comme rien ne se produisait, elle continua. «Il y a quelqu'un avec vous ? Répondez-moi, je vous en prie.» Sa voix grimpa d'un cran. «Duncan ! Duncan ! fit-elle. Il est... arrivé quelque chose, j'en suis sûre. Préviens la police. Je vais chercher du secours.»

Les pas s'éloignèrent rapidement en direction de la grille.

Jack scruta le visage crispé et hagard de Joanna, puis déposa celle-ci sur la chaise la plus proche avec une surprenante douceur.

«Vous avez eu plus de chance que votre mère, même si vous ne le méritez pas», se contenta-t-il de dire, avant de traverser la cuisine et de gagner la porte du jardin.

Joanna Lascelles criait encore quand Duncan Orloff,

dans un état de panique complète, réussit à coups de masse à enfoncer la porte d'entrée et se prépara à faire face au danger qui l'attendait dans les profondeurs de Cedar House.

« Et vous l'avez aidée ? interrogea Cooper avec un calme qui masquait ses véritables sentiments. »

Elle le regarda d'un air pitoyable.

« Je ne sais pas… Je ne sais pas ce qu'elle a fait… Je peux seulement l'imaginer. » Elle se tordit les mains. « Elle ne m'a pas donné d'explications. Elle m'a juste demandé de dérober des cachets pour dormir – des barbituriques – dans la pharmacie de mon père. Elle affirmait qu'ils lui étaient destinés, qu'elle avait perdu le sommeil. Je pensais qu'elle avait l'intention de se tuer et j'étais ravie. À ce moment-là, je la détestais.

– Et vous avez pris les cachets ?

– Oui.

– Mais elle ne s'est pas tuée.

– Non.

– Vous avez dit qu'elle voulait que vous l'aidiez à supprimer le bébé.

– C'est ce que j'ai cru pendant dix ans. » Des larmes trop longtemps retenues perlèrent à ses paupières. « Il n'y avait que Joanna, voyez-vous. Ce bébé pouvait fort bien ne jamais avoir existé. J'ai fini par me dire qu'il n'avait jamais existé. » Elle se tint la tête d'une main tremblante. « Je pensais l'avoir aidée à le faire disparaître… jusqu'à ce que, à Hong-Kong, James s'étonne du fait que Gerald se soit suicidé à l'aide de barbituriques, dans la mesure où aucun médecin ne lui en aurait prescrit. J'ai alors compris que c'était Gerald qu'elle voulait tuer, sans doute depuis longtemps, et que je lui en avais fourni les moyens. » Elle tira un mouchoir de sa poche et se moucha. « En voyant ma réaction, James a tout de suite deviné le rôle que j'avais joué. À mon avis, il s'en était toujours douté. Mathilda et lui se ressemblaient par bien des aspects. »

Cooper s'efforça de mettre de l'ordre dans ce qu'il venait d'entendre. Il restait tant de questions sans réponse.

« Pourquoi aucun médecin n'aurait-il prescrit de barbituriques à Gerald Cavendish ? J'ai consulté le rapport du coroner. L'hypothèse d'un meurtre n'a jamais été envisagé, seulement celles d'une imprudence ou d'un suicide.

– Gerald Cavendish était… – Jane chercha ses mots – faible d'esprit, comme les Spede, je suppose, ce qu'on appelle aujourd'hui un débile mental. C'est pourquoi tous les biens sont allés à William. Le grand-père de Mathilda avait peur que Gerald les cède au premier qui les réclamerait. Je n'ai jamais compris comment Mathilda avait pu coucher avec lui. C'était un être absolument lamentable. J'ai toujours pensé que son père l'y avait poussée pour préserver en quelque sorte l'héritage, mais James prétendait que Mathilda avait agi de sa propre initiative. J'en doute. James la détestait à tel point qu'il aurait dit n'importe quoi pour la noircir. »

Cooper secoua la tête, perplexe. Comme sa vie avait été paisible comparée à l'existence tourmentée de cette femme aux cheveux gris et à l'expression si bienveillante qu'on lui aurait donné le bon Dieu sans confession.

« Pourquoi être allés voir James Gillespie à Hong-Kong si votre mari avait eu une liaison avec sa femme ? Ils ne devaient plus avoir beaucoup de sympathie l'un pour l'autre.

– Nous n'y sommes pas allés pour le voir. Nous ignorions que James se trouvait à Hong-Kong. Mathilda ne nous l'avait pas dit. Pourquoi l'aurait-elle fait ? Après cette histoire, nous étions partis nous installer à Southampton. Je m'étais mise à enseigner et Paul avait trouvé un emploi dans une compagnie de navigation. Nous avions tiré un trait sur le passé, puis, un jour, Paul a dû se rendre en voyage d'affaires à Hong-Kong et m'a emmenée avec lui pour y passer des vacances. » Elle secoua la tête. « Et, pratiquement, la première personne sur laquelle nous sommes tombés, c'est James. À vrai dire, la communauté européenne est si petite – elle leva les bras en un geste d'impuissance – que nous l'aurions rencontré tôt ou tard. Si nous avions su qu'il vivait là-bas, jamais nous n'y serions allés. La vie est parfois cruelle, inspecteur. »

Il aurait difficilement pu dire le contraire.

« Dans ce cas, Mrs Marriott, pourquoi êtes-vous revenus

habiter ici, sachant que Mrs Gillespie se trouvait à Cedar House ? N'était-ce pas tenter le sort une seconde fois ?

– Oui, répondit-elle simplement, mais que pouvais-je y faire ? Paul ne sait rien de tout ceci, inspecteur, et il se meurt, lentement, d'emphysème. Nous avions gardé notre maison dans le village – elle appartenait à ses parents et, comme il y était trop attaché pour la vendre, nous l'avions louée. Il y a cinq ans, en raison de sa santé, il a dû prendre sa retraite et a souhaité que nous revenions chez nous. » Ses yeux se mouillèrent de nouveau. « Il m'a dit que je n'avais pas à me tracasser à cause de Mathilda, qu'il n'avait jamais éprouvé pour elle que de la pitié et que j'étais la seule femme qu'il ait jamais aimée. Comment aurais-je pu lui dire ce qui s'était passé ? Je pensais encore que le bébé était mort. » Elle porta son mouchoir à ses yeux. « C'est seulement quand je suis allée à Cedar House et que j'ai questionné Mathilda à propos de James qu'elle m'a avoué qu'elle avait confié l'enfant à l'Assistance publique. » Elle enfouit son visage dans ses mains. « C'est un garçon et il vit quelque part, je ne sais où. »

Cooper médita un instant sur les tristes ironies du destin. Était-ce la Providence, Dieu ou la sélection naturelle qui faisait que certaines femmes étaient fertiles et d'autres non ? À contrecœur, il ramena la conversation sur le jour du décès de Mathilda, tout en sachant qu'il y avait bien peu de chances pour qu'il puisse garder secret ce qu'elle lui avait dit.

Je suis à nouveau enceinte, écœurée, dégoûtée et enceinte. Il y a à peine six mois, je donnais le jour à un bâtard, et voici que j'en porte un autre. Les colères d'ivrogne dont James est coutumier finiront peut-être par s'avérer utiles et provoquer une fausse couche. Tour à tour il pleure, vocifère, me jette à la figure des insultes dignes d'une épouse de charretier, avec l'intention, semble-t-il, de renseigner tout l'immeuble sur mes « turpitudes ». Tout ça pour quoi ? Pour une brève liaison peu glorieuse avec Paul Marriott dont les avances maladroites et serviles étaient à la limite du tolérable. Alors, pourquoi, Mathilda ?

Parce qu'il y a des matins où « je pourrais boire du sang frais et commettre des horreurs à faire trembler le jour ». La suffisance de Paul m'agaçait, il parlait de sa « chère Jane » comme s'il y tenait véritablement. Le plus souvent, je pense à la mort : la mort du bébé, la mort de James, la mort de Gerald, la mort de père. Après tout, c'est si définitif comme solution. Père complote pour que je reste à Londres. Il m'annonce que Gerald menace d'épouser Grace si je rentre. Le pire est que je le crois. Gerald a de moi une peur bleue.

J'ai engagé un détective privé pour prendre des photos de James. Et, mon Dieu, quelles photos ! « Il n'est ni lapin ni putois en rut pour se montrer si vorace. » Et dans des toilettes publiques avec ça. À vrai dire, il ne me déplairait pas de les lui montrer. Mes actes tiennent du péché, les siens sont crimi-

nels. Il ne sera plus question de divorce, c'est certain, et il va partir pour Hong-Kong sans broncher. Pas plus lui que moi n'avons envie de voir sa vie sexuelle étalée au grand jour.

Voyons, Mathilda, il doit bien y avoir un moyen de faire chanter plus efficacement Gerald et père…

17

Hughes, tourmenté par le manque de sommeil et par des doutes insidieux quant à la loyauté de ses acolytes malgré l'obéissance dont ils avaient toujours fait preuve, avait perdu beaucoup de son arrogance lorsqu'il se retrouva en face du commissaire Charlie Jones, à la table de la salle d'interrogatoire du poste de police de Freemont Road. Tout comme Cooper, il était d'humeur pessimiste.

« Je suppose que vous êtes revenu pour essayer de me mouiller dans le meurtre de la vieille bique, dit-il d'un ton morose. Vous êtes bien tous les mêmes.

– Bah, répliqua Jones avec sa mine lugubre habituelle, cela remonte le pourcentage de succès au moment de la publication des statistiques. Désormais, la police fonctionne comme une entreprise, mon garçon, ce qui implique nécessairement un certain rendement.

– Dégueulasse !

– Pas pour nos clients.

– Quels clients ?

– Les honnêtes citoyens, respectueux de la loi, qui paient généreusement nos services grâce à leurs impôts. La logique économique veut que nous cernions, dans un premier temps, notre clientèle de base, puis que nous évaluions ses besoins et, enfin, que nous y répondions de façon convenable et satisfaisante. À vous seul, vous représentez déjà un joli profit dans le bilan. Viol, avec association de malfaiteurs, enlèvement, séquestration, avec association de malfaiteurs, sévices sexuels, vol, avec association de malfaiteurs, recel d'objets volés, corruption, subornation de témoin – il eut soudain un grand sourire – pour en arriver au meurtre de Mrs Gillespie.

– J'en étais sûr, fit Hughes avec une grimace de dégoût. Vous essayez de me faire porter le chapeau. Bon Dieu ! Je ne dirai plus un mot jusqu'à ce que mon avocat soit ici.

– Qui parle de vous faire porter le chapeau ? interrogea Jones. J'attends seulement de vous un peu de coopération. »

Hughes le dévisagea avec méfiance.

« Qu'est-ce que cela me rapportera en échange ?

– Rien.

– Alors c'est non. »

Jones plissa les yeux.

« Vous auriez plutôt dû me demander ce que cela vous rapportera si vous ne coopérez pas. Je vais vous le dire. Je vous promets de remuer ciel et terre pour que vous soyez reconnu coupable de rapt et de viol d'enfants.

– Les enfants, ce n'est pas mon rayon, riposta Hughes en ricanant. Je ne l'ai jamais fait et ne le ferai jamais. Et vous ne pouvez pas m'accuser de viol. Je n'ai jamais violé une fille de ma vie. Je n'en ai pas eu besoin. Ce que fichaient ces petits voyous, c'est leur affaire. Je n'en savais rien.

– De la part d'un adulte, coucher avec une fille de treize ans équivaut à un viol. Étant mineure, celle-ci ne saurait donner son consentement à ce qui lui arrive.

– Je n'ai jamais couché avec une fille de treize ans.

– Bien sûr que si, et je le prouverai. Je tannerai mes hommes jusqu'à ce qu'il m'ait déniché au moins une gamine qui se trouvait être vierge avant que vous la violiez et qui vous a menti au sujet de son âge. » Il vit l'expression incrédule de son interlocuteur et lui adressa un sourire féroce. « Parce qu'il y en a toujours une, mon garçon, toujours. C'est le b, a, ba de la psychologie féminine. À treize ans, elles veulent en paraître seize et ça marche. À quarante, elles voudraient qu'on leur en donne trente, et ça marche aussi, nom d'un chien, parce que, s'il y a bien une chose dont on peut être sûr s'agissant des femmes, c'est qu'elles ne font jamais leur âge. »

Hughes passa une main sur ses joues non rasées.

« À quel genre de coopération pensiez-vous ?

– À un compte rendu détaillé de tout ce que vous savez de Cedar House et des gens qui l'habitent.

– Rien de plus facile. Que dale, telle est la réponse. Je ne suis jamais entré et n'ai jamais vu le vieux dragon.

– Allons, Dave, vous êtes un pro. Pendant des mois, vous êtes resté dehors dans la camionnette en attendant que Ruth ait fini ses petites affaires. Vous lui avez servi de chauffeur, souvenez-vous. Durant les vacances, vous veniez la chercher chaque jour pour l'emmener se distraire. Comment savait-elle que vous étiez là si vous ne pouviez pas vous signaler à son attention ? Ne me racontez pas que vous n'étiez pas assez près pour observer les allées et venues. »

Hughes eut un haussement d'épaules.

« D'accord, je voyais des gens de temps à autre, mais, comme j'ignore qui ils étaient, cela avance à quoi ?

– Vous est-il arrivé de surveiller l'arrière de la maison ? »

Le jeune homme hésita.

« Possible, fit-il avec prudence.

– De quel endroit ?

– Si vous comptez vous servir de ça contre moi, j'attendrai l'arrivée de mon avocat.

– Vous n'êtes pas en position de discuter, répliqua impatiemment Jones. Où vous trouviez-vous ? À l'intérieur ou hors du jardin ?

– Je garais parfois la camionnette dans la résidence voisine. Ruth affirmait que c'était un coin peinard, vu que les habitants sont plutôt du genre BCBG. Les femmes partent travailler avec leurs maris, si bien qu'il n'y a personne pendant la journée, expliqua-t-il avec obligeance. Près de la palissade, autour du jardin de Cedar House, le terrain est accidenté et, en grimpant à un arbre, on peut voir de l'autre côté. »

Le commissaire sortit une carte d'état-major de son porte-documents.

« Le domaine de Fontwell ? » demanda-t-il en donnant une tape sur la carte.

Hughes renifla.

« Probable. D'après Ruth, le terrain était jadis rattaché à

la maison, avant que la vieille le vende pour récupérer du blé. Dieu sait pourquoi elle n'a pas fourgué le reste par la même occasion. À quoi ça lui servait d'avoir un jardin pareil, alors qu'il y a tant de gens à la rue ? Bon sang, elle était tellement radine, la vache ! fit-il remarquer avec décontraction. Tout ce fichu pognon et personne pour en profiter. C'est vrai qu'elle a refilé le magot à son toubib ou est-ce que Ruth m'a raconté des crasses ? »

Jones le regarda fixement.

« Ce n'est pas vos oignons, mon vieux, mais il y a une chose que je peux vous dire : si Ruth n'a pas eu un sou, c'est à cause de ce que vous l'avez obligée à faire. En découvrant qu'elle la volait, sa grand-mère l'a prise en grippe. Sans vous, elle aurait hérité de la maison. »

Hughes ne sembla guère troublé.

« Elle n'aurait peut-être pas dû baisser sa culotte aussi vite, hein ? »

Luttant contre l'envie de lui coller son poing dans la figure, Jones considéra à nouveau la carte.

« Avez-vous vu quelqu'un passer par la porte de derrière ?

– De temps à autre, la domestique balayait le perron. La femme d'à côté vaquait à ses occupations pendant que son Jules prenait le soleil dans leur patio.

– Je veux dire des inconnus. Des têtes inhabituelles.

– Non, je n'ai jamais vu personne, répondit-il en mettant lourdement l'accent sur le verbe.

– Entendu alors ?

– Possible.

– Où étiez-vous ? Qu'avez-vous entendu ?

– Un jour, Mrs Gillespie est sortie pour prendre sa voiture. Je me suis dit que j'allais en profiter pour jeter un coup d'œil à l'intérieur par les fenêtres.

– Ruth se trouvait avec vous ?

– Non. Elle était retournée à l'école.

– Elle vous avait refusé son aide, je présume, et vous avez voulu savoir ce qu'il y avait à barboter. Une sorte de repérage des lieux. »

Hughes ne répondit pas.

« Bon, que s'est-il passé ensuite ?

– En entendant la vieille descendre l'allée, je me suis caché derrière la remise à charbon près de la porte de la cuisine.

– Continuez.

– Ce n'était pas elle. Mais quelqu'un qui furetait comme moi.

– Homme ? Femme ?

– Un vieux schnock. Il a frappé à la porte de derrière, a attendu un moment, puis est entré en se servant d'une clé. » Hughes fit la moue. « Alors, je me suis taillé. » Il remarqua l'air épanoui de Jones. « C'est ce que vous vouliez ?

– Peut-être. Avait-il la clé à la main ?

– Je ne regardais pas.

– Avez-vous entendu quelque chose ?

– Des coups contre la porte.

– Et puis ?

– Une pierre qu'on bougeait. »

Le pot de fleurs.

« Comment savez-vous qu'il s'agissait d'un homme si vous ne regardiez pas ?

– Il a appelé. "Jenny, Ruth, Mathilda, êtes-vous là ?" C'était un homme, pas de doute.

– Décrivez-moi sa voix.

– Snob.

– Jeune ? Vieille ? Posée ? Énergique ? Molle ? Tremblante ? Creusez-vous un peu la cervelle, mon gars. Quelle impression vous a-t-elle faite ?

– Je vous l'ai déjà dit. C'était un vieux, j'en suis sûr. C'est même pour ça que je l'ai confondu avec elle. Il parlait lentement, d'une voix sourde, comme s'il avait un problème aux poumons. Ou qu'il n'était pas dans son assiette. » Il réfléchit quelques secondes. « Peut-être qu'il était ivre, après tout. Il avait réellement du mal à articuler.

– Avez-vous regagné le devant de la maison ensuite ? » Hughes secoua la tête.

« Non. J'ai franchi la palissade et suis retourné à la camionnette.

– Vous ne savez donc pas s'il était arrivé en voiture ?

– Non. »

Un éclair passa dans le regard de Hughes.

« Allez-y, le pressa Jones.

– Ma foi, je n'en jurerais pas.

– Quoi ?

– J'étais là à écouter, n'est-ce pas. Quand je l'ai entendu venir, ça m'a tellement surpris que, s'il y avait eu une voiture, je m'en serais forcément rendu compte. Le gravier de devant fait un boucan infernal.

– Quand était-ce ?

– À la mi-septembre. À peu près.

– D'accord. Vous voyez autre chose ?

– Ouais. » Il se toucha avec précaution l'épaule, celle que la porte de la voiture de Jack avait heurtée. « Si vous tenez à savoir qui a tué la vieille, vous feriez bien d'interroger le fumier qui m'a disloqué le bras. Je l'ai tout de suite reconnu à sa tronche. Il était sans cesse fourré avec elle, dehors ou à l'intérieur, comme si la propriété lui appartenait, sauf qu'il faisait bien attention que Ruth ne soit pas là avant de se pointer. Je l'ai aperçu deux ou trois fois près de l'église. Il attendait d'avoir le champ libre. Sûr que vous devriez voir de ce côté si ce que m'a raconté Ruth est exact, à savoir qu'on a tranché les poignets de la vieille avec un couteau de poche. »

Jones le regarda avec curiosité.

« Pourquoi dites-vous ça ?

– Pendant que j'attendais, il a passé son temps à gratter une des pierres tombales, à en nettoyer l'inscription. Et pas n'importe laquelle. Il semblait fasciné par celle-là. » Il prit un air avantageux. « Pour faire ça, il a utilisé un couteau de poche. Après son départ, j'y suis allé et j'ai lu ce qu'il y avait d'écrit : "Ai-je mérité d'être méprisé / Par mon créateur, plein de sagesse et de bonté ? / Puisque c'est vous qui m'avez fait naître / Avec moi une partie de vous doit disparaître." Un gus nommé Fitzgibbon, clamsé en 1833. Je me suis dit que ça pourrait peut-être me servir le moment venu. C'est pas mal envoyé, hein ?

– J'ai bien peur que vous n'en ayez pas l'occasion. De nos jours, on censure même les épitaphes. Avec la disparition des congrégations, la religion est devenue une chose sérieuse.» Il se leva. «C'est bien dommage. Un peu d'humour n'a jamais fait de mal à personne.

– Vous allez vous intéresser à lui ?

– Je me suis toujours intéressé à lui, mon gars.» Jones eut un sourire morne. «La mort de Mrs Gillespie était une véritable œuvre d'art.»

Cooper trouva le commissaire au pub de Learmouth, attablé devant un déjeuner tardif composé d'un verre de bière et de sandwiches au fromage et aux oignons. Il s'assit à côté de lui en soupirant.

«Vos jambes vous font à nouveau souffrir? demanda avec compassion Charlie Jones, tout en mastiquant une bouchée de pain.

– Cela me dérangerait moins, grommela Cooper, si l'intérieur avait vieilli à la même vitesse que l'extérieur. J'aurais l'impression d'en avoir cinquante-six que je m'en ficherais probablement.» Il se frictionna les mollets. «J'ai promis à ma femme de l'emmener à nouveau au bal quand je serai à la retraite, mais, si ça continue, nous irons en fauteuil roulant.»

Jones arbora un large sourire.

«Il est donc faux de dire qu'on a l'âge de ses sentiments ?

– Totalement. On a l'âge que le corps vous donne. Je croirai encore avoir dix-huit ans quand je serai devenu grabataire et incapable de donner un coup de pied dans un ballon de football. Mon rêve, ç'aurait été d'être Stanley Matthews, dit-il avec mélancolie. En 1953, pour mon seizième anniversaire, mon père m'a emmené le voir lors du match de la Coupe d'Angleterre. Sensationnel ! Je m'en souviens comme si c'était hier.

– Et moi, j'aurais voulu être Tom Kelley, enchaîna Jones.

– Qui est-ce ?»

Le commissaire gloussa de rire, tout en s'essuyant les doigts avec sa serviette.

«Le photographe qui a persuadé Marilyn Monroe de poser nue pour lui. Vous imaginez un peu ! Marilyn Monroe entièrement nue et vous de l'autre côté de l'objectif. C'est ça qui devait être sensationnel !

– Eh bien, vous vous êtes fourré le doigt dans l'œil, Charlie. Le charme n'est pas la spécialité de la maison.

– Mrs Marriott ne vous a donc pas ragaillardi ?

– Non. » Il poussa un nouveau soupir. « Je lui ai promis que nous ne nous servirions pas de ce qu'elle me dirait à moins d'y être vraiment obligés, mais je ne vois pas pour l'instant comment éviter d'en faire état. Je veux bien être pendu si cela n'a pas de rapport avec notre affaire. Premièrement, Joanna Lascelles n'est pas le seul enfant de Mrs Gillespie. Elle en a eu un autre, treize ou quatorze mois plus tard, avec le mari de Mrs Marriott. » Il résuma l'histoire à Jones. « Mrs Marriott croyait que Mathilda Gillespie avait tué l'enfant à la naissance, mais, le matin du 6, elle lui a appris qu'il s'agissait d'un garçon et qu'elle l'avait abandonné. »

Jones se pencha en avant, les yeux pétillant de curiosité. « Sait-elle ce qu'il est devenu ? »

Cooper secoua la tête.

« Elles s'étaient crêpé le chignon, apparemment, et Mrs Gillespie lui a balancé ça au moment de refermer la porte. Mrs Marriott prétend que Mathilda voulait la faire enrager, de sorte qu'il est possible que ce ne soit pas vrai.

– Bon. Continuez.

– Deuxièmement, et c'est le plus extraordinaire, Mrs Marriott a volé, dans la pharmacie de son père, des barbituriques dont, affirme-t-elle, Mathilda se serait servie pour tuer Gerald Cavendish. » Il lui rapporta les propos de Jane, secouant la tête chaque fois qu'il évoquait le rôle joué dans le drame par James Gillespie. « Un sacré loustic, celui-là, qui fait chanter à peu près tout le monde, d'après ce que j'ai pu en juger. La pauvre femme est terrifiée à l'idée qu'il pourrait cracher le morceau.

– Bien fait pour elle, répliqua Jones d'un ton implacable. Quelle bande d'affreux, tous autant qu'ils sont ! Et avec ça, on voudrait nous faire croire que la crise que traverse ce pays ne date que de quelques années. Vous dites qu'elle est allée voir Mrs Gillespie le matin du meurtre. Qu'est-ce qu'elles se sont raconté d'autre ?

– Du meurtre ? interrogea Cooper. Aurais-je enfin réussi à vous convaincre ?

– Continuez, vieux gredin ! lança Jones avec impatience. Je suis suspendu à vos lèvres.

– Mrs Gillespie s'est d'abord montrée extrêmement distante et flegmatique. Elle a déclaré à Mrs Marriott qu'elle n'était pour rien dans ce qui arrivait et n'avait aucunement l'intention de payer la somme réclamée par James. Pour sa part, elle se moquait totalement, désormais, de ce que les gens pouvaient dire ou penser à son sujet. Le suicide de Gerald n'avait jamais fait le moindre doute et, si Jane voulait raconter qu'elle avait volé des médicaments à son père, c'était son problème. Mathilda nierait en avoir rien su. » Il ouvrit son calepin. « "Je suis plus victime que coupable", aurait-elle affirmé, ajoutant qu'en ce qui concernait l'enfant, les choses iraient plus mal avant d'aller mieux. Elle estimait, a-t-elle continué, que Mrs Marriott avait été stupide de tenir son mari dans l'ignorance durant toutes ces années. Le ton a aussitôt monté et Mrs Marriott a accusé Mrs Gillespie d'avoir brisé l'existence de tous ceux qui s'étaient trouvés sur sa route. Cette dernière lui a alors ordonné de sortir, déclarant : "James a lu mes papiers et sait où est l'enfant. À présent, cela ne sert plus à rien de se taire." Elle a alors précisé à Mrs Marriott que c'était un garçon et qu'elle l'avait mis à l'Assistance pour qu'il soit adopté. » Il referma son calepin. « Je parierais que les papiers dont elle parlait sont les fameux carnets et que, si les choses risquaient d'aller plus mal, c'est parce qu'elle avait décidé de reconnaître le gamin et de couper ainsi l'herbe sous le pied de James. » Il se frotta la joue d'un geste las. « Ce qui, hélas, ne nous avance guère. Nous en étions plus ou moins arrivés à la conclusion que la personne qui a lu les carnets est aussi celle qui les a volés et a tué Mathilda Gillespie et je persiste à croire que James Gillespie n'aurait pas attiré notre attention sur les carnets s'il était coupable. Ç'aurait été une erreur psychologique. En outre, quelle raison aurait-il eue de la tuer ? Vivante, il pouvait continuer à la faire chanter. À vrai dire, il la tenait, non seulement avec cette histoire d'enfant, mais aussi avec le meurtre de l'oncle.

– Sauf que, dans ce dernier cas, il ne pouvait probablement plus rien prouver et que votre théorie comporte beaucoup trop d'hypothèses, déclara lentement Jones. "Je suis plus victime que coupable", répéta-t-il. C'est une citation du *Roi Lear*.

– Vraiment ?

– Le roi Lear devient fou et se met à errer à travers champs, près de Douvres, avec une couronne d'herbe sur la tête, parce que ses filles l'ont privé de son royaume et de son autorité. »

Cooper émit un grognement.

« Je croyais que c'était Ophélie qui portait une couronne d'herbe.

– Non. Elle, c'était un trophée, pas une couronne », corrigea Jones non sans pédanterie. Il songea à l'épitaphe sur la tombe du cimetière de Fontwell. « Bon sang, Tommy, c'est dingue ce que notre affaire m'y fait penser ! Jack Blakeney s'est servi d'un couteau de poche pour nettoyer une inscription sur une pierre tombale de Fontwell. »

Cooper prit un air renfrogné.

« Combien de bières avez-vous bues, Charlie ? »

Jones se pencha à nouveau et fixa Cooper de son regard pénétrant.

« J'ai étudié *Le Roi Lear* à l'école. Une pièce géniale ! On y trouve tout sur l'amour, l'abus du pouvoir et les faiblesses de l'esprit humain.

– Comme dans *Hamlet* alors, répliqua Cooper d'un ton aigre. Et *Othello*, si l'on va par là.

– Naturellement. Il s'agit, dans les trois cas, de tragédies où la mort apparaît comme l'issue fatale. L'erreur du roi Lear consiste à se méprendre sur la nature de l'amour. Il accorde plus d'importance aux mots qu'aux actes et partage son royaume entre deux de ses filles, Gonerille et Régane, qui, croit-il, l'aiment mais, en réalité, le méprisent. Au fond, Lear n'est qu'un vieil homme fatigué qui aspire à se décharger du poids des affaires publiques afin de passer le reste de son existence dans la paix et la tranquillité. Mais il est aussi extrêmement présomptueux et n'écoute personne d'autre que lui-même. En réalité, c'est sa certitude illusoire de savoir reconnaître l'amour qui provoquera la destruction de sa famille. » Jones grimaça un sourire. « Pas mal, hein ? C'est presque mot pour mot ce que j'ai écrit dans un devoir de terminale. À l'époque, je trouvais la pièce affreusement barbante. Il m'a fallu près de trente ans pour en apprécier les qualités.

– J'y ai songé, moi aussi, il y a quelques jours, fit remarquer Cooper, mais je ne vois toujours pas le rapport. Ç'aurait été différent si elle avait partagé ses biens entre sa fille et sa petite-fille.

– Vous oubliez l'essentiel, Tommy. *Le Roi Lear* est la plus tragique de toutes les pièces de Shakespeare et Mrs Gillespie connaissait son Shakespeare sur le bout des doigts. Elle prenait tout ce qu'il a écrit pour parole d'évangile. Souvenez-vous, la pièce comporte un troisième enfant, qui se retrouve sans un rotin. » Il se leva brusquement. « Je veux Jack Blakeney au commissariat dans une demi-heure. Soyez gentil, allez me le chercher. Dites-lui que votre patron aimerait lui parler du fils naturel de Mrs Gillespie. »

Ce que tous deux ignoraient, c'est que Jack Blakeney avait été arrêté à Mill House quelques minutes auparavant, après que les Orloff eurent appelé police-secours, Joanna Lascelles leur ayant déclaré sur un ton hystérique qu'il avait non seulement essayé de la tuer, mais aussi avoué avoir tué Mathilda.

Le commissaire apprit la nouvelle en rentrant de déjeuner. Cooper en fut informé par radio et reçut l'ordre de regagner en toute hâte le commissariat. Néanmoins, il ne jugea pas utile de se presser et, en proie à un profond abattement, s'arrêta cinq minutes au bord d'une petite route déserte. Ses mains tremblaient au point de l'empêcher de conduire correctement. En même temps que l'affreux sentiment d'une défaite, il avait la conviction d'avoir fait son temps. D'avoir perdu ce qui faisait de lui un bon policier. Certes, il avait toujours su ce que ses supérieurs pensaient de lui, mais il était également persuadé qu'ils se trompaient. Jusque-là, sa force avait résidé dans sa capacité à juger avec lucidité les gens auxquels il avait affaire et, en dépit des avis divergents, ses jugements s'étaient généralement révélés exacts. Jamais il n'avait laissé sa sympathie pour un suspect ou la famille de celui-ci l'emporter sur son devoir lorsque s'imposait la nécessité d'une arrestation. Pas plus qu'il n'avait permis à son travail de le transformer en un fonctionnaire insensible, dénué de cette tolérance dont il estimait en son for intérieur qu'elle était la valeur fondamentale qui distingue l'homme de l'animal.

Le cœur lourd, il remit le moteur en marche et fit demi-tour en direction de Learmouth. Il s'était complètement mépris sur le compte des Blakeney. Pire, il avait été incapable de suivre Charlie Jones dans ses extrapolations concernant *Le Roi Lear,* et de percevoir le terrible parallélisme qui se dissimulait derrière les inscriptions et les couteaux de poche. Mrs Spede ne lui avait-elle pas dit que le couteau trouvé sur le sol de la salle de bains provenait du tiroir de la cuisine ? Pour la couronne, il pensait avoir compris. Celui ou celle qui avait orné d'orties Mrs Gillespie avait vu une ressemblance symbolique entre elle et le roi Lear. Comment, dans ce cas, avait-il pu se lancer sur la fausse piste Ophélie ? Le « trophée herbeux », se souvint-il. Le docteur Blakeney en avait parlé dans la salle de bains.

Une grande tristesse l'envahit. Ce pauvre Tommy Cooper ! Un vieil idiot un tantinet lubrique, auquel une femme qui aurait pu être sa fille avait tourné la tête.

Une heure plus tard, le commissaire Jones prit place sur la chaise posée en face de Jack, mit le magnétophone en route, déclina l'heure, la date et le nom des personnes présentes. Puis se frotta les mains d'un air de défi.

« Eh bien, Mr Blakeney, j'attendais ce moment avec impatience. » Il adressa un sourire épanoui à Cooper, assis le dos au mur, les yeux fixés sur le plancher. « Mon inspecteur m'a mis l'eau à la bouche avec ce qu'il m'a raconté sur vous, sans parler de vos démêlés avec la police de Bournemouth et de votre récente expédition à Cedar House. »

Jack noua ses mains derrière sa nuque et le considéra d'un air hargneux.

« Alors j'espère ne pas vous décevoir.

– Je n'en doute pas une seconde.» Il joignit ses doigts et les posa sur la table devant lui. «Laissons pour l'instant de côté Mrs Lascelles et l'incident à Bournemouth et occupons-nous de votre relation avec Mrs Gillespie.» Il paraissait très content de lui. «Je crois avoir élucidé la question de la couronne de fleurs qu'elle portait dans son bain. Rien à voir avec Ophélie. Plutôt avec le roi Lear. Je viens de vérifier. À la scène IV de l'acte IV, Cordélia le décrit "couronné d'âcre fumeterre, d'ivraie et de nigelle, de bardache, de ciguë, d'orties, de coucous". Puis, à la scène VI, on trouve cette indication : "Entre Lear, fantastiquement paré de fleurs." Êtes-vous d'accord avec moi, Mr Blakeney ?

– Il m'avait en effet semblé que la comparaison avec Ophélie ne collait pas. Quand Sarah m'a décrit la scène, j'ai tout de suite songé à Lear.

– Sans compter que Lear permet de mieux comprendre les choses.»

Jack leva un sourcil irrité.

«Vraiment ?

– Mais bien sûr.» Il se frotta les mains avec jubilation. «Voilà ce que cela donne, à mon avis : Lear a trois filles, dont deux ingrates, Gonerille et Régane, et une pleine d'affection, Cordélia. Il bannit Cordélia parce qu'elle refuse de le flatter à l'aide de mots grandiloquents. En revanche, il récompense Gonerille et Régane, qui sont assez fourbes pour lui mentir afin d'obtenir leur part de sa fortune. Gonerille et Régane représentent Joanna et Ruth Lascelles. Cordélia, le fils de Mrs Gillespie, l'enfant qu'elle a abandonné et auquel elle n'a jamais versé un sou.» Il soutint le regard de Jack. «Dans la pièce, Cordélia vole au secours de son père victime de la brutalité de ses sœurs, et c'est aussi ce qui se passe dans la réalité, bien que de manière purement métaphorique, bien entendu. Ni Joanna ni Ruth ne se sont montrées véritablement brutales avec Mrs Gillespie, simplement elles l'ont affreusement déçue.» Il tapa ses index l'un contre l'autre. «Or voilà que Cordélia, alias l'enfant jadis abandonné par Mathilda, réapparaît comme par miracle pour lui rappeler que l'amour existe encore, que son malheur n'est pas aussi grand qu'elle le pensait et, en dernière instance, qu'elle a donné la vie à au moins un être possédant des qualités dont elle puisse être fière. Qu'en dites-vous, Mr Blakeney ?

– Que vous avez beaucoup d'imagination. »

Charlie eut un petit rire.

« Reste à savoir qui est Cordélia ? »

Jack ne répondit pas.

« L'enfant est-il venu ici pour voir sa mère ou est-ce le hasard qui l'a ramené à elle ? Qui a reconnu qui, je me le demande ? »

À nouveau, Jack ne répondit pas et les sourcils de Jones se touchèrent en une expression inquiétante.

« Naturellement, vous n'êtes pas obligé de répondre, Mr Blakeney, mais vous auriez tort d'oublier que j'enquête pour l'heure sur un meurtre et une tentative de meurtre. Le silence ne vous aidera pas, sachez-le bien. »

Apparemment peu sensible à ces menaces, Jack eut un haussement d'épaules.

« Même si ce que vous venez de dire est vrai, qu'est-ce que cela a à voir avec la mort de Mathilda ?

– Dave Hughes m'a raconté aujourd'hui une histoire intéressante. Il prétend vous avoir vu nettoyer l'inscription d'une pierre tombale au cimetière de Fontwell, et cela avec une telle application qu'il est allé lire l'inscription après votre départ. Vous vous souvenez de ce qu'elle disait ?

– "George Fitzgibbon 1789-1833. Ai-je mérité d'être méprisé / Par mon créateur plein de sagesse et de bonté ? / Puisque c'est vous qui m'avez fait naître / Avec moi une partie de vous doit disparaître." J'ai consulté le registre de la paroisse. Il est mort de la syphilis après avoir mené une existence dissolue. Quatre mois plus tard, sa pauvre femme Maria succombait au même mal. Elle fut enterrée près de lui, mais n'eut pas droit à une pierre tombale parce que ses enfants refusèrent d'en faire les frais. À la place, le registre contient une épitaphe qui vaut largement celle de son mari : "George était robuste, grossier et pervers / Il m'a donné la vérole et rôtit en enfer." Clair et net. En comparaison, l'inscription de George est d'une ridicule hypocrisie.

– Tout dépend de ce que George entendait par son créateur. Peut-être était-ce sa mère qu'il voulait expédier avec lui dans l'au-delà.»

D'un geste désinvolte, Jack traça un triangle sur la table.

«Qui vous a dit que Mathilda avait eu un fils? J'espère pour vous qu'il s'agit d'une source bien informée, sans quoi tout le beau raisonnement que vous avez bâti là-dessus risque de tomber à l'eau.»

Jones croisa le regard de Cooper, mais ignora son froncement de sourcils anxieux. De fait, la probabilité qu'ils puissent taire les confidences de Jane Marriott avait toujours été extrêmement mince.

«Mrs Marriott, dont le mari est le père de l'enfant.

– En effet, c'est ce qui s'appelle être bien informé.» Il vit une lueur d'excitation briller dans le regard de Jones et sourit avec un amusement sincère. «Mathilda n'est pas ma mère, commissaire. Remarquez que cela ne m'aurait pas déplu. J'avais de l'affection pour elle.»

Jones eut un haussement d'épaules.

«Alors Mrs Gillespie a menti en prétendant avoir eu un fils et Cordélia n'est autre que votre femme. Il faut que ce soit l'un de vous deux, sans quoi elle n'aurait pas laissé un tel testament. Elle ne voulait pas répéter l'erreur de Lear en léguant sa fortune à des filles indignes.»

Jack sembla sur le point de nier, mais se ravisa.

«Si Mathilda a dit à Jane Marriott qu'elle avait eu un garçon, c'est uniquement, j'imagine, pour la faire bisquer. Elle ne prononçait jamais son prénom et l'appelait la "chochotte du cabinet médical". C'était cruel de sa part, mais Mathilda était souvent cruelle. Parce qu'elle était aussi profondément malheureuse.» Il s'interrompit pour rassembler ses pensées. «Elle m'a parlé de sa liaison avec Paul peu après que j'eus fini son portrait. Elle affirmait qu'il manquait quelque chose pour que le tableau fût complet, et que c'était la culpabilité. Ce sentiment ne cessait de la torturer. Elle se sentait coupable de s'être débarrassée de l'enfant, coupable de ne pas avoir été à la hauteur, coupable d'avoir pris comme prétexte de sa décision les cris que pousseraient inévitablement Joanna et, en définitive, je suppose, coupable de son incapacité à éprouver de l'affection.» Il se tut à nouveau un bref instant. « C'est alors que Sarah a fait son apparition et Mathilda l'a reconnue. » Il vit l'expression d'incrédulité de Charlie Jones. « Pas tout de suite et pas comme étant l'enfant qu'elle avait abandonnée, mais peu à peu, au fil des mois. Bien des détails correspondaient. Sarah avait l'âge adéquat, elle est née le même jour que le bébé et ses parents ont vécu à Londres dans le quartier où Mathilda avait son appartement. Plus important, Mathilda trouvait que les manières de Sarah et celles de Joanna se ressemblaient. Elle prétendait qu'elles avaient le même sourire, la même façon d'incliner la tête, la même habitude de vous regarder dans le blanc des yeux quand vous leur parliez. Dès le départ, conformément à sa nature, Sarah a pris Mathilda comme elle était et, pour la première fois depuis des années, Mathilda a eu l'impression d'être appréciée à sa juste valeur. Tout cela a fini par former un tout. Mathilda était à tel point persuadée d'avoir retrouvé la fille qu'elle avait perdue qu'elle m'a contacté pour que je lui fasse son portrait. » Il sourit d'un air piteux. « Je croyais enfin tenir ma chance, mais ce n'était, bien entendu, qu'un prétexte pour obtenir davantage de renseignements de la seule personne dans son entourage connaissant suffisamment Sarah pour lui en fournir.

– Mais vous l'ignoriez quand vous avez fait son portrait ?

– Oui. Je me demandais pour quelle raison elle s'intéressait autant à nous, pourquoi elle voulait savoir comment étaient nos parents, d'où ils venaient, si nous avions des frères et sœurs, ce que je pensais de ma belle-famille. Elle ne se bornait pas à me questionner sur Sarah, vous comprenez. Sans cela, j'aurais probablement eu des soupçons. De sorte que, quand elle a fini par me dire que Sarah était l'enfant qu'elle avait eue jadis, cela m'a laissé pantois. » Il eut un haussement d'épaules résigné. « Je savais que c'était impossible, parce que Sarah n'a pas été adoptée.

– C'est la première question que Mrs Gillespie a dû vous poser ?

– Pas vraiment. Elle ne s'est jamais exprimée de façon aussi directe. » Il eut un nouveau haussement d'épaules devant le scepticisme manifesté par son interlocuteur.

«Vous oubliez que, mis à part Jane Marriott, personne à Fontwell ne connaissait l'existence de cette enfant et que Mathilda avait trop de fierté pour mettre le village au courant de ses faiblesses. Elle n'aspirait pas à une expiation publique, mais seulement intérieure. Le moment où elle a été le plus clair, c'est lorsqu'elle m'a demandé si Sarah s'entendait bien avec sa mère. Je lui ai répondu que non, qu'elles n'avaient rien en commun. Je me souviens même de lui avoir dit : "Elles diffèrent tellement dans leur apparence, leur façon de parler et d'agir, que j'ai parfois du mal à croire qu'elles sont de la même famille." Je ne parlais pas sérieusement, mais Mathilda s'est servie de cela pour bâtir des châteaux en Espagne. Un peu comme vous êtes en train de le faire, commissaire.

– Pourtant, elle avait déjà pris sa décision avant que vous ne commenciez son portrait, Mr Blakeney. Sauf erreur de ma part, sa première visite à Mr Duggan au sujet du testament remonte au mois d'août.

– C'était une sorte de foi, répondit simplement Jack. Je ne vois pas d'autre mot. Elle éprouvait la nécessité de dédommager l'enfant qui n'avait rien eu et il fallait que cette enfant fût Sarah. Il ne lui est sans doute jamais venu à l'esprit que la similitude des âges, des anniversaires et des comportements pouvait être une simple coïncidence. Elle avait adopté cette version et tout ce qu'elle attendait de moi, c'était de combler les lacunes.» Il passa une main dans ses cheveux. «Si j'avais su plus tôt ce qu'elle avait en tête, je l'aurais détrompée, mais je ne m'en suis pas rendu compte sur le moment et n'ai fait, en réalité, que la conforter dans son opinion.

– Le docteur Blakeney se doute de quelque chose ?

– Non. Mathilda tenait à ce qu'elle n'en sache jamais rien. Elle m'a fait lui promettre de ne pas en parler. Elle était terrifiée à l'idée que Sarah pourrait changer d'attitude, cesser de l'aimer, voire la rejeter complètement, et je préférais de beaucoup cette solution, parce qu'elle ne causait de tort à personne.» Il se frotta la joue. «Je ne savais pas quoi faire, vous comprenez, et j'avais besoin de temps afin d'imaginer un moyen de lui ouvrir les yeux en douceur. Si je lui avais dit brutalement la vérité, elle aurait eu l'impression qu'on lui enlevait à nouveau son bébé.

– Quand cela se passait-il, Mr Blakeney ? demanda Jones.

– Environ deux semaines avant sa mort.

– Pourquoi vous l'a-t-elle dit, si elle ne voulait pas qu'on le sache ? »

Jack ne répondit pas tout de suite.

« À cause du portrait, déclara-t-il au bout d'un moment. Je suis allé le lui montrer. Il me restait un peu de travail à faire avant d'avoir fini, mais je voulais voir sa réaction pour la mettre dans le tableau. Il est arrivé que les gens réagissent de façon surprenante, qu'ils se montrent indignés, bouleversés, flattés, irrités ou déçus. Chaque fois, je l'ai indiqué sous ma signature, si bien que ceux qui possèdent le code peuvent savoir ce que pensait le modèle de ma vision de sa personnalité. Une sorte de clin d'œil. Mathilda, pour sa part, a été extrêmement peinée. Je n'ai jamais vu quelqu'un d'aussi accablé.

– Le portrait ne lui a pas plu ? interrogea Jones.

– Au contraire. Elle pleurait sur la femme qu'elle aurait pu devenir. » Ses yeux s'embuèrent à cette évocation. « Elle m'a dit que j'étais la première personne à lui avoir témoigné de la compassion.

– Je ne comprends pas. »

Jack jeta un coup d'œil à l'inspecteur qui s'obstinait à regarder par terre.

« Tommy, lui, comprend fort bien. N'est-ce pas, mon vieux ? »

Quelques secondes s'écoulèrent avant que Cooper lève la tête.

« La couleur dorée au centre du tableau, dit-il. Mathilda, telle qu'elle était avant que le malheur s'abatte sur elle et l'anéantisse. »

Jack le considéra avec tendresse.

« Bon Dieu, Tommy, s'exclama-t-il, comment se fait-il que je sois le seul à apprécier vos qualités ! Décidément, rien ne vous échappe. »

Quand j'ai annoncé à père que j'étais enceinte, il a failli s'évanouir. Quel magnifique exemple de lâcheté. Gerald, en revanche, était plutôt content. « C'est moi le père, Matty ? » m'a-t-il demandé. J'aurais dû en être indignée, mais pas du tout. J'ai été plutôt touchée de voir à quel point son œuvre l'enchantait.

Bien entendu, père tient à ce que je me fasse avorter, et pas uniquement à cause des risques de scandale. Selon lui, le bébé sera encore plus dégénéré que Gerald. J'ai refusé. Pour rien au monde je n'approcherais une faiseuse d'anges, et père ne me propose rien d'autre. Il prétend connaître quelqu'un, à Londres, qui ne me prendrait pas cher, mais je me méfie de lui. Il n'est pas question que je confie ma vie à quelque incompétente usant d'aiguilles à tricoter et de gin. De toute façon, si l'enfant est aussi mal en point que père le prédit, il ne vivra pas longtemps. Si Gerald est encore bien-portant parmi nous, c'est que sa mère l'a nourri avec dévotion pendant des années.

À toute chose, malheur est bon. Gerald n'a jamais été aussi accommodant qu'en ce moment. Savoir que je porte son enfant a gommé de sa mémoire jusqu'au moindre souvenir de Grace. Cela veut dire qu'il va falloir que je me marie pour donner à l'enfant une légitimité. La façon dont James Gillespie me fait la cour m'ennuie profondément, mais, si je le veux, il m'épousera dès demain. Père dit qu'il est homosexuel et a besoin d'une femme par souci de respectabilité. J'ai besoin d'un mari pour la même raison et j'arriverai bien à le supporter durant quelques mois, jusqu'à ce que l'enfant naisse.

J'ai demandé à père de faire bonne contenance – ce que cet imbécile est incapable de faire – et de nous laisser son appartement à Londres. Une fois l'enfant né, je reviendrai à la maison. Père n'aura qu'à dormir au club lors des rares – très rares, maintenant – occasions où il est assez sobre pour assister aux débats à la Chambre. Ce soir, il a pleuré comme un ivrogne tout en me traitant de monstre et en prétendant qu'il avait tout au plus voulu que je sois gentille avec Gerald et que je fasse en sorte qu'il soit heureux.

C'est Grace, pas moi, qui a dépucelé Gerald, et père le sait bien. Et puis, comment voulait-il que je rende heureux un crétin au grand appétit sexuel ? En faisant des parties de bridge ? En discutant de Platon ? Mon Dieu ! Quel mépris j'éprouve à l'égard des hommes ! Peut-être suis-je un monstre, après tout…

18

Jones pianota sur la table avec impatience.

« Vous avez déclaré à l'inspecteur que vous vous trouviez à Stratford en compagnie d'une comédienne le soir de la mort de Mrs Gillespie. C'est faux. Nous avons vérifié. Selon Miss Bennedict – il consulta un bout de papier – elle en a par-dessus la tête et ne veut plus entendre parler de vous.

– Exact. » Il sourit avec amabilité. « Elle n'a pas apprécié le portrait que j'ai fait d'elle. Depuis, elle a une dent contre moi.

– Dans ce cas, pourquoi avoir donné cet alibi ?

– Parce que j'avais dit à Sarah que j'étais là-bas et qu'elle écoutait quand l'inspecteur m'a posé la question. »

Jones eut un froncement de sourcils, mais n'insista pas.

« Où étiez-vous, si ce n'est pas à Stratford ?

– À Cheltenham. » Il posa ses mains derrière sa nuque et se mit à contempler le plafond.

« Pouvez-vous le prouver ?

– Oui. » Il débita un numéro de téléphone. « C'est le numéro du père de Sarah. Il vous confirmera que je me trouvais chez lui du vendredi six heures du soir au dimanche midi. » Il lança un regard placide au commissaire. « Il est juge de paix, aussi vous n'avez rien à craindre, il ne vous mentira pas.

– Pour quelle raison êtes-vous allé le voir ?

– Je me disais qu'il possédait peut-être des documents qui m'aideraient à convaincre Mathilda que Sarah n'était pas sa fille. Je savais pouvoir lui parler librement, sans risquer une indiscrétion. Si je m'étais adressé à la mère de Sarah, elle se serait empressée de vendre la mèche et Sarah aurait voulu savoir pourquoi je désirais des preuves qu'elle n'avait pas été adoptée. De même, elle m'aurait demandé pourquoi j'étais allé voir son père, si bien que je lui ai raconté que je me trouvais avec Sally pour qu'elle ne se doute de rien. » Il prit soudain un air songeur. « Ce n'est probablement pas ce que j'ai fait de mieux. »

Jones ignora cette remarque.

« Son père possédait-il quelque chose ?

– Non. Il m'a dit qu'il n'avait aucun papier et que je devais demander à la mère de Sarah. Je pensais tenter le coup le week-end suivant, mais, le samedi, Mathilda était morte et cela ne présentait plus d'intérêt.

– Et vous n'en avez toujours pas parlé à votre femme ?

– Non.

– Pourquoi ?

– J'avais promis à Mathilda de ne pas le faire, répondit-il d'une voix égale. Si elle avait voulu que Sarah le sache, elle le lui aurait dit en se servant de la bande vidéo.

– Avez-vous une idée de ce qui l'a retenue ? »

Jack eut un geste vague.

« Je suppose qu'elle avait décidé de taire à jamais certaines choses. Il y avait trop de secrets dans sa vie dont elle craignait, en avouant que Sarah était sa fille, qu'on les découvre un jour ou l'autre. Et, de fait, elle n'avait pas tort. Voyez ce que Tommy a réussi à dénicher.

– Ce serait arrivé de toute façon. Dès l'instant où ils auraient appris qu'elle avait légué sa fortune à son médecin, les gens se seraient mis à poser des questions.

– Mais elle n'avait pas prévu que la police ferait de même, parce qu'elle ignorait qu'elle serait assassinée. En outre, pour autant que je puisse en juger d'après ce que m'a dit Sarah du contenu de la bande vidéo, elle s'est évertuée à dissuader Joanna et Ruth d'intenter un procès en la parsemant d'allusions à leur façon de vivre, afin de donner à l'avocat de Sarah de quoi se régaler au cas où un conflit serait inévitable. » Il eut un haussement d'épaules. « Si elles ont aujourd'hui l'impression qu'elles pourraient obtenir gain de cause auprès d'un tribunal, c'est uniquement parce que Mathilda a été assassinée. Quoi qu'elles aient fait par le passé, cela ne pèse en effet pas lourd à côté. »

Derrière lui, Cooper sembla s'animer soudain.

« Mais cette bande vidéo est truffée de mensonges, notamment en ce qui concerne ses relations avec son oncle et son époux. Mrs Gillespie se pose en victime des deux, ce que le récit de Mrs Marriott conteste en grande partie. Pour elle, Mathilda n'avait aucun scrupule et pouvait recourir au chantage et au meurtre si nécessaire. Quelle version faut-il croire ? »

Jack se tourna vers lui.

« Je l'ignore. Les deux probablement. Elle ne serait pas la première victime à avoir essayé de se venger.

– Et cette histoire d'arriération mentale de son oncle ? Sur la bande, elle le présente comme une brute alcoolique qui l'a violée quand elle avait treize ans, alors que Mrs Marriott le décrit comme un être absolument minable. Comment expliquez-vous ça ?

– Je n'en sais rien. Elle ne m'en a jamais parlé. Je peux seulement vous répéter qu'elle était profondément affectée par ses échecs affectifs et que, lorsque je lui ai montré le portrait avec la forme de la muselière, elle a fondu en larmes et m'a dit que j'étais la première personne à lui témoigner de la compassion. Ce qui, pour moi, signifiait que j'étais la première personne à voir en elle une victime, mais je peux me tromper. Vous êtes libre de penser autrement.

– Ce serait sûrement plus facile si nous avions retrouvé ses carnets », laissa tomber Cooper.

Jack ne répondit pas et la pièce demeura silencieuse, avec seulement le bourdonnement du magnétophone pour troubler les méditations incertaines d'au moins deux des protagonistes. Jones, qui avait abordé cet interrogatoire convaincu que Jack Blakeney passerait la nuit en cellule, se sentait peu à peu gagné par la même ambivalence que n'avait cessé d'éprouver Cooper à l'égard de cet homme.

– Pourquoi avoir dit ce matin à Mrs Lascelles que vous aviez tué sa mère, alors que vous possédiez un alibi pour le soir du meurtre ? finit-il par demander en feuilletant ses papiers.

– Je n'ai rien dit de tel.

– C'est pourtant ce qu'elle a déclaré dans sa déposition.

– Je ne l'ai pas dit.

– Elle affirme le contraire.

– Elle l'a peut-être cru. C'est tout à fait différent. »

Jones réfléchit un instant. Il avait le désagréable pressentiment que la question suivante ne serait pas plus fructueuse, mais il la posa tout de même.

« Pourquoi avez-vous essayé de tuer Mrs Lascelles ?

– Je n'ai pas essayé de la tuer.

– Elle a déclaré, je cite : "Jack Blakeney m'a plaquée contre le mur et a commencé à m'étrangler. Si Violette n'était pas intervenue, il m'aurait tuée." Est-ce qu'elle ment ?

– Non. Elle l'a sans doute cru.

– Mais ce n'est pas vrai ?

– Non.

– Vous n'avez pas essayé de l'étrangler ?

– Non.

– Je dois vous dire, Mr Blakeney, que, selon ce rapport, elle portait des traces de strangulation au cou quand le car est arrivé à Cedar House à la suite de l'appel que nous avions reçu. Par conséquent, quelqu'un a bien essayé de l'étrangler et ce quelqu'un, d'après elle, c'est vous. » Il se tut dans l'attente d'une réponse. Comme rien ne venait, il changea de tactique. « Étiez-vous à Cedar House aux environs de dix heures trente ce matin ?

– Oui.

– Avez-vous serré la gorge de Mrs Lascelles ?

– Oui.

– Était-elle en droit de penser que vous vouliez la tuer ?

– Oui.

– Vouliez-vous la tuer ?

– Non.

– Alors videz votre sac ! Pourquoi êtes-vous allé là-bas ?

– Pour vous montrer, bande d'ahuris, que vous vous étiez fourré le doigt dans l'œil une fois de plus ! D'accord, ce n'était guère raisonnable et je me serais sûrement abstenu si votre collègue ne m'avait mis les nerfs à vif la nuit dernière.» Ce souvenir alluma une lueur de colère dans ses yeux. «Je me moque bien de ce qui peut m'arriver. En réalité, je m'attendais même à ce qu'il m'inculpe et balance mon dossier à un juge d'instruction. En revanche, je me fais du souci pour Sarah, et encore plus pour Ruth en ce moment. Il les a toutes les deux traitées comme les dernières des criminelles et j'ai décidé que la coupe était pleine. Joanna n'a plus rien à perdre, j'imagine, mais pas sa fille, et je tiens à ce que cette pauvre gosse puisse rapidement tirer un trait sur cette horrible histoire.» Il aspira une goulée d'air. «Bref, j'ai passé une bonne partie de la nuit à me creuser les méninges, ce que vous auriez dû faire depuis longtemps, et j'ai fini par découvrir qui a tué Mathilda et pourquoi. Et, croyez-moi, ce n'était pas difficile à deviner.»

Jones n'en douta pas. Tout comme Cooper, il ne pouvait résister au charisme de son interlocuteur.

«Mrs Lascelles! lança-t-il avec conviction. Elle a toujours figuré en tête de liste.

– Non, et j'ai voulu m'en assurer ce matin. Elle en aurait été parfaitement capable, je vous le concède. Elle possède à peu de chose près le caractère de sa mère et, si Mathilda était capable de tuer pour arriver à ses fins, alors Joanna aussi. On ne grandit pas dans une atmosphère aussi aberrante sans en garder soi-même quelques traces. Cependant, la relation de Joanna avec Mathilda était des plus ambiguë. En dépit du reste, je croirais volontiers qu'elles étaient extrêmement attachées l'une à l'autre. Peut-être cet attachement reposait-il tout simplement sur une compréhension mutuelle. Mieux vaut un danger que l'on connaît qu'un danger que l'on ignore.

– Très bien, fit Jones d'un ton patient. Mais alors, qui a tué Mrs Gillespie?

– Il m'est impossible de le prouver. C'est votre boulot. Tout ce que je peux faire, c'est vous rapporter mon raisonnement de cette nuit.» Il prit un temps pour mettre de l'ordre dans ses idées. «Depuis le début de l'enquête, vous vous êtes entièrement concentrés sur Sarah, moi, Joanna et Ruth, tout cela à cause du testament. Ce qui paraît assez logique compte tenu des circonstances – mais, pour peu que vous nous retiriez de l'équation, cela change radicalement les données. Supposons qu'on ne l'ait pas tuée pour son argent et partons de là. Je suis d'accord qu'elle n'a pas non plus été tuée dans un geste de colère. La colère est un sentiment violent, spontané et sa mort relève davantage de la préméditation. Trop soignée et trop symbolique. Il se peut que son assassin lui en ait voulu, cependant il ne l'a pas tuée parce qu'il était à bout de patience.» Il jeta un coup d'œil à Jones, qui acquiesça. «Cela nous laisse quoi? La haine? De toute évidence, un tas de gens la détestaient, mais aucun n'avait tenté de la supprimer jusque-là, pourquoi aurait-on soudain changé d'avis? La jalousie?» Il eut un haussement d'épaules éloquent. «Que pouvait-on lui envier? Elle vivait quasiment en recluse et j'imagine mal Jane Marriott accumulant pendant des années les vexations et laissant tout à coup éclater son dépit au mois de novembre. En définitive, il ne reste qu'une hypothèse, même si cela peut paraître une évidence : Mathilda a été assassinée parce qu'on voulait se débarrasser d'elle.

– Difficile de ne pas être d'accord», fit remarquer Jones avec une ironie mal contenue.

Jack l'observa un instant.

«Oui, mais pourquoi? Pourquoi voulait-on se débarrasser d'elle? Qu'avait-elle fait ou qu'était-elle sur le point de faire qui nécessitait qu'on la tue? À cette question vous n'avez jamais répondu, du moins hors du contexte du testament.

– Parce que, contrairement à vous, il me paraît assez difficile de ne pas en tenir compte.

– Cependant, ce n'est qu'un testament. Des milliers de gens en font chaque semaine, de même que des milliers de gens meurent chaque semaine. La bizarrerie de celui de Mathilda n'est plus d'aucune importance dès lors que vous innocentez de sa mort Joanna, Ruth, Sarah et moi. La façon dont elle a choisi de léguer sa fortune ne touche en effet personne d'autre.»

Cooper se racla la gorge.

«Il a raison, Charlie.

– Très bien, admit-il. Alors pourquoi a-t-elle été tuée ?
– Je n'en sais rien. »
Jones leva les yeux au ciel.
« Seigneur, aidez-moi ! » grommela-t-il d'une voix acerbe.
Cooper se mit à rire sous cape.
« Continuez, Jack, ou le pauvre risque d'avoir une attaque. Nous sommes tous à cran avec cette histoire. Admettons que le testament ne soit pas le mobile du crime et que ni les Lascelles, ni vous, ni votre femme y soient pour quelque chose. Cela nous mène où ?
– À Mathilda, la muselière sur la tête. Pourquoi ? Et pourquoi ces fleurs disposées avec soin tout autour de l'armature ? N'est-ce pas ce fait précis qui vous a convaincu qu'elle ne s'était pas suicidée ? »
Cooper acquiesça.
« Alors la conclusion logique est que l'assassin n'a jamais voulu faire croire à un suicide. Autrement dit, il ne s'agit pas d'un quelconque idiot, mais d'un individu astucieux et extrêmement prévoyant. À mon avis, quelqu'un savait que Mathilda considérait Sarah comme sa fille, que Mathilda et Joanna avaient souffert de porter la muselière dans leur enfance, que Joanna s'occupait de décoration florale et enfin que "muselière" était le surnom donné par Mathilda à Sarah. De là toute cette mise en scène et l'allusion au *Roi Lear*. Si vous y ajoutez le fait que Ruth se trouvait dans la maison ce jour-là, il apparaît clairement qu'on a cherché à diriger vos soupçons sur Sarah, Joanna et Ruth – les trois filles de Lear. Ce qui n'a pas raté, encore que vous n'ayez adopté cette perspective qu'à cause du testament et parce que vous avez attribué par erreur le symbolisme de la couronne de fleurs à Ophélie. N'oubliez pas que Mathilda s'est efforcée de garder ce testament secret. Pour tout le monde, Joanna et Ruth devaient se partager l'héritage. Que Sarah pût faire valoir ses droits en tant qu'enfant naturelle abandonnée jadis représentait, au moment du meurtre, une simple éventualité et, pour le meurtrier, une sorte de bonus. »
Charlie eut un froncement de sourcils.
« Je ne comprends toujours pas. Étions-nous censés arrêter l'une d'entre elles ? Et qui ? Votre femme, à cause de la

muselière ? Joanna, à cause des fleurs ? Ou Ruth, parce qu'elle se trouvait sur les lieux ? »

Jack haussa les épaules.

« C'est là, je pense, toute la question. En réalité, peu importait, du moment que vous concentriez votre attention sur elles.

– Mais pourquoi ? » s'exclama Jones, les dents serrées.

Jack se tourna vers Cooper, l'air gêné

« Je ne vois qu'une raison, mais je peux très bien me tromper complètement. Bon sang, s'exclama-t-il d'un ton irrité, je ne suis pas spécialiste !

– Pour semer la confusion, prononça Cooper d'un ton catégorique. On peut toujours s'appuyer là-dessus. L'assassin désirait la mort de Mrs Gillespie et la confusion qui s'ensuivrait. Et pourquoi avait-il besoin de cette confusion ? Parce que, le mystère autour de la mort de Mrs Gillespie n'ayant pas été éclairci, les choses pourraient difficilement suivre leur cours normal. »

Jack hocha la tête.

« Cela me paraît logique. »

Ce fut au tour de Jones de se perdre dans les supputations de Cooper.

« Quel cours normal ?

– Celui qu'entraîne tout décès, répondit-il d'un ton grave. L'exécution des dernières volontés. Quelqu'un voulait différer la liquidation de la propriété de Mrs Gillespie. » Il réfléchit un instant. « On peut penser qu'elle s'était lancée dans un projet qui déplaisait à une certaine personne, laquelle l'a arrêtée avant qu'elle soit allée jusqu'au bout. Mais aussi que le bénéficiaire risquait de relancer ce projet dès qu'il aurait mis le pied dans la propriété. Dès lors, et à condition d'être un peu ingénieux, il suffisait, pour enrayer la machine, de jeter la suspicion sur les héritiers possibles. Qu'est-ce que vous en dites ?

– Cela me paraît plutôt tordu, répondit Jones d'un ton acide.

– L'objectif principal était de stopper Mathilda, intervint Jack. Le reste relevait seulement du flair et de l'imagination. Cela pouvait marcher ou non. Mettons qu'il s'agissait d'une sorte de pari qui, avec un peu de chance, pouvait se révéler payant.

– Sauf que cela nous ramène à notre point de départ, dit lentement Cooper. Celui ou celle qui l'a tuée la connaissait fort bien et, si nous excluons les quatre personnes qui la connaissaient le mieux, ne reste que... – il pressa ses paupières en un effort de concentration –, Mr et Mrs Spede, Mr et Mrs Marriott ainsi que James Gillespie.

– Allons, Cooper, faites un effort ! s'exclama Jack avec impatience. Les Spede sont des êtres simples qui n'auraient jamais imaginé le coup du *Roi Lear* même s'ils avaient eu pour cela des millions d'années. Paul et Jane ont passé leur temps à fuir Mathilda comme la peste, au point qu'ils seraient probablement incapables de s'y retrouver dans la maison, et a fortiori de savoir où elle rangeait le couteau de poche. Quant à James Gillespie, d'après ce que j'ai compris, et si ce que Duggan a raconté à Sarah est exact, plutôt que de retarder l'exécution du testament, il pousse au contraire à un règlement rapide, ce qui lui permettrait d'introduire une requête afin de récupérer ses pendules.

– Mais il n'y a personne d'autre.

– Si et j'en ai eu la preuve ce matin ! » Il abattit son poing sur la table. « C'est l'implication de Ruth qui aurait dû vous alerter. Quelqu'un savait qu'elle se trouvait dans la maison ce jour-là et pouvait donc figurer parmi les suspects. Vous n'avez pas cessé de tourner autour du pot et, pourtant, selon Sarah, vous n'avez appris la présence de Ruth que parce qu'une lettre anonyme vous en avait informé. Qui a envoyé cette lettre ? » Il tapa du plat de la main sur la table en voyant Cooper blêmir soudain. « Et qui a secouru Joanna ce matin ? »

Violette Orloff ouvrit la porte et considéra la feuille de papier sous plastique que tenait devant lui l'inspecteur Cooper. Il la retourna et lut : « "Ruth Lascelles se trouvait à Cedar House le jour de la mort de Mrs Gillespie. Elle lui a volé des boucles d'oreilles. Joanna Lascelles se prostitue à Londres. Demandez-lui ce qu'elle fait de son argent. Demandez-lui aussi pourquoi elle a essayé de tuer sa fille et pourquoi Mrs Gillespie pensait qu'elle était folle." Est-ce vous qui avez écrit ceci, Mrs Orloff? demanda-t-il avec sa gentillesse habituelle.

– C'est Duncan. Nous voulions seulement... rendre service», murmura-t-elle. Son regard glissa jusqu'à la haute silhouette de Charlie Jones, qui avait remonté le col de sa canadienne autour de son visage morne. Elle parut rassurée par l'absence d'hostilité des deux policiers. «Je sais, nous aurions dû venir en personne, mais c'est si... difficile.» Elle eut un geste vague en direction de l'autre partie de la maison. «Après tout, nous sommes voisins et Duncan a horreur des disputes.» Elle eut un sourire timide. «Mais, bien sûr, quand un crime a été commis... Je veux dire, comment la police pourrait-elle arrêter le coupable si les gens qui savent des choses les gardent pour eux? Il paraissait plus... sage, en quelque sorte, de ne pas apparaître personnellement. Vous comprenez, n'est-ce pas?

– Parfaitement, répondit Jones avec un air encourageant, et nous vous remercions pour le mal que vous vous êtes donné.

– De rien. J'ai insisté auprès de Duncan.

– Il n'était pas d'accord avec vous?»

Elle jeta un regard prudent par-dessus son épaule, puis tira la porte derrière elle.

«Pas... vraiment. Il est devenu si nonchalant depuis que nous sommes ici : il ne sort plus, ne veut pas qu'on dérange son train-train et se méfie de ce qu'il appelle les complications. Il dit que, maintenant qu'il est à la retraite, il a bien le droit de vivre en paix, sans avoir à se... faire du souci. Évidemment, il n'est pas en très bonne santé, ce qui n'arrange rien. Malgré tout, je ne peux pas m'empêcher de penser qu'il n'est pas bien d'être aussi... – elle chercha le mot juste – timoré.

– Alors la mort de Mrs Gillespie a dû être un choc, avec toutes les allées et venues de la police dans la maison et le retour de Mrs Lascelles et de sa fille.

– Ça ne l'a pas particulièrement... ravi, admit-elle, mais il a vite compris qu'on ne pouvait rien y faire. Inutile de t'énerver, qu'il me disait. Attends un peu, les choses finiront bien par se calmer.

– Tout de même, intervint Cooper, cela doit être éprouvant de ne pas savoir ce que va devenir Cedar House, à présent que Mrs Gillespie est morte. Il est probable que la maison sera vendue et le choix de l'acquéreur vous échappera totalement.

– C'est ce que je n'arrête pas de lui dire. Duncan en serait... malade de se retrouver avec toute une marmaille à côté. » Elle baissa la voix. « Je sais bien qu'il ne faut pas se réjouir du malheur des autres, mais j'avoue que cela a été un soulagement de constater que le docteur Blakeney et Joanna se chamaillaient au sujet du testament. Elles vont s'intenter un procès et, comme dit Duncan, ces choses-là prennent des années.

– Pendant lesquelles la maison sera vide.

– Ma foi... exactement.

– Mrs Lascelles est donc bien décidée à attaquer le testament ?

– Oh, oui.

– Elle vous l'a dit ? »

Violette Orloff eut à nouveau l'air coupable.

« Je les ai entendues, le docteur et elle, en parler dans le salon. Je n'ai pas l'habitude d'espionner, en règle générale, mais... » Elle s'interrompit.

« Vous étiez inquiète et vouliez savoir ce qui se passait, suggéra charitablement Jones.

– Ma foi... exactement, répéta-t-elle. Il faut bien que quelqu'un s'en préoccupe. Si cela ne tenait qu'à Duncan, nous n'aurions aucune idée du genre de voisins auquel nous attendre avant qu'ils soient déjà installés.

– Comme avec Mrs Gillespie, vous voulez dire. Je suppose que, d'une manière ou d'une autre, vous avez fini par apprendre un tas de choses sur elle. »

Violette Orloff pinça les lèvres en une expression désapprobatrice.

« Bien forcé. Elle ne se rendait sans doute pas compte combien elle avait la voix perçante. Extrêmement... perçante, vous savez, et elle n'avait cure de l'opinion des autres. À vrai dire, je n'ai jamais vraiment écouté, mais Duncan la trouvait quelquefois amusante, en particulier quand elle se montrait désagréable au téléphone, ce qui lui arrivait souvent. Elle critiquait les gens à propos des choses les plus... insignifiantes et pensait qu'on ne l'entendait pas à moins qu'elle ne se mette à crier. C'était tout à fait stupide de sa part. »

Jones hocha la tête comme pour acquiescer.

« Dans ce cas, je suis surpris que vous n'ayez rien entendu le soir où on l'a tuée. Elle a certainement parlé à son assassin. »

Violette Orloff se mit à rougir.

« Non. Duncan n'a entendu aucun bruit de voix. »

Il feignit de ne pas remarquer son embarras.

« Et vous-même, Mrs Orloff ? Avez-vous entendu quelque chose ?

– Mon Dieu ! gémit-elle, ce n'est pourtant pas un crime, en dépit de tous les reproches que me fait Duncan là-dessus. J'ai l'habitude, le soir, de prendre une goutte de whisky, pas plus. Duncan a horreur de l'alcool et n'est pas d'accord avec moi, mais, comme je dis toujours, quel mal y a-t-il à cela ? Mathilda l'a fait pendant des années – d'après elle, il aurait été absurde de s'en priver – et elle buvait bien plus que moi. » Elle baissa la voix. « Ce n'est pas comme si j'étais... alcoolique.

– Bien sûr, répondit Jones avec chaleur. Moi-même, si je ne prenais pas chaque soir un petit verre avant d'aller me coucher, j'aurais bientôt les nerfs en capilotade.

– Ma foi... exactement, répéta-t-elle comme un refrain. Sauf que je m'endors devant la télévision et que, naturellement, je me suis endormie aussi ce soir-là. Il faut dire que j'avais passé la journée à Poole avec ma sœur et que cela me fatigue de plus en plus. Je ne suis plus toute jeune, voyez-vous, et j'avoue que, depuis, je n'ai pas cessé de me ronger les sangs en me demandant si Mathilda n'avait pas appelé au secours. Duncan... jure que non, mais, vous savez, il tient tellement à sa tranquillité qu'il a très bien pu se persuader qu'elle était simplement en pétard.

– Avez-vous une idée de l'heure à laquelle vous vous êtes endormie ? demanda Cooper, apparemment plus intéressé par l'état de ses chaussures que par la réponse.

– Très… tôt, souffla-t-elle. Après dîner, nous nous sommes assis pour regarder *Le Rendez-vous inattendu* et, ensuite, Duncan s'est mis à me secouer en me disant que je ronflais et que je l'empêchais de suivre les actualités sportives. J'étais drôlement vannée. Je suis montée me coucher et j'ai dormi comme une masse jusqu'au lendemain matin. Même que, si j'étais restée éveillée, j'aurais peut-être pu faire quelque chose pour cette pauvre Mathilda. »

Et c'était sûrement vrai.

Jones désigna la porte d'un geste.

« Pouvons-nous parler à votre mari, Mrs Orloff ?

– Est-ce vraiment nécessaire ? Il ne vous dira rien et sera… grognon le reste de la journée.

– Je crains que ce ne soit inévitable. » Il tira un papier de sa poche avec un air contrit. « Nous avons aussi un mandat de perquisition, mais je vous promets de faire très attention. Bailey ! Jenkins ! Watts ! appela-t-il. Venez, les gars. Allons-y. »

Quelque peu déconcertée par ce brusque retournement de situation, Violette Orloff recula humblement, tandis que Jones, Cooper et les trois agents s'engouffraient dans le couloir. Elle les suivit à pas furtifs, telle une ombre, et alla s'enfermer dans la cuisine.

Duncan Orloff regarda attentivement les deux officiers de police comme ils pénétraient dans l'étroit living-room, mais ne manifesta aucun signe de contrariété devant cette soudaine intrusion dans son intimité.

« Pardonnez-moi si je ne me lève pas, dit-il poliment, mais j'ai de plus en plus de difficulté à me déplacer. » Il indiqua un frêle canapé à deux places et leur fit signe de s'asseoir. Avec la même politesse, ils déclinèrent l'invitation, de peur que le siège ne s'écroule sous leurs poids combinés. « J'ai déjà rencontré l'inspecteur Cooper, mais je n'ai pas l'impression de vous connaître, monsieur, reprit-il en examinant avec curiosité le second policier.

– Commissaire Jones.

– Enchanté. »

Charlie Jones inclina légèrement la tête en guise de salut. Il sentit soudain le doute l'envahir en contemplant ce gros homme dans son vaste fauteuil, son ventre tombant sur ses cuisses comme la chair d'une saucisse fendue. Un être aussi corpulent et gauche aurait-il pu exécuter ce travail d'artiste qu'avait été la mort de Mrs Gillespie ? Aurait-il seulement pu s'extraire de cette pièce sans éveiller sa femme ? Jones écouta la respiration sifflante de son interlocuteur, qui semblait lutter à chaque aspiration contre le poids écrasant de son corps, et se souvint de la description faite par Hughes de l'homme qui s'était introduit par la porte de derrière en se servant de la clé : *Il parlait très lentement, d'une voix sourde, comme s'il avait un problème aux poumons.*

– Mrs Gillespie savait-elle que vous étiez au courant à propos de la clé cachée sous le pot de fleurs ? » demanda-t-il de but en blanc.

Duncan Orloff parut surpris.

« Je ne comprends pas, commissaire.

–Aucune importance. Un témoin vous a identifié. Quelqu'un qui se trouvait là quand vous êtes entré un matin de septembre. »

Le gros homme se contenta de sourire et de secouer ses bajoues en un signe de dénégation.

« Entré où ça ? »

Il y eut un raclement au-dessus de leurs têtes, sans doute un agent qui déplaçait un meuble, et Orloff leva les yeux vers le plafond.

« Qu'est-ce que tout cela signifie ? »

Jones sortit le mandat et le lui tendit.

« Nous essayons de retrouver les carnets de Mrs Gillespie, ou, plus probablement, ce qu'il en reste. Nous avons des raisons de penser que vous les avez volés dans la bibliothèque de Cedar House.

– Comme c'est curieux !

– Vous niez ? »

Il rit doucement.

« Bien sûr. Je ne savais même pas qu'elle avait ces carnets. »

Charlie Jones changea son fusil d'épaule.

« Pourquoi ne pas avoir dit à mon inspecteur, le lundi suivant le meurtre, que Miss Ruth Lascelles se trouvait à Cedar

House dans l'après-midi ? Et aussi que Mrs Jane Marriott s'était disputée le matin avec Mathilda Gillespie ?

– Comment aurais-je pu lui dire ce que j'ignorais moi-même ?

– Si vous étiez ici, Mr Orloff, vous ne pouviez pas ne pas le savoir. Jane Marriott prétend que Mrs Gillespie et elle se sont mises à crier, et Ruth qu'elle a sonné à l'entrée parce qu'elle avait oublié sa clé à l'école.

– Mais je n'étais pas ici, commissaire, répondit-il d'un ton affable. J'ai profité de ce que ma femme allait à Poole pour faire une longue promenade. »

Il y eut comme un halètement du côté de la porte.

« Duncan, s'écria Violette, comment peux-tu être aussi menteur ! Tu n'es... jamais allé te promener ! » Elle s'avança dans la pièce en chaloupant légèrement. « Et, crois-moi, je sais fort bien pourquoi tu... racontes ces balivernes. Tu ne veux rien dire à la police par peur des embêtements et ça depuis le début. Bien sûr qu'il était là et... bien sûr qu'il aurait entendu Jane et Ruth. Quand Ruth venait, on était... toujours au courant. Sa grand-mère et elle ne pouvaient pas rester ensemble une minute sans se bouffer le nez, de même que Joanna, d'ailleurs. Oh, je ne la blâme pas. La pauvre gamine avait trop besoin d'affection, et ce n'est pas Mathilda ni Joanna qui pouvaient lui en donner. Les seules personnes pour lesquelles Mathilda avait de la sympathie étaient les Blakeney, le peintre et sa femme. Elle plaisantait souvent... avec eux et je pense même qu'elle a posé en tenue d'Ève... pour lui. Je l'ai entendue dans la chambre à coucher, faire la coquette et débiter des âneries du genre : "Je ne suis pas mal pour une femme de mon âge, n'est-ce pas ? Autrefois, j'étais très belle. Les hommes se battaient pour moi." Et... c'est vrai. Même Duncan en pinçait pour elle, quand nous étions jeunes. Il a beau prétendre le contraire, je le sais très bien. Nous savions toutes alors que nous ne venions qu'au second rang. Mathilda avait l'air si farouche, ça les excitait, vous comprenez. »

Elle s'arrêta pour reprendre son souffle et Cooper, qui se trouvait à côté d'elle, se rendit compte qu'elle sentait le whisky. Il ne put se retenir d'éprouver de la tristesse pour cette petite femme banale, qui n'avait jamais pu s'épanouir parce qu'elle avait toujours vécu dans l'ombre de Mathilda Gillespie.

« Ça n'a... pas d'importance, reprit-elle. Tout ça n'a aucune importance. C'est fini depuis des années. On ne peut pas continuer à aimer quelqu'un qui se montre toujours blessant et Mathilda était toujours blessante. Elle trouvait ça... amusant. Elle disait les choses les plus horribles et éclatait de rire. Même si je ne l'aimais pas beaucoup, j'avais pitié d'elle. Elle aurait pu faire quelque chose de sa vie, quelque chose d'intéressant, mais elle a raté l'occasion et cela la rendait amère. » Elle lança un regard sévère à son mari. « Je sais bien qu'elle... se moquait de toi, qu'elle t'appelait le crapaud, cependant, ce n'est pas une raison pour refuser d'aider la police à retrouver son assassin. Un meurtre est un acte inexcusable. Et je trouve... encore plus inexcusable de lui avoir passé cette affreuse muselière. Quand elle te l'a mise à toi, tu n'avais pas l'air heureux ! » Elle se tourna vers Jones. « C'était encore une de ses blagues stupides. Elle prétendait que la seule manière de faire maigrir Duncan aurait été de lui... attacher la langue, si bien qu'un jour où il dormait la bouche ouverte dans le jardin, elle s'est approchée tout doucement et lui a enfoncé cette abominable chose rouillée sur la tête. Il a failli... en mourir. » Elle s'arrêta à nouveau pour reprendre sa respiration, mais ne se sentit pas, cette fois, le courage de continuer.

Il y eut un long silence.

« Je suppose, murmura finalement Jones, que vous la lui avez mise de la même façon, alors qu'elle dormait déjà, mais je serais curieux de savoir comment vous lui avez administré les barbituriques. Le médecin légiste pense qu'elle en a avalé quatre ou cinq, et jamais elle ne les aurait pris d'elle-même. »

Duncan considéra un instant le visage ébahi de son épouse, puis regarda Cooper.

« Les vieilles femmes ont deux choses en commun, prononça-t-il avec un petit sourire. Elles boivent trop et parlent trop. Mathilda vous aurait sûrement plu, inspecteur. C'était une femme divertissante, même si elle n'avait pas en réalité autant de charme que je me l'étais imaginé. J'ai été déçu en la revoyant. Mais, comme je crois vous l'avoir dit, l'âge offre heureusement quelques compensations. » Son sourire s'élargit. « En fin de compte, je préfère la compagnie des hommes. Avec eux, au moins, on sait à quoi s'attendre. »

« Cela tombe bien, déclara Cooper aux Blakeney, ce soir-là, dans la cuisine de Mill House, parce qu'il y a de fortes chances pour qu'il passe le restant de ses jours en prison.

– À condition que vous puissiez prouver qu'il l'a tuée, répliqua Jack. Que se passera-t-il s'il n'avoue pas ? Vous ne disposez que de preuves indirectes et, pour peu que ses avocats connaissent leur boulot, il leur sera facile de convaincre le jury que Mathilda s'est suicidée. Vous ne savez même pas pourquoi il l'a fait.

– Du moins, pas encore.

– Violette le sait peut-être », suggéra Sarah.

Cooper secoua la tête en songeant à la malheureuse qu'ils avaient laissée à Wing Cottage. Tandis qu'on emmenait son mari, elle ne cessait de répéter en se tordant les mains qu'il y avait sûrement une erreur.

« Elle prétend que non.

– Et vous n'avez pas retrouvé les carnets ?

– À vrai dire, nous n'y comptions pas vraiment. Il a dû les détruire depuis belle lurette.

– Mais tant de choses restent mystérieuses, fit observer Sarah sur le ton de la frustration. Comment est-il parvenu à lui faire prendre les somnifères ? Pourquoi l'a-t-il fait ? Pourquoi Violette ne s'est-elle pas réveillée ? Pourquoi n'a-t-il pas dit que Ruth se trouvait dans la maison s'il tenait à la compromettre ? Et, ce qui me paraît encore plus obscur, pourquoi diable Jane s'est-elle disputée avec Mathilda ce jour-là ? »

Cooper lança un regard à Jack, puis sortit son paquet de cigarettes.

« Je crois pouvoir répondre à quelques-unes de ces questions. » Il se planta une cigarette au coin de la bouche et l'alluma avec son briquet. « Mathilda et Violette picolaient volontiers le soir, toutes deux du whisky. À mon avis, c'est

Mathilda qui avait communiqué cette habitude à Violette, la présentant comme une chose parfaitement normale face aux remontrances de Duncan. Dans tous les cas, Violette devait généralement s'assoupir ensuite dans son fauteuil. Le soir de la mort de Mathilda, elle a eu le coup de barre au cours du *Rendez-vous inattendu* à la télé, c'est-à-dire aux environs de 18 h 30. Elle s'est réveillée vers 22 heures, quand Duncan l'a secouée parce qu'elle l'empêchait en ronflant d'écouter les actualités sportives, puis est allée se coucher et a dormi d'un sommeil de plomb jusqu'au lendemain matin.» Il fit tomber la cendre de sa cigarette dans sa paume. «Un sommeil d'une lourdeur assez peu naturelle et sans doute provoqué par des barbituriques, ce qui expliquerait que Duncan ait pu quitter la pièce sans qu'elle le sache. Je suppose qu'il l'a accueillie à son retour de Poole avec un verre de whisky bien tassé, auquel il avait ajouté quelques somnifères, puis qu'il a attendu qu'elle s'endorme pour gagner la porte à côté et qu'il a utilisé le même truc avec Mathilda. Elle rangeait les bouteilles dans la cuisine. Il lui a suffi de dire : inutile de te déranger, je vais me faire un plaisir de t'en apporter un.

– Mais où s'est-il procuré les somnifères? C'est un de mes patients et je ne lui en ai jamais prescrit, ni à lui ni à Violette.

– Je présume qu'il s'est servi de ceux que vous aviez prescrits à Mrs Gillespie.»

Sarah parut sceptique.

«Quand les aurait-il pris? S'il lui en avait manqué, elle s'en serait sûrement aperçue.

– Dans ce cas, répondit-il d'une voix sèche, elle aura mis leur disparition sur le compte de sa fille. Vu l'état de dépendance de Mrs Lascelles, elle devait régulièrement effectuer des razzias dans la pharmacie de sa mère.»

Jack prit un air songeur.

«Qui vous a dit ça?

– En fait, c'est vous, Jack. Je ne savais pas à quoi elle carburait jusqu'à ce que nous fouillions la maison hier, à la recherche des carnets. Elle n'est pas très douée pour les cachettes et elle a de la chance de ne jamais avoir eu d'ennuis avec la police. Mais cela ne tardera pas à présent qu'elle est à sec.

– Je ne vous ai rien dit du tout.

– Vous m'avez dit tout ce que vous saviez de Mrs Lascelles, y compris que vous la méprisiez au fond de vous-même. Pendant que nous discutions d'Othello et d'Iago, j'ai observé le portrait que vous aviez fait d'elle et tout ce que j'ai vu, c'est une créature à la personnalité faible et morcelée dont toute l'existence – il décrivit un cadre avec les mains – reposait sur des stimulants extérieurs. Je n'ai pas pu m'empêcher de comparer les couleurs pâles et les formes confuses de l'image de Joanna avec celles, pleines de vigueur, symbolisant aussi bien Mathilda que Sarah, et je me suis dit que vous aviez peint une femme sans substance. Une femme dont la seule réalité se réduisait à des reflets de la réalité, autrement dit une personnalité capable de s'exprimer uniquement par des artifices. Et j'ai pensé qu'il s'agissait d'alcool ou de drogue.

– Vous mentez comme un arracheur de dents, déclara Jack sans ambages. C'est cet enfoiré de Smollett qui vous en a parlé. Bon sang, Cooper, même moi je n'y ai pas vu tout cela et c'est moi qui ai peint le tableau ! »

Cooper laissa fuser un petit rire.

« Et pourtant, croyez-moi, mon cher, c'était amplement suffisant. Mr Smollett ne m'a pas dit un mot. » Son visage redevint sérieux. « Mais vous n'aviez pas le droit, ni l'un ni l'autre, de taire cette information, pas dans une affaire de meurtre. » Il regarda Sarah. « Et vous n'auriez pas dû, si je puis me permettre, docteur, la sermonner à ce sujet l'autre après-midi. Ces gens-là sont totalement imprévisibles et vous étiez seule avec elle dans la maison.

– Elle ne marche pas au LSD, Cooper, mais au Valium. Et comment savez-vous que nous en avons parlé ?

– Parce que je suis un flic, docteur Blakeney, et que vous n'aviez pas l'air dans vos petits souliers. Qu'est-ce qui vous fait croire qu'elle marche au Valium ?

– Elle me l'a dit. »

Cooper leva les yeux au ciel.

« Un de ces jours, docteur Blakeney, il faudra que vous appreniez à vous montrer moins naïve.

– Alors qu'est-ce qu'elle prend ? demanda Jack. J'aurais moi aussi parié pour des tranquillisants. Elle ne se sert pas de seringues. Je l'ai dessinée nue et elle ne portait aucune trace de piqûres.

– Vous avez mal cherché. Elle est assez riche pour faire ça proprement. La plupart du temps, les problèmes proviennent des aiguilles sales et des toilettes crasseuses. Où avez-vous regardé ? Sur les bras, les jambes ? » Jack acquiesça. « Et le long de l'aine ?

– Non, admit-il. C'était déjà assez compliqué comme ça. Je ne tenais pas à l'exciter davantage en jouant les voyeurs. »

Cooper hocha la tête.

« J'ai découvert toute une cargaison sous des lattes du plancher : tranquillisants, barbituriques, amphétamines et une quantité non négligeable d'héroïne et de seringues. C'est une droguée chronique, probablement depuis des années. Et j'ajouterai ceci : à elle seule, la pension versée par sa mère n'aurait jamais suffi à payer tout ce qu'elle a planqué, pas plus que ses revenus de décoratrice florale. Selon moi, la lettre anonyme de Duncan et de Violette avait mis dans le mille : Joanna est une prostituée de haut vol qui se vend pour financer ses habitudes dispendieuses, et cela, j'imagine, depuis son mariage avec Steven Lascelles.

– Pourtant elle a l'air si… – Sarah chercha le mot juste – … saine.

– Plus pour longtemps, répliqua Cooper avec cynisme. Elle va bientôt s'apercevoir ce qu'est le monde réel, sans une Mathilda pour renflouer les caisses. Une fois à bout de ressources, on commence à se laisser aller. » Il donna une tape amicale sur la main de Sarah. « Allons, inutile de vous apitoyer sur son sort. Elle s'est intoxiquée toute sa vie et Mathilda a choisi, avec un peu de retard, de la mettre au pied du mur. »

Comble de l'absurde, Gerald se découvre une conscience. « Ça suffit, Matty, s'il te plaît, a-t-il dit en éclatant en sanglots, ou nous irons en enfer. » L'ingratitude des hommes est inimaginable. Pense-t-il que j'éprouve le moindre plaisir à me faire tripoter par un crétin baveux ? C'est la faute de père, bien entendu. Hier, il s'est emporté et s'est mis à insulter Gerald. Maintenant, celui-ci menace de retourner voir la traînée qui l'a déniaisé et va jusqu'à dire qu'il l'épousera. « Grace donnera à Gerry un bébé, Matty, a-t-il déclaré en pleurnichant, et Gerry veut un bébé. » Pourquoi, mais pourquoi donc grand-père a-t-il été aussi stupide ? Au lieu de prétendre qu'il était normal, n'aurait-il pas été plus sensé de le faire déclarer atteint d'aliénation mentale en dépit de tous les problèmes qui en auraient résulté ?

J'ai été retrouver père dans la bibliothèque, soûl comme à son habitude, et je lui ai annoncé brutalement que Gerald ne voulait plus jouer le jeu. « Vous êtes vraiment stupide ! ai-je explosé. Il ne sera pas possible d'acheter Grace une seconde fois. Elle a très bien compris, soyez-en sûr, qu'épouser Gerald lui rapportera beaucoup plus que ce que vous lui proposerez. » Père a reculé devant moi, comme toujours. « Ce n'est pas ma faute, a-t-il gémi, c'est la faute de ton grand-père. Il aurait dû écarter du testament les descendants de Gerald. » Je l'aurais tué ! Toujours la même histoire, ça n'est jamais sa faute. Dans un sens, il a raison. Quel sens y a-t-il à empêcher votre idiot d'aîné de disposer de votre fortune, si vous n'envi-

sagez même pas la possibilité qu'une petite intrigante lui jette le grappin dessus? Sans doute ne se doutait-il pas que les tarés puissent être si attirés par le sexe, ni qu'ils soient tout à fait capables d'engendrer.

J'ai obligé père à porter la muselière toute la soirée et il m'a juré qu'à l'avenir, il tiendrait sa langue. Bien entendu, Gerald s'est mis à pleurnicher, tapi dans un coin, terrifié à l'idée que je la lui fasse porter aussi, mais je lui ai promis que, si je ne l'entendais plus menacer d'aller vivre avec Grace, je serais gentille avec lui. Il est redevenu docile.

Qu'il est étrange que ces deux oiseaux, sans la moindre cervelle à se partager, perçoivent très bien l'humiliation que représente la muselière, alors que Duncan, qui a quand même quelque prétention à l'intelligence, en est excité d'une manière dégoûtante. Pour père et Gerald, c'est la pénitence nécessaire aux péchés qu'ils désirent commettre. Pour Duncan, c'est un fétiche qui attise son désir. Il est invariablement stimulé en la portant. Quel mollusque sans tripes! Il me supplie à genoux de l'épouser, tout en laissant Violette et ses parents préparer le mariage. Il n'est pas près de renoncer à sa maigre dot, tant qu'il n'est pas assuré de la mienne.

Je ne pourrai jamais épouser un homme qui jouit de sa propre humiliation, car il ne me resterait aucun plaisir. Pour que j'aime un homme, il faut que je le voie se ratatiner sous l'effet de la peur. Tout de même, il est étonnant de constater combien d'hommes sont attirés par la cruauté. Comme les chiens, ils lèchent la main qui les frappe. Pauvre Violette, j'ai planté dans la tête de Duncan des phantasmes qu'elle ne pourra jamais satisfaire. Tiens, tiens, quelle idée amusante! Je ne supporterai pas de les voir heureux. Mais, à la vérité, je ne supporte pas que quiconque soit heureux...

19

Sarah remplit les verres de vin et contempla la bouteille avec un sourire désabusé.

« Grâce à Dieu, cette drogue est licite, murmura-t-elle. Parce que, sans un bon stimulant, je ne sais pas comment j'arriverais à supporter les misères de l'existence. Lui avez-vous confisqué son héroïne, Cooper ? Dans ce cas, elle doit être dans un état abominable.

– Non, admit-il. Mais je préférerais que vous gardiez cette information pour vous.

– Vous êtes vraiment un chic type.

– Réaliste tout au plus, corrigea-t-il. À supposer qu'elle ait tué sa mère, je me serais trouvé dans une meilleure position en gardant mes atouts dans la manche plutôt qu'en les étalant tout de suite. Elle aurait été particulièrement vulnérable lors de l'interrogatoire si nous l'avions accusée en même temps de possession de substances prohibées et de meurtre.

– Vous mentez très mal, répliqua Sarah d'une voix affectueuse. Vous n'avez pas le moins du monde l'intention de l'inculper. Lui direz-vous seulement que vous savez ? »

Mais Cooper éluda la question.

« Nous parlions de la manière dont Duncan a tué Mathilda. Où en étions-nous ?

– Au fait que Mathilda aurait été extrêmement méfiante s'il était entré, sans y avoir été invité, par la porte de derrière pour lui servir un whisky, répondit-elle sèchement.

– Oui, il ne pouvait pas entrer par là. Il devait nécessairement sonner à la porte d'entrée. C'était plus sûr. Violette ne risquait pas d'entendre si elle ronflait devant la télévision et il avait sûrement une excellente raison d'aller frapper à la porte de Mathilda à sept heures du soir un samedi. Il savait un tas de choses sur son mode de vie et il lui était facile d'inventer un prétexte. Il aurait fallu qu'elle soit devenue complètement paranoïaque pour refuser d'ouvrir sa porte à un voisin qu'elle voyait presque tous les jours. » Machinalement, il secoua à nouveau sa cigarette au-dessus de sa paume et la retourna, jetant la cendre par terre. « Après lui avoir donné le verre de whisky et l'avoir regardée boire, il a saisi la première excuse pour filer. C'est un homme méticuleux et il ignorait si les sédatifs avaient produit leur effet. De plus, il avait besoin de s'assurer que Violette dormait à poings fermés et n'avait pas entendu la sonnette. Il est probable que, s'il l'avait trouvée à demi éveillée, il aurait jugé son projet trop risqué et aurait renoncé à le mettre à exécution. Enfin, il tenait à ce que Mathilda soit totalement dans les vapes avant de lui passer la muselière.

« À partir de là, les choses se sont déroulées de façon fort simple. Après avoir jeté un coup d'œil à Violette, il a enfilé une paire de gants, est allé cueillir dans le jardin les plantes nécessaires – il n'y serait pas allé de jour, de peur que quelqu'un le voie et fasse par la suite le rapprochement avec la couronne de fleurs. Puis il est retourné dans la maison, cette fois par la porte de derrière, a pris le couteau dans le tiroir de la cuisine, a vérifié que Mathilda dormait, a emporté au premier les plantes, le couteau et la muselière, les a déposés sur la coiffeuse et a fait couler un bain avant de redescendre chercher Mathilda. Il lui suffisait alors de la soulever, de la monter dans ses bras et de la déshabiller.

« Il devait être, selon nos calculs, dans les neuf heures trente, ce qui n'a pas manqué de réjouir le médecin légiste. Il a toujours penché pour le début plutôt que la fin de soirée, surtout si l'on tient compte du fait qu'elle n'est pas morte immédiatement. » Il s'efforça une nouvelle fois de renouer le fil de ses pensées. « Bon, il l'a donc déshabillée, plongée dans la baignoire, lui a mis la muselière et lui a ouvert les veines, puis a disposé asters et orties autour de l'armature en se servant probablement de l'éponge pour colmater le jeu. Dès lors, il n'avait plus qu'à placer le verre ayant contenu le whisky à côté du flacon de somnifères vide, à récupérer les carnets, à essuyer la clé pour plus de sûreté et à la remettre en place, avant de rentrer chez lui retrouver Violette et la télévision. Il a sans doute reproché à la pauvre femme le lendemain matin d'avoir bu comme un trou, sans quoi elle nous aurait avoué plus tôt qu'elle s'était endormie au lieu de se rallier à la version de Duncan en déclarant qu'il n'y avait eu aucun bruit à côté. » Il se massa le menton. « C'est un être malléable et, de toute évidence, elle n'a jamais songé un seul instant qu'il avait pu tuer Mathilda. C'est elle, je pense, qui l'a incité à nous envoyer cette lettre anonyme, parce qu'elle se sentait coupable de n'avoir rien fait pour aider Mathilda. » Il jeta un regard à Jack. « Elle l'avait entendue pleurer la fois où vous lui aviez montré le tableau et était convaincue que, si elle lui avait parlé alors, elle aurait empêché le meurtre. »

En voyant l'expression à la fois interrogatrice et déconcertée de Sarah, il poursuivit inexorablement :

« En ce qui concerne Ruth et Jane, Duncan nous a caché qu'elles se trouvaient à Cedar House parce qu'il ne pouvait pas se permettre d'attirer l'attention sur le fait qu'on entendait presque tout à travers les murs. Mais Violette lui a fourni l'occasion rêvée de compromettre Ruth en surprenant la dispute de celle-ci avec Joanna dans l'entrée. Elle l'a consulté sur l'opportunité d'en parler à la police et, s'il a refusé catégoriquement de la laisser y aller, afin d'éviter les complications, comme il dit, il ne s'est pas montré opposé à l'idée d'une lettre anonyme, à condition de mettre des gants pour éviter les empreintes. Violette a trouvé cela très… excitant, conclut-il avec une lourde ironie.

– Bizarrement, Mathilda n'a jamais dit qu'elle les entendait, intervint Jack. C'est le genre de truc qui l'aurait rendue malade.

– D'après Mrs Orloff, elle parlait d'une voix extrêmement forte et distincte, si bien qu'elle était peut-être un peu sourde et, comme elle ne les entendait pas, elle devait s'imaginer qu'eux ne l'entendaient pas non plus. En outre, je croirais volontiers que, du jour où ils ont compris combien les murs étaient sonores, ils se sont mis à baisser le ton. Lui parle en chuchotant et, chaque fois qu'elle élève la voix, il la regarde en fronçant les sourcils, de sorte qu'elle se met à chuchoter à son tour.

– Je suppose que c'est comme ça qu'il a appris l'existence de la clé. Le jour où Mathilda m'a dit à quel endroit elle la mettait. Il a dû entendre. »

Cooper acquiesça.

« Comment a-t-il su au sujet des carnets ?

– Selon Violette, elle avait la manie, quand il n'y avait personne, de se parler à elle-même. Peut-être les lisait-elle à haute voix. À moins qu'il soit tombé dessus par hasard, en cherchant autre chose. » Il plissa le front. « Naturellement, ce n'est pas lui qui va nous le dire. Il nie absolument tout et nous défie de lui citer une seule raison qui l'aurait poussé à assassiner une femme qu'il connaissait depuis plus de cinquante ans et avec laquelle il n'avait jamais eu un mot de travers. Et, bien entendu, Violette est entièrement de son avis. Elle prétend que Duncan est trop mou pour se vexer ou vexer quiconque et que Mathilda avait vite renoncé à lui envoyer des piques parce que cela ne lui faisait ni chaud ni froid.

– M'est avis qu'il vous tient, ne put s'empêcher de remarquer Jack avec une pointe d'admiration. Vous n'irez pas très loin avec la liquidation de la propriété en guise de mobile. Même si le ministère public s'en contentait, je doute qu'un jury le trouverait suffisant. Vous n'avez vraiment aucune idée de la raison pour laquelle il l'a tuée ? Violette sait sûrement quelque chose.

– Pour l'instant, elle est toute retournée. Le commissaire pense qu'un agent de police femme réussirait peut-être, en utilisant la manière douce, à lui tirer les vers du nez, mais, si vous voulez mon opinion, elle ne ment pas quand elle affirme ne rien savoir. C'est une drôle de petite bonne femme, qui semble la plupart du temps plongée dans un monde à elle et n'arrête pas de jacasser sans écouter ce que vous dites. La majorité des événements qui se sont produits à Cedar House n'ont pas dû lui faire plus d'effet qu'une sorte de bruit de fond. » Il regarda tour à tour Jack et Sarah. « Ce pourquoi je suis ici. J'ai besoin de m'entretenir avec Ruth. Elle a mentionné une lettre que lui avait adressée sa grand-mère peu avant de mourir et l'idée m'est venue qu'il s'y trouvait peut-être des détails susceptibles de nous aider.

– Si c'est la même que celle dont elle m'a parlé, elle l'a déchirée.

– Elle se souviendra néanmoins de ce qu'il y avait dedans. J'ai réellement besoin de la voir. »

Sarah secoua vigoureusement la tête.

« Pas maintenant, Cooper. Après ce qui s'est passé la nuit dernière, et de nouveau à midi quand on a embarqué Jack menottes aux poignets, elle a encore plus peur de la police. D'accord, je sais, ce n'est pas votre faute, mais vous devez la comprendre.

– Ne m'obligez pas à insister, répliqua-t-il d'un ton implorant. Je n'ai malheureusement pas le choix. Nous ne pouvons pas continuer à retenir Duncan sans une preuve solide et, une fois dehors, il aura tout loisir de brouiller les pistes qui nous ont échappé. »

Elle poussa un soupir et prit une de ses grosses mains dans la sienne.

« Écoutez, je vais vous confier un secret que j'avais promis de ne pas révéler parce que c'est celui de Ruth et non le mien. Mais je sais que je peux avoir confiance en vous, Cooper, autant pour moi que pour Ruth. » Elle pressa légèrement la main du policier avant de la lâcher et de prendre, avec un regard de tendresse, celle de Jack. « Pourquoi croyez-vous que cet idiot s'est mis soudain à foncer avec la délicatesse d'un éléphant dans un magasin de porcelaine ? Il prétend avoir agi de façon rationnelle et sensée. Vous et moi savons qu'il n'en est rien. Il a découvert, avec un peu de retard, la présence en lui de sentiments paternels puissants et n'a pas voulu, compte tenu de sa nature généreuse, en réserver l'usage à sa seule descendance. Il a donc agi en lieu et place du père de Ruth, afin de montrer à celle-ci qu'il existait au moins une personne dans ce monde impitoyable qui se souciait d'elle. »

Jack leva une main à hauteur de ses lèvres.

« Deux », corrigea-t-il.

Elle le dévisagea un instant.

« Deux. » Elle ôta sa main et reporta son attention sur Cooper. « Si Ruth devait subir de nouvelles pressions, vu l'état de fragilité dans lequel elle se trouve en ce moment, elle se réfugierait immanquablement dans une attitude de fuite, comme l'a fait à l'évidence Joanna et probablement aussi Mathilda. À croire que cette famille possède un gène autodestructeur qui l'incite à se couper subitement du réel. » Elle secoua la tête. « Quoi qu'il en soit, Ruth ne suivra pas le même chemin, du moins tant que Jack et moi serons là pour l'en empêcher. Elle est enceinte, Cooper. Je sais que cela ne se voit pas, mais elle a presque atteint la limite légale et, si elle ne prend pas très vite une décision, elle sera bien obligée d'aller jusqu'au terme de sa grossesse. Jack a tenté de lui procurer la paix et la tranquillité dont elle avait besoin pour réfléchir, car, jusqu'à présent, elle n'a pas eu une minute de répit. »

Cooper digéra en silence ce qu'il venait d'entendre.

« Allez-vous l'aider à faire un choix ?

– Je lui ai donné tous les renseignements dont je disposais. Pour le reste, je n'aime pas beaucoup dicter aux autres leur conduite. C'est à sa mère qu'il appartient de la conseiller, mais Joanna n'est même pas au courant du viol, et encore moins de la grossesse.

– Hum ! fit Cooper, l'air soucieux. À coup sûr, je ne tiens pas à aggraver les problèmes de cette pauvre gosse, finit-il par déclarer. Je suis persuadé que sa grand-mère n'aurait pas demandé justice pour elle-même au détriment de sa petite-fille. Sinon, elle aurait fait état des vols de Ruth à l'époque. » Il se leva et boutonna son manteau, prêt à partir. « Mais, si vous me permettez cette impertinence, docteur Blakeney, vous devriez prendre vos responsabilités de mère adoptive, même à titre temporaire, un peu plus au sérieux. Ce n'est pas une bonne chose que de lui donner des renseignements et de la laisser décider, sans lui indiquer de façon parfaitement claire que vous estimez de son intérêt de se faire avorter. Elle poussera peut-être les hauts cris, dira que vous ne l'aimez pas et que vous vous fichez comme de l'an quarante de ce qu'elle éprouve, mais le rôle de parent ne consiste pas à se faire taper dans le dos parce qu'on sait se montrer compréhensif et libéral, il consiste à conseiller, guider et éduquer des enfants que l'on aime, afin qu'ils deviennent des hommes et des femmes dignes de respect. » Il salua d'un signe de tête amical et se dirigea vers la porte, pour s'arrêter soudain en apercevant la silhouette de Ruth dans le couloir.

« J'ai entendu, murmura-t-elle, les larmes aux yeux. Excusez-moi. Je ne l'ai pas fait exprès.

– Allons, allons, fit Cooper avec embarras, tout en tirant un mouchoir de sa poche et en le lui tendant. C'est à moi de m'excuser. Cela ne me regardait pas. »

Les yeux de Ruth se mouillèrent à nouveau.

« Ce n'est pas à cause de ce que vous avez dit. Je pensais… si seulement… Vous avez déclaré une fois que vous auriez bien aimé que vos enfants aient autant de chance que moi… vous vous souvenez ? »

Il acquiesça. Il avait effectivement dit cela, songea-t-il avec amertume.

« Eh bien, je pensais… que j'aurais bien aimé… – elle eut un pâle sourire – avoir moi aussi leur chance. J'espère qu'ils vous en sont reconnaissants, inspecteur Cooper. » Elle sortit une feuille de papier de sa poche et la lui donna. « C'est la lettre de mamie, dit-elle. Je ne l'ai pas jetée, mais je ne voulais pas vous la montrer parce qu'il y est question de mes vols. » Une larme roula sur sa joue et tomba sur la main de Cooper. « Je l'aimais sincèrement, vous savez, mais elle est morte persuadée du contraire et c'est presque pire que tout.

– Oui, dit-il avec douceur. Les choses sont ainsi. Vous ne pouvez rien y changer.

– Jamais plus.

– Jamais, je ne sais pas. Chacun de nous apprend en commettant des erreurs et en essayant de ne pas les répéter. Personne n'est infaillible, Ruth. Cependant, nous nous devons, à nous-mêmes comme à ceux qui nous entourent, d'agir avec toute la sagacité dont nous sommes capables.

Autrement, comment le genre humain pourrait-il progresser ? »

Elle pressa ses lèvres, s'efforçant de contenir ses larmes.

« Et vous pensez que je devrais me faire avorter ?

– Oui, répondit-il en toute franchise. C'est mon avis. » Il posa sa paume sur le ventre de la jeune fille. « Vous êtes encore trop jeune et trop peu expérimentée pour servir de parent à un autre être humain, et trop affectée par la disparition de votre grand-mère et par ce que vous considérez comme une trahison envers elle, pour confier ce bébé à une tierce personne. » Il esquissa un sourire. « Ce qui ne signifie pas que je m'attende à ce que vous soyez d'accord avec moi ou que je vous tournerai le dos si vous en décidez autrement. Le docteur Blakeney a raison, c'est à vous de choisir. Néanmoins, je préférerais vous savoir enceinte quand vous aurez vécu un peu plus et rencontré un homme que vous aimerez et qui vous aimera aussi. Alors votre enfant sera un enfant désiré et vous pourrez être la mère que vous souhaitez. »

Elle voulut le remercier, mais n'y parvint pas, si bien qu'il la prit dans ses bras et la serra contre lui. Derrière eux, Sarah considéra Jack avec émotion.

« Tâche de m'en faire souvenir quand j'aurais l'air un peu trop contente de moi, chuchota-t-elle. Je viens de m'apercevoir que je n'étais qu'une débutante. »

> Ma chère Ruth [avait écrit Mathilda], ta mère et moi avons eu un différend à propos d'une lettre écrite, peu avant sa mort, par mon oncle Gerald Cavendish, faisant de Joanna son héritière. Elle menace de m'attenter un procès parce qu'elle pense pouvoir se servir de cette lettre pour demander l'annulation du testament de mon père. Elle n'y réussira pas, mais je n'ai pas été en mesure de l'en convaincre. Elle se sent à juste titre froissée et veut se venger de moi. Il y a eu trop de mystères dans cette famille, je m'en rends compte aujourd'hui. Si je t'écris cette lettre, c'est pour t'informer de ce qu'elle sait déjà et pour que tu ne l'apprennes pas de sa bouche. Elle n'a jamais été particulièrement diplomate. James Gilles-

pie n'est pas le père de ta mère. C'est Gerald Cavendish. Je n'ignore pas le choc que te produira cette nouvelle, mais les choses sont ainsi, et, comme je l'ai fait tout au long de ces années, je te conjure de ne pas regretter ce qui s'est passé. Même si cela te semble difficile à croire, sache qu'en dépit du reste, j'ai toujours eu de l'affection pour ta mère, comme j'en ai pour toi.

Je me trouve placée à présent devant un choix difficile. Je sais, ma chérie, que tu me voles depuis plusieurs mois. Je sais aussi que ta mère a renoncé à vivre de façon normale, préférant les brumes de la drogue et les relations éphémères qui lui donnent l'illusion d'être aimée au poids des responsabilités. Vous êtes l'une et l'autre en train de vous laisser abuser par des hommes et, au regard de ce que j'ai vécu, je trouve cela profondément déprimant. Je comprends que j'ai échoué en ce qui vous concerne et j'ai donc décidé de vous rendre libres de décider de votre avenir comme vous l'entendez.

Mon intention est de vous verser, à ta mère et à toi, un capital lors de tes dix-huit ans, réparti dans une proportion de deux pour un, ta mère recevant le double de ta part. Peut-être aurais-je dû m'y résoudre depuis longtemps, mais il me répugnait de défaire ce que j'ai entrepris et qui m'a tant coûté pour préserver le nom des Cavendish. Dans les circonstances actuelles, je m'aperçois qu'un nom n'est rien, à moins que ceux qui le portent ne se montrent les égaux de leurs pairs, car ce n'est pas le hasard de notre naissance qui nous confère de la grandeur, mais nos qualités personnelles. En vous permettant à toutes deux de mener votre existence à votre guise, je souhaite vous donner l'occasion de faire vos preuves, comme d'autres, moins fortunés, ont dû les faire avant vous.

En conclusion, si quelque chose devait m'arriver et que tu aies besoin d'aide, je t'invite à t'adresser à mon médecin, le docteur Blakeney, qui te conseillera au mieux, quelle que soit la situation dans laquelle tu te trouves.

Bien tendrement, Mamie.

Cooper posa la lettre devant le commissaire Jones.

« Je me suis demandé où elle comptait trouver le capital qu'elle voulait verser à Joanna et à Ruth Lascelles, si elle avait déjà tout légué au docteur Blakeney. »

Jones parcourut rapidement la page.

« Et vous avez trouvé la réponse ?

– Elle figure, je pense, sur la bande vidéo, et nous l'aurions compris avant si nous avions su quoi chercher. Si vous vous en souvenez, vers la fin, elle déclare à Ruth qu'elle lui avait promis de lui laisser Cedar House, mais que l'attitude de celle-ci au cours des six derniers mois l'a amenée à changer d'avis. Ajoutant : "Tu aurais eu le choix entre vendre et rester, mais tu aurais certainement pris la première solution, parce que la maison aurait perdu tous ses charmes après la liquidation des biens." Ou quelque chose de ce genre. »

Jones eut un hochement de tête.

« Je pensais que, par cette dernière phrase, elle faisait allusion au fait que tous les meubles et objets que contenait la maison devaient revenir à Joanna.

– Continuez.

– Je pense à présent qu'elle avait l'intention de vendre le terrain. À quelque promoteur immobilier. Autrement, comment aurait-elle pu réunir la somme destinée aux Lascelles et laisser en même temps Cedar House et son contenu au docteur Blakeney ? Imaginez ce que cela aurait représenté pour Duncan Orloff. Comment un homme déjà incapable de supporter l'idée d'avoir des enfants bruyants dans le voisinage aurait-il accepté sans rien faire qu'on transforme son jardin en lotissement ? »

« Eh bien, prouvez-le ! répliqua Duncan d'un ton placide. Comment s'appelle ce promoteur ? Et pourquoi n'existe-t-il aucune correspondance avec cette société fantôme ? Grands dieux, pour rien au monde elle n'aurait donné son accord à un tel projet ! Du reste, l'époque où l'on bâtissait à tout va est révolue depuis longtemps. Aujourd'hui, on en est à sauver ce qui peut l'être encore. Et l'on ne plaisante pas avec l'environnement. »

Toutes choses indubitables, songea Jones avec morosité. C'est donc à Cooper que revint la lourde tâche d'infuser un peu de bon sens à cette situation abracadabrante.

Le lendemain matin, après d'interminables vérifications auprès de l'employé municipal chargé des problèmes d'urbanisme, Cooper se présenta chez Howard & Sons, entreprise de construction installée à Learmouth depuis 1972. Une secrétaire entre deux âges, sa curiosité soudain éveillée à la vue d'un inspecteur en civil dans ces lieux paisibles, le conduisit cérémonieusement jusqu'au bureau du vénérable Mr Howard.

Mr Howard, un vieil homme trapu aux cheveux gris clairsemés, leva la tête d'un jeu de plans étalés devant lui et fronça les sourcils.

« Tiens, inspecteur ! Que puis-je pour vous ?

– Je crois savoir que votre société s'est occupée de l'aménagement du domaine de Fontwell. Il a été construit voilà dix ans. Vous vous en souvenez ?

– Bien sûr ! aboya l'autre. Qu'y a-t-il ? Quelqu'un s'est plaint ?

– Non, du moins pas à ma connaissance », répondit tranquillement Cooper.

Son interlocuteur lui désigna un fauteuil.

« Asseyez-vous. De nos jours, il faut s'attendre à tout. Dans ce monde de sauvages, chicaner est devenu la règle et les seuls à en profiter sont bien sûr les avocats. J'ai encore reçu une lettre ce matin d'un radin qui refuse de régler ce qu'il doit sous prétexte que nous n'avons pas respecté nos engagements : d'après lui, il y a une prise électrique de moins que sur le plan. De quoi vous dégoûter ! » Il agita férocement ses sourcils. « Eh bien, pourquoi vous intéressez-vous au domaine de Fontwell ?

– Vous avez acheté l'emplacement à une certaine Mrs Gillespie de Cedar House.

– Exact. Une sacrée rapiat elle aussi ! J'ai payé bien plus que je n'aurais dû.

– Elle est morte », laissa tomber Cooper.

Howard le regard avec un soudain intérêt.

« Ah, vraiment ? Enfin, murmura-t-il sans l'ombre d'un regret, cela nous arrivera à tous.

– Dans son cas, c'est arrivé prématurément. Elle a été assassinée. »

Il y eut un bref silence.

« Quel rapport avec le domaine ?

– Nous ne parvenons pas à établir le mobile du crime. Une des idées qui me sont venues à l'esprit, déclara Cooper d'un ton grave, est qu'elle envisageait de poursuivre ses fructueuses opérations avec vous en vous cédant le reste du jardin. D'après les renseignements que m'a fournis le service d'urbanisme, il avait été question d'une seconde phase de construction, mais je me suis laissé dire que ce projet l'aurait rendue très impopulaire dans certaines parties du village, d'où peut-être le geste du meurtrier. » La lueur soudain apparue dans les yeux de son interlocuteur ne lui avait pas échappé. « Avez-vous échangé récemment du courrier avec elle à ce sujet, Mr Howard ?

– Négatif uniquement. »

Cooper eut un froncement de sourcils.

« Pouvez-vous m'en dire plus ?

– Elle nous a contactés afin de relancer les négociations. Nous lui avons soumis une offre. Elle l'a refusée. » Il poussa un grognement de contrariété. « Comme je vous l'ai dit, c'était une vieille pingre. Elle demandait beaucoup plus que ça n'en valait. Le marché immobilier a connu une crise sans précédent et les prix se sont effondrés. Je ne m'en voudrais pas autant si nous ne lui avions pas, dès le départ, laissé la bride sur le cou. » Il regarda Cooper comme si celui-ci était responsable du refus de Mathilda. « C'est nous qui avons réalisé ce stupide avant-projet pour son jardin il y a dix ans, ce pourquoi nous avons ménagé un espace d'accès sur le côté sud-ouest. Le contrat initial prévoyait qu'elle pouvait s'opposer à la seconde phase de l'opération et elle ne s'en est pas privée.

– Quand était-ce ?

– La fois où elle a décliné l'offre ? Le 5 novembre. » Il se mit brusquement à glousser de rire. « Je lui ai répondu d'aller se faire cuire un œuf et elle m'a raccroché au nez. Notez que ce n'était pas la première fois que je la rembarrais – je n'ai pas l'habitude de mâcher mes mots –, ce qui n'empêche pas qu'elle m'a toujours rappelé.

– Vous ne l'avez pas vue ?

– Je lui ai seulement parlé au téléphone. Elle a tenu, cependant, à m'envoyer une lettre de confirmation deux jours plus tard. Elle affirmait qu'elle n'était pas pressée et qu'elle attendrait que les prix aient remonté. C'est dans son dossier, avec la copie de notre offre. » Son regard brilla de nouveau. « Malgré tout, si elle est morte, cela pourrait peut-être intéresser ses héritiers, pas vrai ? C'est une offre extrêmement honnête. Ils n'obtiendront pas mieux ailleurs.

– Son héritage fait l'objet de contestations, dit Cooper d'un air confus. Cela prendra pas mal de temps, j'imagine, pour déterminer à qui revient la propriété. Puis-je jeter un coup d'œil à cette lettre ?

– Pourquoi pas ? » Il pressa le bouton de l'interphone et réclama le dossier Gillespie. « Alors qui l'a zigouillée ?

– Il n'y a pas encore d'inculpation.

– Ma foi, on dit que ces histoires de patrimoine rendent timbrés. Quand même, c'est un peu excessif de tuer pour des trucs comme ça. Vous ne croyez pas ?

– Tout meurtre est excessif, répondit Cooper.

– Quelques bicoques de plus ou de moins. Ça ne vaut pas le coup.

– Les gens ont peur de l'imprévu, prononça Cooper d'un ton flegmatique. J'en arrive même à me demander si ce n'est pas la cause de tous les meurtres. » Il se tourna vers la porte comme la secrétaire entrait avec un dossier à la chemise orange. « Quand les choses vacillent autour de vous, il n'est d'autre solution que de supprimer celui qui les fait vaciller. »

Howard ouvrit le dossier et prit une lettre qui se trouvait sur le dessus.

« Tenez. » Il la lui tendit.

Cooper l'examina avec soin. Elle était datée du samedi 6 novembre et tapuscrite. Comme l'avait déclaré Howard,

Mathilda y confirmait son refus d'aller plus loin tant que les prix n'auraient pas augmenté.

« Quand m'avez-vous dit l'avoir reçue ?

– Deux jours après le coup de téléphone.

– Autrement dit un dimanche.

– Alors ce devait être le lundi, ou peut-être le mardi. Nous ne travaillons pas le week-end, au bureau du moins.

– Est-ce qu'elle avait l'habitude de taper ses lettres à la machine ?

– Non, c'était bien la première fois. » Il feuilleta le dossier. « Elle écrivait généralement à la main. »

Cooper songea à celle que Mathilda Gillespie avait envoyée à Ruth. L'écriture en était fine et élégante.

« Avez-vous d'autres lettres d'elle ? J'aimerais comparer les signatures. »

Howard se lécha un doigt et passa rapidement le dossier en revue, extrayant d'autres feuilles.

« Vous pensez que quelqu'un l'a écrite à sa place ?

– C'est possible. Il n'y a aucune machine à écrire dans la maison et elle est morte le samedi soir. Quand aurait-elle pu la taper ? » Il disposa les feuilles côte à côte sur le bureau et jeta un coup d'œil aux souscriptions. « Tiens, tiens ! fit-il avec jubilation. C'est encore mieux que je ne pensais. Vous m'avez été très utile, Mr Howard. Puis-je les emporter ?

– J'aurais besoin de photocopies pour mes dossiers. » Il semblait dévoré de curiosité. « Jamais je n'aurais pensé qu'il s'agissait d'un faux. Eh bien, qu'est-ce qui ne va pas ? »

Cooper indiqua du doigt la signature de la lettre tapée à la machine.

« Pour commencer, il met des points sur les i et pas elle. Son M est trop droit et le G est collé au i qui vient juste après. » Il laissa échapper un ricanement. « Les experts vont se régaler. En fait, c'est du travail de sagouin.

– Plutôt stupide, non ?

– Présomptueux, je dirais. La contrefaçon est un art comme un autre. Pour être bon, il faut des années d'entraînement. »

« Les types du labo sont en train de passer au peigne fin une boîte à ordures pleine de cendres datant déjà d'un certain temps, déclara Jones à Cooper, comme celui-ci rentrait au commissariat. Il paraît qu'ils ont retrouvé les carnets, ou du moins le peu qu'il en reste. Ils ont récupéré un minuscule bout de papier, ainsi que des morceaux plus substantiels de ce qu'ils estiment être une reliure en cuir. Ils continuent à chercher. Ils ne désespèrent pas de dénicher un fragment portant son écriture. » Il se frotta les mains.

« Par la même occasion, qu'ils regardent s'ils ne peuvent pas mettre la main sur des débris de lettres tapées à la machine, de préférence à l'en-tête de Howard & Sons, dit Cooper en brandissant la liasse qu'il avait rapportée. L'entreprise lui a fait une offre pour son terrain le 1er novembre et nous ne l'avons pas trouvée quand nous avons épluché ses papiers. Il est probable qu'Orloff ait fait disparaître tout ce qui concernait la vente. Le vieux Howard possède une correspondance longue comme le bras sur le domaine de Fontwell et il n'y en avait pas trace dans la maison. Sans quoi nous aurions pigé le coup bien avant.

– C'est entièrement la faute de Mrs Gillespie ! Elle n'a jamais dû apprendre la confiance et avait la manie de tout faire en coulisse. D'ailleurs, elle le reconnaît dans sa lettre à Ruth : “Il y a eu trop de mystères dans cette famille.” Si elle avait seulement informé le notaire de ses projets, elle ne serait sans doute pas morte.

– N'empêche que nous ne nous sommes pas posé les bonnes questions, Charlie. »

Le commissaire eut un petit rire.

« Savez-vous pourquoi un corbeau ressemble à un secrétaire ? Relisez *Alice au pays des merveilles*, fiston. Il est tout aussi difficile de se poser les bonnes questions que d'apporter les bonnes réponses, aussi, inutile de vous mettre martel en tête. »

Cooper, qui s'efforçait, sur le tard, de combler ses lacunes en matière de lecture, tira son calepin et nota le titre. Ce serait toujours moins aride qu'*Othello* avec lequel il se débattait pour le moment. Il remit son crayon dans sa poche et informa Jones de la conversation qu'il avait eue avec le promoteur immobilier.

« La première fois, il a fallu six semaines de rudes négociations pour qu'ils tombent enfin d'accord sur un prix. Apparemment, elle marchandait par téléphone, refusant chaque offre, jusqu'au jour où il lui en a fait une qu'elle a jugée acceptable. La pauvre vieille, ajouta-t-il, avec un attendrissement sincère. Orloff a dû penser qu'il touchait enfin au but quand il a entendu qu'elle était partie pour un second round. Elle lui a vraiment mâché le travail. » Il donna une pichenette sur la lettre tapuscrite. « Il n'a eu qu'à se débarrasser d'elle et à poster cette missive le lendemain. D'après Howard, ses fils et lui se sont alors complètement désintéressés de l'affaire, dans la mesure où ils lui avaient déjà clairement fait savoir que, vu la crise du marché immobilier, il leur était impossible de lui proposer davantage. »

Charlie prit la lettre et l'examina.

« Il y avait une machine à écrire portable dans le living-room, se souvint-il. Je vais demander aux gars de se livrer à une rapide comparaison. Avec un peu de chance, il se sera concentré sur la signature de Mrs Gillespie en oubliant que les machines à écrire aussi en ont une.

– Il ne nous aurait pas fait un tel cadeau. »

Ç'était pourtant le cas.

« Duncan Jeremiah Orloff... vous êtes officiellement inculpé du meurtre de Mathilda Beryl Gillespie... perpétré le samedi 6 novembre... », récita d'une voix inexorable l'officier de service.

Cooper, qui savait la formule par cœur, n'en fut guère troublé. Il songeait à la vieille femme, vidée de son sang, qu'il avait contemplée dans la baignoire, et à la cage de fer rouillé qui lui emprisonnait la tête. Il éprouvait un immense regret de ne pas l'avoir connue. En dépit de tous les actes odieux dont elle s'était probablement rendue coupable, il avait l'impression qu'il aurait été heureux de la rencontrer.

« ... aucune mise en liberté sous caution ne peut vous être accordée, en raison de la gravité des faits qui vous sont reprochés. Les magistrats ordonneront votre mise en détention immédiate... »

Il ne regarda Duncan Orloff que lorsque celui-ci pressa ses mains menues et potelées contre sa poitrine et éclata en sanglots. Ce n'était pas sa faute, gémit-il, mais celle de Mathilda. Mathilda était responsable de tout. Il n'était qu'un vieil homme malade. Qu'est-ce que Violette allait devenir sans lui ?

« La baudruche se dégonfle », souffla l'officier à Cooper, en entendant Orloff se mettre à haleter.

Cooper fronça violemment les sourcils.

« Bonté divine, elle méritait mieux que de se faire trucider par vous ! lança-t-il à Orloff. Si, au moins, cela avait été par un type courageux au lieu d'un lâche. Qu'est-ce qui vous a pris de jouer les justiciers ?

– Un type courageux n'aurait pas eu à le faire, inspecteur Cooper. » Il tourna vers le policier des yeux hagards. « Pour tuer Mathilda, il ne fallait pas être courageux, il fallait avoir peur.

– De quelques maisons dans votre jardin, Mr Orloff ? »

Duncan secoua la tête.

« Je suis ce que je suis – il tint son visage entre ses mains tremblantes –, et c'est à cause d'elle. J'ai passé la plus grande partie de mon existence à imaginer la femme que j'avais épousée sous les traits de celle que je n'avais pas épousée, et l'on ne vit pas un tel enfer pendant quarante ans sans en être profondément marqué.

– Est-ce pour cela que vous êtes retourné à Fontwell, pour vous délivrer de vos fantasmes ?

– Ces choses-là ne se gouvernent pas, inspecteur. Ce sont elles qui nous gouvernent. »

Il se tut.

« Pourtant, vous êtes revenu il y a cinq ans, Mr Orloff.

– Je ne lui demandais rien, vous savez. Le plaisir d'évoquer quelques souvenirs communs, peut-être. Et la paix. Au bout de tant d'années, je ne me faisais guère d'illusions. »

Cooper le dévisagea avec curiosité.

« Vous dites l'avoir tuée parce que vous aviez peur. Est-ce cela qui vous obsédait ? D'avoir peur d'elle au point de pouvoir la tuer ?

– Non. De faire l'amour, dit-il à voix basse.

– Avec Mathilda ?

– Bien sûr. » Il essuya ses larmes avec ses paumes. « Je n'ai jamais fait l'amour avec Violette. Je ne pouvais pas. »

Bon sang, pensa Cooper avec dégoût, ce type n'avait-il donc aucune pitié pour sa malheureuse épouse ?

« Vous ne pouviez pas ou vous ne vouliez pas ? Cela fait une différence.

– Je ne pouvais pas. » Les mots étaient à peine audibles. « Mathilda faisait certaines choses... – il se mit à frissonner – qui offusquaient Violette – sa voix se brisa –, il aurait mieux valu pour chacun de nous que je paie pour avoir ce que je désirais. »

Cooper jeta par-dessus la tête du prisonnier un regard à l'officier de service et éclata d'un rire ironique.

« Est-ce l'argument que vous comptez utiliser pour vous défendre ? Que vous avez assassiné Mathilda Gillespie parce qu'elle vous procurait un avant-goût des plaisirs qui sont généralement l'apanage des professionnelles ? »

Un soupir fusa entre les lèvres moites.

« On voit bien que vous n'avez jamais eu affaire à elle, inspecteur. Qu'elle ne vous tenait pas avec vos petits secrets. » Il tourna son regard triste vers le policier. « Ne vous est-il pas venu à l'idée que, lorsque nous avons acheté Wing Cottage, notre notaire a appris l'existence d'un permis de construire pour le reste du terrain ? Si nous avons tout de même acheté, c'est parce que Mathilda a fait ajouter dans le contrat une clause nous garantissant un droit de veto sur toute décision future. » Il eut un rire sans joie. « Pourtant j'aurais dû me méfier, car je la connaissais bien mieux que Violette. Cette clause n'était qu'un attrape-nigaud. » Il pressa soudain ses lèvres en un effort pour se maîtriser. « Comme le document final devait comporter notre signature, elle était bien forcée de nous tenir au courant de ses tractations avec Howard. Cependant, quand je lui ai dit que Violette et moi nous opposerions au projet envisagé, qui mettait la plus proche maison à dix mètres de notre mur du fond, elle m'a ri au nez. “Ne soyez pas ridicule, Duncan. Avez-vous oublié que je vous connais comme ma poche ?” »

Voyant qu'il se taisait, Cooper demanda :

« Elle avait l'intention de vous faire chanter pour vous obliger à signer ?

– Bien entendu. » Il posa ses paumes humides sur sa poitrine. « Nous nous trouvions dans le salon. Elle est allée chercher un livre et m'en a lu un passage à son retour. » Sous l'effet de l'angoisse, sa respiration était encore plus saccadée. « C'était un de ses carnets... plein de mensonges et de choses horribles... et pas seulement sur moi... sur Violette aussi... des détails intimes que Violette avait dû lui confier un soir où elle avait trop bu. "Vous tenez à ce que j'en prenne une photocopie, Duncan, et que je la fasse circuler dans le village ? m'a-t-elle demandé. Vous tenez à ce que tout Fontwell sache que Violette est encore vierge, parce que ce que vous lui avez demandé le soir de vos noces était si dégoûtant qu'elle est allée s'enfermer à clé dans la salle de bains ?" » Sa voix se brisa. « Cela l'amusait tellement... qu'une fois lancée, elle n'a pas pu refermer le livre... Elle m'a lu des passages sur les Marriott, le pasteur, ces pauvres Spede... tout le monde. » Il se tut à nouveau.

« De sorte que vous êtes revenu plus tard pour lire les autres ? suggéra Cooper.

– J'étais bouleversé. J'espérais y trouver quelque chose dont je pourrais me servir contre elle. Je pensais que les premiers ne me seraient d'aucune utilité, tout bonnement parce qu'il m'aurait fallu réunir de mon côté de quoi lui river son clou et, à part des allusions au fait que Joanna se droguait, que Ruth la volait et qu'elle croyait que Sarah Blakeney était la fille qu'elle avait eue avec Paul Marriott, les derniers se réduisaient à une longue énumération de toutes ses haines. C'était le fruit d'un cerveau malade et, j'imagine, une manière pour elle d'expulser son venin. Si elle ne l'avait pas fait sur le papier... – il secoua la tête – elle était dingue, vous savez.

– Malgré tout, répliqua Cooper d'une voix pesante, le meurtre n'est jamais une solution, Mr Orloff. Vous auriez aussi bien pu vous servir de ses problèmes avec sa fille et sa petite-fille. Elle était très fière. Elle aurait probablement tout fait pour qu'on n'en sache rien, vous ne croyez pas ? »

Son interlocuteur le fixa à nouveau de son regard triste.

« Jamais je n'ai songé à la tuer, du moins pas jusqu'à ce samedi matin où Jane Marriott est venue la voir. Je pensais la menacer de révéler au docteur Blakeney ce que je savais. Mais, comme je vous l'ai dit, c'est la peur qui l'a tuée. Un homme courageux aurait simplement répondu : "Fais comme tu veux et va au diable."

– Je ne comprends pas, fit Cooper, une fois de plus déconcerté par son interlocuteur.

– Elle a dit à Jane Marriott que les choses iraient plus mal avant d'aller mieux parce qu'elle pensait que James avait lu les carnets – il ne lui est jamais venu à l'esprit qu'il s'agissait de moi –, puis elle a poursuivi en affirmant qu'elle n'avait pas l'intention de se taire plus longtemps. » Il se tordit les mains. « Naturellement, je me suis précipité après le départ de Jane pour lui demander ce qu'elle entendait par "ne pas se taire plus longtemps". Son visage était gris de fatigue. « Elle a pris la muselière et l'a agitée avec un sourire narquois. "Mathilda Cavendish et Mathilda Gillespie n'ont pas rédigé des carnets simplement pour le plaisir, Duncan. Elles l'ont fait pour avoir un jour leur revanche. Et on ne les en privera pas. J'y veillerai." » Il marqua un temps d'arrêt. « Elle était réellement folle, reprit-il, et elle le savait. Je lui ai dit que je ferais bien d'appeler un médecin, à la suite de quoi elle s'est mise à rire et m'a répondu par cette citation de *Macbeth* : "Elle a plus besoin du prêtre que du médecin." » Il leva les mains en un geste de résignation. « J'ai alors pensé que c'étaient nous tous, que ces carnets risquaient de détruire, qui avions plus besoin du prêtre que du médecin, et, au cours de ce terrible après-midi, je me suis décidé à... jouer les justiciers. »

Cooper semblait des plus sceptiques.

« Mais vous aviez forcément tout prévu, puisque vous aviez dérobé les somnifères avant. »

Il poussa un soupir.

« Ils étaient pour moi... ou Violette... ou les deux.

– Qu'est-ce qui vous a fait changer d'avis ?

– Inspecteur, je suis, comme vous l'avez dit justement, un lâche. J'ai compris que je ne pouvais pas supprimer les carnets sans la supprimer également. Le poison, c'était elle, et ces carnets n'en étaient que la manifestation extérieure. Au moins, j'ai ainsi permis aux autres de conserver leur dignité. »

Cooper songea à ceux dont le sort lui importait : Jack et Sarah, Jane et Paul Marriott, et par-dessus tout Ruth.

« À condition que vous plaidiez coupable, Mr Orloff, sinon, tout sera déballé devant la cour.

– Oui. Je dois bien ça à Violette », répondit-il.

Après tout, ce n'est pas difficile de manœuvrer un homme s'il n'exige pas plus que ce petit rien qu'est l'amour. Tant que seul le corps est concerné, l'amour se donne facilement. Mon esprit peut tout endurer. Je suis Mathilda Cavendish et que peut bien craindre Mathilda, lorsqu'elle n'éprouve que du mépris ?

Homme, homme fier,
Drapé d'une autorité fugace,
Inconscient de ce qui lui est inéluctable,
Sa nature transparente, tel un primate en colère,
Joue pour les cieux des tours si extraordinaires
Que les anges en pleurent.

S'il est vrai que les anges pleurent, Mathilda ne les entend pas. Ils ne pleurent pas pour moi.

20

Jane Marriott raccrocha et porta une main tremblante à ses lèvres. Elle s'avança dans la salle de séjour où son mari malade sommeillait paisiblement dans la lumière hivernale entrant à flots par la fenêtre. Elle s'assit à son chevet et lui prit la main.

« L'inspecteur Cooper a téléphoné, dit-elle. James Gillespie a été trouvé mort ce matin dans son appartement. Une attaque cardiaque, paraît-il. »

Paul considéra fixement le jardin, mais ne répondit pas.

« Il affirme qu'il n'y a plus rien à craindre, que personne désormais n'a besoin de savoir. Il dit aussi… – elle eut une courte hésitation –, il dit aussi que l'enfant était une fille. Que Mathilda a menti en prétendant qu'il s'agissait d'un garçon. »

Elle lui avait tout raconté en rentrant du cabinet médical le jour où l'inspecteur l'avait interrogée.

Une larme perla entre les paupières de Paul.

« Je suis désolé.

– Pour James ?

– Pour… tout. Si j'avais su. » Il se tut.

« Qu'est-ce que cela aurait changé ?

– Nous aurions porté ce fardeau ensemble, au lieu que tu sois seule à le faire.

– Je n'aurais pas pu, répondit-elle avec franchise. Je n'aurais pas supporté que tu saches que Mathilda avait eu un enfant de toi. » Elle scruta son visage. « Avec le temps, tu te serais mis à penser davantage à elle et moins à moi.

– Non. » D'une main marbrée, il étreignit celle de sa femme. « Elle n'a été, à tous points de vue, qu'une tocade et, quand bien même j'aurais été au courant pour l'enfant, cela n'aurait fait aucune différence. Je n'ai jamais aimé que toi. » Ses yeux se mouillèrent. « De toute façon, ma chérie, je pense que ta première réaction était la bonne. Mathilda a probablement tué le bébé. On ne peut pas se fier à ce qu'elle a dit. Elle n'arrêtait pas de fabuler.

– Sauf qu'elle a laissé son argent à Sarah, répliqua aussitôt Jane, et l'inspecteur Cooper prétend que l'enfant était une fille. Suppose que Sarah… ? » Elle s'interrompit et lui pressa tendrement la main. « Il n'est jamais trop tard, Paul. Crois-tu que ce serait très gênant, de poser discrètement quelques questions ? »

Il détourna son regard du visage anxieux de sa femme et, tout comme Cooper un peu plus tôt, se mit à méditer sur les caprices du destin. Toute sa vie, il s'était cru sans enfants, et voilà qu'à soixante-dix ans, il s'entendait dire par Jane qu'il était père. Mais de qui ? D'un fils ? D'une fille ? Ou Mathilda avait-elle menti là-dessus comme sur le reste ? Pour sa part, cela n'avait guère d'importance – il s'était depuis longtemps habitué à l'idée de ne pas avoir d'enfants – mais, s'agissant de Jane, Mathilda serait toujours comme une ombre immense et inquiétante. Rien ne garantissait que Sarah Blakeney fût sa fille, ni même que l'enfant, s'il existait réellement, verrait avec plaisir l'intrusion de parents dans son existence, et il ne pouvait accepter que Jane soit à nouveau déçue dans ses espérances comme elle l'avait été par la façon dont il l'avait trompée. En fin de compte, l'illusion du bonheur n'était-elle pas préférable à l'horrible certitude de voir un jour sa confiance trahie ?

« Il faut que tu me promettes de ne rien dire. » Il renversa la tête sur le dossier du fauteuil et respira avec peine. « Si je suis son père, Mathilda ne lui en a rien dit, ou, certainement, elle serait venue ici de sa propre initiative. » Ses yeux se remplirent de larmes. « Elle a déjà un père qui l'aime, et qui l'a élevée de façon remarquable… oui, remarquable. Ne l'oblige pas à choisir, ma chérie. Ce genre d'épreuve est si pénible. »

Jane caressa les cheveux de plus en plus clairsemés de son mari.

« Peut-être, après tout, vaut-il mieux que certains secrets le restent à jamais. Ne pouvons-nous partager celui-ci et rêver de temps à autre ? »

Avec sa sagesse et sa générosité coutumières, il lui arrivait de songer, en de rares occasions il est vrai, que les fourberies de Mathilda leur avaient permis de se connaître davantage. Au fond, songea-t-elle, il y a dans tout cela moins de raisons de se lamenter que de se réjouir.

Joanna était assise à la place favorite de Mathilda, dans le fauteuil à haut dossier, face à la porte-fenêtre. La tête légèrement inclinée, elle regardait l'inspecteur Cooper.

« Le docteur Blakeney est au courant de ce que vous me dites ?

– Non. Je préférais que l'idée vienne de vous. Que vous lui proposiez de renoncer à vos droits sur l'héritage si elle accepte d'honorer les engagements pris par votre mère dans sa lettre à Ruth. Ce serait une bonne façon de régler les choses, Mrs Lascelles. Il est dans votre intérêt, comme dans celui de chacun, d'en terminer avec cette triste affaire. Vous pourrez ensuite retourner à Londres où vous avez votre vie.

– C'est à coup sûr celui du docteur Blakeney, mais non le mien.

– Je pensais surtout à Ruth. Elle est encore très jeune et la mort de sa grand-mère l'a affectée beaucoup plus que vous ne semblez le croire. Aussi serait-il… – il chercha un terme – charitable de votre part de conclure un accord amiable plutôt que de provoquer une bataille juridique longue et éprouvante. Qui plus est, les avocats ont la fâcheuse habitude d'exhumer des détails dont on aimerait mieux ne pas se souvenir. »

Elle se leva.

« Je ne tiens pas à en discuter davantage, inspecteur. Ce problème ne vous concerne pas. » Son regard se durcit de façon déplaisante. « Tout comme ma mère, vous vous êtes laissé envoûter par les Blakeney et, pour cette seule raison, je ne conclurai aucun accord amiable avec eux. Je n'arrive toujours pas à comprendre que vous n'ayez pas inculpé Jack Blakeney de tentative de meurtre, ni, du reste, Ruth de vol et je veillerai à ce que mon avocat demande à votre supérieur de s'expliquer sur ces deux points. Il est parfaitement clair pour moi que le docteur Blakeney, habilement secondée par ma fille, se sert de vous et de son mari pour me contraindre à quitter cette maison afin d'en prendre possession après mon départ. Je n'ai pas l'intention de lui donner cette satisfaction. Plus j'y resterai, meilleure sera ma position pour la revendiquer. »

Cooper émit un gloussement.

« Avez-vous seulement un avocat, Mrs Lascelles ? J'espère que non, parce que, si c'est le genre de conseils qu'il vous donne, vous êtes en train de gaspiller votre argent. » Il pointa un doigt vers le fauteuil. « Asseyez-vous, ordonna-t-il, et soyez reconnaissante à votre fille et aux Blakeney que je ne vous ai pas bouclée pour possession d'héroïne. Ce n'est pas l'envie qui m'en a manqué, croyez-le bien, mais, comme je viens de vous le dire, il est dans l'intérêt de chacun, et pas seulement du vôtre, que vous disparaissiez de la région. Je devrais, normalement, informer de ce que je sais la police londonienne, mais je ne le ferai pas. Ils l'apprendront bien assez vite, car, même avec la somme que vous paiera le docteur Blakeney, vous n'arriverez pas à vous en tirer. C'en est fini des chèques mensuels, Mrs Lascelles, et vous n'avez plus de vieille dame à terroriser. Que lui faisiez-vous pour l'obliger à cracher ? »

Elle regarda par la fenêtre et fut un long moment avant de répondre.

« Rien. Ce n'était pas nécessaire. Il me suffisait d'être sa fille. Elle prétendait que nous nous ressemblions trait pour trait et c'est de cela qu'elle avait peur.

– Je ne comprends pas. »

Elle se tourna vers lui et le fixa de son regard étrangement perçant.

« Je l'ai vue tuer son père. Elle était terrifiée à l'idée que je puisse lui en faire autant.

– L'auriez-vous fait ? »

Elle sourit soudain et il fut frappé par sa beauté.

« Tout comme Hamlet, je ne suis folle que par vent de noroît. Croyez-le ou non, j'ai toujours eu plus peur qu'elle ne me tue. Je dors nettement mieux depuis quelque temps.

– Retournerez-vous à Londres ? »

Elle eut un haussement d'épaules.

« Bien entendu. Quand on est fatigué de Londres, c'est qu'on est fatigué de l'existence. Avez-vous lu Samuel Johnson, inspecteur ? Il vaut largement Shakespeare.

– Je le lirai, Mrs Lascelles. »

Elle se tourna de nouveau vers la fenêtre d'où l'on avait une vue splendide sur le cèdre du Liban qui se dressait au milieu du jardin.

« Je suppose que, si je me bagarre avec le docteur Blakeney, vous informerez vos collègues de Londres de ce que vous savez.

– Je le crains. »

Elle eut un rire étouffé.

« Ma mère était une experte en matière de chantage. Dommage que vous ne l'ayez pas connue. Est-ce que les Blakeney prendront soin de Ruth ? Je ne voudrais pas qu'elle crève de faim. »

Une déclaration qui, de sa part, pensa Cooper, devait constituer un témoignage d'affection tout à fait exceptionnel.

« À court terme, ils la garderont sans doute chez eux. »

(« Ruth aura besoin de tout notre soutien, avait déclaré Sarah, y compris du vôtre, Cooper, si elle se fait avorter et dépose au procès de Dave Hughes – Et si Hughes est acquitté ? » avait demandé Cooper. – Il ne le sera pas, avait répondu Sarah d'un ton catégorique. Trois autres filles ont accepté de déposer contre lui. Les femmes sont pleines de courage, vous savez, quand elles n'ont pas le couteau sous la gorge. »)

« Et à long terme ? interrogea Joanna.

– Dans l'hypothèse où le testament ne serait pas contesté, le docteur Blakeney établira à son bénéfice un fidéicommis en même temps qu'elle vous versera l'argent que votre mère avait l'intention de vous donner.

– Vendra-t-elle le jardin pour cela ?

– Je l'ignore. Elle m'a dit ce matin que Cedar House ferait une jolie maison de retraite. »

Joanna étreignit ses bras.

« Ma mère doit se retourner dans sa tombe à l'idée que les vieilles biques de Fontwell pourraient se goberger à ses frais. Elle ne pouvait pas les encaisser. »

Cooper sourit intérieurement. De fait, la chose ne manquait pas d'ironie, surtout si l'on songeait que la pauvre Violette Orloff, seule et désemparée, serait probablement la première pensionnaire.

Debout devant son chevalet, Jack mettait la touche finale au portrait de Joanna. Il jeta un regard en biais à Sarah. Le front appuyé à la fenêtre, celle-ci contemplait, le regard vague, les bois qui s'étendaient au loin.

« Qu'y a-t-il ? » demanda-t-il au bout d'un moment.

Elle se tourna vers lui.

« Pardon ?

– À quoi penses-tu ?

– Oh, à rien. Enfin... – elle secoua la tête – non, à rien.

– C'est ta nouvelle vie de famille qui te produit cet effet ? » prononça-t-il sans son ironie coutumière.

Elle s'avança au milieu de la pièce et considéra fixement le tableau représentant Mathilda.

« Peut-être, oui. Mais ne t'inquiète pas. Je n'ai aucune envie d'augmenter l'effectif. Avoir des enfants est un jeu de dupes. Cela ne procure guère que des maux de tête et, franchement, j'aime encore mieux ne pas courir ce risque.

– Dommage, murmura-t-il en rinçant son pinceau dans l'essence de térébenthine et en l'essuyant avec un torchon. Je commençais à me faire à cette perspective. »

Elle s'efforça de garder un ton désinvolte.

« Je veux bien que tu plaisantes sur un tas de choses, Jack, mais pas celle-là. Sally Bennedict t'a ôté toute crédibilité sur le sujet en supprimant ta petite bévue. »

Il avait l'air méditatif.

« Dis-moi, est-ce parce que je suis un homme que tu me parles ainsi ou comptes-tu faire le même reproche à Ruth tout au long des années à venir ?

– Dans son cas, c'est différent.

– Vraiment ? Je ne vois pas en quoi.

– Elle ne trompait pas un mari avec un amant, maugréa-t-elle, les dents serrées.

– Alors il ne s'agit pas d'enfants, Sarah, ni de mon droit ou non à changer d'avis, mais d'infidélité. Deux choses totalement distinctes.

– Peut-être pour toi, mais pas pour moi. S'engager vis-à-vis de quelqu'un n'est pas différent de s'engager vis-à-vis de ce qu'on croit. Si tu ne voulais pas mettre ta femme enceinte, qu'avais tu besoin d'engrosser ta maîtresse ? » Ses joues s'empourprèrent et elle se détourna brusquement. « Enfin, laissons là le passé. Je ne veux pas en discuter davantage.

– Pourquoi pas ? J'en serais ravi, au contraire. » Il joignit ses mains derrière la tête et sourit en direction du dos raide de Sarah. « Tu as passé ces derniers mois à m'en faire baver. Tu m'as arraché à Londres sans même me demander mon avis. Tu m'as parachuté dans ce bled paumé pour me punir d'être, selon toi, un mari infect. » Il plissa les yeux. « J'ai dû supporter que Cock Robin raille ma cuisine, te fasse les yeux doux et me traite comme une bête puante. Accepter qu'un tas de demeurés démolissent ma peinture sous prétexte que je n'étais bon à rien d'autre qu'à vivre aux crochets de ma femme. Et, pour couronner le tout, il m'a fallu subir les sermons de Keith Smollett chantant tes éloges. Pendant tout ce temps, une seule personne m'a traité comme un être humain, et c'est Mathilda. Sans elle, je t'aurais plaquée au mois de septembre en te laissant mariner dans ton autosatisfaction. »

Elle revint vers lui.

« Pourquoi ne l'as-tu pas fait ?

– Parce que, comme elle n'a pas cessé de me le rappeler, je suis ton mari, grommela-t-il. Bon sang, Sarah, si je ne croyais pas que cela en valait la peine, pourquoi t'aurais-je épousée ? Je n'y étais pas forcé, grands dieux ! Personne ne m'a mis un revolver sur la tempe. Je le désirais.

– Alors pourquoi… ? » Elle n'en dit pas plus.

« Ai-je mis Sally enceinte ? Du pur blabla ! Je n'ai même jamais couché avec cette sale petite garce. Elle m'a demandé de peindre son portrait parce qu'elle pensait que j'allais faire un tabac après cette première et unique vente conclue avec le marchand de Bond Street. » Il laissa échapper un ricanement. « Elle espérait accrocher son wagon à une locomotive, comme pour toutes les étoiles montantes qu'elle a croisées sur son chemin. Je ne me suis bien sûr pas privé de le mettre dans le tableau en la représentant comme un total parasite nourrissant des rêves de grandeur. Depuis, elle m'en veut à mort. Si tu m'avais seulement dit qu'elle m'accusait d'être le père de son enfant, j'aurais tout de suite démenti, mais tu n'avais pas assez confiance en moi pour m'en parler. » Sa voix se durcit. « Tu as préféré la croire, alors même qu'elle ne t'inspirait que du mépris.

– Elle s'est montrée très convaincante.

– Pour ça, oui ! rugit-il. C'est une sacrée comédienne, et j'en sais quelque chose. Quand te décideras-tu à ouvrir les yeux et à voir les gens tels qu'ils sont, avec leurs qualités et leurs défauts, leurs forces et leurs faiblesses ? Nom d'un chien, si tu pensais que je t'avais trompée, tu n'avais qu'à piquer une crise, me crever les yeux, me couper les roustons… ce que tu aurais voulu. » Sa voix s'adoucit. « Tu ne m'aimes donc pas assez pour me haïr, Sarah ?

– Espèce d'ignoble individu ! fit-elle en se retournant et en le toisant de bas en haut, les yeux étincelants. Tu ne sauras jamais combien j'ai souffert.

– Et tu as le toupet de me reprocher mon égocentrisme ! Tu crois peut-être que je n'ai pas souffert ?

– Dans ton cas, le remède est facile à trouver.

– Pas du tout.

– Mais si.

– Comment ça ?

– Un petit massage pour calmer les crampes et un baiser pour tout arranger.

– Ma foi, fit-il d'une voix songeuse, c'est un bon début.

Mais n'oublie pas que le mal est chronique et nécessite des applications répétées. Je ne tiens pas à faire une rechute.

– Tu ne t'en tireras pas à si bon compte. »

Il l'observa entre ses paupières mi-closes.

« Je me disais bien que c'était trop beau pour être vrai. Combien ? »

Elle lui donna une tape sur la joue.

« Quelques renseignements, pas plus. Pourquoi Mathilda s'est-elle disputée avec Jane Marriott le matin du jour où elle est morte ? Pourquoi Mathilda a-t-elle pleuré quand tu lui as montré le portrait ? Enfin, pourquoi m'a-t-elle légué son argent ? Les trois questions sont liées, je le sais, Jack, et je sais aussi que Cooper possède la clé de l'énigme. Je l'ai lu dans ses yeux hier soir.

– Pas de massage si tu n'as pas la réponse, je présume.

– Pas en ce qui te concerne. Je m'adresserai à Cooper. L'un de vous deux finira bien par me le dire.

– Tu veux donc le tuer, le pauvre vieux ! À peine lui auras-tu frôlé la main qu'il tombera en syncope. » Il l'attira sur ses genoux. « Si je te le dis, cela ne facilitera pas les choses. En fait, cela risque même de les aggraver. Je te connais trop bien. » Ses tourments actuels n'étaient rien, pensa-t-il, comparés à ceux qui l'attendaient à l'idée d'avoir par mégarde incité Mathilda à croire qu'elle avait été adoptée. Et qu'arriverait-il avec Jane Marriott ? Nul doute que Sarah se sentirait obligée de lui dire la vérité, blessant ainsi la pauvre femme par un surcroît d'honnêteté. « J'ai promis le secret à Mathilda, Sarah. Je n'ai pas envie de manquer à ma parole.

– Tu l'as déjà fait en mettant Cooper au courant, rétorqua-t-elle.

– Je sais et je n'en suis pas fier, pas plus que d'avoir trahi mes engagements envers Ruth. » Il poussa un soupir. « Mais je n'avais pas d'autre solution. Le commissaire et lui étaient convaincus que le testament constituait le mobile du meurtre de Mathilda et j'ai dû leur expliquer pourquoi elle l'avait rédigé ainsi. »

Sarah considéra le portrait de la vieille dame.

« Pour payer son passage à l'immortalité et parce qu'elle

ne pouvait compter ni sur Joanna ni sur Ruth pour en acquitter le prix. Celles-ci auraient dilapidé ses biens, alors qu'elle se fiait à moi pour réaliser ce "quelque chose qui serve sa mémoire". » Il y avait comme de l'amertume dans sa voix, se dit Jack. « Elle me connaissait suffisamment pour savoir que je n'aurais pas utilisé l'héritage à mon profit, que j'aurais eu trop conscience de ne pas y avoir droit.

– Elle n'était pas aussi cynique, Sarah. Elle avait de l'affection pour toi et ne s'en cachait pas. »

Mais Sarah continua à observer le portrait.

« Tu ne m'as toujours pas expliqué, dit-elle subitement, pourquoi tu étais allé passer ce week-end avec Sally ? » Elle se tourna vers lui. « C'était un mensonge, n'est-ce pas ? Tu es allé ailleurs. » Elle posa ses mains sur les épaules de Jack. « Où ça ? » Comme il ne répondait pas, elle le secoua. « Cela avait un rapport avec les pleurs de Mathilda et, sans doute aussi, avec le testament, même si tu en ignorais alors l'existence. » Il entendait presque bourdonner ses neurones. « Et, de toute façon, cela nécessitait que tu sois absent ce week-end-là et que je ne sache pas où tu te trouvais. » Elle le regarda dans les yeux. « Pourtant, elle devait se dire qu'elle en avait encore pour au moins vingt ans à vivre, aussi pourquoi t'aurait-elle confié quelque chose qui n'aurait de réelle importance qu'après sa mort ?

– Elle n'en avait pas l'intention. Elle l'a fait contre son gré. » Il poussa un soupir. Tôt ou tard, il s'en rendait compte, Sarah apprendrait qu'il avait rendu visite à son père et pourquoi. « Une année environ après la naissance de Joanna, elle a eu avec Paul Marriott une seconde fille qu'elle a abandonnée. Pour toutes sortes de raisons, elle pensait que cette fille qu'elle avait perdue c'était toi et elle m'a avoué avoir modifié en ta faveur son testament. » Il se força à sourire. « Sur le coup, j'en ai été tellement ahuri que je n'ai pas su quelle attitude prendre. Me taire et te laisser hériter à tort ? Ou bien lui dire la vérité et briser ses illusions ? J'ai préféré attendre, avant de me décider, d'avoir vu ton père et de savoir s'il ne possédait pas des pièces que je pourrais lui montrer. » Il secoua la tête d'un air ironique. « Mais, quand je suis revenu, Mathilda avait été assassinée, les flics s'évertuaient à trouver un mobile et j'étais seul à savoir qu'elle t'avait légué sa fortune. Un vrai cauchemar! Tout ce que je voyais, c'était que toi et moi serions arrêtés pour complicité de meurtre si je ne la bouclais pas. En effet, rien ne prouvait que je ne t'avais pas informée du contenu du testament et tu n'avais aucun alibi.» Il eut un petit rire. «Et voilà que, brusquement, tu m'as signifié mon congé et je me suis dit que le mieux à faire était de m'y cramponner à deux mains et de te laisser croire que j'étais la dernière des ordures. Tu semblais si indignée que, pour une fois, tu n'as même pas essayé de dissimuler tes sentiments, au point que Cooper a été totalement convaincu de ta sincérité. Qu'il s'agisse de la surprise que t'avait causée la lecture du testament ou de ton absolue certitude que je n'aurais pas pu peindre le portrait de Mathilda sans que tu sois au courant.» Il se remit à rire. «De sorte que tu nous a tirés d'affaire sans le savoir.

– Grâce au ciel! fit-elle d'un ton acerbe. Que se serait-il passé si je t'avais sauté dans les bras?»

Jack arbora un sourire malicieux.

«Eh bien, à tout hasard, j'avais prévu d'aller m'installer chez Joanna. Elle est plutôt sexy et cela ne pouvait que te rendre jalouse.

– Tu parles!» Elle ne précisa pas si cette dénégation s'appliquait au physique de Joanna ou à sa propre jalousie. «Mathilda a-t-elle dit à Jane qu'elle avait eu un enfant de Paul? Est-ce pour cela qu'elles se sont disputées?»

Il acquiesça.

«À part qu'elle lui a raconté qu'il s'agissait d'un garçon.»

Ce fut au tour de Sarah de pousser un soupir.

«Alors cela ne m'étonnerait pas que ce soit entièrement faux. Elle a très bien pu inventer cette histoire d'enfant comme elle a inventé celle du suicide de son oncle – elle eut un haussement d'épaules – ou avorter, ou encore étouffer son malheureux rejeton. À mon avis, elle n'a pas hésité à ressortir cette fable pour disposer d'une héritière culpabilisée et perplexe qui serait après sa mort comme une marionnette dont elle continuerait à tirer les ficelles.» Elle se retourna pour examiner encore une fois le portrait. «Elle a usé et abusé de nous tous, d'une manière ou d'une autre, et j'en ai assez de me faire manipuler. Qu'est-ce que je dis à Jane et à Paul s'ils me demandent pourquoi elle m'a légué son argent ?

– Rien, répondit-il simplement. Pour la bonne raison que ce n'est pas ton secret, Sarah, mais le mien. En réalité, Duncan lui a rendu un fier service en détruisant ses carnets. Cela te laisse libre de lui édifier le mémorial que tu voudras. Dans dix ans, Fontwell ne verra plus en elle qu'une généreuse bienfaitrice, parce qu'il ne subsistera aucune preuve du contraire. » Il lui entoura le visage de ses mains. « Ne l'abandonne pas maintenant, mon cœur. En dépit du reste, elle t'a choisie pour assurer son salut.

– C'est à toi qu'aurait dû revenir cette tâche, Jack. Tu es probablement la personne qu'elle a le plus aimée dans sa vie. » Ses yeux se mouillèrent. « Mérite-t-elle vraiment qu'on l'admire ? »

Du bout du doigt, il effleura les larmes de la jeune femme.

« Elle mérite au moins un peu de pitié, Sarah. En fin de compte, n'est-ce pas le minimum auquel nous avons tous droit ? »